Jacqueline Kelly
Calpurnias
faszinierende Forschungen

Jacqueline Kelly

CALPURNIAS *faszinierende* FORSCHUNGEN

Aus dem Englischen von
Birgitt Kollmann

Carl Hanser Verlag

Die Originalausgabe erschien 2015 unter dem Titel
The Curious World of Calpurnia Tate
bei Henry Holt and Company, New York.

Alle Zitate entstammen dem Buch *Die Fahrt der Beagle* von Charles Darwin,
übersetzt von Eike Schönfeld.

Mit S/W-Vignetten von Maria Sibylla Merian.

1 2 3 4 5 19 18 17 16 15

ISBN 978-3-446-24930-1

Umschlag: Maren von Stockhausen
Bildelemente Umschlag/Vignetten Inhalt: © akg/Science Photo Library | © Academy of Natural Sciences of Philadelphia/Corbis (3 Motive) | © Bettmann/Corbis | © Brooklyn Museum/Corbis | © Louis Agassi Fuertes/National Geographic Creative/Corbis | © GraphicaArtis/Corbis | © ullstein bild – Granger, NYC
Satz: Satz für Satz. Barbara Reischmann, Wangen im Allgäu
Druck und Bindung: CPI Books GmbH, Leck
Printed in Germany

FSC
www.fsc.org
MIX
Papier aus verantwortungsvollen Quellen
FSC® C083411

Für Gwen Erwin – in Liebe und Dankbarkeit
für dreißig Jahre Ermutigung, Unterstützung und Lachen.
Danke, Gweni.

Erstes Kapitel

ARMAND ODER DILLY

Eines Abends, als wir ungefähr zehn Meilen vor der Bucht von San Blas lagen, waren wir inmitten einer riesigen Menge Schmetterlinge, Scharen oder Schwärme unendlicher Myriaden, so weit das Auge reichte. Selbst mithilfe eines Teleskops vermochte man unmöglich einen von Schmetterlingen freien Raum zu sehen. Die Seeleute riefen: »Es schneit Schmetterlinge«, und so wirkte es tatsächlich auch.

Am Neujahrstag des Jahres 1900 erlebte ich etwas ganz Erstaunliches: Ich sah zum ersten Mal Schnee. Du denkst jetzt vielleicht, *so* spektakulär sei das nun auch wieder nicht, aber für das Landesinnere von Texas war Schnee etwas ganz Außergewöhnliches. Hinzu kam, dass ich mir nur wenige Stunden zuvor, am Silvesterabend, vorgenommen hatte, wenigstens einmal in meinem Leben Schnee zu sehen, ohne mir jedoch große Hoffnungen zu machen, dass mir das tatsächlich irgendwann gelingen würde. Doch innerhalb weniger Stunden wurde mir mein hochfliegender Wunsch erfüllt, und Schnee verwandelte unseren sonst völlig gewöhnlichen Ort in eine Landschaft von makelloser Schönheit. Nur im Morgenmantel und mit Pantoffeln an den Füßen war ich im Morgengrauen durch den stillen Wald gelaufen und hatte staunend die feine Schneedecke, den bleifarbenen Himmel und die silbrig umrissenen Äste der Bäume betrachtet, bevor die Kälte mich zurück ins Haus trieb. Und nachdem das neue Jahrhundert mit so viel Tamtam und Trara und

Glanz und Gloria begonnen hatte, erwartete ich, dass ich am Beginn einer großartigen Zukunft stand und mein dreizehntes Lebensjahr einfach magisch werden musste.

Doch inzwischen war es Frühling geworden. Die Monate waren mir irgendwie zwischen den Fingern zerronnen und hatten nichts gebracht außer dem bekannten Stumpfsinn aus Schule, häuslichen Pflichten und Klavierstunden. Unterbrochen wurde diese Eintönigkeit nur dadurch, dass meine sechs Brüder (!) es abwechselnd schafften, mich, das einzige Mädchen (!), zur Weißglut zu treiben. Das neue Jahr hatte mich ganz offensichtlich zum Narren gehalten.

Mit vollem Namen heiße ich Calpurnia Virginia Tate, doch damals nannten mich die meisten nur Callie Vee, abgesehen von Mutter, wenn sie mich tadelte, und Großpapa, der Spitznamen grundsätzlich ablehnte.

Mein einziger Trost waren die naturwissenschaftlichen Studien mit meinem Großvater, Captain Walter Tate, den viele in Fentress, wo wir lebten, fälschlich für einen schrulligen, ungeselligen alten Spinner hielten. Sein Geld hatte er mit Baumwolle und Viehherden gemacht, und im Bürgerkrieg hatte er auf Seiten der Südstaaten gekämpft. Irgendwann hatte er dann beschlossen, den letzten Abschnitt seines Lebens den Wissenschaften und dem Studium der Natur zu widmen. Ich begleitete ihn dabei, wann immer ich mich zu Hause loseisen konnte, und ich lebte für diese wenigen kostbaren Stunden in seiner Gesellschaft. Dann folgte ich Großpapa, ausgerüstet mit einem Schmetterlingsnetz, einer Ledertasche, meinem wissenschaftlichen Notizbuch und einem stets griffbereiten, frisch gespitzten Bleistift, mit dem ich unsere Beobachtungen festhielt.

Bei unfreundlichem Wetter saßen wir im Laboratorium (im Grunde nichts weiter als ein alter Schuppen, der einst zu den Sklavenunterkünften gehört hatte) und untersuchten unsere Präparate, oder wir gingen in die Bibliothek, wo ich mich unter Großpapas

Anleitung langsam durch Mr. Charles Darwins Buch *Über die Entstehung der Arten* durcharbeitete. Bei schönem Wetter zogen wir über die Felder zum San Marcos River oder bahnten uns einen Weg durchs Gestrüpp auf einem der zahlreichen Tierpfade. Dem ungeübten Beobachter mochte unsere Welt nicht besonders aufregend scheinen, doch in Wirklichkeit wimmelte sie nur so vor Leben, man musste nur wissen, wohin man schauen sollte. Und *wie* man schauen sollte. Das war etwas, was ich von Großpapa gelernt hatte. Zusammen hatten wir eine brandneue Spezies einer haarigen Wicke entdeckt, die der Welt inzwischen unter der Bezeichnung *Vicia tateii* bekannt war. (Ich gebe zu, mir wäre es lieber gewesen, wir hätten eine unbekannte Tierart entdeckt, das wäre wirklich spannender gewesen, aber andererseits – wie viele Leute in meinem Alter oder ganz gleich welchen Alters können schon von sich sagen, dass etwas Lebendiges für immer ihren Namen trägt? Das ist nicht so leicht zu übertreffen.)

Mein Traum war es, eines Tages in Großpapas Fußstapfen zu treten und Wissenschaftlerin zu werden, doch Mutter hatte andere Pläne für mich: Ich sollte alle häuslichen Fähigkeiten erwerben und mit achtzehn als Debütantin in die Gesellschaft eingeführt werden. Bis dahin wäre ich hoffentlich präsentabel genug, um die Blicke eines wohlhabenden jungen Mannes aus guter Familie auf mich zu ziehen. (Ob mir das gelingen würde, bezweifelte ich allerdings stark, und zwar aus vielen Gründen: Zum Beispiel waren mir Kochen und Nähen verhasst, und der Typ Mädchen, nach dem sich alle umguckten, war ich auch nicht gerade.)

So war es also Frühling geworden, normalerweise eine Zeit der Freude, in meiner Familie aber auch eine Zeit einer gewissen Sorge, und das hing mit dem weichen Herzen meines ein Jahr jüngeren Bruders Travis zusammen. Der Frühling ist bekanntlich die Zeit des aufblühenden Lebens, die Zeit der Vogelküken, der Waschbärjungen, der Fuchswelpen und der kleinen Eichhörnchen. Viele dieser Jungtiere werden zu Waisen, werden verlassen oder verletzt. Und je hoffnungsloser ein Fall, je düsterer die Überlebenschancen, je geringer die Hoffnungen für die Zukunft, desto größer die Chance, dass Travis sich des Tieres annahm und es nach Hause brachte, damit es bei uns lebte. Ich selbst fand diese Parade ungewöhnlicher Haustiere immer ganz unterhaltsam, meine Eltern hingegen sahen das ganz und gar nicht so. Meine Mutter redete Travis ernst ins Gewissen, mein Vater drohte ihm strenge Strafen an, doch alles war vergessen, sobald Travis irgendwo ein hilfsbedürftiges Tier entdeckte. Manche erholten sich, andere endeten kläglich, doch alle fanden sie einen Platz im empfindsamen Herzen meines Bruders.

An einem Morgen im März stand ich besonders früh auf und lief zu meiner Überraschung in der Eingangshalle unseres Hauses Travis über den Weg.

»Gehst du zum Fluss?«, fragte er. »Kann ich mitkommen?«

Normalerweise zog ich lieber alleine los, weil man so viel besser ahnungslosen Tieren nachspionieren konnte. Doch von all meinen Brüdern war Travis derjenige, der mein Interesse an der Natur am ehesten teilte. Ich ließ ihn also mitkommen, allerdings unter einer Bedingung: »Du musst ganz leise sein. Ich will nämlich Tiere beobachten.«

Während der Himmel sich im Osten langsam im Licht der aufgehenden Sonne erwärmte, führte ich Travis auf einem der Wildpfade zum Fluss hinunter. Entgegen meinen Anweisungen plapperte Travis ununterbrochen. »Sag mal, Callie, hast du schon gehört, dass Maisie, der Rattenterrier von Mrs. Holloway, Junge hat? Meinst du, Mutter und Vater würden mich eins davon haben lassen?«

»Ich glaube nicht. Mutter beklagt sich sowieso schon immer darüber, dass wir vier Hunde haben. Ihrer Meinung nach sind das drei zu viel.«

»Aber es gibt doch auf der ganzen Welt nichts Tolleres als so einen

Hundewelpen! Als Erstes würde ich ihm beibringen, Stöckchen zu holen. Das ist nämlich das Dumme an Bunny – ich hab ihn so lieb, aber er will einfach keine Sachen apportieren.« Bunny war Travis' flauschiges, preisgekröntes Riesenkaninchen. Mein Bruder liebte es abgöttisch, Tag für Tag fütterte er es, bürstete ihm das Fell und spielte mit ihm. Aber dass er es zu dressieren versuchte, war mir neu.

»Moment mal«, unterbrach ich ihn, »heißt das, du … du willst Bunny Apportieren beibringen?«

»Klar. Aber ich versuch's schon so lange, und er macht's einfach nicht. Ich hab es sogar mit einer Möhre probiert, aber er hat sie bloß aufgefressen.«

»Ähm – Travis?«

»Hm-m?«

»Noch nie, seit es die Welt gibt, hat ein Kaninchen Stöckchen geholt. Mach dir deswegen also keine Gedanken.«

»Aber Bunny ist unheimlich schlau.«

»Für ein Kaninchen vielleicht, aber das heißt nicht viel.«

»Wir müssen bestimmt nur mehr üben.«

»Bestimmt. Anschließend kannst du dann auch gleich dem Schwein Klavierspielen beibringen.«

»Vielleicht würde Bunny ja schneller Fortschritte machen, wenn du uns helfen würdest.«

»Dabei nicht, du Träumer. Schlag dir das aus dem Kopf.«

Wir debattierten immer weiter, bis wir fast am Fluss waren. Auf einmal entdeckten wir ein Tier, kaum größer als ein kleiner Laib Brot, das im welken Laub am Fuß eines hohlen Baums schnüffelte. Bei näherem Hinsehen stellte sich heraus, dass es ein junger *Dasypus novemcinctus* war, ein Neunbinden-Gürteltier oder auch Armadillo. Obwohl sie in Texas neuerdings häufiger vorkamen, hatte ich doch noch nie eins aus der Nähe gesehen. Anatomisch betrachtet, ähnelte es einer verunglückten Mischung aus einem Ameisenbär (die

Schnauze), einem Muli (die Ohren) und einer Schildkröte (der Panzer). Mit seinem Aussehen war dieses Wesen ziemlich schlecht weggekommen, fand ich, aber Großpapa hatte mal gesagt, es sei nicht nur unwissenschaftlich, sondern auch dumm, den menschlichen Schönheitsbegriff auf ein Tier anzuwenden, das es geschafft hatte, seit Millionen Jahren auf der Welt zu existieren.

Travis hockte sich hin und flüsterte: »Was macht es da?«

»Ich vermute, es sucht nach Frühstück«, sagte ich. »Laut Großpapa fressen sie Würmer und Larven und so was.«

»Der ist ja *sooo* süß, findest du nicht auch?«, sagte Travis.

»Nein, eigentlich nicht.«

Aber es war sinnlos, ihm das zu sagen. Das leichtsinnige Gürteltier tat genau das, was die todsichere Methode war, um sich einen Platz in unserem Haus zu sichern: Es kam langsam zu meinem Bruder herüber und schnüffelte an seinen Socken.

Oh, oh! Wir mussten hier weg, so schnell wie möglich, bevor Travis noch sagen konnte –

»Komm, wir nehmen ihn mit!«

Zu spät! »Lieber nicht, Travis. Das ist ein wildes Tier.«

Doch Travis beachtete mich gar nicht. »Ich glaube, ich nenne ihn Armand – Armand Armadillo. Oder Dilly, falls es ein Mädchen ist? Wie findest du das? Dilly Armadillo.«

Mist, jetzt war wirklich alles zu spät. Großpapa warnte mich immer davor, den Gegenständen meiner wissenschaftlichen Studien Namen zu geben. Dann könnte ich nie mehr objektiv sein und hätte auch große Probleme, das Tier zu sezieren, auszustopfen, ins Schlachthaus zu bringen oder freizulassen, je nachdem, was gerade anstand.

Travis redete munter weiter. »Was meinst du – ist es ein Junge oder ein Mädchen?«

»Keine Ahnung.« Ich zog mein wissenschaftliches Notizbuch aus der Tasche und schrieb. Frage: Wie unterscheidet man einen Armand von einer Dilly?

Travis hob das Gürteltier hoch und drückte es zärtlich an sich. Armand (so wollte ich ihn fürs Erste nennen) zeigte keinerlei Anzeichen von Furcht, sondern machte sich gleich daran, mit seiner begierig zuckenden Schnauze Travis' Hemdkragen zu untersuchen. Travis strahlte, ich seufzte ärgerlich. Während mein Bruder sanft auf seinen neuen Freund einredete, wühlte ich mit einem Stock in der Erde nach Nahrung. Ich förderte einen riesigen Tauwurm zutage und hielt ihn Armand zögerlich hin, der ihn mir jedoch sofort mit seinen eindrucksvollen Klauen aus der Hand schnappte und in null Komma nichts verschlang, wobei ihm ziemlich unappetitliche Wurmstückchen aus dem Maul flogen. Kein schöner Anblick, wirklich nicht. Das war mir neu, dass Gürteltiere die allerschlimmsten Tischmanieren weit und breit hatten. Oje, jetzt war es mir wieder passiert – ich hatte ein Tier nach menschlichen Empfindlichkeiten beurteilt, obwohl die hier völlig fehl am Platz sind.

Sogar Travis sah leicht schockiert aus. »Baaah!«, sagte er, und fast hätte ich es ihm nachgetan. Aber ich war schließlich im Feuer wissenschaftlichen Denkens gehärtet und wusste, dass Wissenschaftler so etwas niemals laut sagen (höchstens gelegentlich denken).

Armand leckte jetzt Wurmreste von Travis' Hemd. »Er hat Hunger«, sagte mein Bruder, »das ist alles. Junge, Junge, besonders gut riechen tut er nicht gerade.«

Das stimmte. Als wäre abstoßendes Benehmen nicht genug, sonderte Armand auch noch einen unangenehmen, moschusartigen Geruch ab.

»Ich glaube, ihn mitzunehmen ist keine gute Idee«, sagte ich. »Was würde Mutter sagen?«

»Sie muss ja nichts davon wissen.«

»Sie weiß solche Sachen immer.« Wie sie das genau machte, war eine Frage, die all ihre sieben Kinder immer wieder beschäftigte, ohne dass die je dahintergekommen wären.

»Ich könnte ihn in der Scheune halten«, schlug Travis vor. »Da geht Mutter praktisch nie hin.«

Ich begriff, dass dieser Kampf so gut wie verloren und im Grunde auch nicht meiner war. Also steckten wir Armand in meine Schultertasche, die er auf dem Heimweg die ganze Zeit von innen mit den Klauen bearbeitete. Zu meinem großen Ärger entdeckte ich mehrere tiefe Kratzer im Leder, als wir ihn endlich in der hintersten Ecke der Scheune in einen alten Kaninchenstall neben Bunny gesetzt hatten. Doch zuvor wurde er von uns noch auf die Waage, die sonst für Geflügel und Kaninchen benutzt wurde, gelegt (fünf Pfund) und gemessen (elf Zoll, ohne den Schwanz). Wir waren uns erst nicht sicher, ob wir den Schwanz mitrechnen sollten, beschlossen dann aber, dass die reine Körperlänge eine genauere Vorstellung von den wahren Ausmaßen dieses Tiers vermittelte.

Armand schien nichts gegen unsere Zuwendung zu haben; besonders zu genießen schien er sie allerdings auch nicht. Er erkundete erst sein neues Zuhause, dann machte er sich daran, im Boden des Stalls zu scharren. Uns ignorierte er völlig.

Damals wussten wir es noch nicht, doch mehr sollte die Beziehung zu Armand nicht zu bieten haben: scharren und ignorieren, noch mehr scharren und noch mehr ignorieren. An jenem Tag sahen wir Armand so lange dabei zu, wie er im Boden scharrte und uns ignorierte, bis unser Dienstmädchen SanJuanna auf der Veranda die Glocke läutete, um alle zum Frühstück zu rufen. Travis und ich stürmten in die Küche, wo uns der köstliche Duft nach gebratenem Speck und frisch gebackenen Zimtbrötchen empfing.

»Waschen!«, befahl Viola, unsere Köchin, vom Herd aus.

Abwechselnd pumpten Travis und ich am Becken Wasser und schrubbten uns die Hände. Ein paar schleimige Reste von Armands

Frühstück klebten noch an Travis' Hemd. Ich machte ihm Zeichen und reichte ihm ein feuchtes Geschirrtuch, doch er verrieb das Zeug nur und machte damit alles noch schlimmer.

Viola blickte auf. »Was ist denn das für ein Geruch?«

»Deine Brötchen sehen wirklich lecker aus«, sagte ich schnell.

»Was für ein Geruch denn?«, fragte Travis.

»Der Geruch, den du an dir hast, junger Mann.«

»Der kommt bloß, äh, von einem meiner Kaninchen. Du kennst doch Bunny, oder? Das große weiße? Es muss dringend gebadet werden. Das ist alles.«

Ich war überrascht. Travis war ein notorisch schlechter Lügner, doch dieses Mal hatte er sich ganz geschickt angestellt. Neben meinen naturwissenschaftlichen Studien war ich dabei, meinen Wortschatz zu erweitern, und so kam mir der Ausdruck *gewieft* in den Kopf. Ich hatte ihn bis dahin noch nie benutzt, doch hier war er sicherlich passend: *Travis, der gewiefte Schwindler.*

»Hm«, machte Viola, »das höre ich zum ersten Mal, dass man Kaninchen baden soll.«

»Oh, du solltest es sehen«, fiel ich gleich ein. »Es starrt wirklich vor Dreck.«

»Hm«, machte sie wieder. »Das glaube ich auch so.«

Sie lud einen ganzen Stapel knuspriger Speckscheiben auf einen Teller und trug ihn durch die Schwingtür ins Esszimmer. Travis und ich gingen hinterher und nahmen unsere Plätze bei Tisch ein, zwischen meinen anderen Brüdern: Harry (dem ältesten, der auch mein Lieblingsbruder war), Sam Houston (dem stillsten), Lamar (einer schrecklichen Nervensäge), Sul Ross (dem zweitstillsten) und Jim Bowie (dem mit seinen fünf Jahren jüngsten und lautesten).

An dieser Stelle sollte ich vielleicht sagen, dass Harry dabei war, seinen Platz als mein Lieblingsbruder zu verspielen, seit er begonnen hatte, um Fern Spitty zu werben. Sicher, Harry war achtzehn, und ich hatte mich endlich damit abgefunden, dass er eines Tages heiraten würde, trotzdem hatte sein Werben um sie zur Folge, dass er immer weniger Zeit zu Hause verbrachte. Fern war hübsch, sanftmütig und außerdem ziemlich patent, das heißt, sie zuckte nur leicht zurück, wenn ich mit einem Weckglas durchs Haus lief, in dem ein schleimiges Etwas hin und her schwappte. Obwohl ich also grundsätzlich nichts gegen Fern einzuwenden hatte, führte doch kein Weg an der traurigen Wahrheit vorbei, dass ihretwegen eines Tages unsere Familie auseinanderbrechen würde.

Vater und Großpapa traten ein und nahmen ihre Plätze ein, dabei nickten sie allen zu und sagten förmlich: »Guten Morgen!«

Großpapa nickte mir noch einmal gesondert zu, und ich lächelte ihn an, in dem warmen Gefühl, sein Liebling unter den Enkelkindern zu sein.

»Eure Mutter hat wieder eine ihrer schlimmen Kopfschmerzattacken«, sagte Vater. »Sie wird heute nicht mit uns frühstücken.«

Ich war erleichtert, denn Mutter hätte Wurmreste auf einem Hemd auf dreißig Schritt Abstand entdeckt. Und hätte nicht Viola, sondern Mutter Travis befragt, so wäre er höchstwahrscheinlich eingeknickt und hätte alles gestanden. Ich selbst hatte mir dagegen die Taktik des sturen Leugnens angeeignet. Darin war ich so gut geworden, so *gewieft* – selbst angesichts lückenloser Beweise –, dass Mutter sich oft schon gar nicht mehr die Mühe machte, mich zu verhören. (Du siehst, als unzuverlässig zu gelten kann auch seine Vorteile haben, auch wenn ich es nicht allgemein empfehlen möchte.)

Vater sprach das Tischgebet, dem wir mit gesenktem Kopf folgten, dann reichte SanJuanna die Teller mit den verschiedenen Speisen herum. Ohne Mutters Anwesenheit entfiel die lästige Pflicht der gepflegten leichten Konversation, die sie stets bei den Mahlzeiten von uns verlangte, und so widmeten wir uns hingebungsvoll unserem Frühstück. Minutenlang war nichts zu hören bis auf das Quietschen von Messern und Gabeln auf unseren Tellern, gedämpfte Begeisterungslaute und die gelegentliche Bitte, den Sirup weiterzureichen.

Nach der Schule rannten Travis und ich gleich wieder zur Scheune, um nach Armand zu sehen, und fanden ihn zusammengekauert in einer Ecke seines Käfigs, wo er von Zeit zu Zeit halbherzig am Draht kratzte. Er sah irgendwie – wie soll ich sagen? – bedrückt aus, andererseits, wer will das bei einem Gürteltier mit Sicherheit sagen?

»Was hat er bloß?«, wollte Travis von mir wissen. »Besonders glücklich kommt er mir nicht vor.«

»Das kommt daher, dass er ein wildes Tier ist und eigentlich nicht in einen Käfig gehört. Vielleicht sollten wir ihn freilassen.«

Doch so schnell war Travis nicht bereit, auf sein neuestes Haustier zu verzichten. »Ich wette, er hat Hunger. Hast du irgendwelche Würmer?«

»Die sind mir gerade ausgegangen.« So ganz entsprach das nicht der Wahrheit, in meinem Zimmer hatte ich einen Riesenwurm, den größten, den ich je gesehen hatte, doch den wollte ich mir aufheben, um ihn zu sezieren. Es sollte das erste Mal sein, und Großpapa hatte vorgeschlagen, mit einem *Anneliden*, also einem Ringelwurm, zu beginnen und mich langsam durch die verschiedenen Stämme oder *Phyla* vorzuarbeiten. Ich vermutete, dass es umso einfacher sein dürfte, so einen Wurms zu sezieren, je größer das Exemplar war, denn dann müssten doch die Organe am besten zu erkennen sein.

Aber wie auch immer – Armand hatte ein Problem, und jemand musste sich darum kümmern. Er war ein Bodenbewohner und ein *Omnivore*, ein Allesfresser, er ernährte sich also von pflanzlicher wie von tierischer Kost. Ich war aber gerade nicht in der Stimmung, nach Würmern zu graben, und genug Ameisen für eine ordentliche Gürteltiermahlzeit einzufangen würde ewig dauern, also sagte ich: »Komm mit, wir sehen nach, was es so in der Vorratskammer gibt.«

Wir liefen zur hinteren Veranda und von dort direkt in die Küche, wo Viola bei einer Tasse Kaffee saß und sich zwischen der einen und der nächsten Mahlzeit etwas Ruhe gönnte. Idabelle, die Hauskatze, lag in ihrem Körbchen nahe beim Ofen und leistete ihr Gesellschaft. Viola blätterte in einer von Mutters Zeitschriften. Lesen oder schreiben konnte sie zwar nicht, doch es machte ihr Spaß, die Hüte zu betrachten, die gerade neueste Mode waren. Auf einem dieser Hüte schien so etwas wie ein ausgestopfter Paradiesvogel in einem Nest aus Tüll zu sitzen, wobei ein Flügel kunstvoll die Stirn der Trägerin beschattete. Der Hut schien mir absolut lächerlich, ganz abgesehen davon, dass so etwas eine schreckliche Vergeudung eines seltenen und wundervollen Exemplars war.

»Was wollt ihr?«, fragte Viola, ohne aufzublicken.

»Ach, wir haben bloß ein bisschen Hunger«, sagte ich, »und wollten nachsehen, was es so in der Vorratskammer gibt.«

»Meinetwegen. Aber lasst die Finger von den Pasteten, die sind fürs Abendessen, verstanden?«

»Verstanden.«

Wir schnappten uns das Erstbeste, ein hart gekochtes Ei, und rannten zurück zur Scheune.

Armand schnüffelte am Ei, rollte es mit den Pfoten umher, brach es auf und fraß es unter lautem Grunzen, mit großer Begeisterung und ohne irgendeinen Sinn für Manieren. Als er fertig war, zog er sich wieder in die hinterste Ecke des Stalls zurück, wo er sich wie zuvor zusammenkauerte und einen jämmerlichen Eindruck machte. Ich betrachtete ihn nachdenklich und dachte über seine natürliche Umgebung nach. Gürteltiere lebten in Erdbauten und waren nachtaktiv. Das hieß, dass Armand gern den ganzen Tag über in seiner Höhle lag und schlief. Hier hingegen hatte er keine Höhle, die ihm vor dem hellen Tageslicht Schutz bot. Kein Wunder, dass er unglücklich aussah.

»Ich glaube, er braucht ein Erdloch«, sagte ich. »Eine Höhle, in der er schlafen kann.«

»Wir haben aber keine.«

»Wenn du ihn freilässt«, sagte ich hoffnungsvoll, »kann er sich eine graben.«

»Ich *kann* ihn nicht freilassen. Er ist doch mein Armand. Wir müssen eben eine Höhle für ihn machen.«

Ich seufzte. Wir sahen uns nach geeignetem Material um und fanden einige alte Zeitungen sowie ein Stück von einer alten Decke, das benutzt wurde, um die Pferde nach der Arbeit trocken zu reiben. Beides legten wir Armand in den Stall. Erst schnüffelte er daran, so wie er das mit allem machte, doch dann begann er eifrig, das Papier zu zerreißen. Schließlich schleppte er alles zusammen in seine Stallecke, und in Minutenschnelle hatte er sich eine Art Nest gebaut. Er zog sich die Decke über den Kopf und warf sich ein paarmal hin und her. Dann lag er auf einmal ganz still, und aus dem Hügel drang leises Schnarchen.

»Da hast du's«, sagte Travis. »Siehst du, wie glücklich er ist? Du bist so schlau, Callie. Du weißt alles.«

Das ging mir natürlich runter wie Öl. Vielleicht war es doch keine so schlechte Idee, Armand (oder Dilly) zu behalten.

An jenem Abend stellten wir uns in Reih und Glied auf, um uns wie jede Woche von Vater unser Taschengeld auszahlen zu lassen. Nach dem Alter geordnet, standen wir vor seiner Tür, und Vater rief uns einzeln zu sich herein. Die älteren Jungs bekamen jeder ein Zehn-Cent-Stück, wir übrigen jeweils eine Fünf-Cent-Münze. Ich verstand schon, was Vater sich dabei dachte – mehr oder weniger jedenfalls –, trotzdem freute ich mich schon auf den Tag, an dem ich alt genug sein würde, um auch zehn Cent zu bekommen.

Am Ende der kleinen Zeremonie ermahnte Vater uns jedes Mal,

nicht alles auf einmal auszugeben, was die meisten von uns trotzdem taten, und zwar im Fentress General Store, dem Gemischtwarenladen in unserer Stadt, wo wir uns Fruchtgummis, Karamellbonbons oder Schokolade kauften. Vaters Absicht war es, uns die Bedeutung des Sparens nahezubringen, doch in Wirklichkeit lernten wir, komplizierte Rechnungen durchzuführen. Dabei ging es darum, welche der Süßigkeiten den höchsten Genuss über die längste Zeit versprach, ob es also lohnender war, einen Cent für fünf knallrote Zimtbonbons auszugeben oder lieber zwei Cent für drei Karamellbonbons, oder darum, welcher Bruder am ehesten bereit wäre, Lakritze gegen Fruchtgummis zu tauschen, und wie hoch der jeweilige Tauschwert wäre. Zweifellos hochkomplizierte Berechnungen.

Trotzdem war es mir gelungen, die Summe von zweiundzwanzig Cent zusammenzusparen, die ich in einer Zigarrenschachtel unter meinem Bett verwahrte. Eine Maus, der diese Schachtel offenbar gefiel, hatte die Ecken angeknabbert, weswegen es Zeit wurde, Großpapa um eine neue zu bitten. Ich klopfte an die Tür seiner Bibliothek, und er antwortete: »Herein, wenn's sein muss.« Als ich eintrat, schaute er gerade aufmerksam durch ein Vergrößerungsglas. Im matten Licht der Lampe schien sein langer silberner Bart wie von einem blassen Zitronengelb.

»Calpurnia, sei so lieb und bring noch eine Lampe her, ja? Das hier kommt mir vor wie ein *Erythrodiplax berenice,* aus der Ordnung der Libellen. Das ist die einzige echte Salzwasserlibelle, von der wir wissen. Aber was macht sie hier bei uns?«

»Ich weiß nicht, Großpapa.«

»Ach so – natürlich nicht. Das war ja auch eine sogenannte rhetorische Frage – eine Frage, auf die man keine Antwort erwartet.«

»Warum stellt man sie dann?«, hätte ich fast gefragt, doch eine so freche Antwort würde ich mir meinem Großvater gegenüber nie herausnehmen.

»Seltsam«, sagte er, »so weit entfernt von den Salzmarschen findet man sie normalerweise nicht.«

Ich brachte ihm eine zweite Lampe und lehnte mich über seine Schulter. Ich war unheimlich gerne mit ihm in diesem Raum, in dem es so viele faszinierende Dinge gab: das Mikroskop und das Teleskop, getrocknete Insekten, Tiere in Glasgefäßen, verdorrte Eidechsen, den alten Globus, ein Straußenei, einen Kamelsattel, so groß wie ein Kissen, oder ein schwarzes Bärenfell mit einem klaffenden Maul, das gerade groß genug war, um den Fuß einer zu Besuch weilenden Enkelin einzufangen. Und nicht zu vergessen die hohen Stapel von Büchern, hochkomplizierte wissenschaftliche Abhandlungen mit Goldprägung auf einem Einband aus inzwischen abgewetztem Ziegenleder. Einen Ehrenplatz auf einem eigenen Bord nahm ein großes Glasgefäß ein, in dem sich die *Sepia officinalis* befand, ein Tintenfisch, den ihm vor Jahren ein bedeutender Mann, den Großpapa sehr verehrte, persönlich geschickt hatte – Mr. Charles Darwin. Die Tinte auf dem angehängten Pappschildchen war verblasst, doch die Aufschrift war immer noch lesbar. Für meinen Großvater war dieses Glas sein wertvollster Besitz.

Jetzt hob er den Kopf, schnupperte kurz und fragte dann: »Wieso riechst du nach Gürteltier?«

Es war einfach unmöglich, irgendetwas vor Großpapa geheim zu halten, zumindest wenn es auf irgendeine Weise mit der Natur zu tun hatte.

»Ähm«, sagte ich, »es ist vielleicht besser, wenn du nichts davon weißt.«

Meine Antwort schien ihn zu amüsieren. »Der spanische Name des Gürteltiers, *Armadillo,* bedeutet so viel wie *kleines gepanzertes Tier*. Die ersten deutschen Siedler nannten es dann auch Panzerschwein. Das Fleisch dieser Tiere ist hell und ähnelt in Geschmack und Beschaffenheit dem der Schweine, wenn es richtig zubereitet wird.

Meine Truppen und ich waren im Krieg dankbar, wenn wir eins fanden und uns eine Mahlzeit daraus machen konnten. Im Krieg waren sie noch nicht so verbreitet hier, sie waren nämlich erst kurz zuvor von Südamerika aus eingewandert. Darwin war ganz vernarrt in sie, *nette kleine Tiere* nannte er sie, aber er hat auch nie versucht, eins aufzuziehen. Es kommt zwar selten vor, dass sie beißen, trotzdem sind sie extrem ungeeignet als Haustier. Die erwachsenen Tiere leben allein, ohne Neigung, sich anderen ihrer Art anzuschließen. Das erklärt vielleicht, weshalb sie nicht den geringsten Wert auf menschliche Gesellschaft legen.«

Es geschah eher selten, dass Großpapa den Bürgerkrieg erwähnte, den langen Krieg zwischen den Nord- und den Südstaaten. Das war vielleicht auch besser so, denn einige Veteranen der Konföderierten Truppen des Südens lebten noch in unserer Stadt, und der Krieg oder wenigstens sein Ergebnis machte ihnen noch immer schwer zu schaffen. Ebenso schien es mir vernünftig, Travis nichts davon zu erzählen, dass sein Großvater Armands Vorfahren mit Genuss verspeist hatte. »Großpapa«, sagte ich, »ich hätte gern eine neue Zigarrenschachtel, falls du eine übrig hast, und ich würde mir gern ein Buch ausleihen, in dem ich alles nachlesen kann über das Gürteltier, das wir nicht haben.«

Schmunzelnd holte Großpapa ein Kistchen hervor, dann zeigte er auf ein Buch mit dem Titel *Godwins Atlas der texanischen Säugetiere*. »Es gibt Tiere«, begann Großpapa, »die sich anscheinend nicht als Haustiere eignen, aus Gründen, über die wir wenig sagen können. Das gilt nicht nur für das Gürteltier. Denk an den Biber, das Zebra oder das Nilpferd, um nur ein paar zu nennen. Viele haben versucht, sie zu domestizieren, und alle sind kläglich gescheitert, nicht selten auf spektakuläre und manchmal sogar tödliche Weise.«

Ich konnte mir nur zu gut vorstellen, was Mutter für ein Gesicht machen würde, wenn Travis mit einem Nilpferdbaby an der Leine nach Hause käme, und ich dankte Gott, dass wir in einem nilpferdfreien Land lebten. Ich schlug das Nachschlagewerk auf, und in zufriedenem Schweigen widmeten Großpapa und ich uns beide unserer Arbeit.

Kurz vor dem Schlafengehen schauten Travis und ich noch einmal schnell nach Armand. (Wir hatten uns darauf geeinigt, ihn so zu nennen, auch wenn wir nicht ausschließen konnten, dass es doch eine *Dilly* war.) Er wühlte und scharrte im Boden und ignorierte uns, also überließen wir ihn sich selbst.

Am nächsten Morgen gab Travis ihm noch einmal ein hart gekochtes Ei. Armand fraß es, ignorierte uns und zog sich in seinen Bau zurück.

»Ich wünschte, er wäre mein Freund«, sagte Travis. »Ich wette, wenn ich ihm weiter sein Fressen bringe, sind wir bald Freunde.«

»Ein schöner Freund wäre das! Willst du wirklich einen, der sich nur freut, dich zu sehen, weil du ihm Essen bringst?«

Ich erzählte ihm, was ich von Großpapa über die Gattung der Gürteltiere erfahren hatte, doch Travis zuckte nur mit den Schultern. Vermutlich würde er es selbst herausfinden müssen. Manche Lektion lernt man eben nur durch Erfahrung, auch wenn die schmerzhaft sein kann.

Zweites Kapitel

DIE GÜRTELTIERKRISE

In der Pampasablagerung bei Bajada fand ich den Knochenpanzer eines riesigen gürteltierähnlichen Tiers, dessen Inneres, nachdem die Erde entfernt war, einem großen Kessel glich.

Einige Tage später erschien Travis mit dunklen Augenringen zum Frühstück. Außerdem stank er fürchterlich.

»Fühlst du dich nicht gut?«, fragte Mutter erschrocken. »Was ist das für ein schrecklicher Geruch?«

»Mir geht's gut«, murmelte er. »Der Geruch kommt von den Kaninchen. Ich hab sie heute früher als sonst gefüttert.«

»Hm, hm«, machte Mutter, »vielleicht solltest du einen Löffel Leber–«

»Nein, ich bin kerngesund!«, brüllte Travis. »Und jetzt muss ich los zur Schule!« Damit stürmte er aus dem Zimmer.

Nur um Haaresbreite war er einer Dosis Lebertran entkommen, Mutters Allheilmittel für sämtliche Leiden und zugleich das Ekligste, was es auf dieser Welt gibt. Wenn man nicht schon krank war, bevor man das Zeug schlucken musste, war man es mit Sicherheit hinterher. Allein die Drohung mit einem kleinen Löffel Lebertran reichte aus, um noch das kränkste Kind dazu zu bewegen, vom Sterbebett wieder aufzuerstehen und bei bester Gesundheit zur Schule zu flitzen oder zur Kirche oder zu irgendwelchen lästigen Arbeiten im Haus, die es erwarteten.

Auf unserem Weg zur Schule fragte ich Travis, was los sei.

»Ich habe Armand gestern Abend reingeholt«, sagte er.

»Was soll das heißen?«

»Er hat bei mir im Zimmer geschlafen.«

Ich sah ihn groß an. »Machst du Witze? Du hast seinen Stall ins Haus geschleppt?«

»Nein. Bloß Armand.«

Ich starrte ihn immer noch an. »Du meinst … er konnte in deinem Zimmer frei rumlaufen?«

»Ja! Du hättest mal hören sollen, was für einen Krach er gemacht hat.«

Mir drehte sich der Kopf. Travis erzählte munter weiter. »Er wollte und wollte nicht schlafen, also hab ich mich runter in die Vorratskammer geschlichen und ihm ein Ei geholt, aber er hat immer noch keine Ruhe gegeben. Er hat in allen Zimmerecken gescharrt und seinen Panzer an den Bettpfosten gerieben. Ein grässliches Geräusch war das, und das ging die ganze Nacht so.«

»Ich fasse es nicht«, sagte ich. »Was war denn mit den anderen?« Travis teilte sich ein Zimmer mit den beiden Kleinen, Sul Ross und Jim Bowie.

»Die haben tief und fest geschlafen«, antwortete Travis verbittert. »Die haben nichts mitgekriegt.«

»Du weißt, dass es keine gute Idee ist, Armand zu behalten«, sagte ich und wollte ihm schon aus Sicht der großen Schwester einen Vortrag darüber halten, was alles gegen Armand sprach, doch in dem Moment stieß Lula Gates zu uns, meine Freundin und Klassenkameradin, die manchmal mit uns zusammen zur Schule lief. Von meinen Brüdern waren gleich mehrere – einschließlich Travis – in Lula verliebt. An diesem Tag trug sie in ihren langen silberblonden Haaren eine neue Seidenschleife, die ihre Augen besonders grün leuchten ließ. Meerjungfrauenaugen sagte Travis dazu. Sobald er

Lula erblickte, fiel alle Müdigkeit von ihm ab. (Ich sollte vielleicht erwähnen, dass Travis eine besondere Begabung für das Glück hatte. Er war einer der seltenen Menschen, deren ganzes Gesicht strahlt wie die Sonne, wenn sie lächeln, und die ganz und gar erfüllt sind von ansteckendem Glück, sodass die Welt gar nicht anders kann, als zurückzulächeln.)

»Hey, Lula«, sagte er, »rate mal, was ich habe. Ein neues Haustier – ein Gürteltier.«

»Wirklich?«

»Du solltest es dir mal anschauen. Es frisst dir aus der Hand. Wenn du willst, kannst du es füttern. Möchtest du?«

»Na, klar möchte ich, unbedingt. Du hast wirklich immer die spannendsten Haustiere.«

So kam es, dass – vermutlich zum ersten Mal in der Geschichte der Menschheit – ein Neunbindengürteltier dabei half, einem Mädchen den Hof zu machen, und somit ein Instrument des Liebeswerbens wurde.

Zu Travis' großer Freude kam Lula gleich am nächsten Nachmittag. Es war nicht zu übersehen, dass er in Lulas Gunst klar an meinen Brüdern vorbeizog. Er hob sein neues Haustier aus dem Stall und fütterte es mit einem Ei. Armand stürzte sich mit der üblichen Begeisterung darauf. Lula sah ihm fasziniert zu, doch da sie recht zart besaitet war, verzichtete sie darauf, ihn auf den Arm zu nehmen. (Damals ahnten wir es nicht, doch es sollte sich als ihr Glück erweisen.)

An jedem Wochenende verbrachte Travis Stunden in der Scheune und bemühte sich, aus Armand ein richtiges Haustier zu machen, doch ohne Erfolg. Er knuddelte ihn, fütterte ihn und polierte Armands Panzer mit einem weichen Tuch, aber Armand ließ das alles kalt.

An einem Abend überraschte mich Travis, indem er Großpapa

direkt ansprach, was selten vorkam – genau genommen nie. Er begann so: »Sir?«

Keine Antwort.

»Sir? Großvater?«

Großpapa schreckte aus seinen Tagträumen hoch und schaute sich am Tisch um, wer da wohl gesprochen hatte. Schließlich blieb sein Blick an Travis hängen.

»Ja – ähm, junger Mann?«

Unter dem direkten, forschenden Blick verlor Travis fast den Mut. »Ich … Ich wüsste nur gern, Sir … Wie alt werden Gürteltiere, Sir?«, stammelte er.

Großpapa strich sich über den Bart und sagte: »Im Allgemeinen um die fünf Jahre, würde ich sagen, wenn sie in Freiheit leben. In Gefangenschaft soll es jedoch schon Exemplare gegeben haben, die fünfzehn Jahre alt wurden.«

Travis und ich sahen einander erschrocken an, was Großpapa bemerkte. Er schien amüsiert, sagte aber nichts weiter.

Wir fütterten Armand zweimal am Tag, und er nahm auch gut zu, was zweifellos daran lag, dass er nicht mehr in der Natur herumstreifen musste, um etwas zum Abendessen zu finden. Er ließ es sogar kurz zu, dass Travis ihn auf den Arm nahm, aber das war auch schon alles. Obwohl wir ihm täglich seine harten Eier brachten, zeigte er nie so etwas wie Freude über unser Kommen. Stattdessen kratzte er unablässig an einer der Ecken seines Stalls, und zwar so heftig, dass wir eine Wand mit Holzscheiten verstärken mussten. Doch auf unerklärliche Weise liebte Travis Armand, so wie er alle Tiere liebte, und war nicht bereit, auf ihn zu verzichten.

Eines Morgens machte ich wieder einen kurzen Abstecher in die Vorratskammer, konnte aber keine harten Eier entdecken. Viola saß am Küchentisch und war dabei, eine riesige Menge Kartoffeln zu schälen. Meine Brüder, alle noch im Wachstumsalter, schafften es Tag für Tag, sich durch einen ganzen Berg dieser Knollen hindurchzupflügen. »Wieso gibt's keine Eier?«, fragte ich.

»Aha, du warst das also«, antwortete Viola. »Ich hab mich schon gefragt, ob die Eier neuerdings Beine bekommen haben. Was machst du nur damit?«

»Nichts«, sagte ich beherzt.

»Du isst die alle selber?«

»Ja.«

»Kann ich kaum glauben, Fräuleinchen. Bringst du die irgend so einem Landstreicher unten am Fluss? Das würde deiner Momma gar nicht gefallen.«

»Dann solltest du ihr vielleicht nichts davon sagen«, erwiderte ich eine Spur schnippischer als beabsichtigt.

»Nicht in diesem Ton, Fräulein.«

»Tut mir leid«, sagte ich und setzte mich zu ihr, um beim Schälen zu helfen. Ich staunte, wie schnell und geschickt ihre Finger waren. In derselben Zeit, in der ich eine einzige Kartoffel voller Augen zustande brachte, hatte sie zwei vollkommene Exemplare fertig. Stumm arbeiteten wir eine Weile, dann sagte ich: »Es ist kein Landstreicher. Es ist was anderes. Wenn du versprichst, es niemandem zu verraten, sag ich's dir.«

Mit *niemand* war natürlich Mutter gemeint.

»Komm mir nicht auf die Tour. Das solltest du langsam wissen.«

Ich seufzte. »Du hast recht. Tut mir leid.«

»Aber sicher doch.«

»Ha ha, sehr witzig. Aber wenn du's unbedingt wissen willst – es handelt sich um eine Art Experiment.«

»Sei still, ich will nichts davon wissen.«

»Komisch, das sagen oft Leute zu mir.«

»Ach ja.«

Mir fiel auf, dass Idabelle, die Hauskatze, nicht in ihrem Korb beim Ofen lag. Bestimmt war Viola auch deswegen so gereizt. Sie machte sich immer Sorgen, wenn das Tier, das ihr normalerweise Gesellschaft leistete, die Küche verließ, um auf Mäusejagd zu gehen oder sich oben ein sonniges Plätzchen zu suchen. Idabelles Aufgabe war es, gegen Ungeziefer in unserer Vorratskammer vorzugehen, und das machte sie wirklich sehr gut, auch wenn man es nicht glauben mochte, wenn sie so dick und träge dalag. Im Winter war sie zudem ein wunderbarer Bettwärmer. Außer Idabelle gab es noch die »Draußen-Katzen«, die für die Veranden und die Nebengebäude zuständig waren. Die gingen manchmal in die Scheune und starrten Armand an, der sie aber – was auch sonst? – ignorierte.

Endlich waren wir mit den Kartoffeln fertig. Bevor ich hinausging, gab ich Viola einen Kuss auf eine Wange, und sie scheuchte mich mit einem Klaps hinaus.

Am späten Nachmittag, als es schon dämmerte, rief Großpapa mich in die Bibliothek und gab mir mit einem Fingerzeig zu verstehen, ich solle mich auf den Kamelsattel setzen, meinen üblichen Platz in diesem Raum. Dann hielt er eine Zeitschrift hoch. »Calpurnia, ich habe hier die neueste Ausgabe des *Journal of Southwestern Biology.* Darin findet sich der Bericht eines Naturforschers aus Louisiana, der sich anscheinend die Hansen-Krankheit zugezogen hat, nachdem er mit einem Gürteltier Kontakt hatte. Diese Tiere gelten als Überträger der Krankheit.«

»Ach, wirklich?«

»Deshalb schlage ich vor: Solltest du zufällig ein Gürteltier in deinem Besitz haben – womit ich nicht unterstellen will, dass dem so ist –, lass es bei der erstbesten Gelegenheit frei.«

»Ähm … gut. Was ist eigentlich diese Hansen-Krankheit?«

»Eine merkwürdige, schreckliche Krankheit, für die es keine Heilung gibt. Gemeinhin ist sie unter der Bezeichnung *Lepra* bekannt.«

Ich schoss von meinem Sitz hoch wie ein aufgeschreckter Fasan aus einem Gebüsch und stürmte aus der Bibliothek. Die Gedanken rasten nur so durch meinen Kopf, mein Herz klopfte den Rhythmus dazu: Nein – nein – nicht Travis! Nicht diese schrecklichen Geschwüre, die Gesicht und Hände entstellen und dazu führen, dass die Opfer ihr Leben in Leprasiedlungen hinter Stacheldraht fristen müssen, hilflos und von ihren Mitmenschen gemieden! Undenkbar, dass der weichherzige Travis verbannt werden sollte in das Land der Verdammten!

Ich rannte so schnell in die Scheune, dass die Pferde im Stall laut wieherten und die Scheunenkatzen erschrocken davonstoben.

Neben dem Stall stand Travis und hatte Armand auf dem Arm. »Lass ihn los!«, brüllte ich noch im Laufen. »Lass ihn los!«

Travis fuhr zusammen und sah mich verwundert an. »Was?«

»Lass ihn los! Er ist gefährlich!«

Travis starrte mich verständnislos an.

Ich streckte beide Hände nach dem Gürteltier aus, tat aber gleich wieder einen Schritt zurück. Ich brachte es nicht über mich, das Tier anzufassen.

»Lass ihn los!«, wiederholte ich schwer atmend. »Diese Tiere können Krankheiten übertragen, sagt Großpapa.« Ich packte den Rock meiner Schürze, und mit dieser Schutzhülle für meine Hände packte ich das Tier und warf es auf den Boden.

»He!«, protestierte Travis. »Du tust ihm weh! Was für Krankheiten überhaupt? Guck ihn dir doch an, Callie, er ist kerngesund.«

Er bückte sich, um Armand wieder hochzuheben.

»Lepra!«, keuchte ich.

Travis erstarrte. »*Was?*«

»Großpapa sagt, sie können Lepra übertragen. Wenn du das bekommst, musst du in einer Leprakolonie leben und siehst deine Familie nie wieder.«

Travis wurde ganz bleich und wich zurück.

Armand schnüffelte beiläufig an einem losen Heubüschel, während wir dastanden und ihn anstarrten wie eine Granate, die jeden Moment explodieren konnte. Ich atmete tief durch und tätschelte Travis' Arm. »Bestimmt ist alles in Ordnung«, sagte ich. »Er ist bestimmt eins von den gesunden Tieren.«

Ein Schauder ging durch Travis. Armand schnüffelte noch kurz, dann wanderte er ein bisschen in der Scheune umher.

»Vielleicht solltest du dir die Hände waschen.«

Travis starrte mich aus untertassengroßen Augen an und krächzte: »Du meinst, das hilft?«

Ich hatte nicht die geringste Ahnung und log einfach: »Natürlich tut es das.«

Wir rannten zur Pferdetränke, wo ich mit aller Kraft mit dem Schwengel Wasser pumpte, während Travis sich wie wild die Hände schrubbte und dazu mit den Zähnen klapperte.

Als wir uns umsahen, bekamen wir gerade noch mit, wie Armand sich aus dem Staub machte, in Richtung der Büsche am Rand unseres Grundstücks. Ich fragte mich, wie ein Tier, das so wenig Notiz von seiner Umwelt nahm, überhaupt in der Wildnis überleben konnte. Ajax hingegen, Vaters preisgekrönter Hühnerhund, war von steter Neugier getrieben, überwachte unablässig sein Revier, registrierte jede kleine Veränderung und nahm noch den schwächsten Geruch auf. Seine ausgeprägte Wachsamkeit war ein perfektionierter Überlebensmechanismus. Armand ging so etwas offenbar völlig ab.

Frage fürs Notizbuch: Hatte Armands unbekümmerte Art mit seinem Panzer zu tun? Vielleicht scherte man sich ja wenig um seine Umgebung, wenn man so einen Schutz bei sich trug, in den man sich ruckzuck zurückziehen konnte. War das der Grund dafür, dass Armand taub und blind für alles um ihn herum schien? Oder konnte es sein, dass er an seine eigene Welt perfekt angepasst war, in der wir Menschen aber schlicht und einfach keine Rolle spielten?

Wir sahen ihm nach, wie er in der zunehmenden Dunkelheit verschwand.

Travis winkte ihm traurig nach. »Tschüss, Armand. Oder Dilly. Du warst mein allerliebstes Gürteltier. Werd mir bloß nicht krank!«

Armand (oder Dilly) blieb sich treu und ignorierte Travis.

In der folgenden Woche schrubbte Travis sich so oft und heftig die Hände, bis sie fast wund waren. Mutter bemerkte es und lobte ihn für seine Reinlichkeit. »Wie schön, dass wenigstens einer meiner Söhne endlich begreift, wie wichtig saubere Hände sind. Was hat dich dazu gebracht?«

»Na ja, ich hatte doch dieses Gür–«

»Nein, nein«, sprudelte es aus mir heraus, »Miss Harbottle hat uns in der Schule einen Vortrag darüber gehalten. Wirklich, ha ha. Seitdem waschen wir uns alle dauernd die Hände. Hi hi!«

Mutter kniff die Augen zusammen, sagte aber nichts.

Ach, Travis, Travis, du flaumiges Küken unter all meinen Brüdern. Wie du es schafftest, einen Tag nach dem anderen zu überleben, ohne unter die Räder des Lebens zu kommen, war mir ein Rätsel. Später warnte ich ihn: »Hör zu, wenn Mutter je von Armand erfährt, wirst du nie wieder irgendein Tier adoptieren dürfen. Ganz gleich, was es ist. Nie wieder. Willst du das?«

»Ich glaub nicht.«

»Das dachte ich mir.«

»Es juckt mich überall. Und schlecht ist mir auch und schwindlig. Ach ja, und die Haare tun mir weh. Glaubst du, das ist Lepra?«

Ich wusste es nicht, also schlug ich in einem Buch aus Großpapas Bibliothek über ansteckende und tropische Krankheiten nach. Die Bilder in diesem Buch waren so gruselig, dass man sie lieber nicht so genau anschaute (am besten gar nicht), wegen all der Darstellungen von Körperteilen, die von Hakenwürmern befallen waren oder langsam abstarben.

Ich fand heraus, dass zu den frühen Symptomen der Lepra der Verlust der Augenbrauen zählt sowie Taubheit der kühleren Hautstellen, wie zum Beispiel an den Knien. Travis kontrollierte bestimmt hundert Mal am Tag seine Augenbrauen, und mindestens einmal am Tag musste ich ihn ganz fest in die Knie kneifen. Jedes Mal sagte er »Au!« und seufzte erleichtert. (Damals trug er noch kurze Hosen, und die blauen Flecken an seinen Knien waren unübersehbar. Ich weiß nicht, ob Mutter etwas bemerkt hat; gesagt hat sie jedenfalls nichts.)

Drittes Kapitel

DAS BAROMETER SPRICHT

Dort, wo wir schliefen, kochte das Wasser aufgrund des geringeren Luftdrucks zwangsläufig bei einer niedrigeren Temperatur als auf geringerer Höhe …

Der Frühling ging langsam zu Ende, und schon bald war der Sommer da mit seiner unvermeidlichen Hitze und unserem unvermeidlichen Gestöhne darüber. Viola behauptete, vor lauter Hitze legten die Hühner hart gekochte Eier. Ich selbst beklagte mich am wenigsten über die Temperaturen, denn wenn die anderen sich mittags hinter die geschlossenen Läden ihrer Zimmer zurückzogen, um dort in einen unruhigen Schlaf zu sinken, aus dem sie später schweißgebadet erwachten, schlich ich mich zum Fluss hinunter. Einen Badeanzug besaß ich nicht, also zog ich mich bis auf mein Unterkleid aus, ließ mich in der sanften Strömung auf dem Rücken treiben und suchte dabei die Wolken nach ungewöhnlichen Formen und Szenen ab – einem indianischen Tipi, einem Walzer tanzenden Erdhörnchen oder einem schnaubenden Drachen.

Unablässig formten die Wolken über meinem Kopf neue Bilder, lösten sie auf und bildeten andere. Die dicken, aufgeblähten Kumuluswolken waren ideales Futter für die Fantasie, während mir zu den feinen Fäden der Zirruswolken gar nichts einfiel. Frage fürs Notizbuch: Wodurch entstehen die unterschiedlichen Wolkenformen? Sie mussten irgendetwas mit der Feuchtigkeit in der Luft zu tun haben. Und was war mit den Schäfchenwolken? Mit Großpapa darüber sprechen!

Von der Brücke weiter unten am Fluss hörte ich das Geschrei und Geplatsche der ungehobelten Stadtjungen, und auch wenn ich sie um ihre Seilschaukel beneidete, wäre ich doch um nichts in der Welt zu ihnen gegangen, schließlich war ich nur mit meiner Unterwäsche bekleidet! Mit einem Kamm und einem Handtuch, die ich in einer braunen Papiertüte am Boden eines hohlen Baums versteckt hatte, ordnete ich nach meinem erfrischenden Bad, so gut es ging, meine Haare und Kleider. Dann schlich ich mich zurück in mein Zimmer.

Später am Tag befragte ich Großpapa nach dem Wetter. Er erklärte mir, dass Wissenschaftler tatsächlich mit einem riesigen Ballon zwei Meilen hoch über der Erde unterwegs gewesen seien und entdeckt hätten, dass die dicken, tieferen Wolken wie auch der Nebel aus winzigen Wassertröpfchen bestanden, während die höheren, feinen Wolken lauter winzige Eiskristalle waren. Schäfchenwolken wiederum seien eine Mischung aus beidem. Ich staunte über den Mut dieser Männer, die als Erste so hoch hinaufgeflogen waren.

Am Anfang meiner Wetterstudien beschäftigten wir uns mit der Windrichtung. Das war einfach, denn ganz oben auf unserem Haus, gleich neben dem Blitzableiter, war eine Wetterfahne aus Blech in Form eines texanischen Longhorn-Rinds angebracht. Sie bewegte sich im Wind und zeigte so stets dessen Richtung an. Jeder Dummkopf konnte dahinterkommen. Nach mehreren Tagen konnte ich aufgrund meiner Beobachtungen feststellen, dass Westwind überwiegend gutes Wetter bedeutete. Ich hielt meine Erkenntnisse in meinem Notizbuch fest.

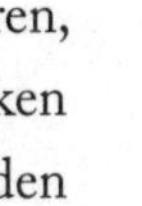

Um die Windgeschwindigkeit zu messen, baute ich ein sogenanntes *Anemometer* aus vier Pappkegeln, die ich nach Art eines Windrädchens zusammenleimte. Aber das Material war nicht geeignet, und so zerfetzte die erste kräftige Windbö mein Messinstrument und verteilte die Reste im Vorgarten.

»War das mal wieder eins von deinen ›wissenschaftlichen Experimenten‹?«, fragte Lamar, der mit Sul Ross auf der Veranda stand.

So ein Stinkstiefel! »Lamar«, sagte ich, »du würdest vermutlich sogar aus einer Baumschule rausfliegen!«

Sul Ross lachte sich schief. Lamar verpasste ihm einen Schlag in den Nacken, aber eine gute Antwort fiel ihm nicht ein. Wenn es um Schlagfertigkeit mit Worten ging, besaß Lamar keinerlei Waffen.

Ich ging zu Großpapa. »Mein Anemometer ist auseinandergeflogen.«

»Das ist schade«, meinte er. »Aber das passiert oft bei den selbst gemachten. Immerhin hast du dich mit den grundlegenden Prinzipien vertraut machen können.«

In unserer nächsten Lektion ging es um etwas, was man Luftdruck nennt und mit einem Barometer misst. Das Anemometer hatte ich mir selbst bauen müssen, da wir keins hatten, aber wir besaßen ein Barometer – genauer gesagt: Großpapa besaß eins –, und so nahm ich an, ich könne sein Gerät für meine Lektionen benutzen. Falsch gedacht!

»Wir brauchen ein Glasgefäß, einen Ballon, ein Gummiband, einen Strohhalm, eine Nähnadel, ein Lineal und einen Topf Leim.«

Das hörte sich zwar spannend an, aber was man damit machen könnte, war mir nicht klar.

»Wozu brauchen wir das alles?«

»Damit du dir dein eigenes Barometer bauen kannst.«

Ich wies auf das schöne Messinginstrument an der Wand und fragte: »Was stimmt mit dem nicht?«

»Soweit ich weiß, stimmt alles.«

»Ah, jetzt versteh' ich: Das ist wieder eine dieser Lektionen, bei denen ich etwas von Grund auf verstehen soll.«

»Genau«, sagte Großpapa, befeuchtete einen Zeigefinger und blätterte um. »Ich warte hier auf dich.«

Ich las mir noch einmal die Liste durch. Einen Ballon besaß ich nicht, meine Brüder hatten garantiert auch keinen, also rannte ich zum Laden und kaufte einen für fünf Cent. (Normalerweise hätte ich gegen diesen maßlos übertriebenen Preis protestiert, doch die Wissenschaft war mir das Opfer wert.) An der Bar mit den Erfrischungsgetränken mopste ich noch schnell einen Strohhalm.

Ich rannte ins Laboratorium und fand ein Lineal, ein leeres Glasgefäß und ein Töpfchen Leim, was gar nicht so leicht war in dem gewaltigen Durcheinander von Schläuchen, Reagenzgläsern und Hunderten kleiner Flaschen mit ziemlich eklig aussehenden Flüssigkeiten. Seit Jahren versuchte Großpapa, Whiskey aus Pekannüssen zu destillieren, und die Regale waren bis zum Rand gefüllt mit den zahllosen Fehlschlägen.

Als ich alles für den Bau eines Barometers zusammenhatte, lief ich zurück und legte die Sachen auf den Schreibtisch.

»Also«, sagte Großpapa, »bevor wir anfangen, musst du verstehen, was genau wir da eigentlich messen wollen. Wirklich verstanden hat man den Luftdruck erst 1643, als ein italienischer Wissenschaftler namens Torricelli, der das erste Barometer überhaupt gebaut hatte, einen Satz prägte, der später berühmt werden sollte: ›Wir leben auf dem Boden eines Luftmeeres.‹«

Dann erklärte er mir die verblüffende Tatsache, dass die Luft, obwohl sie unsichtbar ist, ein Gewicht hat und dass die vielen, vielen Meilen der Atmosphäre über uns eine ganze Menge wiegen. Er erinnerte mich daran, wie sich meine Ohren verschlossen, als ich einmal tief hinab in den Fluss tauchte, bis dorthin, wo die Welse leben. Das lag, so erklärte mir Großpapa, an dem zunehmenden Gewicht des Wassers und dem Druck, den es auf die Ohren ausübt. Auf dieselbe Weise übt die Luft Druck auf uns aus, und zwar mit der gewaltigen

Kraft von 14,7 Pfund pro Quadratzoll. Zum Glück sind wir Menschen in der Lage, diesem Druck standzuhalten, wir bemerken ihn nicht einmal, weil er von allen Seiten gleichzeitig auf uns einwirkt und der Körper stabil genug ist, ihn auszuhalten.

Ich fand diese Neuigkeiten ziemlich beunruhigend, aber sie gehörten nun einmal zu den Tatsachen des Universums, und ich musste mich wohl damit abfinden.

»Das Barometer, das wir bauen werden, ist anders als das von Torricelli, denn zu seiner Zeit gab es noch keine Gummiballons. Doch der Gedanke, dass sich der Luftdruck messen lässt, geht auf ihn zurück. Die Idee dazu hatte er teilweise von seinem Freund und Kollegen Galileo bekommen, der heute als der ›Vater der modernen Wissenschaft‹ verehrt wird, zu Lebzeiten jedoch wegen der Verbreitung von Irrlehren zu Kerkerhaft verurteilt wurde. Torricelli musste sogar sein erstes Barometer vor den Nachbarn verstecken, um nicht der Hexerei beschuldigt zu werden. Ja, ja, das ist das Los derjenigen Wissenschaftler, die kühn genug sind, die Grenzen des Wissens weiterzustecken. Aber genug Geschichte für heute, fangen wir lieber an. Du wirst sehen, so ein Barometer ist eigentlich etwas ganz Simples.«

Unter Großpapas Anleitung schnitt ich den Hals des Ballons ab, spannte den Rest fest über die Öffnung des breiten Glasgefäßes und machte ihn mit einem Gummiband fest. Dann strich ich etwas Leim auf ein Ende des Strohhalms und legte ihn so auf das obere Ende des Ballons, dass dieses Halmende genau in der Mitte klebte. Zum Schluss klebte ich die Nadel ans andere Ende des Strohhalms.

Ich trat einen Schritt zurück und betrachtete mein Werk. Wie sollte ein so unscheinbares Instrument überhaupt funktionieren?

Als könnte er meine Gedanken lesen, sagte Großpapa: »Ein eher schlichtes Modell, zugegeben, aber es funktioniert wunderbar. Nun miss die Höhe der Nadel und notier sie dir.«

Ich richtete das Lineal auf und markierte die Stelle, die die Nadel anzeigte.

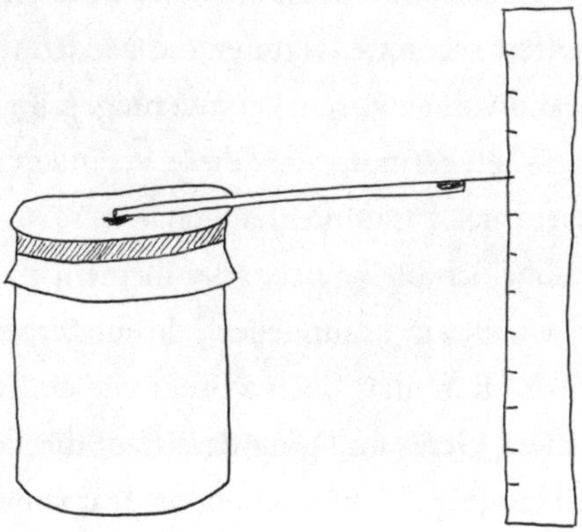

»Steigender Luftdruck drückt auf die Ballonhaut und presst die Luft im Glas zusammen. Das führt dazu, dass der Strohhalm an dem Ende, an dem die Nadel klebt, höher steigt. Bei sinkendem Luftdruck hingegen sinkt auch die Nadel. Miss ihre Höhe mehrmals am Tag, und du wirst feststellen, dass steigender Luftdruck und eine steigende Nadel im Allgemeinen schönes Wetter ankündigen, während bei sinkendem Luftdruck und einer sinkenden Nadel Regen und Sturm zu erwarten sind. Alternativ könntest du auch einen Versuch mit dem Topf Bärenfett machen, der hier irgendwo stehen muss, allerdings bin ich recht skeptisch, was seine Verlässlichkeit angeht.«

»Ein Topf wovon?« Ich dachte, ich hätte mich verhört.

»Vor einigen Jahren bekam ich einen Topf mit Bärenfett von Gordon Poteet, der als Neunjähriger außerhalb von Fredericksburg von Komantschen entführt worden war. Ich gehörte zu dem Trupp von Rangern, der die Komantschen durch ganz Texas verfolgte, aber das ist eine lange und leidvolle Geschichte, die ich im Moment nicht vertiefen möchte. Jedenfalls konnten wir ihn schließlich zu seinen Eltern zurückbringen, wenn auch erst einige Jahre später. Bis dahin war er schon weitgehend zu einem Indianer geworden und nannte sich Gordon Whitefeather. Inzwischen lebt er teils in der einen, teils in der anderen Gesellschaft und ist in keiner wirklich glücklich. Als er mir das Bärenfett schenkte, sagte er, die Medizinmänner hätten ihn gelehrt, anhand von gewissen Veränderungen im Fett das Wetter vorherzusagen. Ich vermute, dass diese Veränderungen mit dem wechselnden Luftdruck zusammenhängen.«

»Hm. Ich glaube, ich bleibe lieber bei meinem Barometer.« Gerade erst waren wir in ein brandneues Jahrhundert eingetreten, da schien mir ein Topf Bärenfett doch zu sehr wie ein Rückschritt ins alte. Ich nahm mein Gerät und ging damit auf die Veranda auf der Vorderseite des Hauses, wo ich es hinter ein paar von Mutters Topfpflanzen platzierte, wo es hoffentlich außer Gefahr war.

Am nächsten Morgen war es trüb, der Himmel war großenteils bedeckt, die Wolken hingen tief. Ich saß auf den Stufen vorm Haus und notierte wie üblich meine Beobachtungen an Flora und Fauna. Außerdem hielt ich fest: *Die Nadel steigt, was steigenden Luftdruck bedeuten soll, was wiederum schönes Wetter bedeutet. Sieht aber nicht so aus. Beim nächsten Mal doch lieber Bärenfett?*

Doch mit Beginn der großen Pause hatten sich die Wolken verzogen, und die Sonne lächelte von einem leuchtend blauen Himmel. Das Barometer hatte gesprochen.

Am folgenden Freitag sollte unser jährliches Schulpicknick stattfinden, ein Vergnügen, auf das wir uns alle schon lange freuten. Doch als ich morgens um Viertel nach sechs auf mein Barometer schaute, erschrak ich. Sinkender Luftdruck, ein Vorbote schlechten Wetters. *Baah!* Als ich zur Schule kam, war der Himmel tiefblau, nicht eine einzige Wolke war zu sehen. Trotzdem ging ich zu Miss Harbottle und sagte ihr, dass wir für unser Picknick mit Regen rechnen müssten.

Sie schaute nach oben, machte eine wegwerfende Handbewegung und seufzte. »Calpurnia Tate, wo hast du nur immer diese Ideen her?«

»Vom Barometer, Miss Harbottle.«

»Dann rate ich dir, dich in Zukunft lieber auf die Augen zu verlassen, die Gott dir gegeben hat. Mit denen ist doch alles in Ordnung, oder?«

»Soweit ich weiß, ja, Miss Harbottle.«

»Gott sei Dank. Und jetzt geh bitte hinein. Du hältst alle auf.«

Einige meine Mitschüler kicherten und stießen sich gegenseitig an. Eine von ihnen war Dovie Medlin, die ich am wenigsten von allen mochte. Sie war eine aufgeblasene dumme Nuss, die sich für was Besseres hielt, weil ihre große Schwester in der Telefonvermittlung unserer Stadt als *Fräulein vom Amt* arbeitete. Die verhasste Dovie spielte sich deswegen allen anderen gegenüber furchtbar auf und wollte mir einfach nicht zugestehen, dass jemand, nach dem eine neu entdeckte Pflanzenart benannt war, sich mindestens im selben Glanze sonnen konnte. *Paaah!*

Doch als gegen Mittag der erste Donner unheilverkündend grollte, fiel Dovie vor Staunen die Kinnlade runter, und ihr Mund blieb weit offen stehen. Miss Harbottle funkelte mich böse an, so als wäre ich irgendwie schuld daran, dass unser Ausflug nun ruiniert war. Wie lächerlich! Und welche Genugtuung für mich! Ich verkniff mir ein Kichern und bemühte mich nach Kräften um eine möglichst ausdruckslose Miene.

Es war nicht zu glauben, aber Travis trauerte noch immer seinem Gürteltier nach. Seine freie Zeit verbrachte er damit, Bunny (der immer noch nicht apportieren wollte) zu bürsten und zu knuddeln und mit den Scheunenkatzen zu spielen, die er alle nach berühmten Banditen benannt hatte (Jesse James, Belle Starr und so weiter), doch offenbar reichte ihm das nicht. Um ihn ein bisschen aufzumuntern, schlug ich ihm vor, den Holloways einen Besuch abzustatten und uns die neuen Welpen anzuschauen. Die Familie lebte in einem schäbigen Farmhaus an der Lockhart Road, eine halbe Meile von uns entfernt. Mrs. Holloway öffnete uns in einer fleckigen Schürze. Von der Tür blätterte schon die Farbe ab. Maisie, ein mittelgroßer braun-weißer Rattenterrier stand neben ihr und jaulte jämmerlich.

»Guten Tag, Mrs. Holloway«, sagte ich.

»Hi, Maisie«, sagte Travis. »Was hat sie denn? Warum weint sie so?«

»Sie hatte Junge«, erklärte Mrs. Holloway. »Und die sind jetzt weg.«

»Wo sind sie denn?«, wollte Travis wissen.

Mrs. Holloway schien die Frage unangenehm zu sein. »Na ja, ihr müsst das verstehen. Wir können uns das nur so erklären, dass ein Kojote über den Zaun gesprungen ist, als Maisie läufig war. Jedenfalls hat sie jetzt furchtbar hässliche Junge bekommen, sieben Stück! Könnt ihr euch das vorstellen? Sieben! So was habt ihr noch nicht gesehen. Nicht mal verschenken konnte man die. Du liebe Güte!«

»Ich nehme eins«, sagte Travis schnell.

Ich sah ihn entsetzt an. Das war nicht mit unseren Eltern abgesprochen.

»Ich nehm zwei«, sagte er.

Ich warf ihm einen strengen Blick zu.

»Ich nehm drei«, sagte er.

Jetzt sah ich ihn richtig böse an und trat ihm auf den Fuß.

»Tja, Herzchen«, begann Mrs. Holloway und wirkte dabei wieder so unbehaglich. »Da bist du zu spät. Mr. Holloway war ihr Gefiepe leid und hat sie alle in einen Sack gepackt. Vor zehn Minuten ist er mit ihnen zum Fluss runter.«

»O nein!«

»Wenn ihr rennt, holt ihr ihn vielleicht noch ein, aber vielleicht lasst ihr das besser. Die sind wirklich furchtbar hässlich, ich sag's euch. Du meine Güte.«

Aber Travis hatte schon auf dem Absatz kehrtgemacht und rannte los wie ein Irrer. Ich stotterte noch schnell auf Wiedersehen und folgte Travis dann, so schnell ich konnte.

»Travis, bleib stehen! Guck's dir nicht an!«

Doch er rannte nur noch schneller. Bis zur halben Strecke hielt ich Schritt mit ihm, doch dann bekam ich so heftige Seitenstiche, dass ich in großem Abstand hinter ihm hertrottete. In der Ferne machte ich eine Gestalt auf einem Pferd aus, die auf uns zuritt. Mr. Holloway. Auf dem Rückweg von der Brücke. Travis brüllte ihm etwas zu, was ich aber nicht verstehen konnte. Mr. Holloway schüttelte den Kopf und zeigte mit dem Daumen in Richtung Fluss. Travis rannte weiter. Als der Farmer auf meiner Höhe war, sagte er: »So einen Kojotenbastard würdet ihr sowieso nicht wollen.«

Ich ließ ihn stehen und lief schnell weiter. Travis stand auf der Brücke und suchte aufgeregt das träge dahinfließende Wasser nach Lebenszeichen ab. Doch weit und breit war nichts zu sehen. Kein Sack, keine Welpen. Nicht einmal Luftblasen. Ich war erleichtert, um Travis' willen.

»Sie sind weg«, sagte ich.

Wir standen noch mehrere Minuten da. Travis sprach kein Wort. Ich legte einen Arm um ihn, und wir machten uns auf den Heimweg. Monate sollten vergehen, bevor wir wieder von diesem Erlebnis sprachen.

Viertes Kapitel

TEUFELSVÖGEL

Die außerordentliche Zahmheit der Vögel … ist allen Landarten gemein … Einmal, als ich auf der Erde lag, ließ sich eine Spottdrossel auf dem Rand eines aus dem Panzer einer Schildkröte gefertigten Kruges nieder, den ich in der Hand hielt, und trank in aller Seelenruhe Wasser daraus.

Einige Wochen später saß ich in der Küche, kraulte Idabelle das Fell und war Viola ständig im Weg, als Travis mit strahlender Miene zur Hintertür hereinkam. Er hielt einen alten Strohhut in den Händen, in dem es unter einem roten Tuch heftig raschelte.

»Hallo zusammen! Ihr erratet nie, was ich gefunden habe!«

Violas Kopf fuhr hoch. »Was auch immer es ist, es kommt mir nicht in meine Küche!«

»Was ist es denn?«, fragte ich, einerseits interessiert, andererseits bang.

Mit der großartigen Geste eines Zauberers lüftete er das Tuch. Im Hut lagen zwei Blue Jays, Blauhäherküken, mager, knochig, kaum gefiedert, mit weit offenen Schnäbeln und so hässlich, dass selbst süße Milch in ihrer Nähe sauer werden musste. Sie reckten sich zitternd auf der verzweifelten Suche nach Futter und stießen kleine spitze Schreie aus.

Es war ja nicht ungewöhnlich, dass man hier und da ein Vogeljunges fand, das aus dem Nest gefallen oder hinausgestoßen worden war. Doch gleich zwei? Das schien mir … verdächtig.

»Die hast du *gefunden*? Wirklich? Wo?«

Travis wich meinem Blick aus. »Unten, bei der Cotton Gin.« Die Cotton Gin war die große Anlage zur Baumwollentkörnung, die meiner Familie gehörte.

»Ist mir ganz egal, wo du sie herhast, mach, dass du mit den grässlichen Viechern aus meiner Küche verschwindest. Die sind mit dem Teufel im Bunde!«

Wie um Violas Aussage zu bekräftigen, warfen beide Küken den Kopf zurück, der noch viel zu groß für die wackligen Hälse war, und schrien wie … ja wirklich, wie der Teufel. Man sollte nicht meinen, dass so zerbrechlich wirkende Wesen zu so einem Lärm fähig sind, doch auf die Weise fordern sie Nahrung von ihren Eltern.

»Schaff sie raus!«, brüllte Viola über das Geschrei hinweg.

Auf unserem Weg zur Scheune plapperte Travis munter drauflos. »Ich hab gehört, die eignen sich gut als Haustiere. Wusstest du das? Sie sollen richtig schlau sein, und man kann ihnen alle möglichen Kunststücke beibringen. Ich hab schon überlegt, wie ich sie nennen könnte. Wie wär's mit Blue und Jay? Blue ist der hier. Der ist auch etwas kleiner, guck mal. Jay ist größer, und der eine Flügel sieht ein bisschen komisch aus. Ich hoffe, es ist alles in Ordnung mit ihm. Jedenfalls kann man sie auf die Art gut auseinanderhalten. Ich frag mich, wann die wohl zuletzt was zu essen hatten? Glaubst du, die nehmen auch Hühnerfutter? Oder müssen wir nach Würmern graben?«

»Travis, du weißt, wie Mutter und Vater über Tiere denken, die du von draußen anschleppst.«

»Aber, Callie, das hier sind doch nicht mal Tiere, das sind Vögel. Das ist doch ganz was anderes.«

»Eigentlich nicht. Vögel gehören zur Klasse der Wirbeltiere im Königreich Animalia.«

»Ich weiß nicht, was das heißt, aber eins weiß ich: Die krakeelen ganz schön. Junge, Junge.«

Allerdings, Junge, Junge. Ihre Schreie waren ein Mittelding zwischen einem Quieken und einem Kreischen, etwa sechs Oktaven höher, als ich singen konnte. Ich folgte Travis in die Scheune, wo er nach so etwas wie einem Zuhause für die beiden suchte. Doch das wüste Geschrei von Blue und Jay lockte bald die Scheunenkatzen herbei, die sich mit glänzenden Augen und zuckendem Schwanz im Kreis um uns aufstellten.

»Sie müssen in den Hühnerstall«, sagte ich. »Das ist der einzige Ort, an dem sie sicher sind.«

Der Hühnerstall hatte ein massives Dach, um Katzen, Waschbären und Falken abzuwehren. Wir füllten ein Holzkistchen mit etwas Wolle von Schneeweißchen, Mutters Lieblingsschaf, und setzten die beiden Vögel in ihr neues Zuhause. Gleich verlangten sie wieder lautstark nach Essen und gaben keine Ruhe. Im Grunde waren sie zwei zu groß geratene Schnäbel an zwei zu klein geratenen Körpern. Sie unterbrachen ihren Höllenlärm nur so lange, wie sie brauchten, um jeweils einen Schnabelvoll weiches Hühnerfutter hinunterzuschlucken. Dabei schlugen sie aufgeregt mit den Flügeln.

»Meinst du, wir sollten ihnen auch Wasser geben?«, fragte Travis.

»Schaden kann's sicher nicht.«

Travis tauchte einen Finger ins Wasserbecken der Hühner, wedelte dann mit dem nassen Finger und ließ so einige Tropfen in die aufgesperrten Schnäbel fallen. Den Vögeln schien es zu gefallen. Soweit ich das sagen konnte.

Die Hennen sammelten sich beleidigt am anderen Ende ihres Stalls und gackerten verstört. Damit die Küken endlich Ruhe gaben, breitete Travis schließlich das rote Tuch über sie. In dieser künstlichen Dunkelheit waren sie auf einmal still.

Doch am nächsten Morgen schlug das Schicksal zu: Blue, der kleinere der beiden Blauhäher, lag tot im Holzkistchen. Ohne sich um den leblosen Körper zu kümmern, schrie sein Geschwister aus Leibeskräften nach Frühstück. Nach Travis' Reaktion zu urteilen, hätte man meinen können, dies sei die größte Tragödie in der Geschichte unserer Familie.

»Ich hab ihn umgebracht«, klagte er, während er mit den Tränen kämpfte. »Ich hätte hier bei ihm sitzen müssen heute Nacht. Armer kleiner Blue. Ich hab ihn im Stich gelassen.«

»Nein, das hast du nicht«, sagte ich in dem erfolglosen Versuch, ihn zu trösten. »So ist das nun mal mit diesen Kümmerlingen. Da kann man nichts machen; nur die am besten an ihre Umgebung Angepassten überleben. Das ist das Gesetz von Mutter Natur.«

Es half alles nichts, wir mussten eine Beerdigung vorbereiten. Auf einem Stückchen Land hinter der Räucherkammer, wo Travis im Laufe der Jahre einen traurigen kleinen Friedhof für seine gescheiterten Projekte angelegt hatte, würde »der arme kleine Blue« ein Grab erhalten. (Ich selbst hätte Blue ja den Käfern und Ameisen überlassen, denn dann hätte ich bald ein sauberes kleines Skelett für meine Studien gehabt, doch so bekümmert, wie Travis aussah, konnte ich ihm das unmöglich vorschlagen.)

Also holten wir eins von meinen Zigarrenkistchen, ein leuchtend buntes mit dem Bild einer Tänzerin im roten Kleid und mit einer Mantille, legten es mit Streifen von Zeitungspapier aus und betteten darauf den Leichnam. Fast hätte ich mich bei Travis entschuldigt, dass ich nichts Düstereres anzubieten hatte, so ansteckend war seine Trauer. Er hob ein Loch aus und setzte das farbenfrohe Kistchen in die dunkle Erde.

»Callie, würdest du bitte ein paar Worte sagen?«

Erschrocken sagte ich: »Ähm, mach du doch. Du hast ihn besser gekannt.«

»Na gut. Blue war ein guter Vogel«, begann Travis. Bevor er weitersprechen konnte, musste er erst einmal schlucken. »Er mochte sein Futter. Er hat sich alle Mühe gegeben. Er hat noch nicht einmal fliegen gelernt. Wir werden dich vermissen, Blue. Amen.«

»Amen«, sagte ich. Sonst fiel mir nichts ein. Ich war mir nicht sicher, ob es erlaubt war, für einen toten Vogel zu beten.

Travis schüttete das kleine Grab wieder zu und klopfte die Erde mit der Rückseite der Schaufel platt. Ich nahm an, damit wären wir am Ende, und wollte schon gehen, doch Travis sagte: »Warte, wir brauchen noch irgendeine Art Grabstein.«

Wir fanden einen vom Fluss glatt geschliffenen Stein, und Travis überlegte hin und her, wie er den Namen des Vogels eingravieren könnte. Doch dann läutete die Glocke zum Frühstück, und ich sagte: »Komm später noch mal her.« Ich lieh ihm mein Taschentuch und legte ihm einen Arm um die Schultern, und so gingen wir mit schleppendem Schritt zum Haus zurück.

Bei Tisch entdeckte Mutter Travis' rote, verquollene Augen natürlich sofort, und sie fragte sanft: »Ist irgendetwas passiert, Liebes?«

»Einer von meinen Blauhähern ist heute Nacht gestorben«, murmelte Travis, ohne von seinem Teller aufzuschauen.

»Einer von deinen – was?«, fragte Mutter. Dabei legte sie den Kopf schief und sah Travis mit großen, funkelnden Augen an. Sie erinnerte in dem Moment selbst an einen Vogel, und fast hätte ich gekichert.

»Ich hatte zwei Blauhäher gefunden, zwei Küken, und einer von ihnen ist heute Nacht gestorben.«

»Dann«, sagte Mutter, »hatte ich dich eben doch richtig verstanden. Allerdings hatte ich meinen Ohren nicht getraut. Wie oft haben wir über dieses Thema gesprochen?«

»Ah«, sagte auf einmal Großpapa, der ausgerechnet diesen Moment wählte, um sein übliches Sinnieren bei Tisch zu unterbrechen, »der nordamerikanische Blauhäher, *Cyanocitta cristata*, ein Mitglied der Corviden-Familie, zu der auch Krähen und Raben zählen. Allerdings sind die Blauhäher streng genommen Vögel der Neuen Welt. Sie gelten als intelligente, neugierige Tiere, die sehr begabt darin sind, Stimmen nachzuahmen. Oft kann man sie auch das Sprechen lehren. Manche Experten halten sie für ebenso intelligent wie die Vögel der Papageien-Familie. Vielen Indianerstämmen gelten sie als frech, gierig und gerissen, zugleich aber auch als schlau und erfinderisch. Und du sagtest, du besitzt einen von ihnen, mein Junge?«

Travis schöpfte neuen Mut. »Ja, Sir, aber er ist noch ein Küken.«

»In diesem Fall wird er sich eng an dich anschließen. Stell dich also schon mal darauf ein, dass du ihn während seines ganzen erwachsenen Lebens versorgen musst. Das können leicht zehn oder mehr Jahre werden. Doch, doch, Blauhäher sind ausgesprochen langlebige Vögel.« Nach diesen Worten wandte sich Großpapa erneut seinem Frühstück und seinen Gedanken zu.

Mutter, die Großpapa am liebsten mit Blicken durchbohrt hätte, richtete ihren Ärger wieder auf Travis.

»Waren wir uns nicht einig, dass uns keine wilden Tiere mehr ins Haus kommen?«

»Doch, Mutter.«

»Und?«

»Und ... äh ...«

Ich beschloss, ihm beizuspringen. »Es waren ja nur Babys, Mutter. Wenn Travis sie nicht aufgehoben hätte, wären sie gestorben. Eins hat er doch immerhin retten können.«

»Halt du dich da raus, Calpurnia«, sagte Mutter. »Travis kann sehr gut für sich selbst sprechen.«

»Genau, Calpurnia«, warf Lamar leise kichernd ein, »lass das Spatzenhirn für sich selbst sprechen. Falls er nicht vorher losheult.«

»Und was dich angeht« – Mutter fuhr herum und funkelte Lamar an –, »hast du irgendetwas Sinnvolles zu dieser Unterhaltung beizutragen? Wie mir scheint, nicht.«

Ach, Lamar, wann bist du nur zu so einem Stinkstiefel geworden? Und warum? Und vor allem: Konnte man irgendetwas dagegen machen?

Travis verlegte sich aufs Argumentieren. »Ich hab das Küken in den Hühnerstall gebracht, Mama. Da macht es überhaupt keine Probleme, ich versprech's dir.«

Ob irgendwem außer mir aufgefallen war, dass er Mutter anders angeredet hatte? Schon seit seinem achten Geburtstag hatte er sie nicht mehr *Mama* genannt. Sie schmolz sichtlich dahin und sagte: »Aber, Liebes, diese Tiere machen *immer* Probleme.«

»Dieses Mal nicht, versprochen.«

»Das versprichst du *immer.*« Mutter massierte ihre Schläfen, und an dieser Geste erkannte ich, dass Travis, ihr Sonnenscheinchen, wieder einmal gewonnen hatte.

Tatsächlich entstand bald eine enge Bindung von Jay zu seinem Herrchen. Mit der Zeit wurde der kleine Vogel auch ansehnlicher, weil sein Gefieder dichter und blauer wurde, doch sein verkrüppelter rechter Flügel war ein Problem. Wann immer Travis und ich ihn zu schienen versuchten, verwandelte sich Jay in unseren Händen in einen explodierenden Ball aus blauen Federn. Wütend flatterte er herum und schrie wie am Spieß. Aber anscheinend sollte gerade dieses Geflatter, das wir auslösten, sich als das Beste für den Flügel herausstellen, denn auf die Weise wurde er langsam kräftiger. Doch als Jay endlich anfing zu fliegen, fiel mir auf, dass er immer im Kreis herumflog, denn der stärkere linke Flügel steuerte ihn stets im Uhrzeigersinn.

Jay lebte zumeist im Hühnerstall, doch manchmal holte Travis ihn zu einem »Spaziergang« ab. Dann saß der kleine Vogel entweder auf seiner Schulter, oder er hüpfte neben ihm von Baum zu Baum. Jay wurde ein guter Stimmenimitator. Er lernte, wie die Hennen zu gackern und wie General Lee, unser Hahn, zu krähen, womit er das stolze Tier so irritierte, dass es unruhig den Hühnerhof nach dem unsichtbaren Rivalen absuchte – natürlich erfolglos.

Jays Gefieder wurde wirklich wunderschön, seine Stimme hingegen gar nicht. Sobald er von seinem Götterjungen getrennt war, schrie er vor Zorn Zeter und Mordio. Selbst wenn wir beim Essen saßen, gute fünfzig große Schritte vom Hühnerstall entfernt, hörten wir manchmal sein durchdringendes Gekreisch. Alle taten wir dann so, als bemerkten wir nichts.

Travis fing an, Jay einmal die Woche in einer flachen Schale mit warmem Wasser zu baden, dann planschte der Vogel jedes Mal ausgelassen herum. Die zwei verbrachten immer mehr Zeit auch außerhalb des Hühnerstalls zusammen, und wir gewöhnten uns daran, ihn mit weißen Spuren über der Schulter zu sehen, über die SanJuanna sich schrecklich aufregte. Er nahm ihn sogar einmal mit zur Schule, wo er sein Haustier vorstellen durfte, und hatte großen Erfolg damit, auch wenn Miss Harbottle jedes Mal zusammenzuckte, wenn Jay kreischte oder flatterte. Sie fürchtete um ihr schwarzes Kleid und ihre kunstvolle Hochsteckfrisur – aus gutem Grund.

Besondere Freude hatte Jay daran, unsere Katzen zu ärgern, und aus unerfindlichen Gründen hatte er es ganz besonders auf Idabelle abgesehen. Wann immer sie vor die Tür kam, um sich in die Sonne zu legen, stieß er kreischend im Sturzflug auf sie hinab. »Sorg dafür, dass dieser Teufelsvogel sich von meiner Katze fernhält!«, forderte Viola Travis mehr als einmal auf.

Dann geschah, was geschehen musste, etwas Schreckliches, Grauenvolles: Eines Tages kam Idabelle zur Küchentür herein und hatte ein schlaffes Bündel blauer Federn im Maul.

Nun kann man einer Katze wohl nicht ernsthaft Vorwürfe machen, wenn sie einen Vogel frisst, oder? Das wäre nicht fair, denn es gehört nun einmal zu ihrer Natur. Viel zu beerdigen gab es dieses Mal nicht, nur einen Flügel und ein paar blaue Federn.

Ich war noch nie bei einer richtigen Beerdigung gewesen (also bei der eines Menschen), hatte es mir aber immer gewünscht. Doch nach unserer Zeremonie für Jay änderte ich meine Meinung. Travis' Kummer mit anzusehen war einfach furchtbar. Aber auch wenn ich mir bei dem Gedanken gemein vorkam und ihn niemals laut ausgesprochen hätte, so vermutete ich doch, dass alle außer Travis erleichtert über Jays Ende waren.

Fünftes Kapitel

EIN SELTENER VOGEL

Der Jaguar ist ein geräuschvolles Tier, das nachts viel brüllt, besonders vor schlechtem Wetter.

Das Erste, was ich beim Aufwachen verspürte, war Vorfreude. Es dauerte einen Moment, bis ich mich erinnerte, doch dann war mir wieder klar, was an diesem Tag anstand: Ich durfte mein neues wissenschaftliches Notizbuch aufschlagen. Das alte war randvoll mit zahllosen Fragen, wenigen Antworten, diversen Beobachtungen und ein paar Zeichnungen. Es war während des letzten Jahres mein treuer Begleiter gewesen, und es enthielt all meine Aufzeichnungen im Zusammenhang mit der Zottelwicke, die Großpapa und ich entdeckt hatten und die inzwischen nach uns *Vicia tateii* benannt war. Vielleicht würde dieses Buch eines schönen Tages ein Gegenstand von wissenschaftlichem und historischem Interesse sein – man konnte nie wissen.

Aber erst einmal war es Zeit, sich von dem alten Buch zu verabschieden und das neue, fröhlich bunte zu beginnen, das Großpapa mir geschenkt hatte. Ich schlug es auf und sog den Geruch von frischem Leder und Papier ein. Konnte es irgendetwas geben, das mehr versprach und mehr Möglichkeiten bot als ein leeres Blatt? Ein größeres Hochgefühl schenkte? Dass das neue Buch schon bald mit meiner krakeligen Handschrift angefüllt wäre, mit Zeilen, die sich unweigerlich stets zur rechten unteren Ecke neigten, mit Tintenklecksen und mit Zeichnungen, die nie so wurden, wie ich sie vor meinem inneren Auge sah – all das sollte mich in diesem Moment nicht kümmern. Was zählte, war allein die Möglichkeit. Von dem, was möglich war, konnte man leben, wenigstens eine Weile.

Ich schlich mich nach unten und passte gut auf, nicht auf die Mitte der siebten Stufe zu treten, die immer so laut knarrte, dass es wie ein Pistolenschuss klang. Gerade eben erwachten das Haus und seine Bewohner zum Leben. Wenn ich mich beeilte, hätte ich noch etwas Zeit für mich allein. Leise zog ich die Haustür auf und trat hinaus in die frische Morgenluft, um meine Beobachtungen und Notizen zu machen.

Doch was war das? Auf dem Rasen stand, zu meiner Überraschung, ein grau-weißer Vogel, den ich nie zuvor gesehen hatte. Er hatte etwa die Größe eines Huhns, doch die Körperform war völlig anders. Das Gefieder war glatt, der lange Schnabel rötlich und gefährlich gebogen, die gelben Beine endeten in Füßen mit Schwimmhäuten zwischen den Zehen. Das bedeutete, dass dieser Vogel nicht nur fliegen, sondern auch schwimmen konnte. Und der Schnabel sah nicht so aus, als wäre er dazu da, Früchte zu pflücken oder Insekten zu fangen, sondern eher dazu, Fleisch zu zerreißen. Ein fleischfressender Vogel also? Eine karnivore Ente? Langsam und leise, um das Tier nicht zu verscheuchen, setzte ich mich auf den Boden der Veranda. Ich schlug mein Buch auf und schrieb: *Samstag, 8. September 1900. Sehr bedeckt, Wind aus SW. Unbekannter Vogel auf dem Rasen, sieht so aus:*

Ich zeichnete in aller Eile, um fertig zu werden, bevor mein Modell davonflog. Als ich fast fertig war und nur noch einige wenige Stellen schattierte, ging die Haustür auf, und Harry trat heraus. »Komm rein, Kätzchen!«, rief er. »Frühstück!«

Erschrocken flog der Vogel auf und steuerte die Virginia-Eichen am Rande unseres Rasens an, landete aber am Boden. Das überraschte mich. Doch als ich nachdachte, wurde mir klar, dass ein Vogel mit Schwimmhäuten nicht zu den baumbewohnenden Arten zählen konnte.

»Hast du den gesehen, Harry? Was glaubst du, was das für einer ist?«

Doch Harry war schon wieder im Haus verschwunden.

Bevor ich ihm folgte, warf ich noch rasch einen Blick auf mein Barometer und stellte fest, dass der Luftdruck auffällig gesunken war. War etwas mit meinem Messinstrument nicht in Ordnung? Ich schnippte mit dem Fingernagel dagegen, doch nichts änderte sich.

Da es ein Samstag war, konnte ich meine obligatorische halbe Stunde Klavierüben gleich nach dem Frühstück hinter mich bringen, um dann Großpapa in der Bibliothek aufzuspüren. Ich klopfte leise an, und er rief: »Herein, wenn es sein muss!« Er saß am Schreibtisch und las in einem Buch über *Thallophyten in Nordamerika.* Ich muss zwar zugeben, dass Pilze nicht gerade mein Lieblingsthema waren, aber Großpapa erinnerte mich immer wieder daran, dass alle Formen des Lebens miteinander in Beziehung standen und wir daher keinen seiner vielen Aspekte vernachlässigen durften. Wer das tat, der bewies damit nur seine intellektuelle und wissenschaftliche Oberflächlichkeit.

»Großpapa«, sagte ich, »kann ich den Vogelatlas benutzen?«

»Ich nehme an, die Frage sollte lauten: ›*Darf* ich den Vogelatlas benutzen.‹ Die Antwort lautet: Selbstverständlich. Meine Bücher sind deine Bücher.«

Ich überließ ihn wieder seinen Studien und zog den schweren Band *Thompsons Großer Vogelführer* vom Regal. Ich blätterte ihn kurz durch und ließ mich zwischendurch von der prächtigen Abbildung eines Pfaus und der seltsamen Form des Flamingos ablenken, doch dann gelangte ich zu einem Kapitel, das ich mir bisher nie angeschaut hatte: *Seevögel am Golf von Mexiko.* Für ein Mädchen, das noch nie die Küste gesehen hatte, war das spannend.

»Donnerlittchen!«, entfuhr es mir beim Betrachten der Seiten.

»Calpurnia, ich weiß, dass du dich sehr wohl ausdrücken kannst, ohne auf solche Ausdrücke zurückzugreifen. Der Gebrauch von Umgangssprache beweist Denkfaulheit und eine dürftige Fantasie.«

»Jawohl, Sir«, murmelte ich, doch in Gedanken war ich ganz woanders. Ich schaute fasziniert auf die Abbildung genau des Vogels, den ich auf unserem Rasen gesehen hatte.

»Sapperlot!«

»Calpurnia!«

»Hm? Oh, tut mir leid. Großpapa, schau dir mal bitte diesen Vogel an. Genau so einen habe ich heute Morgen hier bei uns gesehen.«

Er stand auf und schaute mir über die Schulter. Dann runzelte er die Stirn. »Bist du dir sicher?«

Ich schlug mein Notizbuch auf und zeigte ihm meine Zeichnung. »Das ist doch der Gleiche, oder?«

Großpapas knorriger Zeigefinger ging zwischen den beiden Zeichnungen hin und her, während er sie verglich. »Die Silhouette stimmt, der Ringkragen ebenso, Deckflügel, Unterflügel. Und was diesen dunklen Teil angeht – zwischen dem Deckflügel und der unteren Flügelspitze – bist du dir da ganz sicher?«

»Ja, Sir.«

»Und da war auch kein Speculum, kein weißer Fleck hier an den Schwungfedern?«

»Nein, Sir, soweit ich sehen konnte, nicht.«

»Dann war es ein *Leucophaeus atricilla*, eine Aztekenmöwe. Sonderbar. Diese Möwen fliegen typischerweise höchstens fünfundzwanzig Meilen landeinwärts, doch diese hier hat sich zweihundert Meilen von der Küste entfernt.« Er setzte sich wieder in seinen Sessel, legte die Fingerspitzen zusammen und richtete den Blick gedankenverloren zur Decke. Bis auf das Ticken der Uhr auf dem Kaminsims war es völlig still. Nach ein paar Minuten stand er auf, um auf sein Barometer an der Wand zu sehen. Er schien mir sehr ernst.

»Stimmt etwas nicht mit deinem Barometer? Mit meinem stimmt auch was nicht.«

»Nein, die Barometer funktionieren ganz normal. Aber wir müssen sie warnen. Ich hoffe, es ist noch nicht zu spät.«

Der Schreck fuhr mir in die Glieder. »Wen müssen wir warnen? Zu spät wofür?«

Doch Großpapa war noch immer tief in Gedanken und antwortete nicht. Er zog seinen Mantel an, setzte den Hut auf, nahm seinen Gehstock und trat aus der Tür. Was ging hier vor sich? Mir war ganz schlecht vor Angst, aber ich folgte ihm. Großpapa schritt zügig aus, dabei warf er immer wieder prüfende Blicke zum Himmel und murmelte: »Lass uns nur nicht zu spät kommen.«

»Zu spät wofür?«

»Ein schrecklicher Sturm könnte sich nähern«, antwortete er. »Ich befürchte das Schlimmste. Wir müssen die Menschen an der Küste warnen. Deine Mutter hat doch Verwandte in Galveston, oder?«

»Ja – Onkel Gus und Tante Sophronia und ihre Tochter Aggie. Sie ist also meine Cousine, aber gesehen habe ich sie noch nie.«

»Deine Mutter sollte sofort bei ihnen anrufen.«

»Anrufen? In Galveston?« Ich war völlig überrascht. Noch nie hatten wir etwas so Unvernünftiges getan. Unvorstellbar, mit welchem Aufwand und welchen Kosten so ein Anruf verbunden wäre!

Ich schaute hoch zu den dicken Kumuluswolken am Himmel. Sie waren zwar zahlreich, aber für mich sahen sie wie ganz normale Wolken aus, nicht unheilverkündend.

Wir kamen an der Cotton Gin vorbei, die Großpapa einst aufgebaut hatte und die jetzt meinem Vater gehörte. Vor dem Gebäude saßen Bürgerkriegsveteranen, darunter auch indianische Kämpfer, schaukelten hin und her und debattierten über vergangenen Ruhm und vergangene Herrlichkeit. Von Zeit zu Zeit hielten sie beim Vorwärtsschaukeln kurz inne, um Kautabak auszuspucken. Der Boden um sie herum war übersät von ekligen, glänzenden Flecken, die wie tote braune Nacktschnecken aussahen. Backy Medlin war am zielsichersten, dabei war er der älteste und hinfälligste der Männer. Vielleicht hatte er ja die meiste Übung. Er konnte eine Kakerlake, eine *Periplaneta americana*, aus zehn Fuß Entfernung treffen, punktgenau, ein Kunststück, für das meine Brüder ihn zutiefst bewunderten. Die alten Käuze grüßten Großpapa, der im Krieg an ihrer Seite gekämpft hatte, begeistert, doch falls er sie hörte, ließ er sich nichts anmerken.

Eilig gingen wir zum Telegrafenamt der Western Union, gleich neben dem Gebäude der Zeitung und der Telefonvermittlung. Die Glocke über der Eingangstür läutete, als wir eintraten, und Mr. Fleming, der Telegrafist, kam aus seinem Büro.

Als er Großpapa entdeckte, nahm er Haltung an und sagte: »Cap'n Tate.«

»Guten Tag, Mr. Fleming. Es besteht kein Grund zu salutieren. Wir sind beide alte Männer. Der Krieg ist lange vorbei.«

Mr. Fleming rührte sich wieder und sagte: »Der Krieg gegen die Aggressoren aus dem Norden wird nie vorüber sein, Captain. Unsere Sache ist noch nicht verloren! Der Süden wird wieder auferstehen.«

»Mr. Fleming, lassen Sie uns nicht der Vergangenheit verhaftet bleiben. Lassen Sie uns nach vorn schauen.«

Ähnliche Unterhaltungen zwischen den beiden hatte ich schon öfter gehört. Mr. Fleming regte sich schnell auf und konnte Gift und Galle spucken, wenn es um die Yankees aus dem Norden ging. Unter normalen Umständen war das sogar ganz unterhaltsam, doch an diesem Tag war nichts normal.

Großpapa sprach gleich weiter. »Es ist höchste Eile geboten. Ich muss drei Telegramme aufgeben, sofort.«

»Gewiss, Sir. Wenn Sie Ihre Nachricht hier auf diesem Formular notieren, setze ich die Telegramme so bald wie möglich ab. An wen gehen sie?«

»An die Bürgermeister von Galveston, Houston und Corpus Christi. Allerdings weiß ich die Namen dieser Herren leider nicht.«

»Das ist kein Problem, wir adressieren die Schreiben einfach *An Seine Ehren, den Bürgermeister*, das dürfte reichen. Ich kenne die Leiter der Telegrafenämter in all diesen Städten, und wir werden dafür sorgen, dass die Telegramme sofort zugestellt werden.«

Großpapa schrieb seine Nachricht auf und reichte Mr. Fleming das Formular, der durch seine Halbbrille darauf blickte und den Text laut vorlas. »Seemöwe zweihundert Meilen im Landesinneren gesichtet Stopp Zeichen für heftigen Sturm Stopp Evakuierung eventuell nötig Stopp«. Mr. Fleming schob sich die Brille auf die gerunzelte Stirn. »Das war's, Cap'n?«

»Richtig, danke sehr. Galveston Island besitzt keinen Deich und ist daher am meisten gefährdet. Das erste Telegramm sollte also dorthin gehen.«

»Das ist eine schrecklich ernste Angelegenheit. Sie glauben wirklich, wegen eines Vogels sollten die Leute sich in Sicherheit bringen?«

»Mr. Fleming, haben Sie schon einmal eine Seemöwe in Caldwell County gesehen?«

»Nein, vermutlich nicht. Trotzdem scheint mir so eine Maßnahme reichlich dramatisch. Ich vermute mal, die Leute da sind so einiges an Wind gewöhnt.«

»Aber nicht so einen Sturm, Mr. Fleming. Ich befürchte eine Katastrophe größten Ausmaßes.«

»Und Sie haben tatsächlich eine Möwe gesichtet?«

»Meine Enkelin hat heute Morgen eine gesehen.«

Mr. Fleming sah mich von der Seite an, und ich krümmte mich innerlich. Mir war klar, was er dachte, etwas in der Art von: *Die größten Städte in Texas sollen evakuiert werden, nur weil ein Kind irgendetwas behauptet? Das ist doch verrückt!*

Großpapa fuhr fort: »Es gibt sichere Anzeichen dafür, dass die Tiere über Sinne verfügen, die wir Menschen nicht besitzen und die sie vor Naturkatastrophen warnen. Zahlreiche Berichte legen das nahe. So sollen die Elefanten von Batavia Flutwellen vorhersagen und die Fledermäuse von Mandalay Erdbeben.«

»Also«, begann Mr. Fleming zögerlich, »im Moment sind alle Leitungen belegt. Der Baumwollpreis ist heute stark in Bewegung geraten, sodass viel Handelskorrespondenz getätigt wird. Ich habe hier einen ganzen Stapel von Aufträgen für Käufe und Verkäufe liegen, die ich zuerst bearbeiten muss. Einige Stunden kann es also schon noch dauern, bis ich zu Ihren Telegrammen komme.«

Noch nie hatte ich erlebt, dass Großpapa die Stimme erhob, und das geschah auch jetzt nicht, doch sein Blick war wie Eis und sein Ton wie aus Stahl. Er beugte sich über den Tresen und fixierte Mr. Fleming mit einem durchdringenden Blick aus den blauen Augen unter seinen buschigen Drachenaugenbrauen. »Mr. Fleming, es handelt sich um eine äußerst ernste Angelegenheit, womöglich geht es um Leben und Tod. Da müssen rein geschäftliche Dinge warten.«

Mr. Fleming krümmte sich sichtlich. »Nun, Cap'n, da Sie es sind, werde ich Sie ganz oben auf die Liste setzen. Aber so zehn Minuten wird es noch dauern.«

»Sie sind ein braver Mann, Mr. Fleming. Ihre Dienste in dieser Notlage sollen nicht vergessen werden.«

Großpapa setzte sich auf einen Stuhl und starrte ins Leere. Ich selbst war zu zappelig, um still zu sitzen. Da so bald nichts passieren würde, lief ich über die Straße zur Cotton Gin, wo Vater seine Geschäfte in einem Büro hinter Glas führte. Er winkte mir kurz durch die Scheibe zu. Wie immer herrschte reger Betrieb, in nie endender Arbeit musste die Baumwolle von den Samen getrennt werden, bevor die Fasern zu großen Ballen verpackt wurden, um sie flussabwärts zu verschiffen. Das Schlagen der mächtigen ledernen Treibriemen, der ohrenbetäubende Lärm aus der Fabrikhalle, die lauten Rufe hin und her, wenn Befehle erteilt wurden – all das steigerte meine Anspannung nur noch weiter. Deswegen begab ich mich in die relative Ruhe des Büros von Mr. O'Flanagan, dem stellvertretenden Betriebsleiter, um dort aus sicherer Entfernung Polly, den Papagei, zu beobachten.

Polly (so hießen anscheinend alle Papageien, unabhängig von ihrem Geschlecht) war ein drei Fuß großer Amazonaspapagei, den Großpapa mir zu meinem zwölften Geburtstag geschenkt hatte, das prachtvollste Tier, das man je gesehen hatte, mit goldfarbener Brust, azurblauen Flügeln und einem leuchtend roten Schwanz. Polly war sehr empfindlich und leicht reizbar – unangenehme Charaktereigenschaften für einen Vogel mit einem so furchterregenden Schnabel und so gewaltigen Klauen. Bei uns zu Hause war er allen bald auf die Nerven gegangen, und so war er schließlich zur allgemeinen Erleichterung (selbst meiner!) an Mr. O'Flanagan weiterverschenkt worden, einen alten Seebären mit einer großen Schwäche für Papageien. Es hieß, dass die beiden hinter verschlossenen Türen zusammen unanständige Lieder sangen.

Ich musste an die Möwe denken und verglich beide Vögel miteinander. Beide waren sie weit weg von ihrer Heimat, der eine von der Natur vertrieben, der andere durch Menschen verschleppt. Ob Polly manchmal von tropischen Gefilden träumte? Von üppigen Dschungeln voll saftiger reifer Früchte und leckerer weißer Raupen? Stattdessen lebte er hier angekettet in einer Cotton Gin im texanischen Fentress. Streng genommen war ich mit ein Grund dafür, dass er hier war. Zum ersten Mal empfand ich Mitleid mit ihm.

Ich nahm einen Salzcracker aus einer Schale auf dem Schreibtisch und näherte mich zögernd dem Käfig. Polly fixierte mich mit seinen wilden gelben Augen und fing gleich an zu schreien. Ich schluckte schwer, dann streckte ich ihm langsam mein Friedensangebot hin, das ich zwischen zwei spitzen Fingern hielt. Zwischen Fingerspitzen, die ich womöglich nicht mehr lange haben würde. »Will Polly einen Cracker?«, flüsterte ich.

Der Papagei streckte eine seiner entsetzlichen Klauen aus, und plötzlich zweifelte ich an meinem Verstand. War ich komplett verrückt geworden? Ich sollte sofort den Rückzug antreten, solange noch alle Finger heil waren. Doch überraschend behutsam pflückte Polly den Cracker aus meiner zitternden Hand, dann sagte er mit seiner nasalen Stimme, die wie aus einer anderen Welt klang: »'anke!«

Ich blinzelte ihn an. Er blinzelte zurück. Dann knabberte er vorsichtig an seiner Leckerei, so elegant und umsichtig wie eine feine Dame beim Lunch in vornehmer Gesellschaft. Polly und ich waren offenbar zu einer Art Waffenstillstand gelangt. Gut so.

In diesem Moment trat Mr. O'Flanagan ein und begrüßte uns. »Wie ich höre, unterhältst du dich mit Polly. Ein braver Bursche, unser Polly, nicht wahr, mein Alter?« Er wuschelte durch die Nackenfedern des Vogels, und ich war sicher, Polly würde böse werden, doch stattdessen schmiegte er sich an Mr. O'Flanagans Hand und stieß sanfte Laute des Wohlbehagens aus. Ich staunte über diese Seite von Pollys Wesen und dachte, vielleicht könnten auch wir beide uns noch anfreunden. Doch im Moment standen weitaus dringendere Dinge an, und mir fiel ein, dass Mr. O'Flanagan vielleicht dabei helfen könnte.

»Sir? Mr. O'Flanagan? Sie sind doch um die ganze Welt gesegelt, stimmt's?«

»Allerdings, mein Mädchen. Ich habe die Sonne über Bora-Bora aufgehen sehen, und ich kenne die Leuchtfeuer von Feuerland.«

»Ist es wahr, dass ...« Ich stockte, weil ich im Zwiespalt war, ob ich Großpapas Aussage in Zweifel ziehen durfte. Aber so viel stand für mich auf dem Spiel, vor allem mein eigener Seelenfriede.

»Ja, Herzchen?«

Ich stürzte mich kopfüber ins kalte Wasser. »Ist es wahr, dass Tiere eine kommende Katastrophe vorhersagen können?«

»Ich glaube schon, Liebes. Also, als ich einmal in Neuguinea war, sah ich, wie Schlangen in großer Zahl ihren üblichen Lebensraum verließen. Eine Stunde später gab es ein Erdbeben.«

Eine Welle der Erleichterung überkam mich, und ich stürmte aus dem Büro, rief nur noch schnell »Danke!« und war weg.

Ich kam gerade noch rechtzeitig ins Telegrafenamt, um mitzuerleben, wie Mr. Fleming an der Morsetaste sein Rufzeichen eingab und gleich darauf seine erste Nachricht herunterratterte. Fasziniert von dieser unglaublichen Möglichkeit, im selben Moment mit jemandem zu »sprechen«, der Hunderte von Meilen entfernt war, lehnte ich mich weit über den Tresen. Die Finger des Beamten hämmerten auf das Gerät ein, markierten die kürzeren Punkte und die längeren Striche und sandten auf diese Weise echte Worte über einen elektrischen Draht, mit der erstaunlichen Geschwindigkeit von vierzig Wörtern pro Minute. Ein wundervolles Gerät; so eines wollte ich auch haben. Eines fernen Tages hätte vielleicht jeder von uns sein persönliches Telegrafiergerät, und Freunde könnten einander über einen elektrischen Draht Nachrichten schicken, hin und her, hin und her. Klar, das war ziemlich weit hergeholt, aber trotzdem – ein Mädchen durfte auch mal träumen.

Nur drei Minuten später sagte Mr. Fleming: »So, das war's. Ihre Quittung, Cap'n, bitte sehr.«

»Mr. Fleming, ich danke Ihnen für Ihren lobenswerten Einsatz.«

Mr. Fleming nahm sofort wieder Haltung an und salutierte: »Danke, Cap'n.«

Auf unserem Weg zur Cotton Gin versank Großpapa erneut in Schweigen. Dann ging er zu meinem Vater ins Büro, und ich sah durch die Glasscheibe zu, wie die beiden miteinander sprachen. Mein Vater sah erst verwirrt und dann besorgt aus. Wenige Minuten später trat Großpapa aus der Tür, und wir schlugen den Weg zurück zu unserem Haus ein.

Beklommen fragte ich: »Meinst du, wir sind hier sicher? Oder sollten wir auch evakuiert werden?«

»Wie war das? Ach so, nein. Es kann schon sein, dass wir heftigen Wind bekommen und starken Regen, aber ich erwarte nicht, dass Menschenleben in Gefahr sind. Nicht so weit im Landesinneren.«

»Bist du sicher? Wie kannst du das wissen?«

»Die Möwe hätte noch weiter landeinwärts fliegen können, in die Berge vom Hill Country, und doch ist sie hier geblieben. Hast du irgendwelche Verletzungen an ihr bemerkt?«

»Nein, Sir.«

»Dann hat sie ihren Flug hier beendet, weil Fentress ihr ein sicherer Ort schien, nicht, weil sie aufgeben musste. Hurrikane verlieren schnell an Kraft, wenn sie auf Festland treffen. Ich vertraue der Möwe. Und du?«

Trotz Mr. O'Flanagans Bestätigung konnte ich nicht antworten, so groß war meine Sorge, was ich da in Bewegung gesetzt haben mochte. In drei großen Städten würde jetzt vielleicht eine Panik ausbrechen, und das alles, weil Calpurnia Virginia Tate kurz einen ihr unbekannten Vogel gesichtet hatte. Ich. Ein Niemand aus Nirgendwo. Was hatte ich da bloß angerichtet? Sofort bekam ich wieder meinen nervösen Ausschlag am Hals.

»Großpapa«, begann ich mit bebender Stimme, »aber was ist, wenn … wenn es doch ein anderer Vogel war? Wenn ich mich geirrt habe?« Der Ausschlag breitete sich aus; jetzt spürte ich ihn schon auf der Brust.

»Calpurnia, vertraust du deiner eigenen Beobachtungsgabe? Ja oder nein?«

»Ähm … ja. Aber …«

»Aber was?«

»Ich glaube, ich wüsste gern, ob *du* mir vertraust.«

»Habe ich dich nichts gelehrt?«

»Doch, Großpapa, ich habe so viel von dir gelernt. Es ist nur …«

»Nur was?«

Ich hatte Mühe, die Tränen zurückzuhalten; die Last auf meinen Schultern war einfach zu schwer. Doch als ich gerade völlig zu verzweifeln drohte, nahmen wir die letzte Biegung, und da stand sie, die Möwe, in unserer Einfahrt. Wir blieben wie angewurzelt stehen. Die Möwe öffnete den Schnabel und lachte über uns – *ha ha haaaah.* Es war ein höhnischer, schriller Schrei, der nicht von dieser Welt zu kommen schien, schlimmer noch als der des Blauhähers. Dann flog die Möwe schwerfällig davon. Mit klopfendem Herzen sah ich zu Großpapa auf.

»Verstehst du jetzt, warum sie bei uns auch Lachmöwen genannt werden? Wer diesen Schrei einmal gehört hat, vergisst ihn nie.«

Eine Welle der Erleichterung floss durch mich hindurch, und der Juckreiz am Hals ließ nach. Ich schob meine Finger in die große, raue Hand meines Großvaters und fand dort Trost. »O ja«, sagte ich mit zittriger Stimme, »ich verstehe.«

Der Wind frischte auf und änderte die Richtung. Jetzt blies er von Osten her. Trotz der stärkeren Brise schien die Luft seltsamerweise zäher, wenn so etwas möglich ist.

Wir gingen in die Bibliothek, und Großpapa schaute noch einmal aufs Barometer. »Das Quecksilber fällt noch immer. Zeit, die Schotten dicht zu machen.«

»Was für Schotten denn?«

»Das ist ein Ausdruck aus der Seefahrt, den ich bildlich benutzt habe. Er bedeutet, dass Matrosen die Luken auf ihrem Schiff schließen, wenn ein Sturm droht.«

»Oh.«

»Wir sollten uns gelegentlich ausführlicher über das Wetter im Allgemeinen unterhalten, doch jetzt ist nicht der richtige Moment.« Großpapa verließ die Bibliothek und ging in den Salon, wo Mutter mit ihrem Flickkorb saß.

Ich schlich hinterher, blieb aber an der Tür zum Salon stehen. Wirklich gelauscht habe ich eigentlich nicht, oder? Ich meine, wenn sie eine private Unterhaltung führen wollten, hätten sie doch sicher die Tür geschlossen, oder?

Mutters Stimme wurde lauter. »Wegen eines *Vogels*? Du würdest den halben Staat in Angst und Schrecken versetzen wegen eines *Vogels*?«

Sofort meldete sich mein Ausschlag zurück, und ich kratzte mich hektisch am Hals.

Großpapas Stimme blieb ruhig. »Margaret, die Möwe und das fallende Barometer geben Anlass zu großer Sorge. Der Mensch bringt sich selbst in Gefahr, wenn er diese Zeichen missachtet.«

In dem Moment stürmten Sul Ross und Jim Bowie ins Haus. Wie von der Tarantel gestochen fuhr ich auf und rannte nach oben in mein Zimmer, bevor die beiden noch mit ihren lästigen Fragen kamen, wieso ich so ein schuldbewusstes Gesicht machte und was ich gehört hätte. Am Ende würde noch alles rauskommen.

Mutter war still beim Mittagessen. Immer wieder ging ihr besorgter Blick von Großpapa zum Fenster und zurück. Auf sein Drängen hin meldete sie schließlich bei der Telefonvermittlung ein Ferngespräch nach Galveston an. Diese unerhörte Extravaganz kostete volle drei Dollar (!) und verlangte den Einsatz von vier Telefonistinnen, die nun zweifellos alle mithörten. Die Verbindung war schlecht, doch auch wenn es einem kleineren Wunder gleichkam, sprach meine Mutter nach einer Weile tatsächlich mit ihrer Schwester Sophronia Finch, die ihr durch die Leitung zubrüllte, dass es zwar wirklich schon recht stürmisch bei ihnen sei, doch kein Grund zur Besorgnis bestehe. Sie seien an diese Dinge gewöhnt, und ihr Mann, Gus, sei bereits in Gummistiefeln hinausgegangen, um die Fensterläden zu schließen. Auch die Fachleute vom staatlichen Wetteramt schienen nicht übermäßig beunruhigt.

Nach dem Abendessen saßen wir wie immer auf der Veranda, doch Glühwürmchen ließen sich keine mehr sehen. Der Sommer ging wohl zu Ende, oder vielleicht hockten die kleinen Käfer auch im hohen Gras und machten ihre eigenen winzigen Schotten dicht. Die Luft stand still, es war drückend, doch meine jüngeren Brüder jagten einander über den Rasen, schlugen Räder oder fielen in wechselnden Haufen aus flüchtigen Kombinationen von Freunden und Feinden übereinander her.

Ich saß zu Füßen meines Großvaters, der bedächtig in seinem alten Korbstuhl hin und her schaukelte und dabei eine Zigarre rauchte, deren Ende im Dunkeln leuchtete wie das größte, röteste Glühwürmchen von allen. Nach einer Weile sagte er: »Das Barometer fällt immer noch weiter. Ich spüre es in den Knochen.«

»Wie geht das denn?«

Doch bevor Großpapa mir noch antworten konnte, rief Mutter: »Schlafenszeit.«

»Gute Nacht, Großpapa«, flüsterte ich und gab ihm einen Kuss.

Er schien es nicht zu bemerken. Ich ließ ihn allein auf der Veranda zurück, wo er weiter langsam schaukelte, den Blick starr nach Osten gerichtet, sodass sein Gesicht jetzt im Schatten war.

Später wanderte Idabelle unablässig durchs Haus, treppauf, treppab, und miaute dabei die ganze Zeit auf nervtötende Weise. Irgendwann stand ich auf und holte sie zu mir ins Bett, wo ich sie so lange streichelte und zuckersüß auf sie einredete, bis sie sich endlich beruhigte. War ihre Unruhe vielleicht auch eine Warnung? Frage fürs Notizbuch: Sollte man nicht erwarten, dass Katzen eine besondere Sensibilität für solche Dinge haben, wo sie doch mit ihren Schnurrhaaren und ihrem Fell in der Lage sind, Vibrationen von außen wahrzunehmen? Wenn *ich* so ausgestattet wäre, stellte ich mir vor, wäre ich sicher in der Lage, alle möglichen Signale von merkwürdigen Vorgängen zu empfangen. Als ich endlich einschlief, träumte ich, ich sei eine Katze.

Mitten in der Nacht wachte ich auf. Es war kalt geworden, und von Idabelle war nichts zu sehen. Regen prasselte gegen mein Fenster, und das Glas bebte im Rahmen. Dieses rastlose, rhythmische Geklapper ging mir durch und durch. Ich kroch tief unter meine Decke und fiel irgendwann in einen unruhigen Schlaf, der dieses Mal angefüllt war mit seltsamen Vögeln und wütenden Winden.

Am nächsten Tag berichtete Vater, alle Leitungen nach Galveston seien tot. Keine Nachrichten gingen in die Stadt hinein, keine kamen heraus.

Sechstes Kapitel

EINE STADT UNTER WASSER

... dass nämlich in der vorangegangenen Nacht Hagelkörner, groß wie kleine Äpfel und äußerst hart, mit solcher Gewalt niedergegangen seien, dass die überwiegende Zahl der wilden Tiere erschlagen worden sei.

Den ganzen Tag über brachten heftige Windböen immer wieder Regenfälle. Aus der Zeitung erfuhren wir, dass aus Galveston kein Lebenszeichen zu vernehmen war. Ein gewaltiger Sturm war über die Küste gepeitscht, und von den wenigen Überlebenden, die das Festland erreicht hatten, hörte man von katastrophaler Zerstörung.

Unter einem großen Dach aus tropfenden schwarzen Regenschirmen gingen wir alle zur Methodistenkirche, wo Reverend Barker eine spezielle Gebetsandacht für die Bevölkerung von Galveston abhielt. Der Chor sang »Näher, mein Gott, zu dir«. Jeder der Teilnehmer hatte entweder selbst Freunde oder Verwandte dort oder kannte jemanden, dem es so ging. Einige Erwachsene schluchzten laut, andere hielten den Kopf gesenkt und sprachen nur gedämpft. Tränen rollten Mutter übers Gesicht, und Vater legte einen Arm um sie und drückte sie fest an sich.

Als wir wieder zu Hause waren, nahm Mutter ein Pulver gegen Kopfschmerzen und Lydia Pinkhams Tonikum und zog sich in ihr Zimmer zurück. Sie vergaß meine Klavierübungen, und rücksichtsvoll, wie ich bin, habe ich sie nicht daran erinnert, schließlich hatte sie den Kopf auch so schon voll genug.

Am nächsten Tag wurde im Flüsterton von sechs Fuß hohem Wasser in den Straßen von Galveston berichtet, von ganzen Familien, die ertrunken seien, und davon, dass die ganze Stadt einfach fortgespült worden sei. Die düstere Stimmung in Fentress spiegelte sich in den düsteren Farben der Kleidung. Einige Männer trugen schwarze Armbinden, manche Frauen schwarze Schleier. Die ganze Stadt, nein, der ganze Staat schien die Luft anzuhalten, während wir darauf warteten, dass die heruntergerissenen Telefon- und Telegrafenleitungen repariert wurden. Zahlreiche Schiffe, selbst aus Brownsville und New Orleans, waren bereits unterwegs in das zerstörte Galveston, voll beladen mit Nahrungsmitteln, Wasser, Zelten und Werkzeug. Und Särgen.

Ich machte mich auf die Suche nach Harry und fand ihn schließlich im Lagerhaus, wo er den Bestand aufnahm.

»Harry, was ist eigentlich los?«

»Pscht! Sieben, acht, neun Fässer Mehl.« Er hakte einen Posten auf seiner Liste ab.

»Harry!«

»Geh jetzt! Bohnen, Kaffee, Zucker. Was kommt als Nächstes – Speck, Schweineschmalz, Milchpulver.«

»Harry, jetzt sag schon!«

»Sardinen. Geh endlich!«

»Harry!«

»Hör zu, wir fahren nach Galveston. Aber Vater hat gesagt: *Kein Wort zu den anderen.«*

»Wer fährt? Und warum darfst du nicht darüber sprechen? Außerdem bin ich nicht ›die anderen‹ – ich bin dein Kätzchen, weißt du das nicht mehr?«

»Lass es gut sein und geh.«

Ich ließ es gut sein und ging.

Eine Weile stapfte ich trübsinnig herum, bis mir die gute Idee kam, in unsere Tageszeitung, den *Fentress Indicator*, zu gucken. Normalerweise war Harry der Einzige von uns Kindern, der die Zeitung lesen durfte – wir übrigen galten noch als zu jung und zu »zart besaitet«. Ich fand einen Stapel gelesener Zeitungen in der Vorratskammer, wo Viola sie immer aufhob. Sie konnte nicht lesen, benutzte die Zeitungen aber, um daraus Mulch für den Küchengarten herzustellen. Ich schnappte mir die neueste Ausgabe und rannte damit auf die hintere Veranda. Die Überschriften lauteten: Die Tragödie von Galveston. Verheerende Flut. Hurrikan spült Stolz von Texas ins Meer. Schlimmste Naturkatastrophe in der Geschichte Amerikas mit womöglich Tausenden Toten.

Tausende. *Tausende.* Das schreckliche Wort dröhnte laut in meinen Ohren. Das Mark gefror mir in den Knochen, und die Knie wurden mir weich. Ein Teil von mir konnte es einfach nicht glauben, doch der Rest wusste, dass es stimmte. Ob meine Angehörigen, die Finchs, unter diesen Tausenden waren? Sie waren ein Teil unserer Familie, Blutsverwandte. Und Galveston selbst, unser kulturelles Zentrum, die schönste Stadt in ganz Texas, mit dem glitzernden Opernhaus und den prächtigen Villen – alles zerstört.

Ich ließ die Zeitung fallen, rannte in mein Zimmer und warf mich völlig verzweifelt auf mein Messingbett. Ich konnte gar nicht mehr aufhören zu weinen, bis Mutter heraufkam und mir eine Dosis von Lydia Pinkhams Kräuterelixier verabreichte, wovon mir nur schwindlig wurde. Anschließend gab sie mir noch eine Dosis Lebertran, wovon mir auch noch schlecht wurde. Schließlich quälte ich mich aus dem Bett und ging zu Großpapa ins Labor. Er hob mich auf den hohen Hocker vor dem Tresen, an dem ich sonst als seine Assistentin arbeitete, strich mir übers Haar und sagte: »Ist ja gut, ist ja gut. Solche Dinge geschehen nun mal, das liegt im Wesen der Natur. Du bist nicht dafür verantwortlich. Ganz ruhig jetzt. Du bist ein gutes Kind und ein mutiges dazu.«

Mutig. Normalerweise hätte mich so ein Wort aus seinem Mund mit Stolz erfüllt, doch jetzt nicht.

»Warum haben sie nicht auf die Warnung gehört?«, fragte ich hicksend.

»So sind die Menschen. Man kann ihnen Beweise vorlegen, aber man kann sie nicht zwingen zu glauben, was sie nicht glauben wollen.«

Er entkorkte eine kleine Flasche mit einer trüben braunen Flüssigkeit, hob sie und sprach einen Trinkspruch aus: »Auf das Galveston, das einmal war; auf das Galveston, das sein wird.« Dann trank er einen Schluck und verzog das Gesicht. »Grauenvolles Zeug, verdammt! Willst du auch was davon? Ach so, du trinkst ja nicht, fast hätte ich's vergessen. Auch gut. Dieses Gebräu schmeckt nach wie vor grässlich. Ich überlege mir ernsthaft, diesen Zweig meiner Forschungen aufzugeben.«

Vor lauter Überraschung hörte ich auf zu weinen.

»Aufgeben?« Noch nie hatte Großpapa irgendetwas aufgegeben, nicht einmal mich. Nicht einmal, als ich es voll und ganz verdient hätte, damals, als ich kurzfristig den Standort der kostbaren *Vicia tateii* vergessen hatte, der neuen Art der Zottelwicke, die wir entdeckt hatten.

»Aber, Großpapa, nach all der vielen Arbeit, die du da hineingesteckt hast.« Ich betrachtete die Dutzende von Flaschen, die sich auf den Borden und dem Tresen drängten, jede versehen mit einer laufenden Nummer und der jeweiligen Destillationsmethode. So viel Arbeit sollte für die Katz sein?

»Ich will ja nicht ganz aufgeben, sondern nur eine andere Richtung einschlagen. Mir ist inzwischen klar geworden, dass die Pekannuss sich besser für süßliche Getränke eignet, wie zum Beispiel einen Likör, den man nach dem Abendessen zu sich nimmt. Abgesehen davon war nichts von dieser Arbeit vergebens. Vergiss nicht, Calpurnia, man lernt mehr aus einem Fehlschlag als aus zehn Erfolgen. Und je spektakulärer der Fehlschlag, desto lehrreicher die Lektion.«

»Willst du damit sagen, ich soll mich extra anstrengen, damit etwas besonders spektakulär danebengeht? Das würde Mutter nicht gefallen. Meine ganz normalen Fehlschläge machen ihr schon genug Kopfschmerzen.«

»Ich sage nicht, du sollst dich darum bemühen, ich sage nur, du sollst daraus lernen.«

»Ach so.«

»Streng dich an, dass es mit jedem Fehlschlag besser wird. Und was die Reue angeht …«

»Ja?«

»Die ist nur nützlich, wenn wir aus ihr lernen. Wenn du so viel daraus gelernt hast, wie du kannst, dann hör auf, dir Vorwürfe zu machen.«

»Ich verstehe. Glaube ich jedenfalls.«

»Gut. Und wenn es dir recht ist, könntest du jetzt mitschreiben, während ich diese jüngsten Probeläufe teste. Da wäre ich dir dankbar.«

Ich nahm einen Bleistift aus dem angeschlagenen Rasierbecher auf dem Tresen und spitzte ihn. Wir waren zwar noch nicht wieder in unserem Alltag angekommen, aber immerhin ging es in die richtige Richtung.

Am Mittwoch beluden Vater, Harry und Alberto, einer unserer Farmarbeiter, das große Pferdefuhrwerk mit Decken, Werkzeug und Fässern voller Lebensmittel. Unter Tränen umarmte Mutter unseren Vater, der ihr einige tröstende Worte ins Ohr flüsterte, unhörbar für die Umstehenden. Dann schüttelte er Großpapa und uns allen die Hand, uns Kinder küsste er außerdem auf die Wange.

»Hört auf eure Mutter«, sagte er, und wenn es tatsächlich so war, dass sein Blick etwas länger auf mir als auf den anderen ruhte, dann war das einfach ungerecht.

Verlegen küsste nun auch Alberto seine Frau, SanJuanna, zum Abschied. Ihre Lippen bewegten sich in einem stummen Gebet, und sie machte ein Kreuzzeichen.

Vater und Alberto stiegen auf den Kutschbock, und Vater nahm die Zügel. Harry setzte sich auf König Artus, eins unserer Arbeitspferde. Es würde nicht der bequemste Ritt werden auf diesem Tier mit seinem tiefen Brustkorb und dem breiten Rücken, doch König Artus war ungeheuer kräftig und würde gute Dienste leisten, wenn es darum ging, Hindernisse von der Straße zu räumen oder Holzstämme zu schleppen. Die erste Etappe sollte bis Luling führen, wo sie den Wagen entweder auf ein Dampfschiff oder auf einen Zug zur Küste verladen wollten, je nachdem, wie viele Hilfstransporte unterwegs waren. Es hieß, aus ganz Texas seien Menschen und Hilfsgüter unterwegs, und auch meine Familie wollte ihren Teil dazu beitragen. Und natürlich Onkel Gus, Tante Sophronia und meine Cousine Aggie finden.

Vater knallte mit den Zügeln, rief: »Hüa!«, und die Pferde zogen an. Langsam, ganz langsam setzte sich der Wagen knarrend in Bewegung. Travis hielt Ajax am Halsband. Der Hund war es nicht gewohnt, von Vater getrennt zu sein, und versuchte bellend, sich loszumachen. Mutter wandte sich ab und floh weinend ins Haus. Meine Brüder und ich begleiteten das Fuhrwerk noch bis zum Ende der Straße, winkend und Abschiedsgrüße rufend. Minuten später sahen wir dem Wagen nach, wie er um die nächste Biegung verschwand.

Wir konnten nicht ahnen, dass es volle zwei Monate dauern sollte, bis sie zurück waren. Und auch nicht, wie verändert sie dann wären.

Siebtes Kapitel

AMPHIBIEN UND REPTILIEN ALS HAUSGÄSTE

Der Gesichtsausdruck der Schlange war scheußlich und wild; die Pupille bestand aus einem vertikalen Schlitz in einer gesprenkelten, kupferfarbenen Iris; die Mundöffnung war an der Basis breit, und die Nase lief in einen dreieckigen Fortsatz aus. Ich glaube nicht, dass ich je etwas Hässlicheres gesehen habe, mit Ausnahme vielleicht einiger Gemeiner Vampire.

Vaters und Harrys Stühle waren leer. Die Lücke am Kopf des Esstisches bedrückte Mutter so sehr, dass sie Großpapa bat, Vaters Platz einzunehmen. Er tat ihr den Gefallen, doch er war bei den Mahlzeiten noch nie sehr gesprächig gewesen und starrte auch jetzt die meiste Zeit abwesend vor sich hin. Wenn man ihn ansprach, murmelte er blinzelnd: »Hm? Wie war das?« Die anderen fanden ihn vermutlich ungehobelt, vielleicht sogar senil, doch ich wusste, dass sich hinter seiner äußeren Gelassenheit ein ungeheuer aktiver Geist verbarg, der sich mit dem befasste, was Großpapa *die Mysterien des Universums* nannte. Dafür liebte ich meinen Großvater.

Fast täglich erhielt Mutter einen Brief von Vater. Mir fiel auf, dass sie uns einzelne Abschnitte daraus beim Abendessen vorlas, während sie andere übersprang. Dann lächelte sie tapfer und sagte so etwas wie »In Gedanken ist euer Vater immer bei uns« oder »In diesen Stunden der Not müssen wir alle unseren Teil beitragen«.

Dann kam ein Telegramm, doch nicht von Vater, der noch immer unterwegs war, sondern direkt aus Galveston.

Als es eintraf, saß ich gerade in meinem Zimmer und las *Das Dschungelbuch* von Mr. Rudyard Kipling und war völlig vertieft in die Abenteuer von Mogli, dem Menschenjungen. (Na gut, streng genommen gehörte das Buch nicht mir, sondern Sam Houston, und ich hatte es mir nur »geliehen«, als er gerade nicht hinsah. Aber Sam war kein großer Leser, und ich konnte es nicht fassen, dass ausgerechnet er dieses Buch zum Geburtstag bekommen hatte und nicht ich.)

Ich hörte ein Knirschen auf dem Kies in unserer Einfahrt und sprang ans Fenster, gerade noch rechtzeitig, um Mr. Fleming auf seinem Fahrrad heraneiern zu sehen. Auf meinem Weg in den Salon sammelte ich so viele meiner Brüder ein, wie ich auftreiben konnte, und gemeinsam mit Mutter, Viola und SanJuanna erwarteten wir den Telegrafisten stehend. Als er eintrat, verbeugte er sich. »Mrs. Tate, ich habe ein Telegramm für Sie, aus Galveston. Ich … ich weiß ja, Sie warten auf Nachricht, deshalb hab ich mir gedacht, ich komm gleich selber.«

Mutter versuchte zu antworten, brachte aber keinen Ton hervor und konnte zum Dank nur nicken. Dann öffnete sie mit zitternden Fingern das Telegramm, und wir alle hielten den Atem an. Im nächsten Moment rief Mutter aus: »Gott sei Dank!« Sie brach in Tränen aus und ließ das Blatt fallen. Viola half ihr in ihren Sessel und fächelte ihr mit einem Notenblatt Luft zu.

Ich hob das Telegramm auf und schaute auf den seltsam abgehackten Text.

»Lies vor, Callie«, sagte Sul Ross.

»Hier steht: Durch Gottes Gnade am Leben Stopp Haus verloren Stopp Leben in Zelt am Strand Stopp Herzlich Gus Sophronia Aggie Finch Stopp.«

Wir schauten einander mit großen Augen an. Mutter war noch immer unfähig zu sprechen und schluchzte weiter in ihr Taschentuch. Viola holte die Flasche mit dem Tonikum und einen Löffel. »Hier, Miz Tate, nehmen Sie das. Beruhigt Ihre Nerven.«

Auch nach dieser guten Nachricht blieb Mutter blass und besorgt, denn sie wartete noch immer auf Neuigkeiten von zwei Freundinnen aus ihrer Kindheit. Doch wir anderen hielten uns ganz tapfer und nahmen unser gewohntes Leben wieder auf.

Für mich bedeutete das vor allem Spaziergänge und Exkursionen mit Großpapa, Keimversuche mit Wickensamen und einen Molch, der seit Neuestem in einer flachen gläsernen Kuchenform mit einem Drahtgitter in meinem Zimmer wohnte. Ich hatte ihn in einem Abwassergraben gefunden und nach seiner englischen Bezeichnung *newt* Sir Isaac Newton genannt. (Auf meiner Kommode wurde es langsam eng, denn neben dem Molch und meinem kostbaren Kolibrinest in einem Glashafen lagen dort noch verschiedene Federn und Fossilien sowie einige kleinere Knochen.) Auf Sir Isaac musste ich immer ein Auge halten, denn obwohl ich ihn immer gut mit fetten Fliegen versorgte, versuchte er immer wieder zu entkommen. Eines Morgens fand ich ihn in der hintersten Ecke unter meinem Bett, so eingestaubt, dass ich ihn mit nach unten nehmen und unter der Pumpe in der Küche abwaschen musste.

Als Viola ihn sah, kreischte sie los: »Was in Jesu Namen ist das?«

»Kein Grund zur Aufregung! Das ist ein Schwarzfleckenmolch, auch unter der Bezeichnung *Diemyctylus meridionalis* bekannt. Keine Sorge, der ist absolut harmlos. Diese Spezies ist sogar sehr nützlich für den Menschen, weil sie Fliegen und anderes Ungeziefer frisst, du siehst also …«

»Ist mir völlig egal, was das ist, raus aus meinem Waschbecken damit!«

»Ich muss doch bloß …«

»Wenn deine Momma dieses Viech hier sieht, setzt sie mich vor die Tür.«

»Was? Unsinn!« Dass Mutter Viola feuern könnte, überstieg meine Vorstellungskraft. Sie war schon immer bei uns gewesen, schon vor meiner Geburt, sogar vor Harrys Geburt, und ohne sie würde der komplette Haushalt zusammenbrechen.

»Kein Unsinn. Und jetzt raus aus meiner Küche!«

Gekränkt nahm ich Sir Isaac mit zur Pferdetränke, wo er dann aber ganz fröhlich herumplanschte.

Meine Freundschaft mit Polly, dem Papagei, war weiter aufgeblüht und ganz und gar unverbrüchlich seit dem Tag, an dem ich ihm einen ganzen Pfirsich geschenkt hatte. Da hatte er vor Glück regelrecht geschnurrt. Selbst der Kern gefiel ihm; er bewahrte ihn auf, um seinen Schnabel daran zu wetzen.

Ich fragte mich, ob Polly vielleicht gern eine Papageiin zur Gesellschaft hätte, und falls ja, wo wir eine auftreiben könnten. Papageien konnten hundert Jahre alt werden, das wusste ich von Großpapa. Der Gedanke, dass Polly so lange ohne ein anderes Tier seiner Art leben sollte, machte mich traurig, auch wenn Mr. O'Flanagan sich liebevoll um ihn kümmerte. Bei warmem Wetter trug er ihn oft ins Freie und spritzte ihn mit dem Wasserschlauch ab. Dann breitete Polly unter dem Strahl die Flügel aus und drehte sich ekstatisch im Kreis. Anschließend setzte Mr. O'Flanagan ihn auf seine Sitzstange in der Sonne, nahe bei den alten Käuzen, die stets vor der Cotton Gin saßen und tagein, tagaus den Sezessionskrieg neu aufleben ließen. Dann unterbrachen sie ihre unablässig wieder aufgewärmten Geschichten und versuchten, Polly den Schlachtruf der Veteranen beizubringen: »Der Süden wird wieder auferstehen!« Doch Polly wollte nichts davon wissen; er liebte Mr. O'Flanagan und akzeptierte keinen anderen Herrn. Mittlerweile hatte der Papagei sogar den irischen Akzent seines Besitzers angenommen. Als er eines Tages eine seiner langen, leuchtend roten Federn abwarf, hob Mr. O'Flanagan sie für mich auf. Was für eine Kostbarkeit! Ich war mir sicher, kein zweites Mädchen in Texas hatte so einen Schatz auf seiner Kommode liegen.

Eines Abends zog Mutter nach dem Dessert einen Brief aus ihrem Mieder und sagte: »Vater und Harry haben endlich die Küste erreicht. Morgen gehen sie an Bord der *Queen of Brazoria,* die sie nach Galveston bringen wird. Ich weiß, dass all unsere Gedanken und Gebete sie begleiten.«

Feierliches Schweigen senkte sich über die Tischgesellschaft, nur J. B., unser Kleiner, quakte dazwischen. »Fährt Papa mit dem Schi-iff? Kann ich auch mit?«

Mutter lächelte matt. »Nein, kleiner Mann. Dieses Mal nicht.«

»Ich will aber, Mama! Ich will!«

»Oje«, murmelte Lamar, »jetzt geht *das* wieder los.«

Ich warf ihm einen bösen Blick zu, nahm J. B. auf den Arm, der schon heftiges Wutgeheul anstimmte, und trug ihn aus dem Esszimmer. »Komm, J. B., ich erzähl dir eine Geschichte, wär' das nicht schön?«

Gleich hörte er auf zu plärren und fragte hicksend: »Eine mit Schiffen?«

»Wenn du möchtest.«

»Ich mag Schiffe, Callie«, sagte er und lächelte mich durch Rotz und Tränen hindurch engelgleich an.

Soweit ich wusste, hatte er noch nie ein Schiff gesehen, trotzdem sagte ich: »Das weiß ich doch, Kleiner. Jetzt waschen wir dich erst einmal, und dann gibt's die Geschichte, eine mit *gaaanz* vielen Schiffen.

So vielen, wie du willst.« Dann fragte ich ihn noch schnell: »Wer ist deine Lieblingsschwester?«

Kichernd antwortete er: »Du, Callie!« Das war unser kleiner privater Scherz, über den J. B. sich jedes Mal neu freuen konnte.

Abends beim Zähneputzen versuchte ich mir den Strand vorzustellen, an dem die Familie Finch nun kampierte. Ich selbst war noch nie am Meer gewesen und stellte es mir als einen verwirrenden, mystischen Ort vor. Wie mochte es sich wohl anhören? Wie mochte es riechen?

Mit meinem eigenen geliebten Fluss war ich vertraut, doch der Gedanke an Ebbe und Flut, an diesen endlosen, gewaltigen, sich ständig ändernden Körper aus Wasser erschreckte und faszinierte mich zugleich. *Einen Ozean sehen* hatte auf der Liste meiner Neujahrswünsche gestanden, jener Liste, die ich geschrieben hatte, kurz bevor ein neuer Kalender den Beginn des Jahres 1900 markierte. (Auf derselben Liste hatte ich mir auch gewünscht, einmal Schnee zu sehen.) Ich war noch nie weiter als bis Austin gereist, und das lag nur fünfzig Meilen entfernt. Doch auch wenn mein äußeres Leben auf ein jämmerlich enges Umfeld begrenzt war, so war doch mein inneres Leben voller Fantasiereisen in exotische Länder, angeregt durch Bücher, den Atlas und den Globus. An den meisten Tagen reichte mir das. An anderen nicht.

Ich rollte mich aus dem Bett. Bis zum Sonnenaufgang fehlte zwar noch eine gute halbe Stunde, doch ich wollte meine täglichen Naturbeobachtungen gern notieren, bevor meine Brüder den Frieden des frühen Morgens störten. Ich zog die unterste Schublade meiner Kommode auf und griff hinein, doch statt eines ordentlich gefalteten Unterkleides sah ich im Dämmerlicht eine seltsame, zusammengerollte Gestalt. *An einem Ort, an dem seltsame Gestalten nichts zu suchen hatten, schon gar nicht zusammengerollte.* Mein Gehirn schlug Alarm –

»Schlange!« –, und ich zuckte zusammen. Die Schlange zuckte ebenfalls zusammen, öffnete das Maul und zeigte mir zwei Reihen winziger Zähne und einen blassen Gaumen. Für eine Schlange war sie nicht besonders groß, andererseits ist im Umgang mit einem giftigen Tier Größe nicht entscheidend. Sie war rot-schwarz-gelb gebändert, und das bedeutete, dass es sich entweder um die tödliche Korallenotter oder um die harmlose Königsnatter handelte. Die eine konnte einen Menschen umbringen, die andere war ein ungefährlicher Blender. Fieberhaft kramte ich in meinem Kopf nach dem alten Merkspruch, der einem half, die beiden auseinanderzuhalten. Wie ging der noch mal? Knapp vor meiner Hand sperrte die Schlange ihr Maul weit auf. Wie ging doch bloß dieser Spruch?

Also, Calpurnia, es wäre wirklich schön, wenn du dich jetzt erinnern könntest, vor allem deswegen, weil dein Leben davon abhängt. Schon gut, schon gut. Das Geheimnis liegt in der Abfolge der Streifen. Gelb an Schwarz – nein, halt, so war es nicht, Gelb an Rot, genau. »Gelb an Rot, und man ist tot. Rot an Schwarz …« Wie war das noch? Bitte, lass es richtig sein! »Blut an Dotter – Killerotter, Blut an Kohle, dir zum Wohle!«

Mit großen Augen starrte ich ins Dunkel der Schublade und versuchte, etwas zu erkennen. Da – ein rotes Band zwischen zwei schwarzen. Zur Kontrolle suchte ich so viel von dem Schlangenkörper ab, wie ich im Blick hatte. Jedes Mal waren die roten Bänder von schwarzen eingeschlossen.

Ha! Ein Blender!

Es war also eine gutartige Schlange, eine, die sich im Laufe von Äonen so entwickelt hatte, dass sie einer gefährlichen immer ähnlicher wurde, was sie vor Fressfeinden schützt. Großpapa hatte mir einmal von einer ursprünglich wohlschmeckenden Schmetterlingsart erzählt, die sich im Laufe der Evolution so tarnte, dass sie einer ungenießbaren, bitteren Art glich. Mimikry nennt man das. Eine interessante Methode, bei der eine Spezies sich den Ruf einer anderen zunutze macht. Aber war das nicht eine Art Lüge? Frage fürs Notizbuch: Kann die Natur lügen? Darüber musste ich gelegentlich nachdenken.

Ich entspannte mich und sah die Schlange gleich mit viel freundlicherem Blick an, und auch sie schien sich zu entspannen und züngelte, um Duftstoffe aus der Luft aufzunehmen. Aber wie war dieses Tier in meiner Schublade gelandet, so weit entfernt von seiner natürlichen Umgebung?

Das arme Ding war zweifellos völlig verwirrt. Ich musste es in seine angestammte Umgebung zurückbringen, unter irgendeinen morschen Baumstamm, wo es sich von Mäusen und anderen unglücklichen kleinen Beutetieren ernähren konnte. Ich streckte eine Hand aus, und die Natter zischte mich an. Schnell zog ich die Hand zurück. Ich musste mich ja nicht von ihr beißen lassen, auch wenn die Zähne winzig waren und kein Gift abgaben.

Ich kramte nach einer Tüte oder einem Sack für den Transport und nahm schließlich meinen Kissenbezug vom Bett, doch als ich mich umdrehte, sah ich gerade noch die Schwanzspitze der Natter in einer Lücke zwischen Bodendielen in einer Zimmerecke verschwinden.

Na, wunderbar. Ich hoffte aufrichtig, sie würde selbst den Weg aus unserem Haus finden, denn auch wenn ich keine Angst mehr vor ihr hatte, so entsprach sie doch nicht meiner Vorstellung von einer idealen Zimmergenossin.

Als ich am nächsten Abend fast schon eingeschlummert war, hörte ich ein leises Kratzen. Ich schlug die Augen wieder auf und sah in einem Streifen Mondlicht die Schlange, die über meinen Fußboden glitt, im Maul ein regloses kleines Bündel, vermutlich eine zu Tode erschrockene Maus. Mein Herz war sofort voller Mitleid mit dem Tierchen, und einen Moment lang wollte ich versuchen, es zu retten. Andererseits – die Schlange tat nur das, was Schlangen so tun, und sie hatte ihr Abendessen ebenso verdient wie wir anderen. Hier zeigte sich wieder, wie die Natur auch sein konnte – »rot an Zahn und Klaue«, wie Mr. Alfred Tennyson gesagt hat, ein berühmter Dichter, den Großpapa oft zitierte. Damit wollte er sagen, dass im großen Rad des Lebens fressen und gefressen werden dazugehörten. Daran war nichts zu ändern.

Das bewies auch meine nächste Lektion. Großpapa rief mich in die Bibliothek . Ich sollte zum ersten Mal ein Tier sezieren. Beginnen würden wir mit dem großen Regenwurm, den ich extra für diese Unterrichtsstunde aufbewahrt hatte. »Die frühen Naturphilosophen glaubten, zum Verständnis der Anatomie und Physiologie reiche es aus, ein Tier von außen zu betrachten. Das ist natürlich Unsinn, doch diese irrige Vorstellung hielt sich über Jahrhunderte. Erst im sechzehnten Jahrhundert zeigte schließlich Andreas Vesalius, dass das Körperinnere mindestens so wichtig und interessant ist wie die äußere Gestalt. Seine frühen Sektionen von Verstorbenen sind noch heute bewundernswert, wissenschaftlich gesehen, aber auch, was die künstlerische Darstellung seiner Forschung angeht. So, hast du deine Probe dabei?«

Ich hielt ein Einmachglas hoch, in dem sich in feuchter Erde – etwa einen Zoll hoch – der Riesenregenwurm befand, den ich so lange für diesen Tag aufbewahrt hatte. Obwohl ich mich wirklich sehr um inneren Abstand und Objektivität bemühte, fiel es mir doch ein bisschen schwer, diesen schönen großen Wurm zu töten. Da ich auf einer Farm aufwuchs, hatte ich natürlich jede Menge gerupfter Truthähne, gehäuteter Kaninchen und geschlachteter Schweine gesehen, doch für diese Arbeiten war im Allgemeinen Alberto zuständig. Die Tiere wurden getötet, damit wir sie essen konnten. Ihr Ableben war für unser Überleben nötig. Auch wenn ich nur einen einfachen Regenwurm sezieren wollte und im Laufe der Jahre unabsichtlich vermutlich Hunderte von ihnen unter meinen Schuhen getötet und zermalmt hatte, würde ich nun zum ersten Mal bewusst töten, um meine Neugier zu befriedigen. Eine Entschuldigung war in diesem Fall wohl angebracht.

»Tut mir leid, Wurm«, flüsterte ich, »aber es geschieht für die Wissenschaft, weißt du.«

Der Wurm hatte in der Sache nicht mitzureden und blieb stumm.

»Man muss auf jeden Fall vermeiden, ein Tier zu quälen«, sagte Großpapa. »Achte darauf, deinen Untersuchungsgegenstand so human wie möglich zu töten, aber so, dass du die Körperstruktur erhältst.«

»Und wie stelle ich das an?«

»Du tauchst deinen Wurm für einige Minuten in ein Glas mit zehnprozentigem Alkohol. Du findest alles, was du brauchst, im Labor. Wenn du damit fertig bist, werden wir dein Seziertablett vorbereiten.«

Ich trug meinen Wurm ins Labor und holte mir eine Flasche mit reinem Alkohol und eine mit Wasser. Dann mischte ich neun Teile Wasser mit einem Teil Alkohol und ließ den Wurm hineinfallen. Er zuckte nur einmal kurz und sank dann zu Boden. Kurz darauf kam auch Großpapa ins Labor. Unter dem Tresen zog er eine flache Metallschale und ein Päckchen Wachs hervor. Er zeigte mir, wie man das Wachs langsam zum Schmelzen bringt, fügte noch etwas Ruß für einen besseren Kontrast hinzu und goss das Ganze dann in die Schale.

Während das Wachs abkühlte, saß er in seinem uralten, schäbigen Sessel, bei dem schon überall die Füllung herausschaute, und las in einem Band über *Reptilien im weiteren amerikanischen Südwesten*, verfasst von einem Mr. Posner. Ich selbst hockte auf meinem Hocker und las eine Broschüre mit dem Titel *Anleitung zum Sezieren des Lumbricus terrestris.*

Als das Wachs endlich fest geworden war, ging es los. Großpapa reichte mir ein Glas mit Nadeln, ein Vergrößerungsglas und sein Taschenmesser. »Das wirst du alles brauchen.«

Ich legte den Wurm auf das Wachs und wollte gerade den ersten langen Schnitt machen, als Großpapa meine Hand festhielt. »Einen Augenblick noch. Lass uns zuerst genau hinschauen. Was siehst du?«

»Ähm – einen Wurm?«

»Ja, sicher.« Großpapa schmunzelte. »Aber beschreibe mal, was du da siehst. Sieht das eine Ende genauso aus wie das andere? Sind Vor- und Rückseite ganz gleich?«

»Die beiden Enden unterscheiden sich«, sagte ich und zeigte darauf. Dann drehte ich den Wurm vorsichtig um. »Und diese Seite ist flacher als die andere.«

»Richtig. Das vordere Ende erkennt man am Kopflappen oder *Prostomium*, das hintere am Anus. Die gerundete Seite ist der Rücken, auch *Dorsum* genannt, die flachere der Bauch, also die ventrale Seite. Jetzt nimm das Vergrößerungsglas und schau dir die ventrale Oberfläche mal genau an.«

Ich kniff die Augen zusammen und sah viele kleine Härchen.

»Das sind die *Setae*, mit deren Hilfe bewegt sich der Regenwurm fort«, erklärte Großpapa. »Berühre sie mal.« Mit einer Fingerkuppe strich ich darüber. Sie fühlten sich leicht rau an.

»Und jetzt schneidest du vorsichtig den Rücken längs auf.«

Ich machte einen langen Schnitt von einem Ende zum anderen, zog die Seiten auseinander und steckte sie mit den Nadeln im Wachs fest.

Wir fingen beim Kopf an und arbeiteten uns langsam weiter vor. Dabei untersuchten wir den Schlund, den Kropf und den Muskelmagen.

»Würmer haben keine Zähne, deswegen speichern sie ihre Nahrung erst einmal hier im Kropf. Gleich dahinter liegt der Muskelmagen, in dem die Nahrung von feinen Steinchen zerrieben wird, bevor sie in den Darm weitergeleitet wird. Aber deine Probe trocknet schon aus. Träufle etwas Wasser darüber.«

Das tat ich und fragte dann: »Ist der Wurm ein Männchen oder ein Weibchen?«

»Beides.«

Überrascht blickte ich auf. »Wirklich?«

»Wenn Organismen sowohl männliche als auch weibliche Organe enthalten, sprechen wir von Zwittern oder auch Hermaphroditen. Dieses Phänomen gibt es häufig bei Blühpflanzen, aber auch bei Schnecken und anderen Weichtieren.«

Großpapa zeigte mir, wie ich weiter vorgehen sollte, und wies besonders auf die fünf Ringgefäße hin, die wie fünf primitive Herzen funktionieren, außerdem auf die Fortpflanzungsorgane, die Nervenstränge und den Darm. Auf die Weise lernte ich, dass ein Regenwurm im Wesentlichen ein langer Darm ist, durch den Erde, verrottendes Laub und Dung wandern und am anderen Ende angereichert wieder herauskommen und das Pflanzenwachstum befördern.

»Wir verdanken diesem bescheidenen Pflüger sehr viel«, sagte Großpapa. »Charles Darwin pries ihn als eines der wichtigsten Tiere in der Geschichte unserer Erde, und er hatte recht. Für die meisten Pflanzen auf der Welt ist dieser Wurm überlebensnotwendig, und unser Dasein wiederum hängt von den Pflanzen ab. Überlege mal, wie viele Pflanzen du heute Morgen schon zum Frühstück gegessen hast.«

Ich hatte Pfannkuchen mit Sirup gegessen, also keine Pflanzen. Gerade wollte ich das sagen, als ich an Großpapas erwartungsvoller Miene merkte, dass die Antwort vermutlich falsch wäre.

Also dachte ich erst einmal nach. Pfannkuchen – ah ja, dafür brauchte man Mehl, das aus gemahlenem Weizen bestand. Schon mal eine Pflanze. Und für den Sirup zapfte man Ahornbäume in

Neu-England an. Bei uns wurde er mit einem Extrakt aus Pekannüssen aromatisiert. Also noch zwei Pflanzen.

»Mein ganzes Frühstück bestand aus Pflanzen«, sagte ich, »bis auf ein bisschen Butter, und die kommt von der Kuh, die wiederum Pflanzen frisst. Das heißt wohl, wenn wir beim Tischgebet Dank sagen, sollten wir auch dem Regenwurm danken, oder?«

»Das wäre ganz angebracht«, antwortete Großpapa. »Ohne die bescheidenen Anneliden sähe es in unserer Welt schlecht aus.«

Als wir fertig waren, rannte ich zu Travis und zeigte ihm mein Werk. »Guck mal«, sagte ich, »hast du gewusst, dass ein Wurm fünf Herzen hat? Diese blassrosa Dinger hier sind die Hauptblutgefäße. Ist das nicht spannend?«

Travis warf einen Blick darauf und sagte: »Ähm … doch.«

»Und das hier ist das Gehirn, dieser kleine graue Punkt neben dem Mund. Siehst du ihn?«

Ich gebe ja zu, mein Wurm war bis dahin schon ziemlich ausgetrocknet und vielleicht nicht mehr der allerschönste Anblick, vielleicht roch er auch schon ein kleines bisschen, aber ich hatte doch nicht damit gerechnet, dass Travis blass werden und zurückstolpern würde.

»Willst du's dir nicht angucken? Sieh doch bloß hier, die Nerven, diese winzigen grauen Stränge. Ganz schön interessant, findest du nicht?«

Travis wurde noch etwas blasser und sagte: »Ähm, ich glaube, ich habe ganz vergessen, Bunny zu füttern.« Und schon war er auf und davon.

Achtes Kapitel

GEBURTSTAG IN SCHWEREN ZEITEN

Sehr zahlreich vertreten ist ein kleiner Seeotter; dieses Tier ernährt sich nicht ausschließlich von Fisch, sondern bestreitet seine Nahrung in großem Umfang auch mit einem kleinen roten Krebs, der in Schwärmen nahe der Wasseroberfläche schwimmt.

Der Oktober stand vor der Tür, unser großer Geburtstagsmonat. So nannten wir ihn, weil gleich vier von uns – Sam Houston, Lamar, Sul Ross und ich – in einem Oktober zur Welt gekommen waren. Wir alle sehnten ihn jedes Jahr mit atemloser Vorfreude herbei.

Keiner von uns hatte den wundervollen Trubel vom letzten Jahr vergessen, als alle vier Feiern zu einem einzigen Riesenfest zusammengelegt wurden, zu dem die ganze Stadt eingeladen war. Ein Fest mit allen Arten von Kuchen und Eis, die man sich überhaupt nur vorstellen konnte, mit Eiscremesoda und einem turmhohen Kuchen mit neunundvierzig Kerzen (so alt wurden wir vier zusammen), mit Ponyreiten, Krocket, Hufeisenwerfen, Sackhüpfen, mit Gewinnen und Geburtstagshüten und Girlanden und sogar einem Feuerwerk in der Dämmerung. Ein rundum fantastischer Tag.

Doch wir hatten noch immer keine Nachricht, wann Vater und Harry zurückkehren würden. Wir wussten nur, dass sie von früh bis spät wie die Sklaven schufteten. Sie räumten Unrat von den Straßen und verlangten dabei sich selbst und ihren Pferden alles ab, bis zur völligen Erschöpfung. Aus dem gesamten Süden strömten Arbeiter und Freiwillige herbei, um wenigstens einen Anschein von Ordnung wieder herzustellen. Mal war die Rede davon, einen Deich zu errichten, um die Stadt vor neuen Fluten zu schützen. Dann wieder dachte man daran, die noch erhaltenen Häuser auf zehn Fuß hohe Stelzen zu stellen. Eine so überragende Ingenieursleistung wäre etwas völlig Neues für den Staat Texas.

Heimlich las ich die Überschriften in der Zeitung: Plünderungen jetzt unter Kontrolle. Wiederaufbau geht voran. Tausende weiter vermisst. Leichen auf See bestattet.

Ich beschloss, keine Zeitung mehr zu lesen.

Trotz der guten Nachrichten von unseren Verwandten lag die Sorge wie ein dunkler Schatten weiter über unserem Haus, und ich fürchtete langsam, es werde in diesem Jahr keine Geburtstagsfeier geben. Doch wenn es wirklich zum ersten Mal geschehen sollte, dass unsere Geburtstage nicht gefeiert wurden, was wäre dann mit Halloween? Mit Erntedank? Und was mit – Gott bewahre! – *Weihnachten?* Konnte man Weihnachten im Ernst ausfallen lassen? Wäre das überhaupt gesetzlich erlaubt? Oje, oje, lieber nicht daran denken, man wurde nur trübsinnig davon.

Aber ich dachte trotzdem daran, und so rief ich eines Morgens meine Mitfeierer Sam Houston, Lamar und Sully zu einer Besprechung auf der Veranda zusammen.

Lamar kam zu spät und sagte muffig: »Was willst du denn? Du hast mich beim Lesen gestört.«

(Lesen bezog sich in diesem Fall auf Groschenromane, billig gemachte Heftchen mit reißerischen, vorhersehbaren Abenteuergeschichten über einen heldenhaften, starken jungen Mann, der den Pony Express aus großer Not rettete, oder einen heldenhaften, muskulösen jungen Mann, der die Texas Rangers aus großer Not rettete, oder einen heldenhaften, stämmigen jungen Mann, der die Pinkerton-Detektive aus großer Not rettete. Man konnte meinem Bruder vieles nachsagen, aber überbordende Fantasie ganz sicher nicht, sonst hätten diese Geschichten ihn nicht immer noch so gefesselt.)

»Du bist wirklich beschränkt, Lamar«, sagte ich und wandte mich an die anderen. »Ist es eigentlich noch keinem von euch Jungs in den Sinn gekommen, dass unsere Geburtstagsfeiern dieses Jahr vielleicht ausfallen?«

Mit dem Ausmaß an Empörung, das meine Frage hervorrief, hatte ich wirklich nicht gerechnet.

»Was?«

»Wieso das denn?«

»Wovon redest du überhaupt?«

»Tja, wovon wohl?«, fragte ich. Die Begriffsstutzigkeit meiner Brüder erstaunte mich wirklich. Waren alle Jungen so, oder hatte ich mit diesen Exemplaren nur besonderes Pech gehabt? »Mutter ist traurig, weil Vater und Harry noch immer fort sind, weil Onkel Gus und Tante Sophronia ihr Haus verloren haben, weil sie noch immer kein Lebenszeichen von ihren Freundinnen hat und weil so viele Menschen in der Stadt trauern.«

»Stimmt«, sagte Sam Houston, »sie trinkt mehr als sonst von ihrer Kräutertinktur. Sie nimmt ihre normale Dosis ein, und wenn sie glaubt, es guckt gerade niemand, nimmt sie noch eine.«

»Aber wieso sollten wir deshalb nicht Geburtstag feiern?«, fragte Lamar.

»Weil man nicht feiert, wenn andere Leute trauern. Und weil es für Mutter und Viola und die anderen so viel Arbeit mit sich bringt. Letztes Jahr habt ihr wohl vor lauter Spaß gar nicht bemerkt, wie viel Arbeit das Fest gemacht hat.«

Schweigen. Ich sah den Jungs an, dass alle dasselbe dachten, aber keiner es auszusprechen wagte.

Wer es schließlich doch aussprach, war der Stinkstiefel. »Ja und? Wie machen wir das, dass wir trotzdem feiern?«

»Und Geschenke kriegen?«, fragte Sam Houston.

»Und Kuchen?«, fragte Sul Ross, der neun werden würde und jedes Mal, aber wirklich jedes Mal so viel Kuchen aß, bis ihm schlecht wurde.

Alle drei starrten mich an, als hätte ich das Problem verursacht.

»Nun tut nicht so, als wäre ich schuld!«, sagte ich. »Ich wollte das Thema bloß mal anschneiden.«

»Und was machen wir jetzt?«, wollte Sam Houston wissen. Noch mehr Schweigen.

Schließlich sagte ich: »Ich glaube kaum, dass es da eine Lösung gibt.«

»Kannst du nicht mit ihr reden, Callie?«, jammerte Sul Ross. »Du bist ein Mädchen, so wie sie, vielleicht hört sie auf dich.«

Lamar schnaubte verächtlich. »Callie ist zwar ein Mädchen, aber ein dummes – vergiss das nicht. Außerdem hat Mutter noch nie auf sie gehört, warum sollte sie es jetzt? Ich rede selbst mit ihr.«

»Bloß nicht!«, rief ich. »Du vermasselst es garantiert.«

»Also gut, Fräulein Neunmalklug – dann kümmerst du dich darum. Aber wehe, du vermasselst es – dann schubs ich dich in Petunias Stall.«

»Das werden wir ja sehen.«

Aber auch wenn ich so keck daherredete – ich hätte es ihm durchaus zugetraut, mich in den Schweinestall zu stoßen. Lamar dachte selten an die Folgen seiner Taten, zum Beispiel daran, was für kolossalen Ärger er kriegen würde, wenn er das wirklich machte.

Wir verabredeten, uns in einer Stunde wieder zu treffen. Ich ging erst einmal in mein Zimmer, um meine Gedanken zu sammeln, bevor ich Mutter gegenübertrat. Nach einigem Nachdenken kam ich zu dem Schluss, dass es wohl am klügsten wäre, Mutter vor Augen zu führen, wie sehr die Jungs Vater und Harry vermissten (auch wenn ich, ehrlich gesagt, kaum Anzeichen dafür sah) und dass eine Geburtstagsfeier uns alle ein bisschen aufmuntern würde. Das war jetzt keine ausgemachte Lüge, aber die reine Wahrheit war es auch nicht, und je länger ich darüber nachdachte, desto weniger klang es nach der Wahrheit und desto heftiger schob sich der unwahre Teil in mein Bewusstsein und füllte es mit einem zähen grauen Nebel.

Kopf hoch, Calpurnia! Es wird Zeit, dein Ziel ins Auge zu fassen.

Ich ging nach unten. Im Esszimmer fiel mir, als sähe ich sie zum ersten Mal, die Fotografie meiner Eltern auf, die vor zwanzig Jahren, am Tag ihrer Hochzeit, entstanden war. Bis dahin hatte ich nie großartig auf dieses Bild geachtet, höchstens hatte ich gelegentlich bemerkt, wie komisch und überholt die Mode jener Zeit inzwischen wirkte, vor allem Mutters alberne Turnüre, ein Polster über dem Gesäß.

Doch an diesem Tag blieb ich stehen und betrachtete das Foto genau. Wie stolz mein Vater dastand, hoch gewachsen und in seinem besten Anzug, und wie schön meine Mutter aussah in ihrem Brautkleid aus Brüsseler Spitze, mit dem Kranz aus Wachsblumen im Haar und dem bodenlangen Schleier, der an einen Wasserfall erinnerte. Ihre Mienen waren ernst, weil sie für die Aufnahme so lange reglos in dieser Position hatten stehen müssen, aber trotzdem las ich in ihren Blicken auch so etwas wie Hoffnung für die Zukunft und Vorfreude auf das Glück in ihrem von da an gemeinsamen Leben.

Und glücklich waren sie dann doch auch geworden, oder? Ich meine, man musste sich nur einmal anschauen, wie sie sich entwickelt und was aus ihnen geworden war: Stützen der Gesellschaft, Eltern von sieben gut geratenen Sprösslingen (na gut, sechs, wenn man Lamar nicht mitzählte), Inhaber eines florierenden Baumwollbetriebs sowie des größten Hauses der Stadt, allgemein geschätzt und respektiert. Sie hatten ihr persönliches Rezept für das Glück gefunden, und genau so war es richtig für sie. Oder?

Ich ging in den Salon. Mutter war in ihrem Sessel eingeschlafen. Neben ihren Füßen stand der Korb mit der Flickwäsche, auf ihrem Schoß lag ein zerrissenes Hemd. Ihr Haarknoten war verrutscht, und sie wirkte zerzaust, ein ungewohnter Anblick bei einer Frau, die sonst immer so geschniegelt und gebügelt aussah. Ich betrachtete die schärfer werdenden Linien in ihrem Gesicht und die vereinzelten grauen Strähnen, die neuerdings in ihrem Haar aufgetaucht waren, und empfand plötzlich Mitleid mit ihr. Wann hatte das begonnen, dass sie so abgespannt aussah? Ihr von Sorge gezeichnetes Gesicht warf mich fast aus dem Ruder.

Mutter atmete hörbar ein und wachte blinzelnd auf. »Na, so was, Calpurnia, ich muss eingenickt sein. Du kannst jetzt Klavier spielen. Du störst mich nicht.«

»Das kann ich auch später noch machen«, sagte ich. »Ich … ich wollte gern mit dir sprechen, über die Oktober-Geburtstage.«

Ein Schatten fiel über ihr Gesicht, was nicht gerade ermutigend war. Trotzdem fuhr ich stockend mit meiner Rede fort.

»Sieh mal, die Jungs vermissen Vater und Harry. Ich dachte, vielleicht … das heißt, wir dachten … na ja, dass eine große Geburtstagsfeier uns alle aufmuntern würde.«

Mutter zog die Stirn in Falten, und ich beeilte mich, mit meiner Rede weiterzukommen. »So etwas könnte uns allen neuen Mut geben, meinst du nicht auch, und wir könnten …«

»Calpurnia.«

»… wir könnten nur unsere engsten Freunde einladen, nicht die ganze Stadt, so wie letztes Jahr, das war viel Arbeit, das weiß ich auch, aber wir könnten …«

»Calpurnia.«

Ihre leise, kraftlose Stimme ließ mich mitten im Satz abbrechen.

»Ja, Mutter?«

»Findest du es richtig und angemessen, ein Fest zu feiern, nachdem so viele Menschen ihr Leben verloren haben? Willst du mir das wirklich ins Gesicht sagen?«

»Ähm …«

»Es wäre in höchstem Maße unschicklich.«

»Ähm, also …«

»Denk doch mal an all die vielen Toten, an all die Überlebenden, die unter erbärmlichen Bedingungen hausen, an Onkel Gus und Tante Sophronia und deine Cousine Aggie, die alles verloren haben. Was sie durchgemacht haben, das können wir uns noch nicht einmal vorstellen. Und denk auch an deinen Vater und Harry, was sie durchmachen. Es muss ein Albtraum sein. So viel Leid.«

Sie erhob die Stimme nicht. Das war auch nicht nötig. Ich spürte, wie ich wieder meinen Ausschlag am Hals bekam, dieses Mal vor lauter Scham. »Du hast recht, Mutter. Es tut mir leid. Du hast wirklich recht.«

Sie griff nach ihrem Flickzeug zum Zeichen dafür, dass unsere Unterhaltung beendet war, und ich schlich davon. So klein fühlte ich mich, höchstens drei Zoll groß. Ich kratzte mich am Hals und ging auf die Veranda, wo die Jungs schon warteten.

Lamar warf nur einen Blick auf mich und sagte: »Du hast es vermasselt, das seh ich doch.«

»Ich hab mein Bestes getan.«

»Tja, war wohl nicht gut genug.«

»Du hättest sie sehen sollen, Lamar. Ihren Gesichtsausdruck.«

»Ihren Gesichtsausdruck? Mehr brauchst du nicht, um einzuknicken? Eine lausige Unterhändlerin bist du. Das hat man davon, wenn man ein dummes Mädchen losschickt, um einen Männerjob zu erledigen. Nächstes Mal geh ich selber.« Er räusperte sich und spuckte in den Sand.

Es war so ungerecht; am liebsten hätte ich ihm eine runtergehauen, aber er machte auf dem Absatz kehrt und ging weg. Sam Houston und Sul Ross schauten zögernd zwischen uns beiden hin und her, dann folgten sie Lamar.

»Sie hat gesagt, es sei unschicklich!«, brüllte ich ihnen hinterher, doch sie beachteten mich gar nicht.

Zu allem Überfluss kam ich mir wie ein riesiger wandelnder Ausschlag vor. An der Pferdetränke pumpte ich kühles Wasser auf meine Schürze und benutzte sie als Kompresse. Ich ging immer im Kreis herum, atmete tief durch und bemühte mich so, mich zu beruhigen. Doch sowohl mein Ausschlag als auch meine Wut ließen nur leicht nach, und so beschloss ich, dass es nur noch eine mögliche Form der Therapie für mich gab: eine beruhigende Dosis Großpapa.

Ich fand ihn in seinem Laboratorium. Den Vorhang aus Sackleinen hatte er zur Seite geschlagen, um Luft und Licht hereinzulassen.

»Wieder einmal Ausschlag?«, fragte er zur Begrüßung. »Was ist es diesmal?«

Ich sah ihn groß an. »Bin ich so leicht zu durchschauen?«

»Im Allgemeinen nicht, aber deine Haut spricht eine klare Sprache.«

»Oh. Na dann – verrate mich nicht, aber ich überlege mir, von zu Hause wegzulaufen.« Ich setzte ein mattes Lächeln auf, um ihm zu zeigen, dass das ein Witz sein sollte. Mehr oder weniger.

Er nahm die Neuigkeit gleichmütig auf. »Tatsächlich? Und wo willst du hin? Wie kommst du an Geld? Hast du dir über all das schon Gedanken gemacht?«

»Ich habe gespart – siebenundzwanzig Cent.«

»Ich bezweifle, dass du dir mit siebenundzwanzig Cent deine Unabhängigkeit erkaufen kannst.«

»Ja«, sagte ich seufzend. »Eine jämmerliche Summe, wenn man weglaufen will. Schon die Zugfahrt nach Austin kostet mehr. Aber wenn ich es schaffe, genug zu sparen – kommst du dann mit? Ohne dich kann ich nämlich nicht gehen, ehrlich.« Ich gab ihm einen Kuss auf die Stirn. Dann fiel mir noch etwas ein. »Aber vermutlich müsstest du deinen Anteil selber bezahlen.«

»Es ist äußerst freundlich von dir, mich einzuladen, aber ich unternehme meine Reisen heute größtenteils in der Bibliothek. Ein Mann in seinem Sessel kann um die ganze Welt reisen, mit nichts als einem Globus und einem Atlas. Und alle Abenteuer, die ich in meinem Alter noch brauche, finde ich durch die Linsen des Mikroskops und des Teleskops. Die Welt, die ich hier bei mir habe, in meinen Büchern und meinen Proben, reicht mir völlig.«

Als ich darüber nachdachte, wurde mir klar, dass ja auch ich eine Entdeckerin war. Hatte ich nicht mit Mr. Dickens den weiten Ozean nach England überquert? War ich nicht mit Huckleberry Finn den großen Mississippi hinuntergetrieben? Reiste ich nicht jedes Mal, wenn ich ein Buch aufschlug, durch Raum und Zeit?

»Was, wenn ich fragen darf«, sagte Großpapa, »hat diesen plötzlichen Wunsch, unsere Stadt zu verlassen, in dir ausgelöst?«

»Ich war Mutter gegenüber nicht sehr nett. Aber es war nicht allein meine Schuld. Meine Brüder haben mich dazu angestiftet.«

»So sind Brüder nun einmal«, sagte er ernst, dann hörte er sich meine Leidensgeschichte an und gab mir recht, dass das Leben nicht fair sei. Schließlich fragte er, wie alt ich denn würde.

»Dreizehn.«

»Dreizehn, so so. Dann bist du ja bald eine junge Dame.«

»Bitte sag das nicht.«

»Warum nicht?«

»Schon Mädchen dürfen in dieser Welt herzlich wenig tun und junge Damen, so weit ich weiß, sogar noch weniger.«

»Hm, da hast du wohl recht, auch wenn ich nicht weiß, warum das so sein sollte. Mir scheint, dass es jedem Mädchen und jeder jungen

Frau mit einem gut funktionierenden Gehirn erlaubt sein müsste, alles zu erreichen, was ihr möglich ist.«

»Ich bin froh, dass du so denkst, Großpapa, aber das tun nicht alle, schon gar nicht hier im Haus.«

»Apropos Geburtstage und Reisen – in der Bibliothek habe ich etwas für dich, was dir bestimmt gefällt. Komm mit.«

Auf dem Weg zum Haus nahm ich seine Hand, und ich war froh, dass ein Mädchen niemals zu erwachsen werden kann, um die Hand seines Großvaters zu halten.

Großpapa schloss die Tür zur Bibliothek auf und zog die schweren flaschengrünen Vorhänge zurück, um Licht hereinzulassen. Dann nahm er ein Buch aus dem Schrank. »Bevor er *Über die Entstehung der Arten* schrieb, segelte Darwin fünf Jahre lang um die Welt, auf der HMS Beagle, einem kleinen Schiff. Fünf volle Jahre, in denen er ferne Länder erkundete und Proben sammelte.« Mit glänzenden Augen schaute Großpapa ins Leere. Auf magische Weise fielen die Jahrzehnte von seinem Gesicht ab, und auf einmal sah ich den Jungen, der er einmal gewesen war.

»Eine so lange Reise voller Abenteuer, stell dir das vor! Was hätte ich dafür gegeben, an seiner Seite zu sein, auf den Spuren des Pumas und des Kondors in Patagonien, beim Beobachten der Vampirfledermaus in Argentinien, beim Sammeln von Orchideen auf Madagaskar. Schau dort, auf dem Regal.«

Er wies auf den großen Glasballon, in dem sich das Tier befand, das Darwin höchstpersönlich ihm vor Jahren zugesandt hatte.

»Diesen Tintenfisch, eine *Sepia officinalis,* hat Darwin seinerzeit selbst vor dem Kap der Guten Hoffnung gefunden. Die Reise war beschwerlich und mit weitgehendem Verzicht auf Annehmlichkeiten verbunden, und mehrere Male hätte sie ihn fast das Leben gekostet, doch sie hat Darwins Liebe zur Natur zementiert und ihn zu seinen Überlegungen zur Evolution angeregt. Ich vermute, bei diesem

Buch wirst du nicht die Segel streichen müssen; es ist um einiges einfacher zu lesen als das andere.« Er reichte mir den in Leder gebundenen Band *Die Fahrt der Beagle.* »Herzlichen Glückwunsch«, sagte er dabei, »und *bon voyage.*«

Oh, was für ein Vergnügen so ein neues Buch bedeutete, so viel Staunen und Vorfreude! Zum Dank umarmte ich ihn und küsste ihn auf die bärtige Wange. Dann versteckte ich das Buch unter meiner Schürze und rannte in mein Zimmer; schließlich konnte man nie wissen, zu welchen Schandtaten Lamar fähig war, wenn er einen Wutanfall hatte.

Ich las bis tief in die Nacht, und dabei begleitete ich Mr. Darwin auf die Galapagosinseln, nach Madagaskar, auf die Kanaren und nach Australien. Mit ihm zusammen staunte ich über das schockierend laute, knarrende Geräusch, das der *Papilio feronia,* ein Schmetterling, hervorbringt, obwohl man dieses Insekt immer für stumm gehalten hatte. Wir sahen den Pottwalen zu, die fast ganz aus dem Wasser sprangen und beim Wiedereintauchen einen Lärm, so laut wie Kanonenschüsse, machten, und wunderten uns gemeinsam über den stachligen *Diodon* oder Igelfisch, der sich bei drohender Gefahr zu einem ungenießbaren Ballon aufpumpen konnte. (Und obwohl Mr. Darwin dieses merkwürdige Tier sehr lebendig beschrieben hat, brannte ich doch darauf, einmal eines mit eigenen Augen zu sehen.) Zusammen versteckten wir uns vor Panthern und Piraten und speisten mit Wilden, mit Edelleuten und auch mit Kannibalen, bei denen man nur hoffen konnte, dass sie uns kein Menschenfleisch vorsetzten.

Meine Träume in jener Nacht waren angefüllt mit dem Knattern der Segel, dem Schwanken auf Deck, der Gewalt des Windes. Nicht schlecht für ein Mädchen, das noch nie das Meer gesehen hatte. Tatsächlich eine *bon voyage.*

Neuntes Kapitel

DAS GEHEIMNISVOLLE TIER

In diesem nördlichen Teil Chiles sollen alte indianische Häuser besonders zahlreich sein … Man gab mir eine Pfeilspitze aus Achat in genau der gleichen Form wie jene, die heute in Feuerland benutzt werden.

Schließlich gab es für uns doch noch so etwas wie eine Geburtstagsfeier, wenn auch nicht so, wie Lamar sie gern gehabt hätte (oder ich). Viola machte einen Früchtepunsch, und ich half ihr, einen Pekannusskuchen zu backen. Dummerweise glasierte ich ihn, bevor er vollständig abgekühlt war, mit der Folge, dass die Glasur sich oben in einer kleinen Senke sammelte und seitlich in dünnen Rinnsalen hinunterlief. Ein wirklich jämmerlicher Anblick! Viola dekorierte den Kuchen mit einer knappen Handvoll winziger Kerzen, deprimierend dürftig und überhaupt kein Vergleich mit dem »Großfeuer« auf unserer Torte vom vergangenen Jahr.

Mutter lächelte tapfer und hielt eine kurze Rede, in der es darum ging, dass wir alle unseren Teil dazu beitragen müssten, um die Flüchtlinge zu unterstützen, auch diejenigen von uns, die zu Hause geblieben waren und nur von außen Anteil nehmen konnten. Bei ihren Worten fühlten wir uns so schuldbewusst, dass wir ein mattes Lächeln aufsetzten und so taten, als wären wir ganz zufrieden mit unserem Los. Sogar Lamar schaffte das, obwohl er wirklich nicht mit besonderem Taktgefühl gesegnet war.

Unsere Feier war vielleicht nicht gerade glanzvoll, doch an meinem eigentlichen Geburtstag erhielt ich von Großpapa ein absolut einmaliges Geschenk: einen gemeinsamen Ausflug mit dem Ruderboot. Den ganzen Tag wollten wir unterwegs sein. Gleich morgens machten wir das Boot von der Anlegestelle unterhalb der Cotton Gin los und luden Picknickkorb, Schmetterlingsnetz und mein Notizbuch ein. Wir wechselten uns an den Rudern ab, doch die Strömung war sanft, und wir kamen gut voran, und als wir erst den Lärm der Cotton Gin hinter uns gelassen hatten, senkte sich eine große Stille über den Fluss. In völligem Frieden trieben wir dahin und unterhielten uns über die Flora und Fauna, die uns unterwegs begegnete. Das Wasser war glasklar. Die silbrigen Karpfen und blitzschnellen Barsche flitzten durch das wogende Seegras und den wilden Reis. Ich erhaschte sogar einen kurzen Blick auf einen großen, griesgrämigen Wels, der sich im Schutz der Uferböschung verborgen hielt.

Auf halber Strecke nach Prairie Lea landeten wir auf einer Kiesbank im Fluss an, um unsere mitgebrachten Brote zu essen und ein paar Notizen zu machen. Der Kies und die Steine waren von der Kraft des fließenden Wassers glatt geschliffen, doch ein Stein fiel mir auf, weil er so gezackt war, dass er unter den übrigen herausragte. Ich hob ihn auf und erkannte an seiner dreieckigen Form und den abgeschrägten Seiten, dass ich eine echte indianische Pfeilspitze in der Hand hielt.

»Schau nur, Großpapa!«, rief ich. »Eine Pfeilspitze aus den Komantschenkriegen!« Jeder meiner Brüder hatte im Laufe der Jahre eine oder zwei solcher Spitzen gefunden, doch für mich war es die erste.

Großpapa betrachtete prüfend den Stein in seiner rauen Hand. »Ich glaube«, sagte er dann, »du hast etwas sehr viel Älteres gefunden. Vermutlich stammt diese Pfeilspitze noch von den Tonkawa. Mitglieder dieses Stamms dienten uns als Kundschafter in der Schlacht von Plum Creek.«

»Sag bloß, du warst dabei?«, sagte ich. »Du hast sie selber mit angesehen?« Plum Creek war der frühere Name von Lockhart, das nur vierzehn Meilen von uns entfernt lag, und der Ort des letzten großen Krieges gegen die Komantschen. Es war mir nie in den Sinn gekommen, dass einer meiner Verwandten daran teilgenommen haben könnte.

Er sah mich milde überrascht an. »O ja, ich war sogar mitten im Geschehen. Habe ich dir nie davon erzählt?«

»Nein, nie.«

»Nun, dann sicher deswegen, weil es keine meiner Sternstunden war, auch wenn die Öffentlichkeit uns als Helden der Republik feierte. Aber eine Sternstunde der Komantschen war es auch nicht. Im August 1840 waren Häuptling Buffalo Hump und seine Krieger mit einer Herde von fast zweitausend Pferden und Packmulis auf dem Rückweg in die Komantscheria, ihre Bison-Jagdgebiete im Nordwesten von Texas. In einem Angriff auf Siedlungen der Pioniere hatten sie einen großen Landstrich an der Küste geplündert und anschließend niedergebrannt. Die Mulis waren schwer beladen mit Eisen, das hoch geschätzt war für das Schmieden von Pfeilspitzen, und einem großen Vorrat an Waren, die man in einem Lager nahe Victoria gestohlen hatte. Doch die eigentlich wichtige Beute waren die Pferde.«

Ich stellte mir Lockhart vor mit seinem Gerichtsgebäude, den vielen Geschäften und der Bibliothek. Sogar Elektrizität hatten sie dort. Es war das Zentrum unserer Zivilisation. »Aber wieso warst *du* dort?«, fragte ich. »Wie kam das?«

»Captain Ben McCulloch vom Truppenteil der Texas Rangers hatte die Komantschen seit mehreren Tagen verfolgt und erkannt, dass sie den Plum Creek überqueren mussten. Er sandte einige seiner

Männer aus, um so viele Farmer und Siedler aus der Gegend wie möglich zu mobilisieren, jeden tauglichen Mann mit einem Pferd und einem Gewehr. Mein Vater und ich waren gerade beim Pflügen, als ein Milizionär mit einem dringenden Ruf zu den Waffen auf uns zuritt. Ich war damals erst sechzehn, doch wie alle sechzehnjährigen Jungen im Grenzgebiet konnte ich reiten und schießen, und allein darauf kam es an.«

»Hast du … hast du Indianer getötet?«

»Vermutlich schon.«

Die Antwort schien mir rätselhaft, bis Großpapa weitersprach. »In all dem Rauch und Staub und Chaos ließ sich das nur schwer mit Sicherheit sagen. Wir waren vielleicht zweihundert, während die Indianer bestimmt mehr als fünfhundert Mann hatten. Anfangs wollte Buffalo Hump eine Schlacht offensichtlich vermeiden. Nach und nach wurde uns klar, dass sie abwarten wollten, bis die Herde in Sicherheit war. Sie wollten die Tiere auf keinen Fall aufgeben. Und was die restliche Beute betraf: Um die Pferde der Krieger zu schmücken, hatten die Komantschen aus dem erbeuteten Stoff lange rote Bänder gemacht und sie den Tieren in den Schweif geflochten. Sie selbst hatten sich Zylinderhüte aufgesetzt, einige trugen aufgespannte Regenschirme. Es war wirklich ein Spektakel! Doch dann gab Captain Caldwell den Befehl zum Angriff, und wir stürmten auf die Menge der Krieger zu und feuerten aus unseren Gewehren. Die Herde geriet in Panik und ergriff die Flucht. Die überladenen Mulis standen still und wurden von zweitausend verängstigten Pferden überrannt. Die Komantschen saßen in der Falle, ausgerechnet durch die von ihnen so hoch geschätzten Tiere. Viele wurden von ihnen niedergetrampelt; viele andere wurden auf der Flucht erschossen. Es war eine verheerende Niederlage. Und auch wenn Buffalo Hump überlebte und weitere Schlachten anführen konnte, so war doch diese fatale Schwäche für Pferde der Anfang vom Ende der Komantschen in Texas.«

»Bist du verletzt worden?«

»Ich nicht und auch mein Vater nicht. Ganz allgemein hatten wir erstaunlich wenige Opfer zu beklagen, und Präsident Lamar war sehr zufrieden.«

»Und dann ging es wieder nach Hause, ja?«

»Alle sind wir wenige Tage später zu unseren Farmen und Familien zurückgekehrt, doch zuvor wurde die gewaltige Beute der Komantschen unter uns aufgeteilt. Da es keine Möglichkeit gab, die Waren ihren ursprünglichen Eigentümern zurückzugeben, kamen mein Vater und ich mit einem Ballen roten Kattuns und einem Fässchen Weinbrand heim. Meine Mutter freute sich sehr über den Stoff, und ich erinnere mich noch, dass wir jahrelang Hemden und Hosen aus diesem Stoff trugen, außerdem nähte sie daraus Quilts und dergleichen.«

Auf einmal fiel mir ein, dass in meiner Winterdecke auch einige Quadrate aus einem verblassten roten Stoff waren.

»Moment mal«, sagte ich, »kann das sein, dass das derselbe rote Stoff ist wie der in meinem Quilt?«

»Vermutlich.«

Ich beschloss, in Zukunft achtsamer mit meiner Decke umzugehen. Bisher hatte ich nie weiter über sie nachgedacht. Du lieber Himmel, all diese Jahre schlief ich nun schon unter indianischer Kriegsbeute und hatte keine Ahnung!

»O ja«, sagte Großpapa, »was habe ich für Zeiten erlebt. Es ist dir vielleicht gar nicht bewusst, Calpurnia, aber als ich zur Welt kam, zwanzig Meilen von Fontress, da gehörte alles Land hier zu Mexiko. Als ich in deinem Alter war, erreichte Texas seine Unabhängigkeit von Mexiko und wurde eine unabhängige Republik. Ich habe selbst gesehen, wie General Santa Ana, der besiegte Diktator von Mexiko, in Ketten durch die Straßen geführt wurde. Fünf Jahre später kämpften wir gegen die Komantschen, und nur vier weitere Jahre später wurden wir ein Teil der Vereinigten Staaten von Amerika, mussten aber einen weiteren Krieg gegen Mexiko führen, damit es das akzeptierte. Vierzehn Jahre später versuchten wir, die Vereinigten Staaten zu verlassen, was zu dem schrecklichsten Krieg von allen führte, dem einzigen, den wir verloren haben. Es gelang uns nicht, die Union mit den Nordstaaten aufzulösen. Jetzt bin ich ein alter Mann, habe vier Kriege heil überstanden und lange genug gelebt, um den Anbruch des Automobilzeitalters zu erleben.«

Er erhob sich. »Genug der Erinnerungen, mehr als genug für einen Tag. Lass uns weiterrudern.«

Wir packten die Reste unseres Picknicks zusammen und stiegen wieder in unser kleines Boot. Nur wenige Minuten waren wir unterwegs, als Großpapa auf einmal einen Finger auf die Lippen legte und über meine Schulter hinweg zum Ufer zeigte. Ein pelziges, keilförmiges Gesicht spähte aus dem Schatten der hohen Böschung zu uns herunter. Wachsam und neugierig war die Miene, doch es war weder der Kopf eines Hundes noch der einer Katze. Es musste irgendetwas dazwischen sein. Konnte es sich um einen jungen Schwarzbären handeln? Ich wusste, es gab noch einige Exemplare des *Ursus americanus* in der Gegend, doch seit die Zivilisation immer mehr in ihren natürlichen Lebensraum eindrang, wurde ihre Zahl immer kleiner. Wir betrachteten das Tier mit forschendem Blick, und was auch immer es war, betrachtete uns ebenso; zumindest schien es nicht weniger interessiert an uns als wir an ihm, vielleicht sogar mehr. Jetzt trat es einen Schritt hervor und stand im scheckigen Sonnenlicht, und ich sah, dass die Schnauze für einen Bären zu kurz war. Es war ein Fischotter. Gehört hatte ich schon davon, aber bis dahin hatte ich noch nie das Glück gehabt, einen zu sehen.

Und dann gab der Otter eine spezielle Vorstellung zu meinem Geburtstag: Bäuchlings rutschte er den schmalen, lehmigen Abhang hinunter, fast schneller, als unsere Augen ihm folgen konnten, und landete nur wenige Fuß entfernt von uns fast lautlos im Wasser.

Vor Schreck hätte ich fast die Ruder fallen gelassen. »Himmel, hast du das gesehen?«, flüsterte ich heiser.

Der Otter tauchte wieder auf und ließ sich rücklings treiben, dabei sah er uns mit erkennbarer Neugier an und gewährte uns einen guten Blick auf seine leuchtenden Augen, das seidige Fell und die borstigen Schnurrhaare. Es war in jeder Hinsicht ein zauberhaftes Tier. Auf einmal entschied es, dass es genug von uns hatte, tauchte wieder unter und verschwand. Zurück blieb nur eine Spur kleiner Luftblasen, der Beweis, dass wir keinem Trugbild aufgesessen waren.

»*Lutra canadensis*«, sagte Großpapa. »Es ist Jahre her, dass ich zuletzt einen in dieser Gegend gesehen habe. Ich dachte schon, es gebe hier keine mehr. Sie leben von kleineren Fischen und Weichtieren, die im Fluss vorkommen. Streich dir diese Begegnung in deinem Notizbuch rot an, Calpurnia. Heute ist wirklich ein Glückstag.«

Ich notierte alles ordnungsgemäß und fügte dann noch (ganz unwissenschaftlich) hinzu: *Alles Gute zum Ottertag, Calpurnia!*

Kaum hatte Travis von meinem Geburtstagsotter gehört, da gab es für ihn nur noch eins: Er musste ihn unbedingt ebenfalls sehen. So lange lag er mir damit gnadenlos in den Ohren, bis wir schließlich ein paar Tage später, ausgestattet mit Schinkenbrötchen und einer Flasche Limonade, mit dem Boot aufbrachen. Die Flasche zogen wir an einem langen Seil im Wasser hinter uns her, damit der Inhalt schön kühl blieb.

Als wir um eine Flussbiegung kamen, sahen wir einen großen Blaureiher, der auf seinen stelzenähnlichen Beinen im seichten Wasser stand und fischte. Immer wieder stieß er mit seinem dolchartigen Schnabel zu, um vorbeischwimmende Elritzen zu erwischen. Von Zeit zu Zeit stieß er ein dumpfes Krächzen aus, das so gar nicht zu dem prächtigen Gefieder zu passen schien. Dann flatterte er heftig mit den Flügeln und versenkte den langen, S-förmigen Schnabel wieder im Brustgefieder.

Auf der Kiesbank erzählte ich Travis Großpapas Geschichte von der Schlacht mit den Indianern, und Travis sah zutiefst beeindruckt aus. »Wie kommt es, dass er dir solche Sachen erzählt, aber mit uns anderen nie redet?«

Das stimmte. Großpapa richtete so selten das Wort an meine Brüder, dass ich mir nicht sicher war, ob er sie überhaupt auseinanderhalten konnte. Doch Travis' Frage beunruhigte mich. Ich liebte meinen Großvater innig und bedingungslos, und ich wusste, dass er mich liebte. Ich wusste auch, dass diese große Zuneigung zwischen uns zum Teil auf unserer gemeinsamen Liebe zur Natur und zur Wissenschaft beruhte. Sollte einer meiner Brüder, aus welchem Grund auch immer, versuchen, sich Großpapas Gunst zu erschleichen, dann führte der logische Zugang zu ihm über diesen Weg. Bisher zeigte keiner von ihnen irgendeine Neigung dazu, im Gegenteil, normalerweise mieden sie ihn. Aber was wäre, wenn? Ich könnte es nicht ertragen, Großpapa mit anderen teilen zu müssen. Er gehörte mir, mir allein.

»Callie?«

»Hm?«

»Alles in Ordnung mit dir?« Travis schaute mich groß an, und sein sonst so fröhliches, offenes Gesicht war voller Sorgenfalten.

»Ähm, doch, ja.«

»Ich hab dich gefragt, wieso Großvater nie mit uns Jungs über Indianerkriege und so was redet.«

Ich bedachte die Folgen meiner Antwort, dann sagte ich: »Wenn du ihn darum bittest, macht er das.«

»Ich weiß nicht. Er macht mir Angst. Dir nicht?«

»Früher ja, jetzt nicht mehr.«

Zu meiner großen Erleichterung verlor Travis gleich wieder das Interesse an Großpapa und wandte sich einem weit häufigeren Gesprächsthema zu: Lula Gates. Er plapperte munter über ihre zahlreichen Vorzüge, bis ich es nicht mehr aushielt und erklärte, dass es Zeit sei, zusammenzupacken und uns auf den Heimweg zu machen.

»Aber wir haben doch noch gar nicht den Otter gesehen!«, protestierte Travis.

»Wenn der sich nicht von selber zeigt, kann man nichts machen. Erwarte nicht, dass ich einen aus dem Hut zaubern kann.«

Wir ruderten abwechselnd und waren bei Einbruch der Dämmerung zurück. Gerade als wir das Boot hochgezogen hatten und festmachten, bewegte sich etwas im Gebüsch auf der anderen Seite der Pfeiler. Das Tier, was auch immer es sein mochte, starrte uns an, und wir starrten bestürzt zurück. Vor uns stand eine Gestalt abgrundtiefen Jammers: ein tränendes Auge mit einem Lid auf halbmast, ein halbwegs gerecktes Ohr, eins, das schlaff herunterhing, Flanken, in deren mattem Fell sich überall ein knotiger Ausschlag zeigte, Rippen, die herausstanden wie die Rillen eines Waschbretts.

»Ist *das* der Otter?«, flüsterte Travis. »Dass er *so* aussieht, davon hast du nichts gesagt. Ich dachte, die seien so niedlich. Was ist denn mit dem?«

»Ich bin mir sehr sicher, dass das kein Otter ist.«

»Aber was ist es dann, was meinst du?«

»Könnte ein Kojote sein oder ein Fuchs.«

Wir starrten das rätselhafte Tier weiter an. Vermutlich war es wirklich ein Fuchs, dachte ich. Normalerweise waren Füchse sehr scheue Tiere, die für Menschen keine Bedrohung darstellten und die man nur selten bei Tag zu Gesicht bekam.

»Was fehlt ihm denn?«, wollte Travis wissen.

»Es hat Hunger, und es sieht aus, als käme es aus einem Kampf. Was auch immer das für ein Tier ist.«

Ich sah aus dem Augenwinkel zu Travis hinüber und wartete nur auf das Unvermeidliche, doch es schien, dass er tatsächlich an seine Grenze gestoßen war – hier war das einzige Tier der Welt, das so hässlich war, dass selbst Travis es nicht mit nach Hause nehmen wollte. Vorsichtshalber sagte ich trotzdem: »Geh nicht näher dran. Es hat bestimmt Tollwut.«

»Aber es hat doch gar keinen Schaum vor dem Maul.«

Ich konnte zeigen, was ich alles wusste: »Das heißt nichts. In den frühen Stadien tritt der Schaum noch nicht auf.«

Bei meinen Worten verzog sich das Tier ins Gebüsch. Schweigend gingen mein Bruder und ich nach Hause. Jeder hing seinen Gedanken nach.

Zehntes Kapitel

WIEDER VEREINT

Sollte mich jemand um Rat fragen, bevor er eine lange Reise unternimmt, würde meine Antwort davon abhängen, ob er eine ausgeprägte Neigung für einen Wissenszweig besitzt, welche dadurch gefördert werden könnte ... Noch zu Cooks Zeiten setzte sich einer, der den häuslichen Herd zu solchen Expeditionen verließ, harten Entbehrungen aus.

Zwei volle Monate waren Vater und Harry bereits fort, als Mutter eines Abends beim Essen munterer als sonst aussah und verkündete: »Ich habe wunderbare Nachrichten. Wenn alles gut geht, werden Vater und Harry am Freitag zu Hause sein.«

Sofort redeten wir alle aufgeregt durcheinander, bis Sam Houston als der älteste Junge am Tisch drei Hurra-Rufe anstimmte. Mutter strahlte und ließ uns diese ungewohnte Ausgelassenheit ausnahmsweise durchgehen. Dann sagte sie: »Ich erwarte von jedem von euch, dass ihr am Freitag frisch gebadet und fein gemacht erscheint. Lamar und Sully, ihr beide kümmert euch um den Boiler. Ihr müsst extraviel Holz hereinholen. Callie: Deine Cousine Aggie wird eine Weile bei uns wohnen, so lange, wie Onkel Gus das Haus der Familie wieder aufbaut.«

»Wirklich?« Das war eine interessante Neuigkeit. »Wie lange?«

»Einige Monate, vermute ich.«

»Und wo soll sie unterkommen?«

»In deinem Zimmer natürlich. Sie bekommt dein Bett, und dir richten wir ein Lager auf dem Boden.«

»Aber …«

»Ich bin mir sicher, dass du als meine Tochter niemals deiner Cousine in einer Zeit der Not die Gastfreundschaft verweigern würdest.« Sie sah mich durchdringend an. »Schon gar nicht einer Cousine, die so einen entsetzlichen Verlust erlitten hat und nun in erster Linie Ruhe und Frieden und liebevolle Fürsorge braucht. Dass *meine* Tochter dazu fähig wäre, kann ich mir beim besten Willen nicht vorstellen – du etwa?«

Ich fand die Frage nicht ganz fair, aber eine gescheite Antwort fiel mir nicht ein. Also hielt ich den Blick auf meinen Teller gerichtet und sagte leise: »Nein, Mutter.«

»Gut, etwas anderes hatte ich auch nicht erwartet.« Sie seufzte, und dann bekam sie diesen Gesichtsausdruck, der so oft signalisierte, dass sie ihre Kopfschmerzen bekam. »Aggie braucht dein Verständnis und dein Mitgefühl. Du wirst nett zu ihr sein, ja?«

Mit noch leiserer Stimme sagte ich: »Ja, Mutter.«

»Gut, das hatte ich auch erwartet.«

In der Nacht schien das Haus einfach nicht zur Ruhe zu kommen. Um Mitternacht wachte ich auf und hörte Schritte im Flur. Wer auch immer da draußen war, wanderte treppauf und treppab, immer wieder, ohne auf die knarrende siebte Stufe zu achten, die einen regelmäßig verriet. Keines von uns Kindern hätte den Fehler gemacht, diese Stufe bei nächtlichen Streifzügen zu vergessen, also musste es Mutter sein, die da auf und ab ging. Das passte so gar nicht zu ihr, doch vermutlich war sie so aufgeregt wegen der Heimkehr ihrer Männer.

Am Freitagmorgen erspähte ich auf einer Schwarzäugigen Susanne einen langschwänzigen Dickkopffalter, einen *Eudamus proteus*, der gerade Nektar trank. Ich konnte mich ihm bis auf wenige Schritte nähern, bevor er davonflatterte. Wegen seines blau schimmernden Körpers und des Doppelschwanzes hätte ich so ein Exemplar gern für meine Sammlung gehabt, aber diese Falter ließen sich nur schwer einfangen und zerfielen leicht, wenn man sie festzustecken versuchte. Egal, heute war ein besonderer Tag, und nichts konnte meine Hochstimmung dämpfen. Sam Houston hackte Holz, und Lamar, der Arbeit normalerweise mied wie die Pest, sorgte den ganzen Tag über für heißes Wasser im Boiler. Nacheinander stiegen wir in die Wanne. Mutter zog ihr smaragdgrünes Abendkleid an, Vaters Lieblingskleid, weil es die Farbe ihrer Augen so hervorhob. Sie sah gleich zehn Jahre jünger aus. Großpapa spendierte zur Feier des Tages eine Flasche Bourbon aus dem Laden. Keines von uns Kindern konnte auch nur eine Minute stillsitzen; dauernd liefen wir ans Fenster und schauten hinaus, bis Lamar endlich rief: »Sie kommen! Sie sind da!«

Alle strömten wir aus dem Haus, um die Heimkehrer zu begrüßen. Harry ritt auf König Artus, Vater lenkte den Wagen. Neben ihm saß ein fremder Mann, der einen Arm in der Schlinge trug. Auf der ansonsten leeren Ladefläche saßen Alberto und eine junge Frau von vielleicht siebzehn Jahren. Sie sah ein bisschen so aus wie, hm, ich. Aber natürlich – das musste Agatha Finch sein, meine Cousine, an deren Gesicht die Spuren unserer gemeinsamen Vorfahren abzulesen waren. Ob ich wohl zwangsläufig in ein paar Jahren so aussähe wie sie? Darüber musste ich nachdenken.

Ihr Kleid war altmodisch, verblichen und lächerlich klein; ihre knochigen Handgelenke und die bleichen Schienbeine schauten unschicklich heraus. Wieso hatte sie bloß so ein Arme-Leute-Kleid an? Erst dann begriff ich: Sie hatte alles in der Sturmflut verloren. Mutter hatte mir das zwar gesagt, doch erst in dem Moment, als ich dieses Kleid aus irgendeiner Spendensammlung sah, verstand ich die Bedeutung ihrer Worte. Calpurnia Virginia Tate, rügte ich mich selbst, du bist wirklich einfältig. Und unfreundlich zudem.

Und der fremde Mann, wer war das? Und wieso sahen sie alle so bedrückt aus, so erschöpft und niedergeschlagen? Dies sollte doch ein Freudenfest sein, eine fröhliche Heimkehr! Unsere Familie war wieder vollständig. Die leeren Plätze am Tisch würden wieder eingenommen werden.

Vater stieg vom Kutschbock. Die tiefen Falten in seinem Gesicht und sein steifer Gang schockierten mich. Er umarmte Mutter und nahm ihr Gesicht liebevoll zwischen seine Hände, während sie einander etwas zuflüsterten.

Auch Harry stieg jetzt ab. So dünn und schmutzig und abgerissen sah er aus, dass ich zu ihm rannte und ihn umarmte.

»Harry!«

»Mein Kätzchen«, sagte er leise. »Ich freu mich so, dich zu sehen. Aber pass auf, du machst dich ganz schmutzig.«

»Ganz egal«, sagte ich und drückte ihn, so fest ich nur konnte. »Ich hab dich so sehr vermisst. Wie war es dort? War es schrecklich? Stimmt es, was die Leute sagen, dass es so viele Tote gab? Ist das Aggie? Das ist sie doch, oder? Wie ist sie? Und wer ist der Mann bei euch?«

Unsere Unterhaltung wurde jäh unterbrochen, als die Übrigen sich mit lauten Willkommensgrüßen um uns scharten. Die Hunde, vor allem Ajax, waren völlig außer sich und sprangen an allen hoch. Vater umarmte und küsste uns alle. Als ich an der Reihe war, fühlte ich mich erst merkwürdig verlegen, doch zu meiner Erleichterung stellte ich gleich fest, dass Vater zwar anders aussah, sein Geruch aber noch derselbe war. Der altvertraute väterliche Geruch.

Der Fremde stieg nur mühsam vom Wagen. Er war groß, nicht mehr jung und hatte die breite Brust und die kräftigen Schultern eines Schmieds. Er wirkte zerlumpt und benötigte dringend einen Haarschnitt. Sein rechter Arm hing unbeweglich in einer schmuddeligen Schlinge, die Finger waren eigenartig gekrümmt. Obwohl er müde aussah, lächelte er und beugte sich tief über Mutters Hand.

Jemand half Agatha samt ihrem Gepäck vom Wagen. Sie hatte nichts weiter dabei als einen Jutesack und einen Blechkasten, der ungefähr die Größe einer Hutschachtel hatte, doch eine völlig andere Form, eine, die ich noch nie gesehen hatte. Vielleicht ein Musikinstrument? Eine Konzertina oder ein Dudelsack? Vielleicht konnten wir zusammen im Duett spielen. Doch bevor ich sie fragen konnte, wurde sie auch schon SanJuanna übergeben, die sie eilig mit sich nahm, um ihr nach Mutters strikten Anweisungen etwas zu essen zu geben und sie dann nach einem Bad zu Bett zu bringen.

In *mein* Bett. Aber nun gut.

Nachdem die Männer sich gewaschen hatten, setzten wir uns alle zu Tisch. Vater sprach ein besonders langes Gebet, und es war merkwürdig und tröstlich zugleich, seine Stimme zu hören, wie sie die vertrauten Worte sprach. Im Anschluss an unser übliches Tischgebet bat er um Gottes Barmherzigkeit für die Menschen von Galveston und dankte dafür, dass sie heil in den Schoß der Familie zurückgekehrt seien. Ein Schatten fiel über sein Gesicht. »Wahrhaftig, ich kann mich überaus glücklich schätzen, dass ich meine Frau und meine Kinder gesund und in Sicherheit weiß, während so viele schmerzhafte Verluste erlitten haben.« Er räusperte sich, zwang sich zu einem müden Lächeln. »Amen.«

Nachdem von uns anderen das »Amen« als Echo zurückkam, begannen wir nach Galveston zu fragen, erst zögerlich, dann immer drängender, bis Vater eine Hand hob. »Genug jetzt. Das Galveston, das wir kannten, gibt es nicht mehr.«

»Lasst euren Vater in Frieden«, sagte Mutter. »Wir wollen heute Abend nicht mehr davon sprechen. Lamar, bitte reiche ihm die Kartoffeln.«

Man hätte doch erwarten können, dass dieses Festessen eine fröhliche Angelegenheit würde, doch so war es nicht. Vater und Harry waren gedämpfter Stimmung. Der Fremde, der uns als Dr. Pritzker vorgestellt worden war, schien Schmerzen zu haben, trotzdem machte er Mutter tapfer Komplimente für ihr Heim, ihre reizenden Kinder (natürlich!) und das köstliche Essen. Aus irgendeinem Grunde hatte man an meiner Seite noch Platz für ihn geschaffen, wo er sich ziemlich breit machte. Obwohl er die Statur eines Schmieds hatte, machte er einen gebildeten und kultivierten Eindruck. Er wusste, welches Besteck wann zu benutzen war, und bestaunte nicht wie ein Hinterwäldler mit offenem Mund unseren Kronleuchter. Doch wegen seiner Verletzung hantierte er ungeschickt mit Messer und Gabel und bearbeitete mit nur mäßigem Erfolg das Fleisch auf seinem Teller. Ich stieß ihn vorsichtig an, und er sah mir fragend ins Gesicht. »Ich kann das Fleisch für Sie klein schneiden, wenn es Ihnen recht ist«, flüsterte ich.

»Das wäre mir sehr recht, junges Fräulein«, flüsterte er zurück.

Ich machte meine Sache wirklich gut und genau, doch auf einmal merkte Mutter etwas und rief herüber: »Oh, Herr Dr. Pritzker, entschuldigen Sie bitte. Erlauben Sie mir, Viola zu rufen, dass sie Ihnen hilft.«

»Nur keine Umstände, Ma'am, ich habe bereits eine sehr fähige Assistentin an meiner Seite.« Er schaute mich fragend an. »Vielen Dank, Miss ...?«

»Calpurnia Virginia Tate.«

»Ich freue mich, Ihre Bekanntschaft zu machen, Miss Calpurnia Virginia Tate. Ich bin Jacob Pritzker, zuletzt wohnhaft in Galveston. Wenn ich wieder endgültig hergestellt bin, werden wir uns auch die Hände schütteln, wie es sich gehört.«

Ich kam zwar fast um vor Neugier, doch ich wusste, dass es in Mutters Augen der Gipfel schlechten Benehmens wäre, Dr. Pritzker nach seiner Verletzung zu fragen. Also wartete ich, bis ihre Aufmerksamkeit sich fest auf etwas anderes richtete, und fragte dann leise: »Herr Dr. Pritzker, was ist mit Ihrer Hand passiert?«

»Ich musste auf einen Baum klettern, um mich vor dem immer höher steigenden Wasser in Sicherheit zu bringen, in dem es nur so wimmelte von Klapperschlangen. Dutzenden!«

»*Nein!*«, schrie ich.

Rings um den Tisch herrschte plötzlich Schweigen. Alle Augen waren auf mich gerichtet, die meisten voller Neugier. Bis auf ein Paar, aus dem – was auch sonst? – blanker Zorn sprach.

»*Öhö-öhö-öhö*«, hustete ich. »Ich hab ein Stück Knochen in den Hals bekommen. Ja. Aber jetzt ist's wieder gut. Vielen Dank, dass ihr alle so besorgt seid.« Ich räusperte mich noch einmal laut und vernehmlich.

»Kann ich den mal sehen?«, krähte J. B. dazwischen. »Den Knochen?«

Mutter funkelte mich böse an. »Nein, Liebling«, sagte sie dann zu ihrem Jüngsten mit Eis in der Stimme.

Ich hielt den Kopf gesenkt und wartete, bis die Unterhaltung am Tisch wieder in Gang kam. Für den Moment waren Tarnung und Mimikry von mir verlangt – ich musste die sittsame Tochter darstellen. Also machte ich mir Gedanken darüber, wie unterschiedlich meine eigene Begegnung mit einer Schlange und diejenige Dr. Pritzkers gewesen waren. Bei mir war es gut gegangen, bei ihm weniger.

»Callie«, sagte Mutter, »es ist nicht nett, dass du unseren Gast mit Beschlag belegst. Woher stammen Sie, Herr Dr. Pritzker? Wo ist Ihre Familie?«

»Aus Ohio komme ich, Ma'am. Dort bin ich geboren und aufgewachsen. In der Wolle gefärbt sozusagen.«

»Ah ja.«

Mutter war zu höflich, um es auszusprechen, im Unterschied zu Lamar, der sofort herausposaunte: »Ein Yankee!«

Erschrockenes Luftholen war die Folge – ob sich das auf Dr. Pritzkers Herkunft bezog oder auf Lamars schlechtes Benehmen, war schwer zu sagen. Mutter sah Lamar finster an, während Vater um Entschuldigung bat.

»Schon gut, Mr. und Mrs. Tate. Es stimmt, ich habe im Krieg auf der Seite der Nordstaaten gedient, als Stallbursche in der Neunten Kavalleriedivision von Ohio. Doch das ist fünfunddreißig Jahre her, und ich kann nur hoffen, dass Sie mir diese längst vergangenen Taten nicht zur Last legen. Zu meiner Verteidigung kann ich ins Feld führen, dass ich die letzten zehn Jahre in Galveston gelebt habe und hoffe, auch den Rest meiner Tage im großartigen Texas zu verbringen.«

»Dr. Pritzker ist Absolvent der Veterinärmedizinischen Fakultät der Universität von Chicago«, erklärte Vater an uns alle gewandt. »Ich konnte ihn überreden, sich hier bei uns als Tierarzt niederzulassen. Wir dürften mehr als genug Vieh bei uns in Caldwell County haben, um ihn auf Trab zu halten.«

Gleich mehrere Augenpaare leuchteten bei seinen Worten auf, wenn auch aus unterschiedlichen Gründen.

»Aha«, sagte Großpapa, »ein Mann an der Nahtstelle von Wissenschaft und Wirtschaft.«

»So ist es, Sir. Ihr Sohn hat mir von Ihren Interessen berichtet, und ich freue mich schon heute auf anregende Gespräche zu beiderseitigem Nutzen.«

Travis und ich grinsten einander an. Ein Tierarzt!

Nach dem Essen gab es für die Herren noch Weinbrand und Zigarren, dann brachte Alberto Dr. Pritzker und seine wenigen Habseligkeiten mit dem Pferdewagen zum Gästehaus von Elsie Bell, wo der Tierarzt ein Zimmer gemietet hatte.

Travis und ich liefen nebenher. Wir brannten vor Neugier, was es mit der neuen Praxis auf sich haben sollte.

»Welche Art von Tieren behandeln Sie eigentlich?«, wollte Travis wissen.

»Die meisten«, antwortete Dr. Pritzker, »aber hauptsächlich hatte ich es mit Nutztieren auf Farmen zu tun, Rindern, Pferden und Schweinen.«

»Schauen Sie auch manchmal nach wilden Tieren?«

»Nun, junger Mann, gelegentlich bringt mir jemand ein verletztes Eichhörnchen, einen Waschbären oder dergleichen, aber im Allgemeinen behandle ich solche Tiere nicht gern. Sie sind verängstigt, sie haben Schmerzen, und sie verstehen nicht, dass man ihnen nur helfen will. Normalerweise ist es das Beste, man erlöst sie von ihrem Leiden.«

Ich merkte Travis an, dass ihm diese Antwort nicht gefiel. »Ich hatte mal ein Gürteltier«, begann er. »Es hieß Armand. Jedenfalls glauben wir das, aber vielleicht hieß es auch Dilly. Haben Sie schon mal ein Gürteltier behandelt?«

Schmunzelnd antwortete Dr. Pritzker: »Nein, und ich habe so etwas auch noch nie von Kollegen gehört.«

»Es gibt auch viele gute Gründe dafür, es zu lassen«, warf ich ein. »Ich persönlich kann sie nicht als Haustiere empfehlen.«

»Macht es Sie nicht traurig, wenn Tiere sterben?«, fragte Travis.

»Man gewöhnt sich daran, wie an das meiste im Leben. Man muss nur aufpassen, dass man sein Herz nicht dranhängt.«

»Das sagt Großpapa mir auch immer«, erzählte ich. »Können wir irgendwann mal kommen und zusehen, wie Sie die Tiere behandeln?«

Dr. Pritzker schien überrascht. Er dachte kurz nach, dann sagte er: »Warum nicht – wenn eure Mutter es erlaubt.«

»Oh, die wird ganz und gar nichts dagegen haben«, sagte ich schnell und warf Travis einen bedeutungsvollen Blick zu. Er kapierte auch, was das heißen sollte, und hielt den Mund.

Vor dem Gästehaus stieg Dr. Pritzker ab, und wir winkten ihm zum Abschied noch hinterher.

Auf dem ganzen Heimweg schwätzten Travis und ich aufgeregt. Ein Tierarzt! Konnte es etwas Besseres geben?

Doch, etwas Besseres konnte ich mir sehr wohl vorstellen: nämlich in meinem eigenen Bett zu schlafen. Als ich nach oben kam, lag meine Cousine gemütlich zusammengerollt in meinem Bett, mit dem Gesicht zur Wand. Die Petroleumlampe war fast ganz hinuntergedreht. Sogar mein Kissen hatten sie ihr gegeben, dabei weiß jeder, wie störend es ist, auf einem anderen Kissen als dem eigenen zu schlafen. Für mich gab es ein klumpiges Baumwollkissen und eine nicht weniger klumpige Baumwolldecke. Auf Schlangenhöhe! Als ich die Lampe ausblies, hörte ich ein ganz feines Geräusch vom anderen Ende des Zimmers. War das die Königsnatter auf ihrer nächtlichen Runde? Oder Agatha, die leise wimmerte?

»Nacht«, flüsterte ich, doch es gab keine Antwort.

Ich dachte noch eine Weile über die beiden Flüchtlinge nach, die die Sturmflut von Galveston an unser Ufer gespült hatte. Der eine von ihnen war eindeutig ein großer Gewinn. Aber die andere? Dahinter stand noch ein Fragezeichen.

Elftes Kapitel

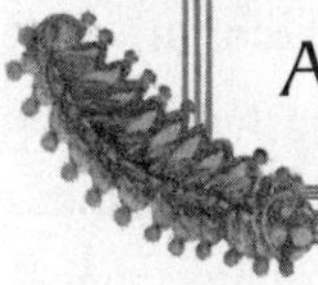

AGGIES LEIDENSWEG

Ein alter Mann bei Valdivia illustrierte sein Motto Necesidad es la madre de la invención, *indem er von den vielen nützlichen Dingen erzählte, die er aus seinen Äpfeln herstellte.*

Als ich am nächsten Morgen aufwachte, saß das Mädchen mit dem Fragezeichen auf meiner Bettkante, drückte mein Kissen an sich und glotzte mich an. Glotzte und glotzte. Wie lange saß sie schon so da, und warum sah sie mich so an? Hatte ich im Schlaf gesprochen? Geschnarcht? Gepupst? Ihr Gesichtsausdruck war so merkwürdig, dass ich mich schon fragte, ob sie vielleicht die Schlange gesehen hatte. Wie auch immer, sie war eine verwundete Taube, die ganz behutsame Pflege brauchte. Ich würde ihr bei ihrer Genesung helfen, sie sanft zurück ins Leben locken. Wir würden lange, heilsame Spaziergänge durch die Natur unternehmen, und jeden Abend würde ich ihr Haar mit hundert Bürstenstrichen pflegen, so wie es für optimale Schönheit und Gesundheit empfohlen wird. Wir würden uns gegenseitig unsere Lieblingsbücher empfehlen. Sie wäre die Schwester, die ich nie hatte.

»Ähm – hallo«, sagte ich.

Keine Antwort.

»Wie geht's?«

Keine Antwort.

Ich sah sie mir genauer an. Sie schien durchschnittlich groß zu sein, weder dick noch dünn, mit mittelbraunem Haar und unauffälligen Gesichtszügen. Keine Schönheit, aber auch kein Schreckgespenst. Alles in allem: mittelmäßig. Aber, erinnerte ich mich selbst, man soll Menschen nicht nur nach ihrem Äußeren beurteilen, schließlich war ich auch nicht gerade eine strahlende Schönheit, aber ein interessanter Mensch war ich doch wohl, oder nicht? Und angenehm und unkompliziert im Umgang war ich doch auch, oder? Also beschloss ich, mein Urteil fürs Erste aufzuschieben.

Etwas Ungewöhnliches hatte meine Cousine jedoch: diesen furchtsamen Blick, so als wäre sie sich nicht sicher, ob ich nicht vielleicht beißen würde.

»Übrigens, ich bin Calpurnia Virginia Tate, aber du kannst mich ruhig Callie Vee nennen. Wirst du Agatha oder Aggie genannt? Das mit eurem Haus und so, das tut mir leid.«

Noch immer keine Antwort. Langsam wurde mir unbehaglich, doch so schnell gab ich nicht auf. »Wir müssen nicht reden, wenn du nicht willst, Agatha.«

»Ich heiße Aggie, und ich will nicht.« Ihr Gesicht verzog sich, und sie brach in Tränen aus.

»Oh, Aggie, tut mir leid. Wir müssen wirklich nicht darüber reden.«

Also, natürlich *mussten* wir nicht reden – das war klar. Aber ich war doch der festen Meinung, dass wir es irgendwann tun würden, schließlich saß hier ein Mensch von meinem eigenen Fleisch und Blut vor mir, der die größte Naturkatastrophe in der Geschichte der Vereinigten Staaten überlebt hatte. Wohlgemerkt, nicht nur von Texas, sondern der gesamten USA. Irgendwann würde ich die ganze Geschichte aus ihr herauslocken, und wenn es nur häppchenweise möglich wäre, eine kleine Begebenheit nach der anderen, damit es nicht zu schmerzhaft für sie wäre. Keiner konnte mir nachsagen, ich sei nicht rücksichtsvoll.

Ich fischte mein allerbestes Spitzentaschentuch aus der Schlangenschublade und hielt es ihr hin.

»Hier, nimm«, sagte ich. »Ich muss mich mal für die Schule fertig machen. Kommst du mit?«

»Nein«, schniefte sie, »ich hab die Schule schon abgeschlossen.«

»Und was willst du stattdessen tun?«

»Tun?« Sie sah mich verwirrt an. »Wie meinst du das – tun? Ich warte hier, bis Poppa uns ein neues Haus gebaut hat und ich wieder zurückkann.«

»Wie lange kann das dauern?«

»Nur ein paar Monate, sagt er.«

Toll! Bis dahin würde ich also auf dem Boden schlafen – *nur ein paar Monate lang.*

Aggie starrte vor sich hin und weinte wieder ein bisschen. »Aber ich will nicht dahin zurück. Nicht nach allem, was ich da gesehen habe.«

Das weckte natürlich meine Neugier. »Was hast du denn gesehen, Aggie?«

In diesem Moment ertönte der Gong, der alle zum Frühstück rief, und sie zuckte heftig zusammen. »Was war das für ein Lärm?«

»Das war bloß Viola; sie ruft uns zum Frühstück.«

»Tante Margaret hat aber gesagt, sie könnten es mir auf mein Zimmer bringen.«

Ich brauchte einen Moment, bis ich begriff, dass sie – erstens – von meiner Mutter sprach und – zweitens – von *meinem* Zimmer.

Auf dem Schulweg schlossen sich mir mehr von meinen Brüdern an als sonst, und alle wollten sie mich wegen unserer Cousine ausquetschen.

»Ist sie so eine Trantüte wie du oder ganz in Ordnung?«, fragte Lamar.

Ich überging die Beleidigung und sagte: »Schwer zu sagen. Auf jeden Fall steht sie noch immer ziemlich unter Schock, deswegen ist es schwer zu sagen, wie sie ist, ob sie eine Trantüte ist oder einfach nur traurig.«

»Gut gekontert, Callie«, sagte Sam Houston.

»Danke«, antwortete ich in aller Bescheidenheit. »Finde ich auch.«

Inzwischen hatte die ganze Stadt von Aggie gehört. Auch unsere Lehrerin, Miss Harbottle, fragte mich gleich nach ihr, und als sie hörte, dass Aggie bereits die Schule abgeschlossen hatte, schlug sie vor, dass meine Cousine ihr vielleicht beim Unterricht für die jüngsten Kinder zur Hand gehen könne.

»Ich weiß nicht recht, Miss Harbottle. Sie ist so schreckhaft wie eine Eidechse auf einem heißen Stein.«

»Die Ärmste! Aber vielleicht wäre das genau das Richtige für sie. Es könnte sie ablenken. Geben wir ihr etwas Zeit, sich zu erholen, und dann spreche ich mit deiner Mutter über die Sache.«

In der Pause, beim Himmel-und-Hölle-Spielen, fragte mich Lula Gates, ob Aggie Klavier spiele.

»Wieso willst du das wissen?«, fragte ich zurück und tat so, als wäre mein Fuß nicht – vielleicht – ein winzig kleines bisschen über die Kreidelinie getreten.

»Ich hab gedacht, wir könnten zusammen Duette spielen, sie und ich. Das wäre doch nett.«

»Wieso – magst du nicht mehr mit mir spielen?«, fragte ich gekränkt.

»Wenn ich dich frage, hast du doch immer was anderes zu tun, oder du bist mit deinem Großvater unterwegs, um Insekten oder Kröten nachzuspionieren.«

Damit hatte sie allerdings recht. Duette spielen, das klang theoretisch ganz nett, aber praktisch bedeutete es, dass man auch wirklich üben musste, und daran haperte es bei mir oft. Andererseits war Lula meine beste Freundin und musikalisch viel begabter als ich. Sie hatte wirklich eine bessere Partnerin verdient, und so versprach ich, sie einzuladen, sobald Aggie für ein Duett bereit war.

Als ich nach Hause kam, musste ich feststellen, dass Alberto einen kleinen Schrank in mein Zimmer gestellt hatte. Erst dachte ich, er sei für Aggie, doch dann bekam sie meinen großen Schrank, und meine Sachen wurden in den kleinen gestopft. Ich fand das schrecklich ungerecht, schließlich besaß Aggie kaum Kleider. Allerdings hatte sie diesen seltsam geformten Metallkoffer, dessen Inhalt mir immer noch ein Rätsel war.

Aggie verbrachte den Großteil der Zeit im Bett, bei vorgezogenen Vorhängen, und pickte sich teilnahmslos die eine oder andere Köstlichkeit von ihrem Tablett. Sie gab eine exzellente Vorstellung einer Kranken ab, die an Auszehrung leidet. Bei jedem lauten Geräusch und jeder plötzlichen Bewegung fuhr sie regelmäßig zusammen, und jeder noch so geringe Anlass konnte neue Tränenströme hervorrufen.

Als ich vorsichtig nachfragte, sagte sie: »Ich kann einfach nicht aufhören zu weinen, dabei wünschte ich mir das so sehr. Was ist denn nur mit mir? Ich war doch früher nicht so.«

»Mach dir nichts draus, Aggie. Das wird wieder besser, ganz bestimmt.« (Natürlich gab es nichts, worauf sich diese Annahme stützen konnte, aber es schien mir die passende Antwort.) »Möchtest du, dass ich dir die Haare bürste?«

»Nein, lass mich in Ruhe.«

Ich ließ sie in Ruhe.

Nur wenige Tage später begriff ich das ganze Ausmaß von Aggies Kummer. Durch die offene Tür zum Salon sah ich meine Mutter, die ziemlich aufgewühlt schien und gerade so etwas wie einen Brief in ihren Nähkorb schob. Gleich darauf bat Viola sie, zu ihr in die Küche zu kommen, und der aufregende Brief blieb unbewacht zurück.

Calpurnia, sagte ich zu mir selbst, *lass das! Man liest nicht anderer Leute Briefe.*

Das schärfte ich mir selbst dann noch ein, als ich bereits auf Zehenspitzen zum Nähkorb schlich und den Brief verstohlen wie ein Taschendieb herauszog. Er kam aus Galveston, von Aggies Mutter.

Meine liebste Schwester Margaret,
heute will ich dir von der Sturmflut berichten, damit du vielleicht verstehst, welch furchtbare Katastrophe wir mit Gottes Hilfe überlebt haben. Ich fürchte, dieser gravierende Schock hat sich tief in Aggies Seele eingebrannt, und womöglich wird sie sich niemals vollständig davon erholen.
Margaret, wie sehr wünschte ich, wir hätten deine telefonischen Warnungen beachtet! Doch die Männer vom Wetteramt vor Ort erkannten die Gefahr nicht und gaben keinen Alarm. Sonst wäre unsere Stadt vielleicht gerettet worden. An jenem Morgen lag ein seltsames orangefarbenes Licht über der Stadt, das niemand je zuvor gesehen hatte. Noch als du und ich telefonierten, wurde es draußen immer dunkler, dichte schwarze Wolken zogen am Himmel auf, es wurde kalt, und dann setzte der Regen ein. Eine Stunde später schaute ich in den Garten hinaus, in dem inzwischen das Wasser mehrere Zoll hoch stand, und mir bot sich der merkwürdigste Anblick: Hunderte, nein, Tausende von winzigen Kröten klammerten sich an alles, was im Wasser trieb. Wo kamen sie alle her? Noch nie hatte es so etwas gegeben, und ich rief nach Gus, damit er sich das ansah, doch er war vorm Haus und nagelte Bretter über die Fensterläden. Dann nahm der Wind an Fahrt auf. Mittags stand die Straße größtenteils schon einen halben Meter tief unter lehmigem Wasser. Von den Kröten war nichts mehr zu sehen. Dafür schwammen jetzt Fische im Rinnstein, und die Nachbarskinder hatten ihre helle Freude an diesem erstaunlichen Anblick. Um zwei Uhr sahen wir

Treibholz, das den ganzen Weg vom Strand her vorübergeschwommen kam. Um drei standen wir auf der Veranda und sahen entsetzt zu, wie das Wasser innerhalb von Sekunden (!) über die Stufen zur Veranda stieg und uns zurück ins Haus zwang. Im nächsten Moment sahen wir Dr. Pritzker, der über die Straße zu uns herüberstapfte – oder eher schwamm. Sein Haus war nur einstöckig, und den größten Teil des Daches hatte der Wind bereits davongetragen. Wir nahmen ihn auf und setzten uns alle in den Salon. Minuten später kam auch Familie Alexander von nebenan dazu. Mr. Alexander hatte seine Frau und die drei Kinder mit der Wäscheleine aneinandergebunden und sich diese schließlich um die eigene Taille geschnürt. Halb ertrunken zogen wir sie aus dem Wasser und dem, was darin trieb, alle möglichen ganz normalen Haushaltsgegenstände. Ein befremdlicher Anblick. Um vier Uhr sahen wir tote Pferde, die ersten von vielen weiteren.

Das Wasser strömte nur so unter der Haustür hindurch, und wir waren gezwungen, uns auf die Treppe zurückzuziehen. Dann mussten wir von der Treppe in die Schlafzimmer ausweichen. Nach einer großen Sturmflut stand um fünf Uhr die Insel komplett unter Wasser. Wir sahen Sofas und Pferdewagen vorbeischwimmen und sogar ein Klavier, an dem sich ein Mann und ein Junge festklammerten. Um uns Mut zu machen, sangen wir Kirchenlieder und beteten. Im heulenden Wind barsten die Fenster, und wir mussten unter Matratzen Schutz vor dem Scherbenhagel suchen. Als das Wasser den oberen Treppenabsatz erreicht hatte, mussten wir uns entscheiden, ob wir aufs Dach klettern und versuchen sollten, eine andere Zuflucht zu finden, oder ob wir den Sturm im Haus durchstehen wollten. Eine furchtbar schwere Entscheidung, zumal wir wussten, dass unser aller Leben davon abhing. In dem Moment bewegte sich das ganze Haus unter unseren Füßen, als wäre es lebendig, und mit einem grausigen Ächzen, bei dem uns das Blut in den Adern gefror, brachen die

Veranda und die Fassade des Hauses weg. Gus entschied, wir sollten das Haus verlassen und versuchen, das Kloster der Ursulinen zu erreichen, das sich nicht weit von uns befand und ein dreistöckiger Backsteinbau war. Er flehte die Alexanders an, dasselbe zu tun, doch Mr. Alexander war dagegen. Stattdessen band er seine verängstigte Frau und die schreienden Kinder an Großmutters Himmelbett. Mit dem nächsten schrecklichen Schrei berstenden Holzes brach um uns herum das Haus auseinander. Zusammen mit Dr. Pritzker wurden wir auf einer Art Floß ins Wasser geschleudert, direkt in die Zähne und Klauen des heulenden Sturms.

Mehrere Fensterläden, die jemand miteinander vertäut hatte, trieben vorbei, das provisorische und nun freie Floß anderer Menschen, und es gelang uns mehr schlecht als recht, uns hinaufzuziehen. Ich schaute noch einmal zurück und sah, wie die Reste unseres zerfallenden Hauses in den Wassermassen versanken. Die Familie Alexander haben wir nie wieder gesehen.

Das Wasser war eisig, um uns herum war tiefste Nacht, doch wir klammerten uns an jenes Floß wie an unser Leben. Der Sturm zerrte an unseren Kleidern, der Regen peitschte uns ins Gesicht mit der Macht von Gewehrschüssen. Gus brüllte uns zu, er könne in der Ferne Licht sehen, und er und Dr. Pritzker versuchten, uns dorthin zu steuern. Auf halber Strecke wurde Dr. Pritzker vom Floß geschwemmt und blieb in einem Baum hängen, auf dem Dutzende von Giftschlangen Schutz gesucht hatten. Dort erlitt er die Verletzungen, die noch immer sichtbar sind. Von Zeit zu Zeit erschien der Vollmond zwischen den Wolken und beleuchtete das ganze Ausmaß der Verwüstung um uns herum. Gus steuerte unser Floß immer weiter auf das Licht zu, inzwischen konnten wir erkennen, dass es von einer Lampe im obersten Stockwerk des Klosters herrührte. Doch Minuten später verschwand dieses Licht, und wir merkten, dass wir uns in einem Strudel voller Unrat befanden, der uns immer weiter von unserem

Ziel forttrieb. Als wir dem Licht wieder näher kamen, schaffte Gus es unter Aufbietung aller Kräfte, unser Floß aus dem Strudel herauszubringen, doch dabei verlor er den Halt und wurde vom Wasser weggerissen. Ach, Margaret, solange ich lebe, werde ich jenen Moment nicht vergessen. Verzweifelt schrie ich seinen Namen, und nur Sekunden später hörte ich seine Stimme aus der Dunkelheit. Er lebte! Doch dann wurden seine Rufe immer schwächer, so wie auch die Hoffnung in meinem Herzen.

Aggie und ich erreichten das sichere Kloster, wo die Nonnen und andere Flüchtlinge uns durch die Fenster im obersten Stock ins Haus zogen. Die guten Schwestern gaben uns trockene Kleidung, doch ich muss gestehen, zu dem Zeitpunkt war es mir bereits gleichgültig, ob ich überlebte. Ich betete die ganze schwarze Nacht hindurch für Gus' Errettung.

Am nächsten Morgen, einem Sonntag, war das Wasser zurückgegangen, und das Kloster stand allein inmitten einer trostlosen Landschaft voll mit zerborstenem Holz und anderen Trümmerteilen. Tiefes, gespenstisches Schweigen lastete über allem. Kein Jammern, kein Wehgeschrei, keine Totenklage war zu hören, wie man es doch nach einem Unglück solchen Ausmaßes erwarten könnte. Doch die Überlebenden waren noch zu betäubt vom Schmerz, um wirklich trauern zu können. Durch Berge von Schutt hindurch bahnten wir uns einen Weg zur Medizinischen Fakultät, und dort wurden wir zu unserer großen Freude wieder mit Gus vereint, dem die Vorsehung eine herausgerissene Tür vorbeigeschickt hatte, auf der er sich retten konnte.

Nachdem ich nun dir, liebe Margaret, diese unermessliche Tragödie geschildert habe, will ich nie wieder davon sprechen.

Sei herzlich gegrüßt von deiner dich liebenden Schwester

Sophronia Finch

Ich steckte den Brief zurück. Der Magen krampfte sich mir zusammen. Kein Wunder, dass Aggie nicht von ihren schrecklichen Erlebnissen sprechen wollte. Ich hatte mich wirklich mitleidlos ihr gegenüber verhalten und beschloss, in Zukunft rücksichtsvoller mit ihr umzugehen. Außerdem nahm ich mir vor, nie wieder an Galveston zu denken. Aber wie das so ist: Je mehr man sich vornimmt, nicht an etwas zu denken, desto häufiger denkt man daran. Ob es einem gefällt oder nicht.

Am nächsten Tag bekam ich gleich mehrere besorgte Gespräche zwischen meinen Eltern mit, und später erschien Dr. Walker, ein groß gewachsener, ernster Herr, der stets schwarz gekleidet war, als ginge er zu einer Beerdigung, und dem man in unserem Hause mit großem Respekt begegnete. Wir Kinder rannten bei seinem Eintreffen normalerweise in alle Richtungen auseinander wie Ameisen, wenn man mit einem Stöckchen in ihrem Ameisenhaufen stochert. Denn jedes Mal steckte er einem irgendein kaltes Metallinstrument in die Ohren oder in den Mund, oder er drückte einem das eisige Stethoskop auf die Brust. (Laut Familienlegende soll ich ihn, als ich mit drei Jahren an Pseudokrupp erkrankt war, gefragt haben, ob ich sein Stethoskop ausleihen dürfe, um das Herz meines Teddybären abzuhören, was er wohl frostig ablehnte. Da ich selbst keine Erinnerung daran habe, kann ich mich nicht rechtfertigen.)

Der Arzt, Aggie und Mutter zogen sich in mein Zimmer zurück, nachdem sie mich verscheucht und mir die Tür vor der Nase zugemacht hatten. Da ich nichts Besseres zu tun hatte, lauschte ich am Schlüsselloch. Von innen hörte ich einige gedämpfte Anweisungen.

»Den Mund weit aufmachen und Ah sagen.«

»Ahhhhhh.«

»Jetzt ein paar Mal tief durch den Mund einatmen.«

Da ich dieses Mal nicht selbst untersucht wurde, fand ich alles viel interessanter als sonst, doch als ich das Schnappen der Schlösser am Arztkoffer hörte, wusste ich, dass es höchste Zeit war, mich aus dem Staub zu machen. Mutter und Dr. Walker gingen wieder hinunter in den Salon. Mutter rang die Hände und merkte vor lauter Aufregung nicht einmal, dass ich mich in der Eingangshalle herumtrieb.

»Beruhigen Sie sich, Mrs. Tate«, sagte der Arzt. »Bis auf eine leichte Anämie kann ich rein körperlich an ihr nichts feststellen. Dieser Mangel lässt sich aber leicht beheben, indem Sie Eisennägel in Äpfel stecken und diese dann einige Tage ruhen lassen. Sorgen Sie dann dafür, dass Ihre Nichte jeden Tag einen dieser Äpfel zum Frühstück isst, sechs Wochen lang, dann ist die Anämie geheilt. Nein, das eigentliche Problem, mit dem wir es hier zu tun haben, ist ein schwerer Fall von Neurasthenie oder Nervenschwäche. Die junge Dame hat einen schweren Schock erlitten, und davon erholt sie sich nicht in wenigen Wochen, sondern vermutlich erst nach Monaten. Versuchen Sie, beruhigende Beschäftigungen für sie zu finden – Nähen, ruhige Musik, Bücher, die den Geist nicht aufregen. Ich warne Sie allerdings vor Romanen. Romane erregen nur die Fantasie und bringen den Geist in Unruhe, und das wäre genau das Gegenteil von dem, was wir in diesem Fall wünschen.«

Tatsächlich? War das der Grund, weswegen Mutter ständig versuchte, mir die Bücher von Dickens und Alcott aus den Händen zu nehmen und sie durch Strick- oder Nähzeug zu ersetzen?

»Nein, nein«, fuhr Dr. Walker fort, »nach meiner Erfahrung haben sich solide, moralisch und erzieherisch wertvolle Lebensbeschreibungen in solchen Fällen sehr bewährt. Je länger, desto besser. Sie werden feststellen, dass solcher Lesestoff die beste Medizin ist, vom Arzt verschrieben.« Er schloss seine Bemerkung mit einem merkwürdig krächzenden Husten ab, und es dauerte einen Moment, bis ich begriff, dass dieses knochentrockene Geräusch ein Lachen sein sollte, das knarrende Lachen eines Mannes mit einem erbärmlichen Sinn für Humor.

»Ich werde ihr einen belebenden Tee aus Kokablättern zubereiten lassen, den sie morgens trinken soll, außerdem eine Tinktur aus Laudanum, die sie zur Beruhigung vor dem Schlafengehen einnehmen soll. Achten Sie aber darauf, dass sie die beiden nicht vertauscht. Ich wünsche Ihnen noch einen guten Tag.«

Mutter begleitete Dr. Walker noch hinaus zu seinem Einspänner und dankte ihm überschwänglich.

Ich rannte hinauf in mein – unser – Zimmer. Aggie lag vollständig angekleidet auf meinem – ihrem – Bett und starrte reglos an die Decke.

»Muss ich sterben?«, fragte sie matt.

»Aggie!« Ich war zutiefst schockiert. »Natürlich nicht.«

»Was sagt der Doktor?«

»Er sagt, du hast eine Anämie, und wir sollen dir Eisenäpfel geben. Er sagt, du hast einen Schock erlitten, und er verschreibt dir langweilige Biografien.«

Sie stützte sich auf einen Ellbogen und sah mich mit einem Hauch von Neugier an. »Wirklich? Hört sich ganz nach einem Quacksalber an.«

»O nein, Dr. Walker ist der beste Arzt in unserer Stadt.«

»Das will nicht viel heißen. Ich wette, er ist der einzige.«

»Na ja, schon. Aber er hat dir auch Medizin verschrieben, damit es dir wieder besser geht.«

»Na gut«, sagte sie und ließ sich zurück aufs Bett fallen.

Ich meldete mich freiwillig für die Aufgabe, die Äpfel für Aggie zu präparieren. Mutter war hoch erfreut, dass ich »Anteil nahm«, und so sagte ich ihr nicht, dass das Ganze für mich eher eine Art Experiment war. Einmal die Woche steckte ich mehrere lange Nägel (die zu zwei Cent das Stück) in sieben Äpfel, und jeden Morgen nahm ich einen, zog die Nägel heraus und vierteilte die Frucht. Das blasse Fruchtfleisch war rostig braun verfärbt. Im Interesse der Wissenschaft mopste ich mir eine Scheibe. Sie schmeckte, als würde man an einem gusseisernen Rohr lecken.

Langsam ging es Aggie besser, doch dann gab es fast einen Rückfall. Eines Morgens sagte sie. »Ich hatte so einen grässlichen Traum. Ich habe geträumt, da sei eine Korallenotter im Zimmer.«

»Das ist keine Korallenotter«, rutschte mir heraus, bevor ich mich noch bremsen konnte. Ups. Ich schlug mir mit der Hand auf den Mund.

Aggie sah mich fragend an. »Was meinst du damit?«

»Ach, nichts.«

Dr. Walkers Medizin wirkte, doch nichts half so sehr wie das, was dann geschah: Aggie erhielt einen Brief aus Galveston, und über Nacht besserte sich ihre Stimmung. Sie verriet uns nichts über den Inhalt, aber wir vermuteten, dass sie Nachricht von ihren Eltern hatte. Erst Monate später sollten wir herausfinden, wie sehr wir uns getäuscht hatten.

Am Tag nachdem sie den Brief erhalten hatte, kam ich von der Schule nach Hause und stellte fest, dass Aggie aufgestanden und fertig angekleidet war. Sogar eine komplizierte und ziemlich alberne Frisur hatte sie sich gemacht, und sie zeigte auf einmal Interesse an ihrer Umgebung.

»Hallo, Aggie«, sagte ich besonders freundlich, »du siehst aus, als ginge es dir besser.«

»Was«, fragte sie, »ist dieses *Ding* da?«

»Was für ein *Ding* denn?«

»Das Ding auf der Kommode«, sagte sie und zeigte auf Sir Isaac Newton.

»Oh. Das *Ding*, wie du es nennst, ist ein Schwarzfleckenmolch. Eine Amphibie, wie du sicher schon selbst gesehen hast, aus der Familie der *Salamandridae*, Genus *Diemyctylus*.«

»Was für ein Kauderwelsch redest du denn da?«

Ich war schockiert und gekränkt. »Kauderwelsch? So kann man das ja wohl kaum nennen. Das ist Latein. Man nennt es die Linnésche binäre Nomenklatur. Nach ihr ordnen Wissenschaftler alle Pflanzen und Tiere.«

Aggie schien nicht beeindruckt.

»Pass auf«, sagte ich, »ich werde ihm jetzt eine Fliege zu fressen geben. Ich habe ein paar tote Exemplare, die ich extra dafür in einer Blechbüchse aufbewahre. Die binde ich an einen Faden, was gar nicht so einfach ist, das kannst du mir glauben, und dann lasse ich die Fliegen über seinem Kopf hin und her schwingen, um seinen Appetit anzuregen. Es scheint nämlich so, als wäre er weniger interessiert, wenn sich die Fliegen nicht bewegen.«

»Wie ekelhaft! Wirf das bloß weg!«

Du liebe Güte! Erst eine Spontanheilung, und dann gleich so eine spitze Zunge. »Er gehört mir«, sagte ich, »und ich mache Studien mit ihm. Rühr ihn bloß nicht an!«

»Garantiert nicht.« Sie schauderte.

Armer Sir Isaac. Was hatte die Welt nur gegen ihn? Nur gut, dass Aggie glaubte, das mit der Schlange habe sie nur geträumt. Wenn sie schon auf den Molch so heftig reagierte …

Am Abend, nachdem wir uns ins Bett beziehungsweise ich mich auf mein Bodenlager gelegt hatten, fragte ich Aggie: »Sag mal, was ist eigentlich in diesem komischen Koffer im Schrank?«

»Geh da nicht dran!«

»Schon gut, aber was ist da drin? Eine Konzertina? Auf jeden Fall irgendein Musikinstrument, hab ich recht?«

»Da sieht man gleich, wie dumm du bist. Sei jetzt still und schlaf.«

»Erst wenn du mir sagst, was es ist.«

Aggie seufzte. »Das ist eine Schreibmaschine, und du gehst da nicht dran. Wenn du das machst, sag ich's deiner Mutter.«

»Du lieber Himmel!« Soweit ich wusste, gab es von diesen neumodischen Geräten genau ein Exemplar in unserer Stadt, und zwar bei unserer Lokalzeitung, dem *Fentress Indicator*. Man spannte ein Blatt Papier über eine Rolle und tippte dann eine Nachricht auf Tasten, ähnlich wie beim Klavierspielen. Die Ergebnisse waren großartig, die Schrift sah aus wie in einem gedruckten Buch.

»Zeigst du sie mir mal?«

»Nein. Schlaf jetzt.«

»Wozu hast du sie mitgebracht?«

»Halt den Mund und schlaf.«

Nichts hätte mich danach davon abhalten können, das Gerät näher in Augenschein zu nehmen. Als Aggie am nächsten Tag ein Bad nahm, öffnete ich den Schrank. Bevor ich das Ding heraushob, prägte ich mir ganz genau ein – schlaue Calpurnia –, an welcher Stelle der Koffer stand, um ihn anschließend dorthin zurückzustellen. Ich staunte, wie schwer er war. Der wog glatt eine Tonne! Atemlos vor Spannung öffnete ich die Verriegelung des Deckels. Die Schreibmaschine hatte offensichtlich die Flut völlig unbeschadet überlebt, schwarz glänzend stand sie vor mir. In goldenen Buchstaben stand ganz oben der Name des Herstellers, UNDERWOOD. Jeder Buchstabe des Alphabets hatte seine eigene runde Taste, doch die Reihenfolge war völlig durcheinander. Wie sollte man da bloß den Buchstaben finden, den man gerade brauchte? Wegen der vielen kompliziert aussehenden Hebel und Schalter traute ich mich nicht, etwas anzufassen. Warum nur hatte sie dieses Gerät mitgebracht? Ganz bestimmt funktionierte es, und ganz bestimmt konnte sie es auch bedienen. Kein Mensch, der bei klarem Verstand war, schleppte so ein Ding quer durch den ganzen Staat, wenn er nichts damit vorhatte. Vorsichtig schloss ich den Deckel und stellte die Schreibmaschine genau an ihren alten Platz zurück.

Am nächsten Morgen kam Aggie zum ersten Mal zum Frühstück

nach unten. J. B. starrte sie neugierig an und fragte mit vollem Pfannkuchenmund: »Wer ist die Frau?«

»Das ist deine Cousine Agatha«, erklärte ich ihm. »Bitte sprich nicht mit vollem Mund.«

»Was ist eine Cousine?«

»Na, du kennst doch Tante Sophronia und Onkel Gus?«

»Nein.«

»Doch, die kennst du. Auf dem Klavier steht ein Bild von ihnen.«

J. B. sah mich verständnislos an, und ich begriff, dass er in seinem zarten Alter sogar für die simpelste Erläuterung des Stammbaums unserer Familie noch zu klein war.

»Egal, J. B., jedenfalls wird sie eine Weile bei uns wohnen. Ein starker Sturm hat ihr Haus umgepustet, und nun hat sie nichts, wo sie wohnen kann.«

J. B. wurde lebhafter. »Du meinst, wie in der Geschichte vom Wolf und den Schweinchen?«

»Das hier war aber kein Wolf, J. B. Es war ein starker Wind, ein Sturm. Was ein Sturm ist, weißt du ja.«

Doch das war keine Mitteilung, die einen Sechsjährigen lange beschäftigte. Gleich wandte er sich wieder seinem Frühstück zu.

Zur Feier seiner Heimkehr und als Entschädigung für seine Abwesenheit an unseren Geburtstagen rief Vater uns nacheinander in sein Zimmer. In einer kurzen Ansprache betonte er, wie glücklich er sich schätzte, dass es ihm gut ging und seine Familie vollzählig, gesund und in Sicherheit war, dann fragte er uns, ob wir uns während seiner Reise auch gut benommen hätten.

»Warst du ein braves Mädchen, Calpurnia, während ich fort war?«

»Ähm, ja, Vater, meistens.«

»Und hast du Mutter immer gehorcht?«

»Ähm, ja, Vater, meistens.«

Er schien über meine Antworten nachzudenken, so als müsste er eine Entscheidung treffen. »Wenn das so ist, dann habe ich zu diesem besonderen Anlass ein besonderes Geschenk. Halt mir deine Hand hin.«

Statt eines Fünf- oder auch Zehn-Cent-Stücks legte er mir eine überraschend schwere Münze in die Hand. Ich beäugte sie vorsichtig; sie schimmerte warm im Licht. Es war eine Fünf-Dollar-Münze mit dem Kopf der Freiheitsgöttin auf der einen Seite und dem Adler mit seinem Brustschild auf der anderen. Noch nie in meinem ganzen Leben hatte ich so viel Geld auf einmal gesehen. Ein Vermögen! Und es gehörte mir allein!

»Gib dieses Geld nicht leichtsinnig aus«, sagte Vater.

Sofort dachte ich an all die Bücher, die ich mir kaufen könnte, sodass ich nicht mehr bei Mrs. Whipple von der Leihbibliothek in Lockhart betteln musste. Sie guckte jedes Mal ganz verkniffen, wenn ich nach einem Buch fragte, das sie als »ungeeignete Lektüre für ein junges Mädchen« ansah.

»Sieh es als Investition in deine Zukunft«, sagte Vater.

Ich stellte mir vor, was ich von dem Geld an wissenschaftlichen Geräten kaufen könnte, vielleicht sogar ein Mikroskop für mich allein, wenn auch aus dritter Hand.

»Spare es jetzt, und gebrauche es klug in der Zukunft«, sagte Vater weiter, »vielleicht für deine Aussteuer.«

Meine was? Machte er Witze? Bett- und Tischwäsche für die Aussteuertruhe einer Braut? Kleidung? Ich konnte es nicht fassen. Wie hatte das geschehen können? Wie war es möglich, dass mein eigener Vater mich so falsch einschätzte? Ich war eine Fremde in meinem eigenen Zuhause, ein Mitglied eines anderen Stammes, ein Exemplar einer anderen Spezies.

Vater sah verwirrt aus, er schien eine Antwort zu erwarten.

Mir fehlten die Worte. Alles, was ich stammelnd hervorbrachte, war: »Danke, Vater.«

»Gern geschehen. Und nun schicke bitte Travis zu mir herein.« Ich verbarg die Münze tief in meiner Schürze und verließ Vaters Zimmer mit wundem Herzen.

Travis, Lamar und Sul Ross hatten sich im Flur aufgestellt. Nach einem kurzen Blick auf mich fragte Travis flüsternd: »Gibt's Ärger?«

»Nein, gute Neuigkeiten.«

»Wieso guckst du dann so?«

»Nur so. Geh jetzt rein, du bist als Nächster an der Reihe.«

Ich verzog mich in mein Zimmer und grübelte, hin- und hergerissen zwischen der Freude über meine Münze und dem Entsetzen über meinen Vater. Hatten sie mich vielleicht adoptiert? Hatten meine rechtmäßigen Eltern, wer immer sie waren, mich den Tates ins Nest gelegt, so wie der Kuckuck seine Eier anderen Vögeln unterschiebt, damit die sie aufziehen? Ach je, es war alles so ungerecht. Trost fand ich nur in dem Gedanken an Großpapa, und ich dankte meinem Glücksstern für ihn. Nur schade, dass er nicht mein Vater war, sondern nur mein Großvater, der zwangsläufig weniger zu sagen hatte, was mein Leben anging. Ich betrachtete noch einmal die Münze, diesen Schatz, wickelte sie dann in ein Stückchen Seidenpapier und legte sie in das Zigarrenkistchen unter meinem Bett.

Mutter war so erfreut und erleichtert, als Aggie ihr Schneckenhaus nach und nach verließ, dass sie in der Woche darauf einen kleinen Ausflug in die Stadt vorschlug, zum Gemischtwarenladen von Fentress. Sie fragte, ob ich mitkommen wolle, und ich sagte Ja. Besuche im Laden waren gewöhnlich ganz unterhaltsam. Meine Goldmünze ließ ich vorsichtshalber zu Hause, damit ich nicht in Versuchung geriet, einen Teil davon auszugeben. Während Mutter und Aggie die verschiedenen Stoffe aus Musselin, Leinen oder Kattun betasteten, blätterte ich den neuesten Katalog des Versandhauses Sears Roebuck durch, der am Ladentisch angekettet war. Damit konnte man sich mindestens eine halbe Stunde lang die Zeit vertreiben. Es gab wohl nichts auf der Welt, was man nicht über diesen Katalog bestellen konnte, vom Überzieher bis zur Unterhose, von der Perücke bis zur Perlenkette, vom Klavier bis zur Tuba, vom Gewehr bis zum Schlangengift. Man konnte eine Singer-Nähmaschine kaufen (da hatten wir auch unsere her), oder man bestellte bereits fertig geschneiderte Blusen, Röcke oder andere Kleidung und ersparte sich das Selbernähen. Fantastisch! Man konnte Gardinen und Teppiche kaufen, es gab Traktoren oder sogar eins dieser neumodischen Automobile. Nur drei Monate später würde es wie durch Zauberhand vor der Tür stehen. Apropos schnelle Lieferung: Das Versandhaus verkaufte auch so alltägliche Dinge wie Säcke mit Mehl oder Zucker oder Bohnen und war schon mancher Pionierfrau in der Prärie zum Retter geworden, die jeden Tag vor ihrer armseligen Hütte mit Grasdach stand und mit den Augen besorgt den Horizont absuchte, ob ihre Lieferung nicht bald kam.

Mr. Gates, Lulas Vater, trat ein und kaufte Patronen für sein Gewehr. Er grüßte meine Mutter, indem er leicht den Hut hob, und sagte: »Mrs. Tate, sagen Sie Ihrem Mann, wir müssen wachsam sein. Wir verlieren neuerdings immer wieder Hühner. Keine Ahnung, was es ist – ein Fuchs oder ein Waschbär oder was auch immer. Neulich nachts hab ich mich auf die Lauer gelegt und geschossen und dachte, das war's, aber das mit den Hühnern geht weiter.«

»Danke, Mr. Gates. Ich werde es meinem Mann ganz sicher ausrichten.«

Wir erledigten unsere Einkäufe, und mit bewundernswerter Geschicklichkeit wickelte der Verkäufer alles in braunes Packpapier und verschnürte es mit einer rauen Kordel. Gerade wollten wir gehen, als Mutter sagte: »Oh, halt, jetzt hätte ich fast vergessen, deine Nadeln zu kaufen, Calpurnia.«

»Meine was?«

»Deine Nadeln Stärke drei.«

»Wofür denn?«

»Für deine Weihnachtsstrickerei.«

»Meine was?« Das Gespräch nahm eine Wendung, die mir überhaupt nicht gefiel.

»Lass das, bitte. Du hörst dich schon an wie Polly. Gott sei Dank, dass Mr. O'Flanagan uns den abgenommen hat. Was sich dein Großvater dabei nur gedacht hat? Nein, ich rede von deiner Weihnachtsstrickerei. Dieses Jahr wenden wir uns den Handschuhen zu.«

Das Herz rutschte mir in die Hose. Vor dem letzten Weihnachtsfest hatte sie mich gezwungen, für all meine männlichen Verwandten Socken zu stricken. Es war mir so vorgekommen, als gäbe es plötzlich Tausende von Männern in der Familie. Diese quälende Übung hatte mich wochenlang von meinen Naturstudien ferngehalten, und ich hatte jede einzelne Minute davon gehasst. Das Ergebnis waren armselige, zerbeulte Dinger, die nur entfernte Ähnlichkeit mit Socken hatten. Noch nie hatte einer der Beschenkten sein Paar getragen, und ich konnte es ihnen nicht einmal verdenken. Und nun?

»Wieso soll ich denn stricken«, fragte ich, »wenn man doch wunderschöne Handschuhe aus dem Katalog von Sears bestellen kann?« In meiner Verzweiflung lief ich schnell zurück zum Tresen und fing an zu blättern. »Sieh mal, ich kann sie dir zeigen. Wieso sollte irgendjemand von mir gestrickte Handschuhe haben wollen, wo es doch so viel hübschere bei Mr. Sears zu kaufen gibt?« Aufgeregt hämmerte ich mit dem Finger auf die Seite. »Sieh doch: ›Erhältlich in allen Größen und vielen schönen Formen und Farben.‹ Und hier: ›Sie werden zufrieden sein – garantiert.‹ Steht hier.«

Mutter presste die Lippen aufeinander, was immer ein Warnsignal war. »Das ist doch nicht der Sinn der Sache.«

»Und was ist dann *der Sinn*?« Plötzlich hatte mich der Zorn gepackt, wie eine Welle spülte er mein sonst recht gutes Urteilsvermögen hinweg, und ich vergaß, dass es nicht ratsam war, so freche Fragen zu stellen.

Der Verkäufer lauschte unserem Disput interessiert, und als Mutter das merkte, nahm sie mich fest am Arm und zog mich zur Tür. Ich würde nicht so weit gehen zu sagen, dass sie mich auf die Straße zerrte, aber es war verflixt nahe dran. Aggie kam eilig hinter uns her, mit unseren Paketen und mit einem höhnischen Lächeln auf den Lippen.

»Der *Sinn*, mein Mädchen, ist der, dass du die hauswirtschaftlichen Kenntnisse erwirbst, über die junge Damen üblicherweise verfügen. Die man von ihnen einfach *erwartet*. Das ist der *Sinn*, und wir werden nicht mehr darüber diskutieren. Agatha, ich entschuldige mich für das ungehobelte Benehmen meiner Tochter.«

Damit machte sie kehrt, ging zurück in den Laden und kam kurz darauf mit einem Paar Stricknadeln wieder heraus. Auf dem Heimweg stapfte ich mit einigem Abstand hinter den beiden her und gab vor, sie nicht zu kennen. Ich kochte vor Wut und trat mit den Schuhen gegen unschuldige Erdklumpen. Mutter und Aggie plauderten derweil heiter übers Nähen und dergleichen und taten so, als merkten sie gar nicht, dass ich missmutig hinter ihnen hertrottete.

Zu Hause angekommen, hoffte ich, mich schnellstens verziehen zu können, doch bevor ich noch Gelegenheit hatte zu entkommen, scheuchte Mutter mich in den Salon.

»Setz dich!«, befahl sie.

Sie reichte mir die Nadeln, ein Strickmuster und ein Knäuel marineblauer Wolle.

»Maschen aufnehmen.« Ich gehorchte und fing an zu stricken.

Aggie kniete auf dem Perserteppich und schnitt Blusen und Röcke zu. Mutter und sie unterhielten sich über Modefragen und beachteten mich nicht. Was mir ganz recht war. Ich haderte mit dem Strickmuster und kämpfte mit der Wolle; ich brummte und schimpfte leise vor mich hin, ich ließ Maschen fallen und steigerte mich immer mehr in meine Wut hinein, wenn auch lautlos. Hätte man mich gelassen, ich hätte den ganzen elenden Kram auf den Boden geschmissen und wäre laut schreiend zum Fluss gerannt.

Als Violas Gong zum Abendessen rief, war ich mit einem winzigen Handschuh beinahe fertig. Stolz hielt ich ihn zur Besichtigung hoch. Mutter starrte ungläubig darauf, Aggie stieß ein hässliches, höhnisches Lachen aus, das mich an den Schrei der Möwe erinnerte und überraschend grausam klang. Unauffällig betrachtete ich meinen Handschuh. Irgendetwas stimmte da nicht. Ich zählte die Finger: eins, zwei, drei, vier, fünf. Und sechs.

Man sollte meinen, das hätte gereicht, um mich für alle Zeiten aus dem Handschuhgeschäft zu entlassen, doch es kam leider anders. Mutter entschied einfach, ich solle mich auf Fäustlinge verlegen. Die waren im Grunde so etwas wie Socken für die Hände und sehr viel leichter zu stricken. Du kannst mir glauben, Handschuhe stricken ist verteufelt schwer, aber Fäustlinge, das liegt auf der Hand (ha!), sind ein Klacks.

Und was Aggie angeht: Wir schlossen keine Freundschaft über Bücher. (»Ich hab Besseres zu tun, als zu lesen.«) Auch wurde es kein Ritual, uns gegenseitig die Haare zu bürsten. (»Geh mir bloß weg mit deinen Molchfingern!«) Sie erwies sich nicht als die Schwester, die ich nie gehabt hatte. Dem Himmel sei Dank.

Zwölftes Kapitel

EIN BEFREIUNGS-KÜNSTLER

F. C. Cuvier hat beobachtet, dass alle Tiere, die sich bereitwillig domestizieren lassen, den Menschen als Mitglied ihrer eigenen Gesellschaft ansehen und so ihrem Instinkt der Verbundenheit Genüge tun.

Eines Nachmittags platzte Travis mitten in meine Klavierübungen, was ungewöhnlich für ihn war. Üblicherweise bestand mein Publikum nur aus Mutter, und die saß nicht so sehr als Musikliebhaberin dabei, sondern eher in der Rolle der Einpeitscherin. (Allerdings muss ich ihr zugestehen, dass sie sich immer freute, wenn Miss Brown, meine Klavierlehrerin, mir ein neues Stück von Frédéric Chopin aufgab. Vor allem die melancholischen, verträumten Nocturnes hatten es ihr angetan, und es war ein Wunder, dass ich ihr diese Musik mit meinen falschen Noten und meinem, wie Miss Brown klagte, »mechanischen« Spiel nicht völlig verleidete. Aber du würdest auch mechanisch spielen, wenn ein Lineal aus Holz über deinen Fingern schwebte, das nur darauf wartete, deine Fehler mit einem Hieb zu markieren.)

Fest entschlossen, nicht eine Sekunde länger zu spielen als meine dreißig Pflichtminuten, behielt ich wie ein Falke die Uhr auf dem Kaminsims im Auge. Travis strahlte übers ganze Gesicht; er hüpfte und zappelte herum und konnte seine Aufregung nur schlecht verbergen, während ich Tschaikowskys »Tanz der Zuckerfee« massakrierte. Meine Darbietung konnte kaum der Grund für Travis' Freude sein, also war wohl irgendetwas im Busch. Am Ende applaudierte er höflich zusammen mit Mutter, doch dann signalisierte er mir dringend, ihm in die Küche und von dort nach draußen zu folgen. Während er gleich zur Scheune weiterlief, sagte er nur: »Komm schnell, das musst du sehen.«

»Was denn?«, fragte ich und lief hinterher.

»Komm mit – ich hab ein neues Haustier.«

Einerseits wusste ich, dass Travis' Tiere normalerweise eine Menge Ärger mit sich brachten, andererseits waren seine unverhohlene Freude und Begeisterung ansteckend. »Was ist es denn?«

»Gleich siehst du's. Im Moment ist es noch in Armands Käfig.«

»Vielleicht solltest du mir erst sagen, was es ist. Damit ich mich, du weißt schon, darauf einstellen kann.«

Doch Travis antwortete nicht. Ich folgte ihm in die Scheune. In einem Käfig in einer dämmrigen Ecke saß ein Waschbärwelpe, etwa so groß wie ein halb erwachsenes Kätzchen, mit einer spitzen Nase, einem buschigen, geringelten Schwanz und der schwarzen Maske, die dem Tier das Aussehen eines Kindes gab, das sich zu Halloween als Einbrecher verkleidet hatte.

»Es ist ein Weibchen«, erklärte Travis. »Ist sie nicht niedlich? Ich glaube, ich nenne sie Bandit.«

Bandit fauchte empört. Aus glänzend schwarzen Augen, die genau die Größe und die Farbe von Mutters Gagatperlen hatten, die sie zu besonderen Anlässen trug, sah sie uns misstrauisch an.

»Travis«, sagte ich halbherzig, »sie ist wirklich niedlich, aber du kannst unmöglich einen Waschbären als Haustier halten. Vater wird böse werden. Er erschießt Waschbären, wann immer er einen sieht. Sie plündern den Hühnerstall, sie buddeln die Gemüsebeete auf, und sie holen sich die Pekannüsse von den Bäumen.«

»Hier, pass auf«, sagte er nur und steckte ein kleines Salatblatt durch das Drahtgitter hindurch. Sofort griff Bandit mit den Pfoten danach, wusch es sorgfältig in einer Wasserschale und aß es dann, ganz wie ein Miniaturmensch bei einem Picknick. Kein Wunder, dass Waschbären auch *Procyon lotor* hießen, was so viel wie »Waschender Hund« bedeutet.

»Und wenn Vater ihn nicht erschießt«, fuhr ich fort, »dann übernimmt das Viola. Du weißt, wie sie ist, wenn es um ihren Garten geht.«

Travis redete sanft auf Bandit ein und fütterte sie mit einem zweiten Salatblatt.

»Wenn sie größer werden, werden sie wild. Sie eignen sich nicht als Haustiere, und das weißt du auch, oder?«

»Ich hab sie im Gebüsch gefunden. Sie war ganz allein und weinte.«

»War das vielleicht in der Nähe von Lulas Haus? Ihr Vater hat gesagt, dass ihnen immer wieder Hühner wegkommen.«

Travis antwortete nicht.

Entnervt fragte ich: »Hast du nach der Mutter gesucht?«

»Was? Oh. Ähm … ja.«

»*Travis.*«

»Was sollte ich denn machen? Sie war fast verhungert! Sie war einsam! Du hättest sie doch auch nicht da sitzen lassen. Sieh sie dir doch nur an, Callie. Sie ist so süß!«

Bandit kaute an ihrem Salatblatt, schob es sich immer weiter mit ihren geschickten kleinen Pfoten in den Mund und sah uns dabei unablässig aus hellwachen schwarzen Augen an. Sie war tatsächlich hinreißend. Noch.

»Außerdem«, gab Travis zu bedenken, »muss niemand davon erfahren.«

»Glaubst du wirklich, du kannst so etwas geheim halten?«, fragte ich skeptisch.

»Natürlich. Niemand erfährt davon.«

Beim Abendessen wandte sich Vater an Travis. »Also, junger Mann, Alberto sagte mir, du hältst einen Waschbären in der Scheune. Stimmt das?«

Travis sperrte die Augen auf. Offenbar hatte er noch keine Zeit gehabt, sich eine gute Geschichte einfallen zu lassen, und wurde jetzt auf dem falschen Fuß erwischt. Alberto war unser Farmarbeiter und wurde von Vater bezahlt; es war klar, dass er ihm von solchen Vorfällen berichtete.

»Du weißt, wie ich über Waschbären und dergleichen Schädlinge denke«, sagte Vater.

»Ja, Vater«, sagte Travis mit gesenktem Kopf. »Tut mir leid.« Dann hob er den Kopf und brachte seine Argumente vor. »Sie hat keine Mutter mehr, und sie war fast verhungert, als ich sie fand. Ich konnte sie nicht einfach dalassen. Ich verspreche auch, mich gut um sie zu kümmern, und passe auch besonders auf, dass sie nicht in den Hühnerstall geht.«

Vater sah Mutter an, die tief seufzte, aber Vaters Worten nichts hinzuzufügen hatte. Vermutlich war sie einfach zermürbt von dieser Diskussion, die seit Jahren in allen möglichen Variationen immer aufs Neue geführt wurde.

»Nun gut«, sagte Vater widerstrebend, »aber beim ersten Ärger, auch dem allerkleinsten, erschieße ich das Tier eigenhändig und werfe es den Hunden vor. Verstanden?«

»Ja, Sir.« Travis strahlte sein herzerweichendes Lächeln, das solche Kraft hatte, dass es selbst bei Vater ein halbes Lächeln hervorrief.

Damit begann die dramatische Geschichte um Bandit. Was es mit ihr schwieriger machte als mit Armand und Jay zusammen, waren ihre grenzenlose Neugier und ihre stets emsigen Pfoten. Ihre Pfoten waren im Grunde Hände, und mit denen bekam sie einfach alles auf. Travis legte ihr ein Welpenhalsband um, und schon nach fünf Minuten hatte sie es abgelegt. Als Nächstes machte er ihr aus Lederresten ein winziges Brustgeschirr, doch auch da dauerte es gerade mal zehn Minuten, bis sie sich daraus befreit hatte. Schließlich kam er auf die Idee, den Verschluss zwischen ihren Schulterblättern anzubringen, der einzigen Stelle, die sie nicht erreichen konnte. Noch nicht. Er nahm sie an die Leine und wollte mit ihr spazieren gehen, was sie so wütend machte, dass sie bis zur völligen Erschöpfung herumsprang und sich wand wie eine Forelle am Angelhaken. Doch dann kam er dahinter, dass sie wenigstens ein kleines Stück hinter ihm herkam, wenn er sie mit Käsebröckchen lockte. Es zeigte sich, dass sie alles – buchstäblich alles – fraß, was auch nur im Entferntesten als essbar angesehen werden konnte. Ob Kartoffelschalen, Essensreste, Küchenabfälle oder verdorbene Fischköpfe, ihr schmeckte alles. Allerdings musste sie jedes Teil erst waschen. Ihre Pingeligkeit mit allem, was sie sich in den Mund schob, egal, wie eklig es war, amüsierte uns.

»Sie gehört zu den Allesfressern«, erklärte ich Travis. »Das sind Tiere, die weder Herbivoren sind, sich also nur von Pflanzen ernähren, noch Carnivoren, die nur Fleisch fressen. Großpapa sagt, das ist ein Überlebensmechanismus, der solchen Tieren erlaubt, sich an alle möglichen Lebensräume anzupassen. Kojoten sind auch so. Sie können praktisch überall leben.«

Und überall entkommen konnte sie praktisch auch. Kein einziger Käfig hielt ihr länger als einen oder zwei Tage stand. Bandit wurde bald sehr anhänglich und zirpte traurig, wenn Travis sie zur Schlafenszeit wegschloss.

»Ich hasse es, sie nachts allein zu lassen«, klagte er. »Sie ist dann so einsam und unglücklich.« Er sah mich von der Seite an.

»Du machst wohl Witze«, sagte ich. »Du kannst sie unmöglich mit ins Haus nehmen.«

»Also …«

»Ausgeschlossen. Ich kann ein bisschen nachforschen, was wir tun können, damit sie ruhiger wird. Aber du musst versprechen – versprechen! –, nicht mal daran zu denken, sie mit ins Haus zu nehmen.«

»Ist gut. Aber ich finde es trotzdem furchtbar, dass sie so traurig ist.«

»Nachforschen« hörte sich um einiges großartiger an als das, was ich in Wirklichkeit tat: Ich ging zu Großpapa und sprach mit ihm, der Quelle allen Wissens, wenn es um das Königreich Animalia ging.

Er hörte mir ernst zu, dann sagte er: »Die Welpen sind wirklich entzückend, das muss ich zugeben. Sie sind gesellige Wesen, und wenn man sie einfängt, solange sie noch ganz jung sind, lassen sie sich sogar zähmen. Doch die erwachsenen Tiere eignen sich kaum als Haustiere, denn mit zunehmendem Alter verändert sich ihr Temperament. Sie sind dann nicht mehr auf menschliche Gesellschaft angewiesen, und es kann sogar passieren, dass sie die Hand beißen, die sie füttert.«

»Das heißt, sie werden mit der Zeit ziemlich bösartig.«

»Genau. Was deine Frage angeht, was man dafür tun kann, dass das Tier zufrieden in seinem Käfig bleibt, schlage ich dir vor, den *Atlas der texanischen Säugetiere* zu konsultieren.«

Ich zog den Band aus dem Regal und fand heraus, dass die geselligen Waschbärenwelpen am liebsten mit ihren Geschwistern auf einem Haufen schlafen und unglücklich sind, wenn sie von ihrer Familie getrennt werden. Außerdem bestätigte das Buch Großpapas Aussage über die erwachsenen Tiere.

Doch als ich Travis berichtete, dass Bandit ihn eines Tages angreifen könnte, winkte er nur ab. »Guck dir doch nur ihr liebes kleines Gesicht an!«

Beide betrachteten wir Bandit, die passenderweise genau in diesem Moment, so als verstünde sie, dass es um ihre Zukunft ging, sich auf die Hinterbeine setzte, den Kopf schief legte und die Pfoten ausstreckte, so als würde sie betteln.

»Ooooh!«, sagten mein Bruder und ich wie aus einem Munde.

Schließlich gaben wir ihr eins von J. B.s abgelegten Kuscheltieren für die Nacht, einen Teddybären, der ungefähr ihre Größe hatte, und sie fand sofort Gefallen an ihm. Sie schmiegte sich an ihn und versuchte, ihm das Plüschfell zu pflegen, indem sie es nach Flöhen und Zecken absuchte. Es tat ihr eindeutig gut, ein »Geschwisterchen« zu haben; sie wurde ruhiger und benahm sich auch besser, sie wurde fett und verspielt. Die Scheunenkatzen und sie beäugten einander anfangs vorsichtig, doch als sie sich aneinander gewöhnt hatten, stellte Bandit sich sogar zweimal am Tag mit ihnen auf, wenn Flossie, unsere Kuh, gemolken wurde und die Tiere warme Milch ins Mäulchen gespritzt bekamen, direkt aus der Zitze.

Nach einigen Wochen gab sie sogar ihren Kleinkrieg um die Leine auf, und Travis und sie unternahmen richtige Spaziergänge zusammen. Ajax, der genau wusste, wann er einen Schädling vor sich hatte, jagte Bandit auf einem dieser Ausflüge. Sie rettete sich, indem sie an dem hochkletterte, was sich ihr gerade bot, und das war zufällig Travis. In aller Eile stieg sie ihm auf den Kopf, wo sie knurrend und fauchend sitzen blieb und Travis die Klauen in den Kopf grub. Es hätte komisch sein können, wenn Travis nicht vor Schmerz laut geschrien hätte. Ich rannte ihm zu Hilfe und zerrte den aufgeregten Hund fort. Ich schimpfte mit Ajax, doch er sah mich nur fürchterlich verwirrt an, was verständlich war. Solange er lebte, hatte man ihn dazu erzogen, Jagd auf Schädlinge zu machen, und ausgerechnet Waschbären waren seine Spezialität.

Bandit wurde, wenn das überhaupt möglich war, immer noch hinreißender. Und sie hielt uns auf Trab, indem wir uns ständig etwas Neues einfallen lassen mussten, um ihren Käfig ausbruchssicher zu machen. Schließlich kamen wir auf die perfekte Kombination aus

Riegeln und Hebeln, die wir alle mit Draht sicherten. Wir traten ein paar Schritte zurück und bewunderten unser Werk.

»Du hast ihr den falschen Namen gegeben«, sagte ich zu Travis.

»Wieso denn? Ich finde, Bandit passt perfekt.«

»Du hättest sie Houdini nennen sollen.«

Zwei Tage später war Bandit / Houdini aus ihrem »ausbruchssicheren« Käfig ausgebrochen. Travis kam zu mir gerannt und bat mich um Hilfe.

»Wir müssen sie finden! Sonst erwischen die Hunde sie, oder einer der Farmer erschießt sie.« Dabei kämpfte er gegen die Tränen. Wir suchten alles nach ihr ab, krochen ins tiefste Gebüsch, doch ich wusste: Wenn sie es so weit geschafft hatte, dann würden wir sie nie wiedersehen.

Travis war untröstlich. Lamar machte sich über den Kummer unseres Bruders lustig und nannte ihn *Heulsuse*, als unsere Eltern außer Hörweite waren. Das war auch mein Glück, denn so hörten sie nicht, wie Lamar aufschrie, als ich ihn vors Schienbein trat.

Als Travis früh am nächsten Morgen in den Stall ging, um Bunny zu füttern, saß Bandit oben auf ihrem Käfig und wartete schon auf ihr Frühstück. Ich selbst erlebte zwar das ergreifende Wiedersehen nicht mit, bekam es aber bis ins kleinste Detail geschildert. Die Sonne schien wieder aus Travis' Miene, zumindest bis Bandit das nächste Mal verschwand. Es wurde ihr zur Gewohnheit: Sie verschwand für eine Weile, dann kehrte sie für eine Weile zurück. Jedes Mal freute sie sich, Travis wiederzusehen, und nahm gerne eine Leckerei aus seiner Hand entgegen; doch genauso froh war sie dann, sich wieder davonzumachen. Im Laufe der Wochen blieb sie nach und nach immer länger weg, gerade so, wie Großpapa es vorhergesagt hatte.

Aber leider nicht lange genug. Eines Sonntags, nachdem wir von der Kirche zurückgekehrt waren, zogen sich unsere Eltern am Nachmittag zurück, um vor dem Essen ein Weilchen zu ruhen. Travis war in der Scheune und bürstete Bunny, als er plötzlich ein furchtbares Spektakel vom Hühnerhaus her hörte. Als er nachsah, fand er dort Bandit, und zu ihren Füßen eine blutüberströmte Henne mit abgeknicktem Hals. Travis flüchtete panisch; er wusste, seine Waschbärin hatte ihr eigenes Todesurteil herbeigeführt.

Aggie war ausgegangen, und so war ich in meinem Zimmer, um endlich einmal wieder auf meinem gemütlichen Bett zu lesen statt auf dem klumpigen Lager am Boden. Travis stürmte, was noch nie vorgekommen war, ohne anzuklopfen, in mein Zimmer, mit wildem Blick und schreckensstarrer Miene. Einen fürchterlichen Moment lang dachte ich schon, jemand aus unserer Familie sei gestorben.

»Bandit!«, brachte er mit erstickter Stimme hervor. »Sie hat eine Henne getötet. Du musst mir helfen!«

»Wobei?«, fragte ich, sprang dabei aber schon auf die Füße und überlegte, was um alles in der Welt wir nun tun könnten.

Wir rasten zum Hühnerstall, wo die hysterischen Bewohner in Furcht und Verwirrung um Bandit herumtippelten. Pfoten und Schnauze der Waschbärin waren blutverschmiert, und sie sah sich mit irrem Blick um. In dem Moment begriff ich, dass sie fast erwachsen und nicht mehr zu kontrollieren war. Eine Feder baumelte ihr aus einem Mundwinkel und verlieh ihr etwas Närrisches. Inzwischen lagen statt einer gleich zwei tote Hennen da.

»Was machen wir jetzt bloß?«, jammerte Travis.

»Du gehst da rein und sorgst dafür, dass sie damit aufhört, Travis.« Ich rannte zur Scheune und holte einen kräftigen Jutesack. Als ich zurück war, hatte Travis Bandit in eine Ecke abseits der Hennen getrieben und versuchte sie mit zitternder Stimme zu sich zu locken. Sie war nicht mehr zahm; sie sah aus wie ein wildes Tier.

»Wenn *du* dich beruhigst, wird sie auch ruhiger«, zischte ich Travis zu.

Er riss sich zusammen und sprach leise und besänftigend auf Bandit ein. Ich schnappte mir aus einem der Nester ein frisch gelegtes Ei und zerbrach es am Boden. Bandit war so damit beschäftigt, das zerlaufende Ei mit den Pfoten aufzunehmen, dass sie gar nicht merkte, wie ich mich von hinten anschlich. Ich stülpte ihr den Sack über, und sie stieß wütende Schreie aus. Ich hielt den Sack fest zu, doch mir war klar, lange konnte ich den wütenden Waschbären nicht darin halten. Es war, als wollte man einen Tiger beim Schwanz packen.

Mein Bruder stand nur mit weit aufgerissenen Augen da und kam nicht darauf, sich nützlich zu machen. »Hol ein Seil oder Bindedraht! Schnell!«, keuchte ich.

Endlich begriff er, dass es dringend war, und setzte sich in Bewegung. Augenblicke später kehrte er mit einem Stück Tau zurück. Wir banden den Sack oben zu, dann mussten wir erst einmal tief Luft holen. Travis hatte Blut an den Händen, meine waren klebrig vom Eigelb. Der Sack am Boden wand sich wütend hin und her.

Travis und ich sahen einander an, und uns beiden dämmerte es gleichzeitig, dass unser Problem alles andere als gelöst war. Im Gegenteil, es wurde immer größer. Wo hatte Travis uns da nur hineingeritten?

Bang flüsterte er: »Die bringen sie um, wenn sie dahinterkommen.«

Für den Bruchteil einer Sekunde schwankte ich: Ich konnte mich verantwortungsbewusst verhalten und tun, was Erwachsene an meiner Stelle täten. Ich könnte zu Vater gehen und damit meinem Bruder das Herz brechen. Oder ich könnte mich auf Travis' Seite schlagen und mit ihm zusammen durchs Feuer gehen.

»Zuerst müssen wir sie hier wegschaffen. Hilf mir!«

Gemeinsam hoben wir den um sich schlagenden Sack hoch und schleppten ihn in die Scheune. Wir versteckten Bandit in der Nähe ihres Käfigs und ruhten uns dann erst einmal kurz aus, während wir nachdachten. Einen dreißig Pfund schweren Waschbären zu befördern ist anstrengender, als man meinen sollte.

Schließlich schnappte ich mir eine Schaufel und sagte: »Wir müssen die Beweise verbuddeln.«

Also gingen wir zurück in den Hühnerstall, wo sich die Hennen inzwischen etwas beruhigt hatten und anfingen, ihre toten Schwestern zu untersuchen. Erst dachte ich daran, die beiden Leichen direkt an Ort und Stelle zu begraben, doch der Hühnerstall war von der rückwärtigen Veranda aus einsehbar. Deswegen schien es mir klüger, die beiden erst einmal fortzuschaffen und später zu begraben. Ich beauftragte Travis damit, die toten Hennen in die Scheune zu bringen, während ich Erde über das Blut schaufelte.

»Ich … ich glaub, ich kann das nicht«, stammelte er.

»Du liebe Güte, jetzt ist wirklich nicht der Moment, um zimperlich zu sein.« Ich drückte ihm die Schaufel in die Hand, packte die beiden Hühner bei den Füßen, sodass ihre Hälse hin und her schwangen, und trug sie in die Scheune.

Als Nächstes stand unsere eigene Säuberung auf dem Programm. Wir gingen zur Tränke, und da wir keinen Spiegel hatten, rubbelten wir einander mit meinem nassen Taschentuch ab. Ich rieb Travis das Blut von der Wange (ohne ihm zu sagen, was es war) und er mir das Eigelb vom Kinn. Dann inspizierten wir uns gegenseitig und entschieden, dass wir zwar ein bisschen zerzaust aussahen, aber eine oberflächliche Kontrolle durch unsere Mutter bestehen konnten.

»Was jetzt?«, fragte Travis.

»Wir müssen sie so weit wegbringen, wie wir können. Weit genug, dass sie nicht mehr zurückkommt.«

»Wir könnten sie in die Schubkarre packen und die Straße nach Prairie Lea runterbringen.«

Das war zwar nicht gerade der schlaueste Plan aller Zeiten, doch ich war schon erleichtert, dass Travis überhaupt wieder klar dachte.

»Das könnten wir machen«, sagte ich, »aber bestimmt würden wir unterwegs irgendwelche Bekannten treffen, und dann erfahren es womöglich Mutter und Vater. Lass uns lieber auf einem der Tierpfade zum Fluss hinuntergehen.« Zu unserem Glück waren die Sonntagnachmittage bei uns immer ganz entspannt und wir nicht so streng überwacht. Deshalb vermutete ich mal, wir könnten ein paar Stunden wegbleiben, ohne Schwierigkeiten zu bekommen.

»Bleib hier«, sagte ich. »Ich sag nur schnell Bescheid, dass wir einen kleinen Ausflug machen.«

Ich rannte zur rückwärtigen Veranda, blieb kurz stehen, um mich zu sammeln, und ging dann in die Küche, wo Viola gerade Vorbereitungen fürs Abendessen traf. Sobald sie mich sah, fragte sie: »Was ist? Was ist passiert?« Sie schien ehrlich besorgt, also sah ich offenbar nicht so normal aus, wie ich gedacht hatte. Neben der Aufregung, die immer noch in mir tobte, war Violas Sorge fast zu viel für mich. Wie gut wäre es, hier und jetzt in Tränen auszubrechen, doch diesen Luxus konnten Travis und ich uns nicht leisten. Das Glück meines Bruders hing von mir ab, so oder so.

Ich riss mich zusammen und sagte: »Würdest du Mutter bitte ausrichten, dass Travis und ich einen kleinen Spaziergang machen? Wir gehen nicht weit und sind zum Abendessen zurück.« Bevor Viola noch weitere Fragen stellen konnte und ich zusammenbrach, rannte ich hinaus.

Travis war dabei, beruhigend auf Bandit einzureden, die in gewissen Abständen ihren Protest kundtat. Ich war heilfroh, dass der Sack aus dickem Segeltuch war, trotzdem machte ich mir Sorgen, wie lange wir dieses Tier mit dem schlauen Köpfchen und den geschickten Pfoten darin halten konnten. Vermutlich machte Bandit genau in diesem Moment ihre Fluchtpläne.

»Komm, wir müssen uns beeilen. Wir nehmen den Pfad hinunter zur Bucht.« Keiner von uns besaß eine Uhr, doch aus dem Stand der Sonne schloss ich, dass wir ungefähr vier, höchstens aber fünf Stunden Zeit hatten.

Ich nahm die beiden toten Hennen, und Travis hob den Sack hoch, was gleich wieder Schimpfen und Fauchen auslöste. So machten wir uns auf den Weg durchs Gestrüpp, mal schneller, mal langsamer. Als wir zur Bucht kamen, ließ ich die beiden jammervollen Leichen ins seichte Wasser fallen. Alle möglichen wilden Tiere würden sich dankbar ihrer annehmen.

Wir beeilten uns weiterzukommen. Wenn du glaubst, es sei ein Kinderspiel, einen fauchenden, heftig zappelnden Waschbärensack meilenweit durch die Gegend zu schleppen, dann bist du auf dem Holzweg. Mal schleiften wir ihn gemeinsam hinter uns her, mal wuchteten wir ihn uns über die Schulter und kamen uns vor wie der Weihnachtsmann mit dem widerspenstigsten Geschenk, das man sich vorstellen kann. Immer wieder mussten wir eine Pause einlegen. Wir hatten nicht das kleinste Krümelchen Essen dabei, und zu trinken gab es nur Flusswasser. Zwischendurch schlug Travis vor, wir sollten den Sack öffnen und auch Bandit etwas Wasser geben, doch die Idee ließ er schnell wieder fallen, als er meine entgeisterte Miene sah.

Wir kämpften uns weiter voran. Zweige peitschten uns ins Gesicht, Dornen zerkratzten uns die Beine, Bienen und Sandfliegen quälten uns zusätzlich, aber wenigstens sahen wir keinen Menschen, und niemand sah uns. Irgendwann konnten wir nicht mehr weiter, und wir ließen uns einfach fallen. Ich schätze, wir hatten etwa den halben Weg nach Prairie Lea zurückgelegt.

»Danke, Callie«, keuchte Travis, »ich glaube, du hast einen Gefallen bei mir gut.«

»Falsch. Nicht einen – Tausende. Und nun mach den Sack auf.«

Sein Gesichtsausdruck änderte sich schlagartig, er hatte begriffen, dass der Moment des Abschieds gekommen war.

Er hatte das Seil noch nicht ganz gelöst, da streckte Bandit auch schon ungeduldig die spitze Schnauze hervor und drängte in die ersehnte Freiheit hinaus. Sie rannte los, blieb nach ein paar Schritten stehen, schnüffelte am Boden, schnüffelte in der Luft, drehte sich zu uns um, schnüffelte in unsere Richtung. Dann kam sie gemächlich zu Travis zurück und sah ihn mit ihrem gewohnten, erwartungsvollen *Wo-bleibt-mein-Essen*-Blick an.

»Los, Bandit«, sagte ich und stampfte mit dem Fuß auf, »hau ab!« Sie beachtete mich gar nicht. »Travis, wir müssen zurück. Dreh dich einfach um, schau sie nicht an. Komm hinter mir her. Jetzt sofort.« Ich schlug den Heimweg ein.

»Tschüss, Bandit«, sagte Travis, und ich hörte an seiner Stimme, wie er litt. »Sei ein braves Mädchen. Mach dir ein schönes Leben und sei brav.« Er fuhr sich mit der Hand über die Augen, um die Tränen wegzuwischen, und folgte mir.

Und Bandit folgte Travis.

»Stopp!«, brüllte ich und wedelte mit den Armen, doch sie sah kaum zu mir herüber.

»Travis«, drängte ich, nun schon ziemlich verzweifelt. »Sorg dafür, dass sie abhaut.«

Sie stellte sich auf die Hinterpfoten und legte ihm die Pfoten auf die Knie. Tränen strömten über Travis' Gesicht und tropften ins Waschbärenfell. Er bückte sich, um Bandit aufzuheben, und ich brüllte: »Lass das! Damit bringst du sie um! Wenn sie zurückkommt, wird sie erschossen. Das weißt du doch!«

Gequält sagte er: »Geh weg, Bandit.« Dann, in strengerem Ton: »Hau ab!« Er stieß sie von seinen Knien, und sie blickte ihn – ich schwöre – völlig verblüfft an.

»Schrei sie an«, sagte ich. »Jag sie weg!«

Er fuchtelte mit den Armen herum und rief laut: »Weg mit dir, Bandit!«

»Noch lauter«, sagte ich. »Viel lauter.«

Er brüllte sie an, und sie schien verunsichert. Er ging auf sie los, und sie wich zurück.

Dann tat Travis das, was wohl so schwer war wie nichts zuvor in seinem jungen Leben: Er hob eine Handvoll Steine auf und fing an, damit nach ihr zu werfen. Dabei rief er die ganze Zeit unter Tränen: »Geh weg, du blöder Waschbär! Ich kann dich nicht mehr lieb haben.«

Der erste Stein flog über ihren Kopf hinweg, und Bandit drehte sich um, neugierig, was da gelandet war. Der zweite traf direkt vor ihren Pfoten am Boden auf, und sie zuckte zusammen. Der dritte traf sie leicht an einer Flanke. Es war kein großer Stein, nur ein Kiesel, und er kann ihr kaum wehgetan haben, aber es war schwer zu sagen, wer entsetzter war, sie oder Travis. Ihre Nackenhaare stellten sich auf. Bandit knurrte ihren früheren Herrn und Meister an, machte kehrt und verschwand im Unterholz.

Schluchzend drehte Travis sich um und rannte los in Richtung unseres Hauses. Ich folgte ihm, hilflos, voll von Mitleid und Bewunderung, und sandte ein stummes Gebet zu den Waschbärgöttern, dass keiner von uns Bandit je wiedersehen möge.

Der Hinweg war schon schlimm gewesen, doch der Rückweg wurde eine einzige Quälerei. Zerkratzt, von der Sonne verbrannt, todmüde und beladen – dieses Mal nicht mit einem Waschbären, sondern mit einem Bruder, dem das Herz gebrochen war.

Als wir anhielten, um eine kurze Pause einzulegen, umarmte ich ihn und sagte: »Du warst sehr tapfer. Du hast ihr das Leben gerettet, wirklich.«

Travis nickte nur und schluchzte weiter. Zu meiner großen Erleichterung schaffte er es immerhin, sich auszuweinen und sich den allergrößten Kummer aus dem Gesicht zu wischen, bevor wir zu Hause ankamen. Wir gaben uns größte Mühe, uns einigermaßen herzurichten, bevor wir hineingingen, trotzdem gab es bei Tisch fragende Blicke. Gerade laut genug, dass ich ihn hören konnte (aber nicht Mutter), sagte Lamar: »Du siehst aus, als hätte dich jemand rückwärts durchs Kaktusfeld gezogen und anschließend mit Geiereingeweiden verprügelt. Ha!«

Ich war so fix und fertig, dass mir keine schlagfertige Antwort einfiel. Travis und ich schafften es aber, uns während des Essens zusammenzureißen. Ich war wirklich stolz auf uns beide. Allerdings hatten wir eine Sache vergessen: Wie wollten wir den Verlust von zwei unserer vierzehn Hennen erklären? Wenn mir etwas Ruhe zum Nachdenken geblieben wäre, hätte ich ein Fluchtloch in eine Ecke des Hühnerstalls gemacht, als Erklärung für ihr plötzliches Verschwinden.

Viola bemerkte ihr Fehlen, als sie am nächsten Morgen in den Stall ging, um Eier fürs Frühstück zu holen. Sie muss vermutet haben, dass wir etwas damit zu tun hatten, doch sie erwähnte das Thema nie. Bestimmt fand sie den Preis – welchen auch immer –, den Travis und ich für diese Vorkommnisse – welche auch immer – bezahlt hatten, auch so schon hoch genug.

Eine Woche später wurde der zarte Schorf, der sich über Travis' Kummer gebildet hatte, wieder aufgerissen, als wir etwas entdeckten, was vermutlich einmal Bandits früherer Bau gewesen war, eine trockene Höhle am Flussufer. Dort musste sie gelebt haben, bevor wir sie fanden. Der stinkende Bau war übersät mit Hühnerknochen, Fischinnereien und sogar einem verdreckten Lumpen, Teil eines Oberhemds, das sie bestimmt einer Hausfrau von der Wäscheleine geklaut hatte.

Travis wurde bleich. »Es ist zu nah beim Haus. Wenn sie bis hierher zurückgefunden hat, schafft sie es vielleicht auch ganz bis zum Haus.«

Travis verbrachte nach unserer Entdeckung mehrere schlaflose Nächte, doch dem Himmel sei Dank: Wir sahen die Waschbärin nie wieder. Ich litt mit Travis, so gut es ging, bis ich mein eigenes tragisches Tierdrama erlebte.

Dreizehntes Kapitel

DR. PRITZKER IN AKTION

Viele der Heilmittel, welche die Menschen in diesem Land benutzen, sind grotesk und sonderbar, aber auch zu widerwärtig, um sie zu erwähnen.

Dr. Pritzker war jetzt offiziell in Amt und Würden, mit Violas Neffen Samuel als seinem frischgebackenen Assistenten. Der Tierarzt hatte Räume in einer Nebenstraße gemietet und teilte sich einen Stall und einen Pferch mit dem Schmied, eine Regelung, von der beide zu profitieren hofften. Es dauerte auch gar nicht lange, bis wir Gelegenheit hatten, den Arzt in Aktion zu erleben. Unser Zugpferd König Artus lahmte, und statt besser wurde es immer noch schlechter. Unsere Familie besaß sechs Kaltblüter, vier Reitpferde und schließlich noch Sunshine, unser schon älteres, bösartiges Shetlandpony, das die meisten von uns inzwischen mieden, entweder, weil wir zu alt waren oder weil wir aus Schaden klug geworden waren. Unser »Sonnenschein« neigte nämlich dazu, einen ins Bein zu beißen und nach Art der Schnappschildkröten nicht mehr loszulassen.

Dr. Pritzker und Samuel fuhren also auf einem Karren, der von einer Falbstute gezogen wurde, bei uns vor. Samuel lud einen großen, klappernden Sack ab und trug ihn zum Stall. Travis und ich folgten ihm, gespannt, wie ein einarmiger Tierarzt wohl zurechtkommen würde.

»Wie geht es Ihrer Hand, Dr. Pritzker?«, fragte ich.

»Lieb, dass du fragst, Calpurnia. So langsam wird sie wieder kräftiger. Ich habe einen Gummiball, den drücke ich jeden Morgen und jeden Abend zehn Minuten lang so fest, wie ich nur kann, zusammen. Diese Übung kräftigt die Muskeln, verstehst du.« Er hielt die verkrümmte Hand hoch und versuchte, mit den Fingern zu wackeln.

»Ah ja«, sagte ich skeptisch. Für mich sah die Hand aus wie immer.

Wir folgten den beiden in den kühlen Teil der Scheune, wo König Artus seinen Stall hatte. Er war ein großer, sanfter Clydesdale-Apfelschimmel mit Fesselbehang. Seine einschüchternde Gestalt stand in auffallendem Gegensatz zu seinem freundlichen Wesen. Wenn man wollte, konnte man ihm ein halbes Dutzend Kinder auf den Rücken setzen, und anders als Sunshine zuckte er mit keiner Wimper, und schon gar nicht versuchte er, einen ins Bein zu beißen.

Artus stand auf drei Beinen, das linke Vorderbein hielt er schräg zur Seite. Er ließ den Kopf hängen, die Augen waren von einem Film überzogen. Er war das Inbild eines kranken Pferdes.

Samuel und Dr. Pritzker banden sich beide eine Lederschürze um, bevor sie den Stall betraten. Samuel befestigte ein Seil an Artus' Halfter, strich ihm über die Mähne und rieb ihm sanft über das lange Gesicht.

»Was hat er denn, Dr. Pritzker?«, fragte Travis.

»Siehst du, wie er dasteht? Er vermeidet es, das Bein zu belasten. Das heißt, es ist entweder eine Hufrehe oder ein Abszess. Hoffen wir, dass es ein Abszess ist.«

»Warum?«, fragte Travis.

»Weil die Hufrehe verfl…, ich meine, äußerst schwierig zu behandeln ist. Ein Abszess hingegen ist schnell entfernt.«

»Wie denn?«

»Das wirst du gleich sehen. Samuel, mach ihn jetzt gut fest.«

Samuel schlang das Seil durch einen Metallring an der Wand, dann hob er sanft Artus' linkes Bein und nahm den Huf zwischen beide Hände. Dr. Pritzker holte ein eigenartig geformtes Werkzeug hervor, das große Ähnlichkeit mit einem mittelalterlichen Folterinstrument hatte. Aufgrund meiner Erfahrung mit Großpapas Lektionen erwartete ich, dass Dr. Pritzker uns erklären würde, wie das Ding hieß und was man damit machte, doch er sagte gar nichts, sondern drückte damit nur gegen verschiedene Stellen von Artus' Huf.

»Was für ein Instrument ist das denn nun?«, meldete ich mich ungeduldig zu Wort.

Dr. Pritzker blickte auf und schien überrascht. Warum denn bloß? Dachte er, ich sollte einfach nur dekorativ herumstehen? Stattdessen könnte man doch dazulernen. Großpapa sagte immer, das Leben sei voller Gelegenheiten, etwas Neues über die Welt zu erfahren, und man sollte so viel Wissen wie nur möglich von Experten erfragen, ganz gleich, was ihr Spezialgebiet sei.

»Das hier ist eine Hufzange«, sagte er. »Man drückt damit an verschiedenen Stellen auf den Huf und kann so feststellen, wo der Schmerz sitzt.« Er klopfte leise, und Artus zuckte zusammen und warf wiehernd den Kopf gegen das Seil.

»Ein Abszess, würde ich sagen.« Er holte ein langes, gebogenes Messer aus seinem Werkzeugsack. »Aber ich glaube nicht, dass ihr Kinder hierbei zusehen solltet.«

»Warum nicht?«, fragte ich.

»Nun, das ist kein schöner Anblick für zart besaitete Wesen.«

Ich? Zart besaitet? Lächerlich. »Ich sehe vielleicht so aus, aber ich bin's nicht. Wirklich.«

»Also, ich glaube nicht, dass eure Mutter damit einverstanden wäre.«

»Der ist das ganz egal«, log ich. Ich hatte keine Ahnung, wovon

Dr. Pritzker eigentlich sprach, aber eins wusste ich mit Sicherheit: Wenn Mutter etwas missbilligte, dann war es vermutlich interessant.

»Es ist ihr bestimmt nicht egal. Geht mal ein Stück zurück.«

Wir machten einen kleinen Schritt rückwärts.

»Weiter.«

Wir machten noch einen kleinen Schritt. Dr. Pritzker machte ein Gesicht, als wollte er uns noch weiter wegschicken, daher sagte ich schnell: »Wir können sonst nichts sehen, wissen Sie.«

»Kommt mir bloß hinterher nicht und sagt, ich hätte euch nicht gewarnt«, bemerkte er trocken. Ich hatte kaum die Zeit, mich zu fragen, wovor er uns warnen wollte, da stach er auch schon mit der Messerspitze in die Unterseite des Hufs und drehte das Messer herum. Ein kräftiger Schwall einer stinkenden schwarzen Flüssigkeit strömte aus dem Huf; wie aus einer Fontäne spritzte er quer durch Artus' Stall, ganz knapp an uns vorbei, und landete an der gegenüberliegenden Wand.

»Boah!« So etwas hatte ich ja noch nie gesehen. Das war verblüffend ... ekelhaft ... phänomenal. Ich drehte mich zu Travis um. »Hast du das gesehen?«

Er antwortete nicht. Er atmete schwer, und sein Gesicht hatte sich grünlich verfärbt. Interessant!

»Was ist das denn für ein Zeug?«, fragte ich Dr. Pritzker.

»Das war Blut mit Eiter, von der Entzündung. Jetzt, wo er den los ist, wird's ihm bald besser gehen.«

»Und das alles hat er in seinem Huf mit sich herumgetragen? Warum stinkt es so?«

»Den Gestank machen die Keime, wenn sie das Körpergewebe zersetzen. Dabei entsteht der Eiter.«

Zum Glück hatte der Schwall uns verfehlt. Ich konnte mir lebhaft vorstellen, wie Mutter reagieren würde, wenn ich voller Pferdeeiter ins Haus käme. Noch dazu so schwarzem. Nie wieder dürfte ich unser Haus – ach was, mein Zimmer – verlassen. Im ganzen Leben nicht. (Was vielleicht auch nicht schlecht wäre, vorausgesetzt, ich hätte so viele Bücher, wie ich wollte, und nicht bloß Aggies öde Biografien.) Samuel ging hinaus, um bei Viola einen Eimer mit heißem Wasser und Bittersalz zu holen. Travis lehnte an der Stalltür.

»Geht's dir gut?«, fragte ich.

Er schluckte. »Doch, ja, prima.«

»Ganz sicher? So richtig toll siehst du nicht aus.«

»Alles in Ordnung.«

Ich konzentrierte mich wieder auf Dr. Pritzker, der König Artus gerade mit der gesunden Hand übers Fell strich, bevor er das Gebiss prüfte, den Widerrist, die Fesseln und die Sprunggelenke.

»Ansonsten ein prächtiges Tier«, sagte er. »Dürfte noch viele Jahre den Pflug ziehen.«

Artus sah tatsächlich schon besser aus, und anstatt Groll zu hegen, schien er die sachkundige Hand des Arztes an seinem Leib zu genießen. Samuel kehrte mit dem Eimer zurück, und gemeinsam platzierten ihn die beiden unter dem entzündeten Huf. Artus senkte den Fuß in den Eimer und stieß dabei so etwas wie einen Seufzer der Erleichterung aus. Ich warf einen Blick zu Travis hinüber und stellte fest, dass seine Gesichtsfarbe sich langsam wieder normalisierte.

»Die Hitze wird die Entzündung endgültig beseitigen«, sagte Dr. Pritzker. »Anschließend machen wir einen Verband, damit kein Schmutz in die Wunde kommt.«

»Wissen Sie, was mein Großvater sagt?«, fragte ich. »Er sagt, die Tage des Pferdes sind gezählt. Bald würden alle Automobile zum Pflügen benutzen. Ich selbst kann mir das nicht vorstellen, aber normalerweise hat Großpapa recht mit solchen Sachen.«

»Nun, ich stimme ihm durchaus zu. In manchen Teilen unseres Landes werden schon jetzt dampfgetriebene Traktoren eingesetzt. Aber ich muss gestehen, mir täte es leid, wenn diese Burschen abtreten müssten.« Er hielt Artus eine Handvoll Getreide hin und tätschelte ihm liebevoll das kräftige Genick.

»So«, sagte er, »dann wollen wir mal den Verband anlegen.« Er zog ein Stück Sämischleder aus seiner Tasche, Samuel hob Artus' Fuß aus dem Eimer und trocknete ihn mit einem sauberen Baumwolltuch. Dr. Pritzker und Samuel wickelten das Leder um den Fuß und befestigten es mit einem Band aus Rohleder, damit es nicht verrutschte. Ich schaute genau zu und fragte: »Warum machen Sie das?«

»Es ist wichtig, dass die Wunde sauber bleibt, bis sie völlig verheilt ist. Wir wollen ja nicht, dass neue Keime hineingelangen. Morgen kommen wir wieder und schauen nach ihm.«

Am Abend drehten Travis und ich eine kleine Runde durch die Scheune und besuchten auch Artus in seinem Verschlag. Zu meinem Schrecken sah ich, dass er an dem Band um seinen Huf zerrte und den Verband schon zur Hälfte abgerissen hatte.

»Aber, Artus«, sagte ich, »du unartiges Pferd! Was machen wir jetzt nur mit dir?«

Artus antwortete nicht, doch Travis fragte: »Soll ich loslaufen und Dr. Pritzker holen?«

»Wir können ihn bitten zu kommen, oder …« Es folgte eine längere Pause, während der ich angestrengt nachdachte.

»Oder was?«

»Oder ich mach's selber.«

»Im Ernst?« Travis klang beeindruckt. »Weißt du, wie das geht?«

Ich konnte jetzt keinen Rückzieher machen, also betrat ich Artus' Verschlag. »Ich habe ja heute zugesehen, wie sie's gemacht haben. Es ist nur ein Verband, weiter nichts. Das schaffe ich schon. Glaube ich. Aber du musst mir helfen.«

Artus war achtzehn Handbreit groß, also ungefähr einen Meter achtzig, und wog an die tausend Kilo, trotzdem hatte ich lieber mit ihm zu tun als mit unserem Shetlandpony, das zwar kleiner ist, aber von gemeinem Naturell. Lieber ein sanfter Riese als eine garstige Mücke, dachte ich mir. Artus stieß mich sanft an; sicher erinnerte er sich an die vielen Äpfel, die ich ihm im Laufe der Jahre gebracht hatte. Nur gut, wenn er das tat, an jeden einzelnen sollte er sich bitte erinnern.

Ich band den Halfterstrick ganz kurz, dann versuchte ich, Artus' linkes Vorderbein anzuheben. Nichts geschah. Ich lehnte mich an seine massive Schulter und drückte fest dagegen. Nichts. Ich holte tief Luft und warf mich mit aller Kraft gegen seine Flanke. Immer noch nichts. Ich machte eine Faust und boxte Artus. Er bemerkte es nicht einmal. Ich hätte geradeso gut eine Schnake sein können.

»Travis«, keuchte ich, »hol mir irgendwas Spitzes.«

»Was denn zum Beispiel?«

»Egal, Hauptsache spitz. Eine Hutnadel reicht.«

»Eine Hutnadel? In der Scheune?«

»Ganz gleich was, nur beeil dich, um Himmels willen!«

Travis rannte in die Sattelkammer und kam gleich darauf mit einem Schraubenzieher zurück. »Geht das?«

Ich stöhnte, nahm das Werkzeug aber entgegen. »Und was machst du jetzt damit?«, wollte Travis wissen.

Ich fragte mich, ob ich gerade dabei war, mein Leben zu riskieren, trotz Artus' friedfertigem Naturell. Würde er mich zu Mus machen? Würde ich den Rest meines Lebens in Austin verbringen, im Heim für verkrüppelte Kinder?

»Junge, Junge«, murmelte ich vor mich hin. »Dann mal los. Verzeih mir, Artus.« Ich bog den rechten Arm zurück und stieß dann mit dem Schraubenzieher gegen die muskulöse Schulter, heftig genug, um Artus zu erschrecken, aber nicht so heftig, dass er verletzt würde. Travis schrie auf. Artus schnaubte überrascht, wich zurück und … hob den Fuß. Ich ließ den Schraubenzieher fallen, warf mich mit meinem ganzen Gewicht gegen Artus' Flanke, zog an dem Verband, um ihn wieder fest über den Huf zu bekommen, und verknotete die Enden. Es war fummelig und musste schnell gehen. Ich brauchte nur wenige Sekunden, aber für mich fühlten sich die wie eine Stunde an, und ich brach in leichten Schweiß aus.

»Puuuh«, machte ich und löste mich von Artus' Schulter. Artus stellte den Fuß zurück ins Stroh. Der Verband verrutschte nicht.

»Hey, Callie, nicht schlecht. Vielleicht kannst du mal Tierärztin werden.«

Ich hörte kaum hin. Mein Atem ging immer noch schnell, und ich war glücklich, dass ich meinen ersten Einsatz als Pferdedoktor mit heilen Knochen überlebt hatte.

Der nächste Tag war ein Samstag, und so konnten Travis und ich zu Hause auf Dr. Pritzker und Samuel warten, die nach ihrem Patienten schauen wollten. Samuel führte Artus aus dem Stall, damit man besser sehen konnte, wie er inzwischen lief. Der Verband war intakt, und Artus hinkte so gut wie gar nicht mehr. Dr. Pritzker hob den operierten Fuß an und runzelte die Stirn.

Oh-oh.

»Das sind nicht meine Knoten«, sagte er.

Ich wich ein Stück zurück. Bestimmt wurde ich gerade dringend im Haus gebraucht. Hatte ich mein Bett schon gemacht? Den Molch gefüttert?

»Hat Alberto das gemacht?«, fuhr Dr. Pritzker fort. »Saubere Arbeit.«

Ich blieb wie vom Donner gerührt stehen, doch Travis vermeldete stolz: »Wir waren das. Der Verband war abgegangen, da haben wir ihn wieder drangemacht.«

»Du warst das?«

Wir nickten beide.

»Also, kleiner Mann, ich bin wirklich beeindruckt. Du hast gute Arbeit geleistet. Vielleicht wird eines Tages auch ein Tierarzt aus dir.«

Wie bitte? Ich traute meinen Ohren nicht. Der »kleine Mann« stand da und grinste breit. Ich stieß ihn mit dem Ellbogen an.

»Aua!« Er drehte sich zu mir um und beschwerte sich. »Ich hab wirklich geholfen, das weißt du auch.« Als er meinen Blick sah, fügte er schnell hinzu: »Ein bisschen.« Dann gestand er: »Eigentlich war Callie diejenige, die es gemacht hat. Sie ist gut in solchen Sachen.«

Dr. Pritzker sah uns zweifelnd an, so als würden wir ihm Märchen auftischen.

»Das heißt also«, fuhr Travis fort, »wir könnten beide Tierärzte werden, oder?«

»Hmm«, machte Dr. Pritzker.

Ich hatte Lob erwartet und keinen Zweifel, und so half ich ein bisschen nach. »Könnte ich nicht auch Tierärztin werden?«

Bis dahin hatte ich noch nie ernsthaft an so ein Ziel gedacht, doch nachdem ich es laut ausgesprochen hatte, fand ich, es hörte sich gut an.

»Nun«, antwortete Dr. Pritzker, »davon hab ich noch nie gehört. Es ist eine schmutzige, schwere Arbeit, zu schwer für eine Dame. Mein halbes Leben als Veterinär habe ich damit verbracht, mit Stieren im Dreck zu kämpfen, und während der anderen Hälfte musste ich mich von Mulis treten lassen. Eine Frau kann ich mir unter solchen Umständen kaum vorstellen. Du vielleicht, Samuel?«

»Nein, Sir, nicht die Bohne.« Beide lachten dröhnend über diesen guten Witz und beruhigten sich kaum wieder. Ich hätte beiden eine scheuern können.

»Aber unser junger Travis hier«, fuhr Dr. Pritzker fort, »der könnte später durchaus Veterinärmedizin an der Universität studieren, wenn er das möchte. Hast du schon einmal daran gedacht, junger Mann? Es ist ein schöner Beruf für jemanden, der Tiere liebt. Du müsstest allerdings bereit sein, zwei Jahre hart zu arbeiten, und die Kosten fürs Studium sind hoch.«

Was war eigentlich mit *mir?* Wieso ignorierte mich Dr. Pritzker und redete die ganze Zeit mit einem Jungen, der schon vor den Innereien eines Wurms wegrannte? Ich machte auf dem Absatz kehrt, stürmte ins Haus und wollte gleich nach oben in mein Zimmer, als Mutter vom Salon nach mir rief. »Zeit zum Klavierüben.«

Mist! Wäre ich doch lieber zu Großpapa ins Laboratorium gegangen. Aber jetzt war's zu spät. An der täglichen halben Stunde Üben führte kein Weg vorbei. Ärgerlich stampfte ich mit dem Fuß auf, und sofort rief Mutter: »Kein Grund, mit dem Fuß aufzustampfen. Komm sofort her.«

Ich ging in den Salon, merkte mir, welche Zeit die Uhr auf dem Kaminsims anzeigte, und setzte mich, um genau dreißig Minuten und nicht eine mehr zu spielen. Meine Laune war schwärzer als der Pferdeeiter. Ich attackierte die Ouvertüre zur Oper *Wilhelm Tell* von Gioacchino Rossini mit nie da gewesener Heftigkeit, was zufällig genau den Anweisungen entspricht.

Als ich fertig war, sagte Mutter: »Du meine Güte, heute hast du ja wirklich mit großem Elan gespielt. Warum machst du das nicht öfter so? Du hast dich eindeutig verbessert. Miss Brown wird hocherfreut sein.«

Ach ja, Miss Brown, unsere schon ziemlich betagte Klavierlehrerin. Die mit dem stets bedrohlich über unseren Fingern schwebenden Lineal und einer Zunge, spitz genug, um eine Eiterbeule aufzustechen. (Warum einen Tierarzt rufen? Nicht nötig, Miss Brown schafft das auch.) Es war wichtig, die alte Schnepfe bei Laune zu halten, denn auch wenn ich es mit viel Überredungskunst erreicht hatte, dass ich nicht mehr beim alljährlichen Vorspiel mitmachen musste, um die wöchentliche Klavierstunde würde ich nicht herumkommen, bis ich achtzehn wurde. Bis dahin war es noch eine Ewigkeit.

Aber erst einmal war es Zeit, mir fürs Essen eine saubere Schürze anzuziehen. Bei den Mahlzeiten erwartete man von uns allen, außer von Großpapa, dass wir uns höflich unterhielten und unseren Teil zu dem beitrugen, was Mutter »die Kunst der gepflegten Konversation« nannte. Selbst J. B. mit seinen gerade mal sechs Jahren sollte sich daran beteiligen. Sein Beitrag an jenem Abend war: »Heute habe ich gelernt, wie man Zug schreibt. T-S-U-G. So schreibt man das. Hast du das gewusst, Mama?«

»Ähm, also, ich glaube, wir arbeiten morgen noch ein bisschen daran. Travis, was hast du zu berichten?«

»Gestern haben Callie und ich zugesehen, wie Dr. Pritzker bei König Artus den Abszess aufgemacht hat und jede Menge Eiter rausspritzte. Das hättet ihr sehen sollen, wie eine Fontäne war das.«

»Pardon?«, sagte Mutter.

Ich trat Travis unter dem Tisch ans Bein.

»Ja, und Dr. Pritzker hat gemeint, wenn ich groß bin, könnte ich auch Tierarzt werden. Meinst du, das wäre möglich, Vater? Er hat gesagt, man muss zwei Jahre lang studieren, ganz viel, und es kostet eine Menge Geld.«

Vater betrachtete Travis nachdenklich, dann sagte er: »Nun, die Bevölkerung von Texas wächst, und damit wächst auch die Nachfrage nach Fleisch. Ich vermute, dass damit auch der Bedarf an Veterinären steigt. Damit hättest du eine gute und sichere Einnahmequelle, um dich selbst und deine künftige Familie zu versorgen.« Lächelnd fügte er noch hinzu: »Mein Junge, ich glaube, das wäre eine gute Berufswahl. Und was die Kosten angeht, mach dir da keine Sorgen. Ich bin sicher, da finden wir schon einen Weg.«

Travis strahlte vor Glück. Dann sah er mich an und sagte: »Callie hat bei König Artus den Verband gewechselt, und Dr. Pritzker hat gemeint, sie habe das richtig gut gemacht. Aus ihr würde bestimmt auch ein richtig guter Tierarzt werden.«

Schlagartig herrschte tiefes Schweigen am Tisch. Plötzlich wurde mir klar, dass mein großer Moment gekommen war. Die Bühne war frei für mich. Ich holte also tief Luft und sagte: »Vielleicht könnten Travis und ich uns zusammentun.«

Mutter und Vater sahen erschrocken aus. Sogar Großpapa, der bei unseren Mahlzeiten üblicherweise mit den Gedanken weit weg war, schaute mich interessiert an. Vater warf Mutter einen kurzen Blick zu, dann räusperte er sich und sagte: »Nun, Calpurnia, wir könnten dich sicherlich, sagen wir, für ein Jahr an ein College schicken. Das dürfte für ein Lehrerinnendiplom reichen.«

Ich musste mich verhört haben. Ein Jahr, nicht zwei.

»Und wer weiß?«, fuhr er fort und sah Mutter hilfesuchend an. »Vielleicht triffst du schon vorher einen jungen Mann, ha ha, und heiratest.«

Ein Jahr. Nicht zwei. Eins. Das hieß, er gestand mir genau die Hälfte der Ausbildung zu, die er Travis anbot. Ich war fassungslos, so ungerecht war das. Plötzlich tauchte in meinem Kopf eine Frage auf, von der mir im selben Moment klar war, dass ich sie schon immer stellen wollte, solange ich lebte.

»Was ist daran gerecht?«, fragte ich.

Mutter und Vater starrten mich an, als wäre mir plötzlich ein zweiter Kopf gewachsen.

»Allerdings«, murmelte Großpapa, »eine ausgezeichnete Frage.«

»Findet ihr mich nicht intelligent genug? Ist es das?«

Mutter schien sich bei diesem Gespräch unbehaglich zu fühlen. »Das ist es nicht, Calpurnia. Es ist nur …«

»Nur was?«, fauchte ich.

Ihr warnender Blick zeigte mir, dass ich mich gefährlich der Grenze zu gesellschaftlich inakzeptablem Benehmen näherte. »Dies ist weder der geeignete Ort noch der passende Moment für diese Diskussion. Sagen wir, wir haben andere Pläne für dich, und damit soll es jetzt gut sein. Sully, bitte reiche deinem Vater die Soße.«

Ein roter Schleier legte sich über meine Augen. Vor lauter Wut bekam ich gleich wieder meinen Ausschlag am Hals. Hatten wir nicht ein brandneues Jahrhundert begonnen? Hatte ich mich nicht als Musterbeispiel des modernen amerikanischen Mädchens gesehen? Ein Witz war das! Der Hals schnürte sich mir zu, doch irgendwie schaffte ich es, diese Worte hervorzupressen: »Aber was ist mit *meinen* Plänen, meinen eigenen Plänen für mich? Was ist damit?«

Lamar kicherte. »Warum solltest *du* denn studieren? Du bist doch bloß ein Mädchen. Du zählst doch fast gar nicht.«

Vater blickte ihn verärgert an und sagte: »Lamar, in diesem Ton redest du nicht mit deiner Schwester.«

Obwohl ich so wütend war, registrierte ich doch den Unterschied zwischen dem, was Vater sagte, und dem, was er nicht sagte. Er sagte nicht, Lamar habe unrecht, sondern nur, dass er unhöflich sei.

Ich versuchte, mir eine passende Antwort für Lamar und ein überzeugendes Argument für meine Eltern einfallen zu lassen, doch zu meiner gewaltigen Schmach brach ich in Tränen aus. Alle starrten mich an. Ihre Blicke brannten auf meiner Haut, so sehr, dass ich es keine Sekunde länger ertragen konnte. Ich stieß meinen Stuhl zurück und rannte aus dem Zimmer und nach oben, wo ich mich auf mein armseliges Lager warf. Niemand kam mir nach, um mich zu trösten; ich musste es ganz allein tun. Ich wischte mir die müßigen Tränen weg und begriff, dass zum allerersten Mal in der Geschichte der Familie Tate ein Kind den Tisch verlassen hatte, ohne erst um Erlaubnis zu bitten. Ich hatte also einen Sieg errungen, einen winzig kleinen. Doch das reichte nicht. Bei Weitem nicht.

Eine Stunde später kam Aggie herauf, um schlafen zu gehen. Ich fühlte mich noch immer wie ein Vulkan kurz vor dem Ausbruch, meine Stimmung wechselte zwischen Wut und Kummer.

»Junge, Junge«, sagte Aggie, »heute hast du dich aber wirklich in die Nesseln gesetzt.«

»Ach, halt doch die Klappe«, blaffte ich sie an. »Hat dich jemand nach deiner Meinung gefragt?« Damit drehte ich mich zur Wand.

Offenbar war sie schockiert, jedenfalls sagte sie danach nichts mehr. Um ehrlich zu sein – ich selbst war auch schockiert, denn so etwas hatte ich noch nie zu jemandem gesagt, der älter ist als ich, nicht einmal zu Lamar.

Für mich schien alles auf die eine Frage hinauszulaufen, die mir unablässig durch den Kopf ging: Bin ich nicht genauso intelligent wie meine Brüder? Die Antwort lautete: Nein.

Ich war intelligenter.

Und wenn ich meinen Weg durch diese Welt allein gehen musste, dann war's eben so. Ich würde ihn schon finden.

Vierzehntes Kapitel

GELDSORGEN

Auf der früheren Fahrt von Adventure und Beagle …
nahm Kapitän Fitz Roy eine Gruppe Eingeborener
als Geiseln für den Verlust eines Bootes, das …
gestohlen worden war, und einige dieser Eingeborenen,
darunter auch ein Kind, welches er für einen
Perlenknopf gekauft hatte, nahm er mit
nach England …

Es war ein Samstag, ein kalter, verregneter, scheußlicher Samstag, und ich hockte auf Befehl meiner Mutter auf einem Sitzkissen im Salon und musste wieder einmal einen Handschuh stricken. Langsam wurde ich besser, aber wen interessierte das? Mich jedenfalls nicht.

Mutter und Aggie arbeiteten an ihren Stickereien, J. B. saß in einer Ecke und türmte Bauklötze aus Holz übereinander, dabei erzählte er leise und immer wieder vor sich hin kichernd irgendeine unsinnige Geschichte, die nur er allein verstand. Ein Feuer aus Pekanholz knackte und knisterte munter im Kamin gegen das trübe Wetter und meine ebenso trübe Stimmung an.

Es läutete an der Tür, und ich durfte auf Erlösung von meiner Qual hoffen. Sofort sprang ich auf. »Ich geh schon.« Es war Miss Harbottle, meine Lehrerin, die mit Aggie und Mutter über ihr Anliegen sprechen wollte. Ich nahm ihr die völlig durchnässte Pelisse und den tropfenden Regenschirm ab und hängte beides an die Garderobe. Mit ihrer schlichten schwarzen Kleidung und dem zerrupften Hut strahlte sie den Charme einer nassen Kuh aus.

»Geht es dir gut, Calpurnia?«

»Sehr gut, danke, Miss Harbottle«, antwortete ich und machte einen kleinen Knicks, was ihr zu gefallen schien. »Und selbst?«

Wir tauschten die üblichen Freundlichkeiten aus. Für ein Mädchen wie mich, das sich in der Schule oft anhören musste, es sei vorlaut (und daher übertrieben viel Zeit in der Ecke stehen musste), war ich merkwürdig schüchtern, sobald ich meiner Lehrerin außerhalb der Schule begegnete. Die Schule war ihr natürlicher Lebensraum, und ich fühlte mich immer etwas unbehaglich, wenn ich ihr »in der Welt draußen« über den Weg lief.

Ich führte sie in den Salon, wo Mutter und Aggie sich erhoben, um Miss Harbottle die Hand zu schütteln und sich höflich nach ihrer Gesundheit zu erkundigen. Dann wandte Mutter sich nach mir um und sagte: »Callie, lauf zu Viola und bitte sie, uns Tee und eine kleine Stärkung zu bringen.«

Leichtherzig flitzte ich zur Küche. Bei so hohem Besuch würde zu »einer kleinen Stärkung« zweifellos auch Violas mehrschichtiger Schokoladenkuchen gehören, eine sagenhafte Köstlichkeit, die wir Kinder sonst nur zu ganz besonderen Gelegenheiten bekamen. Ich rechnete mir aus, dass ich sicher ein Stückchen ergaunern könnte, wenn ich mich nützlich machte, Teetassen (und Kuchen) herumreichte und ganz allgemein die Rolle der mustergültigen Tochter spielte.

Ich unterbrach Viola, die wieder einmal – was wohl? – Kartoffeln schälte.

»Mutter hätte gern Tee. Ach ja, und dazu Schokoladenkuchen für vier Personen.« J. B. hatte ich nicht mitgerechnet, das wäre wohl zu viel des Guten gewesen, außerdem konnte ich ihn sicher mit einer Gabelvoll von meinem Teller ruhigstellen.

Viola ließ ihr Messer ruhen und sah mich forschend an. »Das gute Porzellan?«

»Ja, Miss Harbottle ist zu Besuch.«

Viola zog sich eine frische Schürze an und nahm das Teetablett aus dem Schrank. Ich überließ sie ihren Vorbereitungen und kehrte auf mein Sitzkissen im Salon zurück.

Die Unterhaltung dümpelte zwischen Themen dahin, die mich nicht sehr interessierten – wer gerade krank war und wer gesund, wer geheiratet hatte und wer gestorben war. Es war ziemlich … *skurril.* Ja, das war ein gutes Wort, eins von meinen neuen. Ich sollte es Travis beibringen.

Viola rauschte mit dem Tablett herein. Ich sprang auf, um ihr zu helfen und um die Kuchenstücke zu zählen. Viola kehrte zurück in die Küche, Mutter schenkte den Tee ein, und ich reichte Teller und Tassen herum. Wir wollten es uns gerade schmecken lassen, als Miss Harbottle auf den Grund ihres Besuches zu sprechen kam.

Zunächst richtete sie den Blick auf Mutter. »Ich habe mir überlegt, ob Agatha vielleicht Lust hätte, mir in der Schule zu assistieren? Da sie ihr Diplom bereits erworben hat, könnte sie den Kleinen das ABC beibringen. Das wäre mir eine große Hilfe.«

Ich genehmigte mir den ersten Bissen von Violas überirdisch gutem Kuchen. Er schmeckte einfach himmlisch! Ich kaute extralangsam, um auch jedes einzelne Molekül zu genießen. So versonnen war ich, so konzentriert auf diesen seltenen Leckerbissen, dass mir anfangs gar nicht auffiel, dass etwas fehlte.

Aber was?

Das Auf und Ab der gemurmelten Konversation war verstummt. Plötzlich herrschte Schweigen und hielt immer länger an. Ich schaute zu Mutter hinüber, die Aggie aufmunternd ansah, mit dem Blick einer Mutter, die ihr Kleinkind dazu bewegen möchte, seine Erbsen zu essen. Aggie wiederum war mit ihrem Kuchen beschäftigt und schien ganz in Gedanken versunken. Irgendetwas musste ich verpasst haben, aber was? Das Schweigen dehnte sich. Sogar J. B. blickte von seinen Bauklötzen auf.

Endlich sagte Mutter: »Aggie, hast du nicht gehört, was Miss Harbottle gesagt hat?«

»Doch, doch«, antwortete Aggie, »ich wollte nur erst hören, wie die Bezahlung ist.«

»Bezahlung?«, wiederholte Mutter, so als hörte sie das Wort zum ersten Mal. »Bezahlung?«

Es war ein schrecklicher Fauxpas, wenn eine Dame in der Öffentlichkeit über Geld sprach; das hatte ich von klein auf gelernt. Jetzt wurde es wirklich interessant.

Miss Harbottle sah erst schockiert aus und dann pikiert. »Nun, davon weiß ich nichts. Wir hatten uns eigentlich ehrenamtliche Unterstützung erhofft. Aber ich vermute, ich könnte die Mitglieder des Kuratoriums bitten, Ihnen ein Gehalt von, sagen wir, zwanzig Cent die Stunde zu zahlen.«

Ich rechnete schnell im Kopf nach: Sechs Stunden am Tag fünf Mal die Woche, und das mal zwanzig, das machte … sechs ganze Dollar! Eine fantastische Summe. Ich sah Aggie mit nie da gewesener Bewunderung an. Niemand von uns wäre darauf gekommen, dass Aggie ein Gehalt fordern könnte, doch je länger ich darüber nachdachte … Warum eigentlich nicht? Schließlich lebten wir in einem neuen Jahrhundert, und da sollte die Arbeit eines Mädchens doch wohl genauso viel zählen wie die eines Jungen. Während der letzten Baumwollernte hatte ich so lange gemault, bis Vater mir am Ende einen Nickel dafür gab, dass ich auf die schwarzen Kinder aufpasste, deren Eltern den ganzen Tag auf den Feldern arbeiteten. Fünf Cent für einen ganzen Tag. Und ich war begeistert gewesen.

Dann tat Aggie etwas, was uns alle umhaute: Sie legte ihre Gabel weg, tupfte sich behutsam mit ihrer Serviette über die Lippen und sprach die Worte aus, die ich nie zuvor aus dem Mund eines Mädchens, einer jungen Frau oder einer erwachsenen Dame gehört hatte:

»Das ist zu wenig.«

Heiliger Strohsack! Uns allen blieb der Mund offen stehen. Das war ganz schön gewagt. Nicht nur, dass sie offen von Geld sprach – sie verlangte sogar mehr! Was für eine hoch interessante Entwicklung. Die Luft schien geladen. Mutter lief knallrot an, Miss Harbottle verschluckte sich vor Schreck an einem Kuchenkrümel und musste husten. Ich rannte in die Küche und pumpte schnell ein Glas Wasser für sie, das sie erleichtert in einem Zug leerte. Dabei fächelte sie sich abwechselnd Luft zu und klopfte sich auf die Brust.

Nur Aggie blieb kühl wie eine Hundeschnauze. »Ich brauche dreißig Cent die Stunde.«

»Grundgütiger«, stieß Miss Harbottle hervor.

»Ich habe schließlich mein Diplom«, sagte Aggie, »das sollte doch zehn Cent mehr wert sein.«

»Aggie«, sagte Mutter, »ich bin sprachlos. Woher hast du nur diese Krämermentalität? Warum müssen wir jetzt über Geld sprechen? Es wäre eine Ehre für unsere Familie, wenn du in der Schule unterrichten dürftest. Hast du bei uns nicht alles, was du brauchst?«

»O doch, Tante Margaret, und ich bin euch auch schrecklich dankbar. Aber ich muss doch meinen Teil dazu beitragen, unser Haus in Galveston wieder aufzubauen. Versteh doch, ich möchte Momma und Poppa gern Geld schicken.«

»Oh«, sagte Mutter. »Natürlich. Natürlich.«

»Ah«, sagte Miss Harbottle, »ich verstehe. Sehr löblich, meine Liebe. In diesem Falle will ich sehen, was sich machen lässt.«

Und im Handumdrehen hatte sich der Sturm im Salon gelegt, und alles war wieder eitel Sonnenschein.

Nur eine Woche später war Aggie Angestellte der Schulbehörde von Caldwell County, mit dem fürstlichen Gehalt von dreißig Cent die Stunde. Neun Dollar die Woche. Ihre Laune verbesserte sich zusehends, zumindest zu Hause.

In der Schule allerdings sah das anders aus. Dort tat sie so, als wäre sie nicht mit uns verwandt. Wenn unsere Wege sich kreuzten, erwiderte sie mein Lächeln nicht, und bis wir wieder zu Hause waren, mussten wir sie mit *Miss Finch* anreden. Sie erwies sich als humorlose und sehr strenge Lehrerin (was mich kaum überraschte), und ihre Schüler lernten schnell, nicht über die Stränge zu schlagen. Ihre Aufgabe war es, mithilfe von Mr. McGuffeys unsäglich langweiliger Fibel den Kleinsten das Lesen beizubringen, in der sich so aufregende Geschichten fanden wie: »Das Haus. Die Maus. Ist die Maus im Haus? Die Maus ist im Haus.« Nicht gerade spannend, aber vermutlich haben wir alle mal klein angefangen.

Seit ich jede Woche zusah, wie Aggie ihr Gehalt in Empfang nahm, hatte ich angefangen, darüber nachzudenken, dass Sparen vielleicht auch ohne ein konkretes Ziel vor Augen keine dumme Idee wäre. Vielleicht hätte ich eines Tages genug beisammen, um Fahrkarten für Großpapa und mich zu kaufen, sodass wir zusammen mit der Eisenbahn bis nach Austin reisen könnten. Oder ich könnte mir irgendwann ein Mikroskop ganz für mich allein kaufen. Darüber hinaus hatte ich keine Pläne. Unter Aufbietung größter Willensstärke gab ich nur noch einen Cent pro Woche für Süßigkeiten aus. Durch Tauschhandel mit meinen Brüdern gelangte ich trotzdem zu einer schönen, ausgewogenen Vielfalt. Jeden Freitag, wenn ich mein Taschengeld erhielt, genoss ich das befriedigende Ritual, meine Ein-Cent- und Fünf-Cent-Stücke zu zählen und meine Goldmünze zu bewundern, bevor ich sie wieder in Seidenpapier wickelte und mit der Schachtel unter meinem Bett verstaute. Mittlerweile hatte ich die bemerkenswerte Summe von fünf Dollar und zweiundvierzig Cent erreicht.

Eines Freitags dankte ich Vater wie immer für meine fünf Cent und rannte damit in mein Zimmer. Ich holte das Zigarrenkistchen hervor und öffnete es. Im selben Moment, als ich die Seidenpapierhülle berührte, wusste ich, dass etwas nicht stimmte. Ungläubig wickelte ich das Päckchen aus.

Weg.

Meine Welt kippte und kam heftig ins Trudeln. Meine Lieblingsmünze, die mit dem beruhigenden Gewicht, der Abbildung der sonnenbeschienenen Freiheitsstatue, dem Versprechen für meine Zukunft war weg. Entgeistert kramte ich den Inhalt des Kistchens durch – die weniger wertvollen Münzen, meine kleineren Schätze, Papierschnipsel –, doch schon als ich noch dabei war, wusste ich, dass es sinnlos war.

Weg.

Na schön, weg. Dann musste ich die Tatsache wohl akzeptieren und mein kluges Köpfchen dafür einsetzen, sie zurückzubekommen. Ich untersuchte das Kistchen ganz genau. Eine der Ecken sah aus, als hätten irgendwelche Zähne daran genagt, aber für meine Münze war das Loch viel zu klein. Wer oder was war da unter meinem Bett gewesen? Mäuse, ganz sicher. Vermutlich auch die Schlange. War sie vielleicht wie eine Elster vom Glanz der Münze angelockt worden und hatte sie unter den Dielen versteckt? Nein, das schien mir doch zu weit hergeholt. Auch Sir Isaac Newton war schon unter meinem Bett gewesen; ich hatte ihn einmal dort entdeckt, unter einer dicken Staubschicht. Aber jetzt saß er träge in seinem Glas, und das Drahtgitter über der Öffnung war mit einem Stein beschwert.

Also musste ich über mögliche menschliche Verdächtige nachdenken. Einer meiner Brüder? Wenn Vater davon erführe, würde es ihnen schlecht ergehen. Keiner von ihnen würde es wagen, allerhöchstens Lamar. Was war mit SanJuanna? Sie war schon seit ewigen Zeiten unser Hausmädchen und, wie Mutter einmal gesagt hatte, so treu wie Gold. Viola, die schon vor Harrys Geburt bei uns gewesen war? Undenkbar. Blieb also nur noch … Aggie.

Natürlich! Das war die naheliegendste Erklärung. Geldgierig, wie sie war, besaß sie ein Motiv, zudem hatte sie die Mittel und die Gelegenheit. Und da sie nicht meine Schwester war, also keine Verwandte ersten Grades, hatten diese loseren familiären Bande ihrem Gewissen womöglich erlaubt, mich zu bestehlen. Ich kombinierte wie Sherlock Holmes und sah, wie eins zum anderen passte. Sie musste es gewesen sein.

Just in dem Moment kam sie herein und bedachte mich – der solches Unrecht geschehen, die so geschädigt worden war – mit dem kühlstmöglichen Blick.

»Was machst du?«, fragte sie beiläufig, ohne das geringste Schuldbewusstsein. Wirklich, durch ihre Adern floss nichts als Eiswasser. Sie setzte sich vor die Frisierkommode, nahm den Hut ab und strich sich das Haar glatt.

In dem Moment ging ich auf sie los und stieß sie vom Stuhl. Sie schrie auf und landete in einer höchst unvorteilhaften Haltung am Boden. Ihr Rock war hochgerutscht und gab den Blick auf den Petticoat frei.

»Bist du jetzt völlig durchgedreht?«, fauchte sie.

Ich stand schwer atmend über ihr, mit vor Wut zu Klauen gekrümmten Fingern, und obwohl sie vier Jahre älter und einen guten Kopf größer war als ich, flackerte doch Furcht in ihren diebischen Augen auf. Umständlich kam sie auf die Füße. Zerzaust und zerknautscht sah sie aus.

»Gib es mir wieder!«, brachte ich mit erstickter Stimme hervor.

»Was ist denn mit *dir* los? Spinnst du?«

Ich tat einen Schritt auf sie zu, und sie wich in die nächste Zimmerecke zurück.

»Gib – es – mir – wieder.«

»Wovon redest du überhaupt?«

»Von meinem Geld. Gib's mir zurück.«

»Komm bloß nicht näher.« Sie streckte beide Arme vor, um mich mit den Händen abzuwehren. »Ich hab nicht die geringste Ahnung, was du meinst.«

Sie sah mich mit so ungläubiger Miene an, dass ein Fünkchen Unsicherheit in mir zündete. Außerdem wurde mir auf einmal klar, dass sie mich, wenn sie wollte, in einer Prügelei vermutlich leicht besiegen konnte. Also ging ich nicht weiter auf sie los, sondern sagte so ruhig wie möglich: »Meine Münze. Die Fünf-Dollar-Münze, die du mir weggenommen hast.«

»Du spinnst wohl. Ich hab dir nichts weggenommen.«

Dieses Mal glaubte ich ihr. Sie drängte an mir vorbei und rannte nach unten. Ich blieb in meinem Zimmer zurück und schrumpfte langsam zusammen wie ein trauriger Ballon. Jetzt durfte ich mich auf etwas gefasst machen.

Und tatsächlich dauerte es nur eine Minute, bis Mutters Stimme von unten zu hören war, zorniger, als ich sie je vernommen hatte. »Calpurnia! Komm sofort herunter!«

Der Verlust meines Geldes war nichts im Vergleich zu dem Ärger, den ich mir eingehandelt hatte, indem ich auf meine Cousine losgegangen war. Oje! Ich schleppte mich die Stufen hinunter, versuchte dabei, mir irgendetwas zu meiner Verteidigung einfallen zu lassen, doch ich wusste, da gab es nichts.

Ich betrat den Salon und stellte mich auf den türkischen Teppich, der üblicherweise denjenigen von uns vorbehalten war, die Ärger bekommen hatten. So manches Mal hatte ich schon mit gesenktem Kopf hier gestanden, sodass mir das komplizierte Webmuster sehr vertraut war.

»Nun?«, sagte Mutter. »Stimmt das? Dass du Aggie angegriffen und zu Boden gestoßen hast? Sag mir, dass das nicht wahr ist.«

Eine merkwürdige Formulierung. Sollte das eine Einladung zu einer Lüge sein? Vorsichtig blinzelnd sah ich zu Mutter auf und sofort wieder weg. Noch nie hatte ich sie so zornig gesehen.

»Entschuldigung, Mutter«, sagte ich mit Piepsstimme.

»Wie war das? Sprich lauter!«

»Entschuldigung, Mutter«, sagte ich wieder, dieses Mal lauter.

»Du solltest dich bei Aggie entschuldigen, nicht bei mir.«

»Entschuldigung, Aggie.« Ich bohrte einen großen Zeh in die kleine fadenscheinige Stelle im Teppichmuster, die meine Brüder mit meiner tätigen Unterstützung im Laufe der Jahre kahl gescheuert hatten.

»Schau ihr gefälligst in die Augen dabei!« Mutters Stimme klang schrill.

»Es tut mir leid, Aggie, wirklich«, sagte ich dieses Mal mit Überzeugung. »Ich ... ich dachte, du hättest meine Goldmünze gestohlen.«

»Paah!«, machte Aggie verächtlich.

Doch meine Entschuldigung hatte nicht den gewünschten besänftigenden Effekt auf Mutter. Ihre Stimme wurde nur noch lauter und schriller. »Das Gold, das Vater dir geschenkt hat? *Das* hast du verloren? Wie konntest du nur so achtlos sein!«

»Ich habe es nicht verloren. Jemand hat es gestohlen.«

»Unsinn! Niemand unter diesem Dach würde so etwas tun. Dein Vater schenkt dir eine goldene Zehn-Dollar-Münze, und was machst du? Du verlierst sie aus purer Achtlosigkeit.«

Verwirrt blinzelnd sah ich sie an. »Ähm ... fünf Dollar wolltest du sagen, oder?«

Sie erwiderte meinen Blick ebenso verständnislos. »*Zehn* Dollar, nicht fünf. Ist dies ein weiterer Beweis für deine Undankbarkeit, du schlimmes Mädchen?«

Der Ausschlag machte sich an meinem Hals bemerkbar. »Ich ... ich hab nicht ...«

»Dein Vater schenkt dir zehn Dollar, und du verlierst sie. Geh mir aus den Augen. Auf dein Zimmer mit dir! Nein, warte, geh nach draußen. Gönne Aggie etwas Ruhe und Frieden. Bis zur Schlafenszeit wirst du dein Zimmer nicht betreten, verstanden?«

»Aber ich ...«

»Verstanden?«

»Ja, Mutter. Und, Aggie, es tut mir wirklich leid. Ich hoffe, du kannst mir noch mal verzeihen.«

»Hm ... na ja«, war ihre ganze Antwort.

Ich ging zur Haustür hinaus, blieb auf der Veranda stehen, kratzte mich an meinem Ausschlag und brach prompt in Tränen des Zorns und der Verwirrung aus. Was ging hier vor sich? Wovon redete Mutter überhaupt? Doch in dem Moment tauchten Sam Houston und Travis unten an der Einfahrt auf, und damit sie nicht Zeugen meiner Demütigung wurden, verdrückte ich mich schnell ins Gebüsch und schlug den Weg zum Fluss ein.

In der Bucht setzte ich mich ans Ufer und weinte erst einmal über diese schreckliche Ungerechtigkeit. Und über meine eigene Dummheit. Ich hatte missachtet, was Großpapa mich gelehrt hatte: Beobachten, analysieren und erst danach urteilen. Ich hingegen hatte ohne sichere Grundlage voreilig Schlüsse gezogen, und nun sah ich, was ich davon hatte: rekordverdächtigen Ärger, vermutlich bis an mein Lebensende. Und der Aufklärung des Diebstahls war ich nicht einen Schritt näher gekommen. Ich tauchte mein Taschentuch ins kühle Wasser und wischte mir damit übers Gesicht, ohne mich darum zu scheren, dass gleichzeitig zahllose Grünalgen und Pantoffeltierchen auf meiner Haut landeten. Im selben Maße wie meine Haut kühlte auch meine Wut ab. Konnte es sein, dass ich die Münze verlegt hatte? Das schien mir ausgeschlossen. Bald tat mir der Kopf weh vom ständigen Nachdenken über den Verbleib meines Goldes, und ich beschloss, meine viel gerühmte Intelligenz stattdessen auf die Frage

»Fünf Dollar oder zehn?« zu verwenden. Entweder irrte sich Mutter, oder sie hatte recht. Sie selbst oder auch Vater direkt zu fragen war unmöglich, also musste ich es selbst herausbringen. Also: Die älteren Jungs bekamen zehn Cent Taschengeld, die jüngeren und ich fünf Cent. Mit derselben Überlegung musste Vater den älteren Kindern zehn Dollar und den jüngeren fünf gegeben haben. Aber das war nur eine Vermutung, und ich wollte es gern genau wissen. Wer von meinen älteren Brüdern würde es mir sagen? Harry wusste vielleicht Bescheid, doch ich erinnerte mich nicht, dass er an jenem Tag auch vor Vaters Tür angestanden hatte. Zu Lamar zu gehen, der mich mit seiner herablassenden Art (für die ich keinerlei Grund sah) ohnehin wahnsinnig machte, wäre nur der allerletzte Ausweg. Blieb also nur Sam Houston, und der schien mir ein ganz geeigneter Kandidat. Meistens kamen wir ganz gut miteinander aus, bis auf die Zeiten, in denen er verstärkt unter Lamars Einfluss geriet.

Als Viola auf der Küchenveranda zum Abendessen läutete, stand mein Plan bereits fest. Ich trocknete mir Gesicht und Hände und lief nach Hause.

Das Essen war eine ziemlich angespannte Angelegenheit. Mutter war auffällig still, Vater sah mich konsterniert an, Harry betrachtete mich mit Blicken, als wäre ich eine ihm völlig fremde Spezies, und Aggies Miene war bemüht ausdruckslos. Meine Brüder, die die Neuigkeit offenbar auch schon gehört hatten, warfen mir verstohlene Blicke zu, während sie ihre Suppe löffelten. Ich selbst sagte kein Wort, hielt den Kopf meistens gesenkt und hob ihn nur gelegentlich leicht, so wie eine Schildkröte unter ihrem Panzer hervorschaut. Travis telegrafierte mir stumm sein Mitgefühl, indem er mit den Augenbrauen zuckte. Nur Großpapa und unser Kleiner schienen von der frostigen Atmosphäre im Esszimmer nichts mitzubekommen. J. B. füllte die ungewohnte Stille, indem er munter erzählte – dass seine Spielzeugsoldaten, die die Guten darstellten, die konföderierten

Truppen, sämtliche bösen Yankees umgebracht hätten, dass er mit seiner kleinen Pistole geschossen habe und dass er gelernt habe, Hund zu buchstabieren: H-U-N-T.

Geistesabwesend murmelte Mutter: »Wie schön, Liebes.«

SanJuanna räumte den Hauptgang ab und servierte den Nachtisch, einen Kirschauflauf mit frischer Schlagsahne. Als sie gerade mir ein Schälchen hinstellen wollte, erwachte Mutter aus ihren Gedanken und sagte: »Kein Dessert für Calpurnia. Das gilt für die nächsten zwei – nein, sagen wir drei – Wochen.«

Eine solche Strafe hatte es bis dahin noch nie bei uns gegeben, und man hörte, wie ringsum am Tisch heftig die Luft eingesogen wurde. Die Strafe war extrem drakonisch, aber Protest stand mir nicht zu.

»Du kannst was von meinem haben, Callie«, sagte Travis leise, doch sofort weitete Mutter meine Strafe noch aus: »Und niemand teilt seine Portion mit ihr!«

Ich saß still da, die Hände im Schoß gefaltet, während Lamar sich demonstrativ die Lippen leckte und sagte: »Donnerwetter, das ist wirklich der leckerste Kirschauflauf aller Zeiten!«

Typisch!

Als wir ins Bett mussten, traf ich auf dem Weg nach oben Travis und Sam Houston auf dem Treppenabsatz. Gut! Ein älterer Bruder und ein jüngerer.

»Sam«, sagte ich so leise wie möglich, »als Vater aus Galveston zurückkam und uns allen Geld geschenkt hat, wie viel hast du da bekommen?«

»Zehn Dollar in Gold. Wieso?«

»Ich wollte es nur gern wissen.« Dann sah ich Travis an. »Und du hast fünf bekommen, stimmt's?«

Mein jüngerer Bruder sah mich verwirrt an, dann sprach er die Worte, die mir das Herz brechen sollten. »Nein, er hat mir zehn gegeben, aber ich sollte nicht darüber sprechen. Jeder von uns hat zehn bekommen.«

»Jeder zehn«, echote ich matt. Zehn Dollar für die älteren Jungen, zehn für die jüngeren. Für mich nicht. Ich drängte an ihnen vorbei und rannte in mein Zimmer, wo ich mich auf mein Lager warf und einem neuen Strom bitterer Tränen freien Lauf ließ. Ich weinte über mein verlorenes Vermögen und die Ungerechtigkeit, fälschlich beschuldigt zu werden. Ich weinte über meine Zukunft und über meine Aussichten, die sich eben nicht von Jahr zu Jahr ausweiteten, sondern im Gegenteil immer mehr zusammenschrumpften und von den trostlosen Erwartungen anderer auf allen Seiten eingeengt wurden.

Aggie kam herein, um sich bettfertig zu machen. Sie beachtete mich gar nicht, sondern zündete die Lampe an und schlüpfte in ihr Nachthemd. Ohne mich auch nur eines Blickes zu würdigen, bürstete sie ihr Haar und flocht sich Zöpfe.

Nach einer Weile sagte sie: »Jetzt hör schon auf zu heulen.« Sie fischte ein Taschentuch aus der Schlangenschublade und warf es mir zu. »Hier. Ich bin dir auch nicht mehr böse. So, und jetzt mach dich fertig, damit ich das Licht löschen kann.«

Aber ich konnte nicht aufhören zu weinen. Und ich konnte ihr auch nicht sagen, dass ich unseren Streit abhaken wollte. Ich konnte ihr nicht sagen, dass ich wegen der nicht zu leugnenden Tatsache weinte, in meinem eigenen Zuhause nur eine Bürgerin zweiter Klasse zu sein.

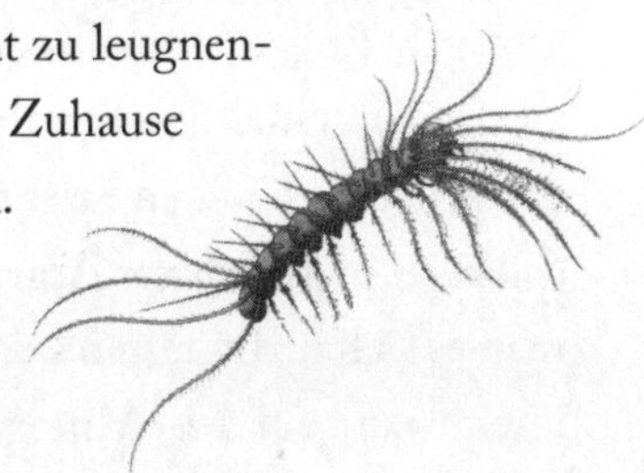

Fünfzehntes Kapitel

ERNTEDANK

Mir ist immer ein Rätsel gewesen, wovon der Albatros, der weit von der Küste entfernt lebt, sich ernährt; vermutlich vermag er, wie der Kondor, lange zu fasten, und ein ordentliches Mahl vom Kadaver eines fauligen Wals hält lange vor.

Die Wochen zogen sich öde dahin, irgendwann kam Erntedank näher, doch ich sah wenig Grund zur Dankbarkeit. In diesem Jahr war ich mit der Aufzucht der Truthähne betraut. Bei uns wurden immer drei gemästet: einer für die Familie, einer für das Hauspersonal und einer für die Armen am anderen Ende der Stadt. Im Jahr davor hatte Travis die Verantwortung für die Vögel gehabt, und wie es kaum anders zu erwarten gewesen war, hatte er sich mit den dreien angefreundet. Das ging so weit, dass er ihnen sogar Namen gab: Reggie, Tom Turkey und Lavinia. Das war fatal, wenn man an das Schicksal der Tiere am Ende dachte, und so riet ich Travis davon ab, mich in den Stall zu begleiten. Ausnahmsweise einmal war das auch nicht schwer. Travis hatte auf die harte Tour gelernt, dass man es sich nicht leisten konnte, sein Herz an Tiere zu verlieren, die irgendwann auf dem Mittagstisch endeten.

Ich hatte meinen Truthähnen auch Namen gegeben, aber sie hießen schlicht Kleiner, Mittlerer und Großer. Dieses Klassifizierungssystem hatte absolut nichts Persönliches. (Allerdings wäre es vielleicht passender gewesen, sie Dummer, Dümmerer und Dümmster zu taufen.) Zweimal am Tag gab ich ihnen Futter und Wasser, aber ich achtete darauf, dass ich nicht mit dem Herzen dabei war.

Frage fürs Notizbuch: Welchen Sinn hat der Kehllappen des Truthahns? Geht es dabei nur ums Aussehen (igitt), um Temperaturregelung oder um was sonst? Ich hatte den grünen Anolis gesehen, *Anolis carolinensis*, eine Echsenart, die zwischen den Lilien an unserer Einfahrt lebte. Diese Tiere können ihren roten Kehlsack aufstellen, um Weibchen anzulocken und andere Männchen einzuschüchtern. Aber dieses Anhängsel schien mir auffallend hässlich; selbst eine Truthenne konnte das unmöglich anziehend finden.

Zwei Tage vor dem großen Feiertag wurde ich genötigt, unter strenger Aufsicht Apfelkuchen zu backen. Aggie bot sich derweil freiwillig an, ihre »Spezialität« zuzubereiten, einen Kuchen aus eingemachten Pfirsichen mit Brandy-Aroma, auf den zum Abschluss Heidelbeerkompott geträufelt wird. Am Tag vor dem großen Festmahl wurden wir alle aus der Küche gescheucht, damit Viola und SanJuanna sich richtig ins Zeug legen konnten. Es gab ungeheuer viel zu tun vor diesem Fest, und selbst Mutter half, mit hochgekrempelten Ärmeln und einem Kopftuch über der Frisur. Sie stärkte sich von Zeit zu Zeit mit Kopfschmerzpulver und Lydia Pinkhams Kräuterelixier und sah zwar müde, aber auch glücklich aus.

Vater machte sich Sorgen wegen ihrer zarten Konstitution und warnte: »Achte nur darauf, dass du dich nicht überanstrengst, meine Liebe.«

Dann war der Tag des Danksagens gekommen. Mit Blick auf das Festmahl, das uns abends erwartete, nahmen wir alle nur ein bescheidenes Frühstück ein, mit der Folge, dass ich um die Mittagszeit halb verhungert war. Doch die Küche mit ihren verlockenden Düften, den Dampfwolken und dem lärmenden Töpfeklappern war für uns an diesem Tag verbotenes Gelände.

Trotzdem (und wider besseres Wissen) fasste ich Mut und streckte den Kopf durch die Tür. Wie eine große Zauberkünstlerin jonglierte Viola mit Töpfen und Tellern, jede Bewegung war ein Wunder an lang eingeübter Geschicklichkeit, und auch wenn ich keinen Ehrgeiz hatte, Violas Fähigkeiten selbst zu erwerben, so musste ich sie doch dafür bewundern. Wegen des Bällchens aus Kautabak, das sie bei besonderen Herausforderungen stets im Mund hatte, war ihre Unterlippe vorgeschoben, was Viola etwas einschüchternd Kämpferisches verlieh.

»Viola«, sagte ich mit meiner schüchternsten Stimme, »glaubst du, ich könnte …?«

»Raus!«

»Aber ich hab so …«

»Raus!«

Oje, wie grantig, aber im Grunde konnte ich es ihr nicht verdenken. Ich tröstete mich mit einer schon ziemlich muffig schmeckenden Makrone, die ich für solche Notfälle in meinem Zimmer aufbewahrte. Sie war allerdings ein schwacher Trost angesichts der köstlichen Düfte, die durchs Haus zogen.

Um zwei Uhr stellten wir uns an, um in die Badewanne zu gehen, um drei Uhr ging Mutter nach oben, um ihr saphirgrünes Abendkleid und das Halsband mit den funkelnden Gagatsteinen anzuziehen. Um vier traf unser Ehrengast Dr. Pritzker ein, gerade als Aggie und ich den Tisch mit unserem feinsten Porzellan und dem besten Kristall deckten (was immer eine gewagte Sache war, wenn die Jungs mit am Tisch saßen).

Während wir auf den Beginn des Essens warteten, begannen Dr. Pritzker und Großpapa ein angeregtes Gespräch über die Verbreitung des Zeckenfiebers diesseits des Rio Grande, das zusammen mit anderen Rinderkrankheiten wie Rauschbrand und der Maul- und Klauenseuche gerade verheerende Schäden in der texanischen Wirtschaft anrichtete. Ich drückte mich die ganze Zeit in der Nähe herum, um möglichst viel von der Unterhaltung mitzubekommen, und war stolz auf Großpapa, weil er so ein immenses mikrobiologisches Wissen besaß und Dr. Pritzker erkennbar Hochachtung vor ihm hatte. Sie diskutierten die Vorzüge von Tauchbädern, bei denen das Vieh mit Lösungen aus Arsen, Tabak und Schwefel behandelt wurde, und Dr. Pritzker sagte: »Neuerdings hat man erwogen, Elektrizität im Kampf gegen die Zecken einzusetzen. Ein Student an der landwirtschaftlichen Fakultät hat ein Kabel in die Tauchbecken gelegt und einen Stromstoß durch das Wasser geleitet, während die Tiere hindurchgingen.«

Großpapa, der stets fortschrittlich dachte, war begeistert. »Eine bestechende Idee. Und wie waren die Ergebnisse?«

»Unglücklicherweise fielen die Kühe auf der Stelle tot um. Die Zecken hingegen überlebten und schwammen davon, auf der Suche nach einer neuen Herde.«

»Faszinierend«, sagte Großpapa. »Vermutlich müsste man die Stromstärke anders dosieren.«

Mutter hatte diese fesselnden Neuigkeiten ebenfalls mitbekommen. Schaudernd wandte sie sich an Aggie und erkundigte sich mit einem strahlenden, aufgesetzten Lächeln nach den neuesten Nachrichten von deren Eltern. Mutter legte größten Wert darauf, die Salons der großen Familien in Austin nachzuahmen, und Zeckenfieber war dort bestimmt kein Thema für höfliche Plaudereien.

Ich dachte an die wunderbaren Möglichkeiten der Elektrizität und wünschte mir inständig, sie hielte auch bei uns endlich Einzug. Die Vorstellung, Kerzen und Petroleumlampen verbannen zu können und stattdessen nur einen Lichtschalter anzuknipsen, war fast zu großartig, um wahr zu sein. Aber in unserem abgelegenen Zipfel der Welt würde es ohnehin niemals so weit kommen, das wusste ich, so traurig es auch war.

Zur magischen Stunde, um fünf, betätigte Viola den Gong am

Fuß der Treppe, und alle nahmen ihre Plätze ein. Ich hatte gehofft, wieder neben Dr. Pritzker sitzen zu dürfen, doch dieses Mal hatte man ihn zwischen Travis und Aggie platziert. Fiel niemandem außer mir auf, dass Aggie kurz das Gesicht verzog?

Vater sprach das Tischgebet und fügte einen besonderen Dank dafür an, dass unsere Verwandten die Fluttragödie überlebt hatten. Ich spähte über meine gefalteten Hände hinweg und sah, dass Dr. Pritzker zwar höflich und aufmerksam schien, aber nicht den Kopf gesenkt hatte. Und Aggie schien schlecht gelaunt, dabei hatte sie meiner Meinung nach keinen Grund dazu. Dann ließen wir uns das üppige Festmahl schmecken, schaufelten es uns mit unseren Gabeln in den Mund und stießen einander im Eifer des Gefechts mit den Ellbogen an, wie Farmarbeiter, die wochenlang nichts zu essen bekommen haben. Dr. Pritzker lobte Mutter überschwänglich für die köstlichen Speisen, und sie errötete bei seinen Komplimenten. Man hätte die komplette sogenannte Coxey-Armee satt bekommen können, die Teilnehmer des großen Protestmarsches von Arbeitslosen, der 1894 nach Washington gezogen war.

Zum Auftakt gab es Schildkrötensuppe, gefolgt von Rahmpilzen auf Toastecken. Anschließend wurde unter großem Beifall der von mir aufgezogene Truthahn hereingetragen, der inzwischen knusprig braun gebraten und mit Johannisbeergelee eingepinselt war. Ich vermutete, dass es Großer war (auch unter dem Namen Dümmster bekannt), doch sicher war ich mir nicht. Vater stand am Kopf der Tafel, schärfte sein Messer am Wetzstahl und machte sich dann daran, den Vogel zu zerlegen. Außerdem gab es noch ein Entenpaar, das mit Ajax' Hilfe gefangen worden war. Obwohl der Entenbraten köstlich duftete, aß ich lieber nicht davon, denn ich hatte einmal fast einen Zahn verloren wegen eines im Fleisch steckenden Schrotkorns.

Zum Geflügel gab es Röstkartoffeln, Süßkartoffeln, grüne Bohnen, Limabohnen, Maisküchlein, glasierten Kürbis und Rahmspinat.

Alle aßen eine zweite Portion, einige sogar eine dritte, und als wir gerade dachten, wir bekämen nicht den kleinsten Bissen mehr hinunter, wurde der Nachtisch serviert. Aggies Pfirsichkuchen wurde allgemein mit *Aaah* und *Oooh* gefeiert, als ob er wer weiß wie großartig wäre. Um meinen Apfelkuchen machte niemand viel Aufhebens, aber meinst du, das hätte mich interessiert? Pustekuchen!

Travis befragte Dr. Pritzker so eifrig nach der Pflege und Fütterung von Kaninchen, dass Mutter den Tierarzt schließlich aus den Fängen meines Bruders befreien musste.

Aggie bekam das begehrte Gabelbein, aber ich habe den Verdacht, dass das kein Zufall war, sondern Mutter das mit Vaters Hilfe so gedeichselt hatte. Aggie hätte Dr. Pritzker wählen können, um mit ihm an den beiden Knochenteilen zu ziehen, doch sie wandte sich von ihm ab und wählte Harry. Sie bekam das lange Ende und machte ein nachdenkliches Gesicht. Sie grübelte so lange über ihren Wunsch, dass die Tischgesellschaft langsam unruhig wurde.

»Oh«, sagte sie, als sie endlich aufschreckte und ringsum unsere erwartungsvollen Gesichter sah. »Also, ich wünsche mir, dass alles gut wird für Momma und Poppa, unser neues Haus und all unsere lieben Freunde in Galveston.« Wir applaudierten höflich, doch irgendetwas an ihrem Wunsch kam mir komisch vor. Er klang mir ein bisschen zu künstlich. Andererseits – was konnte man gegen einen so selbstlosen Wunsch schon haben? Aggie hatte so viel durchgemacht und kam von so weit her.

Nach dem Essen zogen sich die Erwachsenen zu einem Glas Schaumwein in den Salon zurück. Wie ein Mensch auch nur einen Schluck davon hinunterbekommen konnte, war mir schleierhaft.

Wir Kinder wurden nachdrücklich aufgefordert, eine Weile draußen zu spielen. Die Jungs begannen eher halbherzig ein Fußballspiel, doch vollgestopft, wie sie waren, bewegten sie sich fast im Schneckentempo über den Rasen. Einige gingen dann auch bald nach oben, um sich auf ihre Betten zu legen. Ich selbst dachte auch an mein Lager, doch ich fürchtete, wenn ich einmal lag, würde man einen Flaschenzug brauchen, um mich wieder hochzubekommen.

Die undankbare Aufgabe, alles wieder aufzuräumen, blieb an SanJuanna hängen, die zwei ihrer erwachsenen Töchter mitgebracht hatte, um das Chaos zu bewältigen. Viola, die sich dieses Mal selbst übertroffen hatte, bekam von Mutter einen zusätzlichen Silberdollar für ihre Mühen.

Ich konnte Travis zu einem kurzen Verdauungsspaziergang überreden, was sicher vernünftig war. Diese Zeit des Tages mochte ich im Herbst am liebsten, wenn das Licht sich violett verfärbte und tiefes Schweigen herrschte, das nur unterbrochen wurde vom entfernten Schrei einiger Wildgänse, die erst spät zum Überwintern in den Süden gekommen waren. Wir waren beide so pappsatt, dass wir wenig redeten, aber immerhin schlossen wir eine kleine Wette ab (drei Jujube-Bonbons), wer den ersten Stern entdeckte.

Travis erspähte ein schwaches Licht am westlichen Himmel und fing gleich an, sein Sprüchlein aufzusagen: »Sternenlicht, Sternenpracht, den ersten seh ich heute Nacht …«

»Das ist kein Stern«, unterbrach ich ihn. »Das ist Jupiter, ein Planet, der zählt nicht.«

»*Waaas?*«, sagte Travis empört.

»Siehst du, dass das Licht immer gleich hell bleibt? Es blinkt nicht, daran siehst du, dass es ein Planet ist. Großpapa hat mir alles über ihn erzählt. Jupiter heißt er nach dem römischen Göttervater.«

»Das sagst du nur, damit du mir die Bonbons nicht geben musst.«

»Travis!«, sagte ich, während ich angestrengt mein Gedächtnis durchforstete. »Habe ich dich je angelogen?«

»Ähm … nein. Jedenfalls nicht so, dass ich's gemerkt hätte.«

»Also gut. Es ist zwar das erste *Licht* am Himmel, aber streng genommen kein Stern. Ich bin aber bereit, es als ein Unentschieden gelten zu lassen, das heißt, keiner schuldet dem anderen was.«

Der freundlichste meiner Brüder war einverstanden, wie immer.

Wir liefen zur Cotton Gin. Alle Arbeiter hatten für diesen Tag freibekommen, sodass der gewohnte Maschinenlärm fehlte. Die ungewöhnliche Stille war fast ein bisschen unheimlich. Wir setzten uns auf den Damm oberhalb der Turbinen, die die Maschinen antrieben, und ich entdeckte eine armdicke Wassermokassinschlange, die zusammengerollt in einem trockenen Überlauf lag. Auch sie schien die Ruhe zu genießen.

Travis schauderte es, als ich ihm die Schlange zeigte, doch Mr. O'Flanagan duldete diese Tiere, weil sie halfen, die Ratten zu bekämpfen, die ein Dauerproblem darstellten, da sie die ledernen Antriebsriemen der Maschinen durchnagten. Mr. O'Flanagan hatte einmal einen Wurf halb ausgewachsener Kätzchen mitgebracht, aber der ohrenbetäubende Lärm war für ihre sensiblen Naturen wohl zu viel gewesen, und so hatten sie sich eins nach dem anderen in unbekannte Gefilde davongemacht. Als Nächstes hatte er Ajax geholt, der eine Stunde lang begeistert, aber erfolglos in den Ecken herumschnüffelte. Er war einfach zu groß, um die Ratten bis in ihre Schlupfwinkel hinein zu verfolgen. Ich fragte mich, ob Polly, wenn man sie von ihrer Kette losmachte, mehr erreichen könnte. Ob sie ein Nagetier tatsächlich fressen würde, wusste ich nicht, aber jede Ratte, die einmal diese Klauen zu sehen bekam, würde sich blitzschnell bis über die Bezirksgrenze in Sicherheit bringen.

Travis und ich saßen da in einvernehmlichem Schweigen, das nur gelegentlich von einem (unter den Umständen nur allzu verständlichen) zarten Rülpsen unterbrochen wurde. Eine kleine Schar Fledermäuse flog über den Fluss und faszinierte uns mit ihren akrobatischen Künsten. Entweder hatten sie vor ihrem bevorstehenden Flug nach Süden die Ruhe weg und waren erst noch dabei, Insekten zu sammeln, oder sie hatten beschlossen, gleich hier zu überwintern. Wenn es so war, dann würde es in diesem Winter, einer Bauernregel zufolge, nicht schneien.

Aus heiterem Himmel fragte Travis mit verträumter Stimme: »Was willst du eigentlich werden, wenn du groß bist?«

Kein einziger Mensch auf der ganzen Welt hatte mich je danach gefragt. Und auf einmal kam diese bedeutende Frage ganz unschuldig von jemandem, den ich liebte und der mich ebenfalls liebte. Und der ganz unbefangen fragte, einfach so. Mein Herz zog sich zu einem Knoten zusammen. Zu Travis' Füßen lag eine ganze Welt von Möglichkeiten, zu meinen jedoch nicht.

»Ich glaube, ich würde wirklich gern Tierarzt werden«, fuhr er fort.

»Tatsächlich?« Ich erinnerte mich noch gut, wie der Anblick des Innenlebens meines Regenwurms ihn fast umgehauen hatte. »Du weißt schon, dass du dann eine Menge – ähm – Blut und Eingeweide und all so was zu sehen bekämst? Das ist dir klar, oder?«

Er dachte kurz nach und sagte dann langsam: »Ich glaub' schon. Wie kommt es eigentlich, dass dir solche Sachen nichts ausmachen?«

Wenn ich ehrlich bin, machen mir solche Sachen manchmal schon etwas aus, doch das würde ich nie laut zugeben, erst recht nicht gegenüber einem jüngeren Bruder. »Das kommt daher, dass ich Wissenschaftlerin bin«, flunkerte ich.

»Aber wie machst du das? Kannst du's mir beibringen?«

»Ähm … tja … ich weiß nicht …«

Er sah enttäuscht aus, doch dann sagte er genau das, was ihm meine Hilfe garantierte: »Aber du bist doch so klug wie ein ganzer Baum voller Eulen, Callie. Kannst du dir nicht was ausdenken?«

»Hm. Ich denk mal drüber nach. Und vielleicht kann ich ja auch mit Großpapa darüber sprechen. Vielleicht fällt ihm was ein, wenn ich nichts weiß.«

Danach verdauten wir schweigend weiter. Auf einmal tauchte zu unserer Überraschung eine kleine vierbeinige Gestalt auf der Uferböschung auf, ein Stück unterhalb des Damms.

»Guck mal da«, japste Travis.

Es war das geheimnisvolle Tier, das gegen alle Wahrscheinlichkeit noch lebte und inzwischen sogar ein bisschen besser aussah. Das verquollene, verweint aussehende Auge war geheilt, aber das Tier war immer noch erschreckend mager und mit dunklem Schorf übersät. Trotz der jetzt rasch hereinbrechenden Dunkelheit konnte ich erkennen, dass es nicht den anmutigen, feinknochigen Körperbau eines Fuchses hatte. Der Rumpf war breiter, die Beine kräftiger, sodass das Tier mehr einem Hund glich. Je länger ich es ansah, desto mehr kam es mir wie ein noch nicht ausgewachsener Hund vor.

Die jämmerliche kleine Gestalt wedelte zaghaft mit dem Schwanz, was meine Vermutungen noch bestätigte.

»Es ist ein Hund«, sagte ich. »Vermutlich.«

»Das kann doch nicht sein. Bist du dir sicher? Was für eine Rasse denn?«

»Das ist ein Mischling«, erklärte ich ihm, was eindeutig stark untertrieben war. Dieses Tier sah so aus, als hätte jemand die Zutaten von mehreren Rassen genommen, in einen Sack geworfen, einmal kräftig geschüttelt – und was dann herauskam, war … das.

»Meinst du, Dr. Pritzker würde …?«

»Nein. Du musst den Tatsachen ins Auge sehen. Du kannst nicht jedes lebende Wesen retten, auch wenn du es gern würdest.«

Der Hund wedelte noch einmal zaghaft, und dieses Mal hätte ich schwören können, dass da so etwas wie Sehnsucht in seinem traurigen Blick aufflackerte. Das da war kein ursprünglich wildes Tier – es hatte offensichtlich irgendwann einmal bei Menschen gelebt. Ein wildes Tier hätte sich gleich bei unserem ersten Auftauchen im Unterholz unsichtbar gemacht. Niemals hätte es sich uns gezeigt und schon gar nicht so kläglich mit dem Schwanz gewedelt. Zorn überkam mich. Wer war der herzlose Besitzer dieses Tieres, wer hatte es verraten, vertrieben und seinem grausamen Schicksal in der Erwartung überlassen, es könne auch selbst für sich sorgen?

Blitzartig wusste ich die Antwort. Wieso war ich nicht gleich darauf gekommen? Wie dumm von mir! »Ich weiß jetzt, was es ist!«, flüsterte ich Travis halblaut zu.

»Pssst, sonst verscheuchst du ihn noch.«

»Ich hab's. Das ist einer von Maisies Welpen. Siehst du das nicht, Travis? Er sieht doch ungefähr so aus wie eine Mischung aus Terrier und Kojote.«

Travis sah mich groß an. »Nein, nein, unmöglich. Mr. Holloway hat sie doch ertränkt.«

»Ich weiß, aber den Sack haben wir nicht gesehen. Dieser eine muss irgendwie entkommen sein, oder er konnte schon vorher wegrennen. Wahrscheinlich hat er die ganze Zeit von Fischresten am Hafen und anderem Abfall gelebt.« Plötzlich kam mir noch ein anderer, nicht so erfreulicher Gedanke: »Und von gestohlenen Hühnern.« Oje, das könnte ein Problem geben. »Aber«, fuhr ich aufgeregt fort, »es ist ein echter Kojotenhund, halb Kojote, halb Hund.«

»Ach, du Schande.« Dann hob er die Stimme und flötete: »Komm her, Hündchen.«

Mit leicht erschrockener Miene verschwand das Tier rückwärts im dichten Gebüsch.

Ich schaute meinen Bruder streng an. »Keinen Namen geben, nicht zum Tierarzt bringen, nicht mit nach Hause nehmen. Du weißt, was wir nach der Sache mit Bandit ausgemacht haben: Keine wilden Tiere mehr.«

»Aber er ist ja nicht so richtig wild, nur halb. Die andere Hälfte ist zahm.«

»Vater bekäme einen Anfall. Er würde ihn sofort erschießen, das weißt du auch. Versuch bloß nicht, ihn anzufassen; er hat vermutlich schlimmere Krankheiten als Armand. Versprichst du's mir?«

»Na gut«, antwortete Travis trübsinnig.

»Versprochen?«

»Versprochen.«

Den Rückweg brachten wir weitgehend schweigend hinter uns, jeder in seine Gedanken vertieft. Um uns von dem Kojotenhund abzulenken, zeigte ich Travis mehrere echte Sterne und den Planeten Saturn. Aber es funktionierte nicht gerade gut.

Sechzehntes Kapitel

DER STRUPPIGSTE HUND DER WELT

Der Hirtenhund kommt täglich um Fleisch zum Haus, und sobald er es bekommen hat, schleicht er sich davon, als schämte er sich. Dabei sind die Haushunde sehr tyrannisch, und noch der Geringste wird den Fremdling angreifen und verfolgen.

Am nächsten Morgen wachte ich weit vor Sonnenaufgang auf und ging auf Zehenspitzen in die Küche. Als ich gerade eifrig dabei war, in der Speisekammer Fleischfetzen von den Überresten des Truthahns zu kratzen und sie in Wachspapier zu wickeln, kam Travis hereingeschlichen und erschreckte mich fast zu Tode.

»Was machst *du* denn hier?«, flüsterte ich.

»Das wollte ich *dich* gerade fragen.«

»Ich vermute, dasselbe wie du. Los jetzt, wir haben nicht mehr viel Zeit. Viola kann jeden Moment hier sein.«

Ich warf schnell einen Blick durchs Küchenfenster, und tatsächlich – im matten Licht des frühen Morgens erspähte ich Viola, die bereits mit großen Schritten auf dem Weg von ihrer Hütte zum Hühnerstall war. Ihr Tag begann lange vor dem aller anderen: Die Eier mussten eingesammelt, das Feuer im Herd angefacht, die Mahlzeiten zubereitet werden.

»Sie kommt«, wisperte ich. Wir schlichen uns zur Haustür hinaus und zogen sie so leise wie möglich hinter uns zu, dann rannten wir die Einfahrt hinunter. Erst als wir um die große Kurve herum waren und damit außer Sichtweite, wurden wir langsamer. Die Luft war vor Sonnenaufgang noch kalt, und keiner von uns hatte daran gedacht, eine warme Jacke mitzunehmen. Wir sahen unsere Atemwölkchen, ein willkommenes Zeichen dafür, dass kühleres Wetter anstand. Herbstgerüche füllten die Luft. Matilda, der Bluthund unserer Nachbarn, stieß wie jeden Morgen ihren Ruf aus, ein merkwürdiges, halb ersticktes Jodeln, das in der ganzen Stadt zu hören war. Anstelle von Dutzenden von Hähnen oder einer Stadtuhr hatte Fentress Matilda, die allen anzeigte, dass der Morgen dämmerte.

In der Cotton Gin war noch alles still, als Travis und ich vorbeischlichen und die Böschung hinuntergingen, um zum Damm zu kommen. Dabei hielten wir immer Ausschau nach der Wassermokassinschlange. Von dem Hund war nichts zu sehen.

»O nein«, sagte Travis, »was machen wir jetzt?«

Mir kam ein schrecklicher Gedanke: Womöglich war das Tier in der Nacht gestorben.

Als hätte er meine Gedanken gelesen, sagte Travis: »Glaubst du … glaubst du, er ist tot?«

Vielleicht waren wir genau einen Tag zu spät gekommen, eine schreckliche Vorstellung. Vielleicht hatte er sich in seiner Not über die Schlange hermachen wollen und war gebissen worden. Vielleicht lag sein blutiger Leichnam bei der Brücke flussabwärts, halb vom Wasser überspült. Vielleicht …

»Da! Da ist er!«

Ich folgte mit den Blicken Travis' ausgestrecktem Finger, und tatsächlich, etwa zwanzig Fuß entfernt, jenseits der Betonpfeiler des Damms, schaute ein kleines braunes Gesicht aus dem Gewirr von Ästen und Ranken hervor und betrachtete uns mit … Hoffnung?

Mich überkam eine Welle von Dankbarkeit, dass wir – und der Hund – eine zweite Chance bekommen hatten.

»Was immer du tust«, warnte ich Travis, »fass ihn nicht an.«

»Ganz bestimmt nicht.« Travis wickelte die Geflügelreste aus und rief freundlich: »Gutes Hündchen. Hier gibt's Frühstück.«

Der Hund leckte sich die Lippen, Speichel tropfte ihm aus dem Mund, doch näher kommen wollte der Kleine nicht.

»Wirf's ihm hin«, sagte ich.

Travis warf das Fleisch von unten, doch der Hund, der sich zweifellos an Steine und Flaschen erinnerte, die nach ihm geschmissen worden waren, zuckte zusammen und kläffte. Im nächsten Augenblick machte er kehrt und wankte davon.

»O nein!«, stieß Travis aus, »Hündchen, komm zurück! Das ist Fressen.«

»Schon gut, wirf's da drüben hin, da findet er's.«

»Woher willst du das wissen?«

»Er ist doch ein Hund, mehr oder weniger, und das heißt, er folgt immer seinem Geruchssinn. Er riecht den Truthahn, und sobald wir weg sind, wird er ihn sich holen.«

Travis warf noch einmal, und zwar richtig gut, denn die meisten Teile landeten nur wenige Schritte entfernt von der Stelle, an der der Hund verschwunden war. Schweigend saßen wir noch eine Minute da, während die Sonne langsam den Horizont erwärmte, doch der Hund zeigte sich nicht.

Wir kamen zur Haustür herein, als Viola gerade am Fuß der Treppe auf den Gong schlug, um zum Frühstück zu rufen. Nachdem der tiefe Klang verhallt war, gingen wir hinter ihr her in die Küche, um uns die Hände zu waschen. »Füttert ihr irgendwas?«, fragte sie.

»Nein«, sagte ich schnell, bevor Travis noch den Mund aufmachen konnte, doch das tat er natürlich doch. »Woher weißt du das?«

»Weil ich vorhatte, aus dem Truthahn noch ein zweites Abendessen zu machen, aber jetzt reicht es gerade noch für eine Suppe.«

»Suppe ist doch gut«, sagte ich.

»Pah!«, sagte Viola gereizt und schlug mit einem Geschirrtuch in unsere Richtung. »Raus jetzt mit euch. Ich hab zu tun.«

Auf dem Heimweg von der Schule näherten wir uns der Cotton Gin von der anderen Dammseite her, weil wir hofften, vielleicht den Hund zu sehen, aber wir hatten kein Glück. Was wir jedoch zu unserer Enttäuschung fanden, waren die vor Ameisen wimmelnden Truthahnreste, genau an der Stelle, wohin Travis sie geworfen hatte. Das war das Ende der Geschichte.

Doch das war es eben nicht. Ich konnte einfach nicht aufhören, an das jämmerliche Tierchen zu denken. Mit seinen traurigen braunen Augen und der unterwürfigen Miene stand es für jeden Hund, der je von Menschen *ge*braucht und *miss*braucht worden war, also von angeblich überlegenen Wesen, Vertretern der am höchsten entwickelten, aufgeklärten Spezies.

Drei Tage später stahl ich mich bei Einbruch der Dämmerung davon und ging wieder zur Cotton Gin. Am Ufer setzte ich mich still hin und beobachtete das Gebüsch. Nur wenige Minuten später wurde meine Geduld belohnt, ich hörte, wie ein Tier näher kam. Der Hund lebte! Es war doch noch nicht zu spät. Fast atemlos lauschte ich dem Knacken der Zweige, bis sich das Gebüsch öffnete. Heraus kam … Travis.

Wir starrten einander an.

»Hast du ihn gesehen?«, fragte ich.

»Nein, aber das Truthahnfleisch ist weg, und das ist doch schon mal ein gutes Zeichen, oder?«

»Vielleicht. Aber das kann sich auch ein Fuchs geholt haben oder ein Kojote, oder die Ameisen haben es weggeschleppt.«

Travis runzelte nachdenklich die Stirn. »Ameisen könnten ja wohl nie im Leben so viel Fleisch wegtragen.«

»Doch. Sie können bis zum Fünfzigfachen des eigenen Körpergewichts tragen. Das macht sie zu einer der stärksten Tierarten überhaupt. Man sollte meinen, dass ihnen das mehr Respekt einbringt, aber Pustekuchen.«

»Was machen wir jetzt?«

Ich seufzte. »Wir gehen nach Hause, schlage ich vor.«

»Letzte Nacht hab ich von dem Hund geträumt«, erzählte Travis.

»Ich auch. Aber mir fällt absolut nichts mehr ein.«

Schon im Gehen bemerkte ich auf einmal aus dem Augenwinkel eine kleine Bewegung am Wasser. Ich drehte mich um und sah gerade noch die Spitze einer länglichen Nase aus einer Mulde am Ufer herausschauen. Ein uralter, vom Blitz gespaltener Pekannussbaum versperrte teilweise den Blick darauf, doch es war genau die Stelle, an der Bandit seine Höhle gehabt hatte.

»Travis«, zischte ich, »guck mal, da drüben, unter dem abgestorbenen Baum. Ich glaube, es ist in Bandits Höhle.«

»Wirklich?« Sein Gesicht strahlte wie die Sonne.

»Vielleicht war es nie Bandits Höhle. Vielleicht war es immer schon die des Kojotenhundes. Bleib hier und sei ganz still. Ich such ihm was zu fressen. Kein Laut, keine Bewegung!«

Travis nickte, und seine Miene verriet vollkommenes Glück. Ich flitzte zur Cotton Gin, wo Mr. O'Flanagan gerade schließen wollte und Polly unterm Kinn kraulte (oder jedenfalls da, wo das Kinn wäre, wenn Papageien ein Kinn hätten).

»Mr. O'Flanagan, könnte ich bitte ein paar von Ihren Crackern haben?«

»Aber sicher, Herzchen, nimm, so viele du willst.«

Ich dankte ihm, leerte den kompletten Inhalt der Schale in meine Schürze und rannte gleich wieder los. Mr. O'Flanagan rief mir hinterher: »Du liebe Güte, Schätzchen, geben sie dir zu Hause nicht genug zu essen?«

Zum ersten Mal kam mir der Gedanke, dass er mich vermutlich für ein höchst merkwürdiges Kind hielt.

Als ich mich dem Ufer näherte, bremste ich ab und schlich mich heran. Ich musste ja nicht wie ein Elefant daherkommen; vermutlich hatten wir das arme Ding für diesen Tag schon genug erschreckt.

Ich zeigte Travis die Kekse, doch er blickte skeptisch drein. »Ob er die frisst?«

»In seiner derzeitigen Lage würde er alles fressen, egal was, da bin ich mir ziemlich sicher.« Ich sichtete das Gelände. »Hier, halt du dich am Baum fest, und ich halte mich an dir fest.«

Ich stieg im Krebsgang ein Stück die steile Uferböschung hinunter, dabei hielt ich Travis' Hand fest umklammert. Dann zielte ich sorgfältig und warf einen der Cracker, der auch wirklich dicht bei der Höhle landete. Das Ganze wiederholte ich ein paarmal und achtete darauf, dass jeder weitere Keks einige Fuß weiter entfernt aufkam. Auf die Weise hoffte ich, den Hund aus seinem Versteck zu locken. Dann zog Travis mich wieder hinauf, und wir setzten uns hin und warteten.

Eine Schnauze zeigte sich, und die zerschrammte Nase zuckte so heftig, dass ich fast lesen konnte, was im Kopf des Hundes vor sich ging: Ist das etwas Essbares? Ist das eine Falle? Und selbst wenn es das war – könnte sich das Risiko nicht vielleicht lohnen, wenn es dafür einen Happen zu fressen gab?

Immer noch witternd kam das Tier halb aus seinem Bau. Travis und ich saßen wie festgefroren auf unseren Plätzen. Es schnappte vorsichtig nach dem Cracker und schlang ihn sofort hinunter, zog sich aber gleich in seine Höhle zurück. Geduldig saßen wir da und warteten, bis der Hund sich entschieden hatte, ob der Cracker ein lohnendes Ziel war.

Offenbar war es so, denn nur eine Minute später kam er ganz heraus. Auf die Weise konnten wir das arme Ding zum ersten Mal aus der Nähe betrachten. Der Anblick war abstoßend und herzzerreißend zugleich. Die runden Narben und der Schorf an seinem Fell sahen so aus, als wären sie durch Vogelschrot verursacht. War dies vielleicht der Hühnerdieb, für den Mr. Gates Munition gekauft hatte? Der Kleine musterte uns argwöhnisch, aber es kam mir so vor, als würde ihn unsere Anwesenheit zwar noch ein bisschen einschüchtern, doch nicht mehr total verängstigen. Er hinkte zum nächsten Cracker und schlang ihn hinunter, dann ging es zum übernächsten und so weiter. Die ganze Zeit schaute er zu uns herüber. Nach dem letzten Cracker schnüffelte er weiter im Gebüsch, aber ohne Glück.

Langsam standen wir auf, dabei achteten wir sehr darauf, keine plötzlichen Bewegungen zu machen. Der Hund beobachtete uns, lief aber nicht in seinen Bau zurück. Travis redete die ganze Zeit auf ihn ein, in demselben aufmunternden Singsang, in dem man mit einem Haustier spricht, mit sehr kleinen Kindern oder mit sehr dummen Leuten. »Gutes Hündchen, ja, bist ein ganz braves Hündchen.«

Dieses Mal wurde er mit einem richtigen Wedeln belohnt. Einmal hin, einmal her bewegte sich die Rute. Wie bei einem richtigen Hund.

Die Erste, die dahinterkam, dass Travis wieder ein Tier hatte, das er durchfütterte, war natürlich Viola, die Verantwortliche für die Vorratskammer. Travis und mir war klar, dass der Hund nicht lange von Salzcrackern allein würde leben können. Wenn wir ihn also wirklich aufpäppeln wollten, mussten wir irgendwie Fleisch für ihn auftreiben. Aber das war gar nicht so einfach, denn Viola war fast ständig in der Küche, und um in die Speisekammer zu gelangen, mussten wir uns irgendwie an ihr vorbeimogeln. Viola wusste stets ganz genau, wie viel Fleisch, Milch und Brot und wie viele Eier sie gerade vorrätig hatte, schließlich musste sie immer mindestens für eine Mahlzeit im Voraus planen, und das für drei Erwachsene, sieben Kinder im Wachstumsalter, eine hierher verpflanzte Cousine und natürlich auch für sich selbst, SanJuanna und deren Mann Alberto.

Travis und ich beratschlagten, was zu tun sei. »Ich glaube, am einfachsten wäre es, wenn du um ein zusätzliches halbes Sandwich für die Schule bittest. Dann kannst du auf dem Rückweg von der Schule immer bei der Cotton Gin vorbeigehen und dem Hund dein Brot geben. Da du sowieso Brote mit zur Schule nimmst, kommt Viola vermutlich nicht darauf, dass du einen Hund damit fütterst.«

»Also wirklich, Callie, du bist so schlau. Richtig raffiniert.«

»Oh, danke.«

Für unseren Vorstoß bei Viola wählten wir eine ihrer wenigen Ruhepausen am Tag, als sie gerade zwischen zwei Mahlzeiten bei einer Tasse Kaffee am Küchentisch saß.

Noch bevor ich überhaupt den Mund aufmachen konnte, sah sie uns misstrauisch an und fragte: »Was wollt ihr? Was für ein Viech füttert ihr jetzt wieder?«

»Was?«, sagte ich. Violas Hellsichtigkeit war wirklich verblüffend.

»Woher weißt du davon?«, fragte Travis, bevor mir noch einfiel, wie ich alles abstreiten könnte.

»Wann immer du« – sie zeigte auf mich – »und du« – sie zeigte auf Travis – »zusammen in dieser Küche auftaucht, weiß ich, dass ihr was im Schilde führt. Ich kenne jeden Krümel hier im Haus, bildet euch also nicht ein, ihr könnt mich reinlegen. Kapiert?«

Beide sahen wir sie groß an. Vielleicht war ich gar nicht so schrecklich schlau und raffiniert. Oder doch? Angestrengt überlegte ich, welche Möglichkeiten uns blieben, mit welchem Druck wir ein bisschen nachhelfen könnten.

»Okay«, sagte ich, »du hast uns ertappt. Es ist für eine verhungernde Katze unten bei der Cotton Gin.«

Travis guckte mich überrascht an, und ich betete, dass er uns nicht verriet.

Violas Miene wurde weich, ganz, wie ich es erhofft hatte. »Ach ja, eine Katze?« Ihr Blick ging hinüber zu Idabelle, ihrer lieben Gefährtin, die im Katzenkorb lag und schlief.

»Ein schrecklich mageres Kätzchen.«

Ich sah kurz zu Idabelle hinüber.

»Und wieso geht eure Katze nicht auf Rattenjagd? Euer Vater beklagt sich doch immer, dass sie da so viele haben.«

»Sie ist viel zu schwach zum Jagen. Wenn wir sie nicht bald füttern, dann verhungert sie.«

»Ja«, sagte Travis, »verhungert einfach, wegen, du weißt schon, zu wenig Essen. Für eine Katze. Zum Fressen.«

Oje, was für ein lausiger Lügner Travis doch war. Bevor er noch Dümmeres sagen konnte, schnitt ich ihm das Wort ab. »Und für den Fall, dass … ähm … irgendwer Fragen stellen sollte – es stimmt ja wohl, dass Travis noch wächst und Jungs in dem Alter immer Hunger haben. Ein Sandwich mehr zu Mittag würde ihm schon sehr helfen.«

Viola bedachte ihre geliebte Katze mit einem zärtlichen Blick. »Na gut, ab morgen. Vielleicht Sardinen, vielleicht Roastbeef, mal sehen. Und jetzt, husch, husch.«

Wir machten, dass wir wegkamen, solange wir noch die Oberhand hatten.

Am nächsten Tag fand Travis in seinem Lunchpaket eine zusätzliche Ration in Wachspapier. Zum Glück war es Roastbeef statt Sardinen, denn so, wie die riechen, hätte keiner beim Mittagessen neben ihm sitzen wollen, vermutlich nicht einmal Lula.

Auf dem Heimweg von der Schule legten wir einen Stopp bei der

Cotton Gin ein und kletterten die Uferböschung hinunter. »Komm her, Hündchen, braves Hündchen«, trällerte Travis, und zu unserer großen Freude streckte der Hund auch gleich den Kopf heraus. Ich warf ihm sein Fressen hinüber, er zog sich kurz in seinen Bau zurück, zeigte sich aber gleich wieder. Dann humpelte er zum Sandwich und verschlang es gierig.

Damit hatte Travis eine neue tägliche Aufgabe. Ich überließ ihm das Füttern, schärfte ihm aber ein, dem Tier nur so lange zu helfen, bis es wieder für sich selbst sorgen konnte, es aber ansonsten in Ruhe zu lassen. Wenn er gelegentlich Vater über den Weg lief, behauptete er einfach, am Ufer zu spielen oder die Natur zu erforschen. Dann winkte Vater ihm noch einmal zu und ging wieder seinen Geschäften nach. Meistens zeigte sich der Hund, doch manchmal war er nirgends zu sehen, und Travis machte sich Sorgen, er könne krank geworden und gestorben sein. Doch am nächsten Tag tauchte er regelmäßig wieder auf. Mit der Zeit nahm er auch zu, und er erkannte auch Travis' leisen Ruf: »Komm her, Hündchen, braves Hündchen.«

Weil ich so viel anderes zu tun hatte, kümmerte ich mich nicht weiter um die Sache. Man sollte wirklich meinen, bei Travis' Vorgeschichte mit Tieren hätte ich es besser wissen müssen.

Siebzehntes Kapitel

DIE LEIDEN DER KATZE IDABELLE UND ANDERER KREATUREN

Die Gauchos sind unterschiedlicher Meinung darüber,
ob der Jaguar ein gutes Mahl abgibt, sich aber einig darin,
dass Katze köstlich ist.

Viola stand in der Küche, rührte in einem Topf mit Rehragout und warf immer wieder besorgte Blicke zum Korb neben dem Herd, in dem zusammengekauert die Hauskatze Idabelle lag.

»Sieh dir diese Katze mal genau an«, sagte Viola. »Fällt dir irgendwas an ihr auf?«

»Wie meinst du das?«

»Sie hat ständig Hunger, trotzdem wird sie immer magerer. Ich hab den Eindruck, es geht ihr nicht gut.«

Idabelle ernährte sich allein von Mäusen und war äußerst geschickt darin, mehr als genug davon zu fangen, und so war sie normalerweise fett und zufrieden. Viola war ganz vernarrt in sie.

»Ich mach mir Sorgen um das Tier«, sagte Viola weiter. »Sie wimmert auch die ganze Zeit.« Wie auf ein Stichwort hin erhob sich Idabelle, streckte sich und fing an, immer um meine Knöchel herumzustreichen. Dabei heulte sie jämmerlich.

Ich hob sie hoch, um sie zu trösten, und sie war leichter als erwartet. O nein, nicht schon wieder ein krankes Tier! »Kommt mir auch so vor, als wäre sie dünner geworden«, sagte ich und tastete nach den Rippen unter dem Fell, das anscheinend an Glanz verloren hatte.

Viola sah tiefbekümmert aus. »Meinst du, dieser Tierdoktor könnte helfen?«

Das war mal eine ganz neue Idee. Tierärzte kümmerten sich um große Tiere und um das Vieh, das den Farmern ihr Einkommen sicherte. Noch nie hatte ich gehört, dass kranke Hunde oder Katzen ärztlich versorgt wurden. Ich bezweifelte, dass es irgendwem in unserem Bezirk auch nur im Traum eingefallen wäre, einen müden Cent für ein Haustier auf den Tisch zu legen. Entweder es wurde von selbst wieder gesund, oder es starb, fertig.

»Vielleicht. Ich werde ihn fragen.«

»Sag ihm, Geld hätte ich keins, aber ich kann für ihn kochen. Du kannst ihm ruhig sagen, ich sei die beste Köchin in der Stadt. Deine Momma kann ihm das bestätigen. Samuel auch.«

Ich holte den Kaninchenstall aus der Scheune, in dem Armand (oder auch Dilly) zeitweise gewohnt hatte. Von Travis war weit und breit nichts zu sehen. Ich fragte mich, ob er wohl ohne mich zur Hundehöhle gegangen war.

Idabelle, die ein ruhiges Wesen hatte und mir vertraute, ahnte nicht, was ich mit ihr vorhatte, und so konnte ich sie in den Stall schieben und den Riegel umlegen, bevor sie wusste, wie ihr geschah. Sie schnupperte vorsichtig am Boden; ganz sicher nahm sie Duftspuren des früheren Bewohners auf. Dann hockte sie sich hin und funkelte uns böse an. Ich hob den Käfig hoch, und Idabelle miaute laut.

Damit hörte sie auch auf dem ganzen Weg zu Dr. Pritzker nicht mehr auf. Bis zu seiner Praxis waren es gut zehn Minuten zu laufen. Käfig und Katze zusammen waren ganz schön schwer, und bis ich ankam, war ich in Schweiß geraten. An der Tür klebte ein Zettel mit der Nachricht: *Sind zur Farm von McCarthy. Mittags zurück.*

Ich hatte also die Wahl, eine volle Stunde zu warten oder mit meiner unglücklichen Last den ganzen Weg zurückzulaufen. Ich drückte die Klinke hinunter, eigentlich ohne große Hoffnung, doch wider Erwarten ging die Tür auf. Die Praxis war sauber, die Einrichtung schlicht: ein Schreibtisch, der mit Papieren übersät war, zwei Stühle, ein Aktenschrank und eine Glasvitrine, in der lauter Gläser standen, mit faszinierenden Namen auf den Etiketten: Nux Vomica, Kupfervitriol, Schierlingswasser oder Brechweinstein (Antimonium tartaricum). Es gab einen Untersuchungstisch aus Holz und eine Arbeitsplatte aus Zink, wo Dr. Pritzker offenbar seine Arzneien, Elixiere und Abführmittel herstellte. Außerdem stand da noch ein Regal mit dicken, in abgenutztes Leder gebundenen Bänden.

Ich stellte den Käfig am Boden ab und setzte mich. Idabelles Schreie ließen nach, nur noch gelegentlich ließ sie ein resigniertes Miauen hören. Ich konnte nichts tun, als beruhigend auf sie einzureden und ansonsten eine volle Stunde lang Däumchen zu drehen. Gut fünf Minuten hielt ich das aus und starrte dabei mit hungrigen Blicken auf die Bücher. Schließlich obsiegte der harte Sitz des Holzstuhls, und ich musste aufstehen, um mein Hinterteil zu strecken. Außerdem, wie soll ich sagen, flüsterten die verlockenden dickleibigen Bücher mir ununterbrochen etwas zu: Komm her, Calpurnia, und schau uns an. Nur anschauen, sonst nichts. Wirklich. Also stand ich auf und sah mir die Titel näher an: *Rinderkrankheiten, Vollständiger Leitfaden zur Behandlung von Hausschafen, Grundlagen der Schweineforschung, Moderne Pferdehaltung.* Aber nichts über Katzen und Hunde, geschweige denn über Kojotenhunde. Vielleicht verstand Dr. Pritzker ja gar nichts von Katzen und Hunden.

Eine Stunde später hatte ich gelernt, dass Lämmer oft als Zwillinge oder gar Drillinge zur Welt kommen, die sich im Geburtskanal häufig verheddern, sodass der Tierarzt in dem Gewühl erst einmal drei Köpfe und zwölf Hufe auseinandersortieren muss. Das erfordert eine ruhige Hand, sonst überlebt das Mutterschaf die Aktion nicht. Ich hatte mich gerade in die Probleme der Geburt bei Steißlagen vertieft, als die Tür aufging und die Glocke erklang. Ich sprang wie von der Tarantel gestochen auf und ließ um ein Haar das kostbare Werk fallen.

Dr. Pritzker, staub- und dungbedeckt, sagte amüsiert: »Nun, Miss Calpurnia, hast du etwas Nützliches gelernt?«

»Ähm, tut mir leid, Herr Dr. Pritzker, ich …«

»Du musst dich nicht entschuldigen. Dein Großvater hat mir erzählt, dass du einen gesunden Wissensdurst hast.« Er warf einen Blick auf den Kaninchenstall und fragte: »Was hast du denn da mitgebracht? Sieht ganz nach einer mir unbekannten neuen Kaninchenart aus.«

»Das ist Idabelle, unsere Hauskatze. Sie verliert Gewicht, und sie wimmert dauernd. Ob Sie sie sich wohl mal anschauen könnten? Ich kann auch bezahlen«, fügte ich schnell hinzu. »Aber wenn es mehr als zweiundvierzig Cent ausmacht, muss ich den Betrag in Raten abstottern.«

»Da mach dir mal keine Sorgen. Das Problem ist nur – ich hab Samuel gesagt, er soll eben gehen und zu Mittag essen. Das heißt, wir müssen warten, bis er zurück ist.«

»Warum?«, sagte ich. »Ich kann Ihnen doch helfen. Idabelle ist ja klein.«

Dr. Pritzker zögerte. »Was würden deine Eltern dazu sagen?«

»Das geht schon in Ordnung, wirklich. Ich schau dauernd nach unseren Tieren«, antwortete ich entschieden und dehnte dabei die Wahrheit nur ein kleines bisschen.

»Na schön, aber mach mir keine Vorwürfe, wenn sie dich kratzt.«

»Das würde Idabelle nie tun«, sagte ich. Doch als ich zu der sonst so ruhigen, verschmusten Katze hinüberschaute, die jetzt so jämmerlich in diesem Käfig hockte, war ich mir da plötzlich nicht mehr so sicher. In ihrem Blick brannte so etwas wie Verzweiflung.

»Was hat sie denn für Symptome? Tränende Augen? Laufende Nase? Erbrechen? Durchfall?«

»Nichts von alldem, aber sie wird immer dünner und schreit viel.«

»Gut«, sagte Dr. Pritzker. »Leg sie mal auf den Tisch, dann schauen wir sie uns an.«

Doch nun, da die Stunde der Wahrheit gekommen war, beschloss Idabelle, dass sie den Stall nicht verlassen wollte. Wie eine Schnecke heftete sie sich daran, mit den Klauen krallte sie sich am Drahtgitter fest. Alle vier Pfoten zu lösen, und zwar gleichzeitig, war allein schon eine größere Operation.

Ich legte sie an ein Ende des Untersuchungstisches und hielt sie im Nacken fest. Dr. Pritzker begann mit seiner Untersuchung am Kopf. Er schaute ihr in beide Ohren, was ihr gar nicht gefiel, und ich fürchtete schon um seine gute Hand. Doch Idabelle machte mir alle Ehre – sie fauchte nicht, biss nicht, kratzte nicht. Als Nächstes zog Dr. Pritzker beide Unterlider hinunter.

»Wonach schauen Sie da?«, fragte ich. »Sie müssen mir immer sagen, was Sie gerade machen.«

»Richtig. Also, zuerst schaut man in den Ohren nach wunden Stellen oder schwarzem Sekret, was beides ein Anzeichen von Ohrmilben wäre. Dann schaut man die Innenseite der Unterlider an, um zu sehen, ob sie blass sind. Siehst du hier, die Bindehaut, also diese Membran hier, ist kräftig rosa. Eine blasse Bindehaut wäre ein Hinweis auf innere Blutungen oder eine Anämie. Die Pupillen sind gleich groß, das ist schon mal gut.«

»Und wenn sie nicht gleich wären? Was würde das heißen?«

»Das wäre ein Zeichen dafür, dass sie einen Schlag auf den Kopf erlitten hat, oder für eine Hirnschädigung. Das sogenannte dritte Augenlid, die Nickhaut, ist nicht zu sehen. Wenn sie beim wachen Tier sichtbar ist, deutet das normalerweise auf eine Erkrankung hin. Typischerweise sieht man dieses dritte Lid nur beim schlafenden Tier. Jetzt kommt das Maul an die Reihe. Bieg ihr den Kopf ein Stück zurück und halt ihn in der Stellung.«

Ich folgte seinen Anweisungen genau, während er Idabelles Oberlippe hoch- und die Unterlippe hinunterzog, was ihr noch weniger gefiel als die Untersuchung ihrer Ohren.

»Schau hier«, sagte er, »das Zahnfleisch ist rosig und gesund. Kein Abszess, kein abgebrochener Zahn. So weit gibt's also keinen Grund, weshalb sie nicht fressen sollte. Jetzt wollen wir nach den Lymphdrüsen am Hals schauen.«

Er tastete mit der guten Hand den Hals unterhalb des Kinns ab. »Nichts. Wenn die Drüsen geschwollen wären, würde das auf einen Infekt im Körper hindeuten.« Als Nächstes tastete er Idabelles Bauch ab, doch irgendwelche Tumoren waren nicht erkennbar. Er strich mit der Hand über alle Gliedmaßen und den Schwanz, doch auch auf Brüche gab es keinerlei Hinweise.

»Jetzt halt ihren Schwanz hoch«, sagte Dr. Pritzker und betrachtete eingehend Idabelles Hinterteil. »Kein Durchfall, keine sichtbaren Parasiten. Zieh mal die Schublade auf und gib mir das Stethoskop. Das ist das Instrument mit den schwarzen Schläuchen.«

»Ich weiß, wie es aussieht«, sagte ich leicht gekränkt. »Dr. Walker hört damit unsere Lungen ab, wenn Mutter ihn ruft, weil wir Husten haben. Aber das macht sie nur, wenn Lebertran nicht hilft.« Schon beim bloßen Gedanken an Mutters liebstes Hausmittel schauderte es mich.

Ich zog das Instrument aus der Lade und reichte es Dr. Pritzker. Es roch nach Gummi.

Dr. Pritzker hatte Mühe, die Stöpsel in die Ohren zu bekommen, und ich half ihm. Er lächelte mich dankbar an, bevor er das Stethoskop auf Idabelles Brust drückte und aufmerksam lauschte. Auch das Herausnehmen der Stöpsel machte ihm Mühe, und ich half wieder. Dr. Pritzker reichte mir sein Instrument. »Ihr Herz und ihre Lungen hören sich völlig normal an, da ist also nichts. Du kannst das Ding zurück in die Schublade legen.«

Ich nahm ihm das Stethoskop ab und zögerte. Wie oft schon hatte ich mein Ohr an Idabelles warmes Fell gedrückt und das leise, schnelle *Poch-Poch-Poch* ihres Herzens gehört, von weit weg und kaum hörbar. Jetzt hatte ich die Gelegenheit, mit einem richtigen Instrument richtig zu hören.

»Kann ich es auch mal versuchen?«, fragte ich. *»Bitte?«*

Meine Anfrage schien ihn zu amüsieren, doch er sagte: »Na gut. Drück das Kopfstück genau hierhin.« Er zeigte auf einen Punkt hinter der linken Vorderpfote. Mir schien es eine komische Stelle, um das Herz abzuhorchen, aber er war der Fachmann, er musste es wissen.

Ich steckte mir die Stöpsel in die Ohren und presste das Kopfstück des Stethoskops in Idabelles Fell, wenn auch ohne große Erwartungen. Doch zu meiner Überraschung füllte ein donnerndes, fast unerträglich lautes Geräusch meine Ohren, schnell wie ein Paukenwirbel. Idabelles tapferes kleines Herz klopfte wie wild, und ich musste eine ganze Weile lauschen, bevor ich einigermaßen verstand, was ich da hörte. Denn was mir zunächst wie ein gleichmäßiges Wummern erschien, waren in Wirklichkeit zwei unterschiedliche Geräusche (die, wie ich später lernte, *Lub* und *Dub* genannt und von den sich öffnenden und schließenden Herzklappen erzeugt werden). Daneben hörte ich einen laut pfeifenden Wind und vermutete, dass das Luft sein musste, die durch ihre Lungen strömte.

»Du meine Güte, das ist wirklich unglaublich«, sagte ich.

Dr. Pritzker lächelte. »Weißt du, was dieser Katze fehlt?«

»Was?«, sagte ich beklommen.

»Absolut gar nichts. Sie ist völlig gesund. Und jetzt kommt der letzte Test.« Er ging ins Hinterzimmer und kam mit einer kleinen Büchse Sardinen zurück. »Die müsstest du aufmachen, das schaffe ich nicht.«

Ich öffnete die Blechdose mit dem darauf befestigten Schlüssel, und sofort füllte öliger Fischgeruch den Raum und erinnerte mich unangenehm an Lebertran.

»Versuch's mal damit«, sagte Dr. Pritzker.

Ich stellte die Büchse vor Idabelle. Sie schnupperte einmal, dann schnappte sie sich eine Sardine und verschlang sie ruckzuck, um sich gleich in Windeseile über die übrigen herzumachen. Als sie fertig war, leckte sie sich die Lippen und sah sich um, ob es vielleicht noch mehr gab. Ihr Bauch wölbte sich vor, das sah wirklich lustig aus.

»Siehst du?«, meinte Dr. Pritzker. »Sie hat Hunger, weiter gar nichts.«

»Wirklich?«, fragte ich ungläubig. »Das ist alles?«

»Ihr fehlt nichts. Wie oft bekommt sie zu fressen?«

Ich musste nachdenken. »Ich weiß es ehrlich gesagt nicht. Wir halten sie immer im Haus, damit sie die Mäuse fängt. Ob Viola ihr zusätzlich etwas gibt, kann ich nicht sagen.«

»Sieht ganz so aus, als wäre euer Mäusebestand aus irgendeinem Grund geschrumpft. Ihr habt nicht zufällig Fallen aufgestellt?«

»Ich glaube nicht.«

»Auch kein Gift ausgelegt?«

»Ganz sicher nicht.«

»Und sie muss sich die Mäuse nicht mit anderen Katzen teilen?«

»Nein, die anderen kommen alle nicht ins Haus.«

»Tja, dann müsst ihr ihr zusätzlich zu fressen geben, bis die Mäuse zurück sind. Gebt ihr jeden Tag ein paar Sardinen, aber nicht so viele, dass sie aufhört zu jagen.«

Ich dankte ihm überschwänglich und beförderte Idabelle zurück in ihren Käfig, denn ich wollte schnell nach Hause, um Viola die guten Neuigkeiten zu überbringen. Sofort fing die Katze wieder an zu schreien, und dieses Mal noch lauter als zuvor. Und obwohl ich es kaum übers Herz brachte, sagte ich über den herzzerreißenden Lärm hinweg: »Schicken Sie mir bitte die Rechnung, Dr. Pritzker?«

Er schien amüsiert und zeigte auf den Stapel Papier auf seinem Schreibtisch. »Vielleicht, falls ich je mit meiner Buchführung hinterherkomme. Oder pass auf – du könntest ein paar Botengänge für mich erledigen, ein oder zwei Schreiben austragen. Manchmal bleibt mir nichts anderes übrig, als Samuel zu schicken, und das ist ziemlich lästig. Wärst du einverstanden?«

»Einverstanden! Ach, und was ich noch fragen wollte – behandeln Sie eigentlich auch Hunde? Im Regal hab ich überhaupt keine Hundebücher gesehen.«

»Im Laufe meines Berufslebens habe ich einige Hütehunde und Jagdhunde verarztet. Grundsätzlich ist das auch nichts wesentlich anderes als bei größeren Tieren. Wieso – habt ihr einen kranken Hund?«

»Äh … nein. Aber könnte ja mal sein. Irgendwann.«

Dr. Pritzker warf mir einen fragenden Blick zu, doch ich vermutete, dass Erklärungen wenig Sinn hätten. Selbst wenn ich es irgendwie schaffte, den Kojotenhund zu ihm in die Praxis zu bringen, wusste ich jetzt schon, was er mir empfehlen würde, nämlich die Standardbehandlung in solchen Fällen: eine schnelle, gnädige Kugel ins Gehirn. Und selbst wenn nicht – die Behandlung eines solchen Wracks würde vermutlich glatt zwanzig Dollar verschlingen, eine ungeheuerliche Summe.

Nach einem letzten sehnsüchtigen Blick auf die Bücher wandte ich mich schon zum Gehen, als Dr. Pritzker sagte: »Die Tür ist während meiner Arbeitszeiten immer offen. Du kannst jederzeit kommen und lesen, wenn du magst.«

»Du lieber Himmel! Danke!« Offenbar hatte ich einen richtigen Glückstag.

»Obwohl, wenn ich mir's recht überlege, einiges in den Büchern eignet sich nicht für die Augen junger Damen. Du solltest also erst deine Mutter um Erlaubnis bitten.«

Hm – vielleicht doch kein Glückstag?

Leichten Herzens trug ich Idabelle nach Hause und überlegte währenddessen, wo all die Mäuse hinverschwunden waren. Und plötzlich, wie mit einem Schlag, kam mir die Lösung. Wie dumm war ich gewesen, dass ich nicht gleich darauf gekommen war! Arme Idabelle! Die Schlange fraß die Mäuse, und Idabelle zog den Kürzeren.

Ich brachte den Käfig in die Küche, und Viola sprang auf, mit Tränen in den Augen. »Was hat sie? Stirbt sie?«

Nie zuvor hatte ich Viola so aufgeregt gesehen. Egal, wie hoch die Wogen im Leben unserer Familie schlugen, Viola bewahrte die Ruhe und blieb der Fels in der Brandung (auch wenn sie allen außer Idabelle gegenüber häufig etwas knurrig war). Noch nie hatte ich sie auch nur eine Träne vergießen sehen. Sie hatte zwar scharenweise Nichten und Neffen, unter anderem Samuel, doch eigene Kinder hatte sie nicht, und ich vermute, Idabelle war deshalb so etwas wie ihr Baby.

»Sie ist ganz gesund«, sagte ich. »Sie hat bloß Hunger, weil es nicht mehr genug Mäuse gibt.«

»Hunger? Das ist alles? Gott sei gelobt!«

»Dr. Pritzker sagt, du sollst ihr jeden Tag Sardinen geben, bis sie wieder zugenommen hat und die Mäuse zurück sind.«

Viola wischte sich mit dem Schürzenzipfel über die Augen und sagte: »Ich hol ihr gleich eine Büchse.«

»Nein, nicht, sie hat gerade eine ganze Dose bekommen. Warte bis morgen, sonst platzt sie noch, garantiert.«

»Gott sei gelobt!«, flüsterte Viola noch einmal und drückte die Katze an die knochige Brust. »Meine Kleine ist wieder da«, sagte sie zärtlich. Idabelle klopfte mit den Pfoten gegen Violas Schürze und schnurrte voller Behagen.

»Was ist denn mit den Mäusen?«, fragte Viola.

Ohne erst nachzudenken, antwortete ich: »Das ist wegen der Schl… ups.«

»Wegen der Schlups? Was ist das denn?«

»Ach, nichts. Bloß die, äh, natürliche Fluktuation im Bestand.«

»Davon hab ich ja noch nie gehört.«

»Jetzt muss ich aber los«, sagte ich schnell und überließ die beiden ihrer glücklichen Wiedervereinigung.

Frage fürs Notizbuch: Es ist ja wirklich nett, dass *Felis domesticus* schnurrt, aber was ist mit Löwen und Tigern? Schnurren die auch? Und wie will man das rausfinden?

An diesem Abend zeigte sich die »Schlups« wieder, und zwar auf höchst unerfreuliche Weise. Sir Isaac Newton war wieder einmal aus seinem Glas entwischt und hatte das Pech, der Schlange zu begegnen, seiner Erzfeindin aus grauer Vorzeit. Ich kam gerade in mein Zimmer und sah gleich, dass da eine heftige Schlacht im Gange war, mitten auf meinem Fußboden: Molch gegen Schlange. Der Molch war schon weit im Hintertreffen, genauer gesagt steckte er schon halb im Schlund der Schlange. Also, gegen einen fairen Kampf hab ich ja nichts, aber so etwas? Molche sind scheue Tiere mit einem weichen Körper, und so war das Ganze eine ziemlich einseitige Sache, die mich wirklich wütend machte.

Ich machte einen Satz, packte den Molch am Hinterteil und zog. Die Schlange zog ebenfalls. »Gib mir meinen Molch zurück, du elende Schlange!«, brüllte ich, doch die Schlange weigerte sich. Also tat ich das Einzige, was mir in dem Moment einfiel: Ich haute ihr auf die Schnauze. Sie zuckte zusammen, spuckte ihr schlaffes Opfer aus und verschwand eilig unter den Dielenbrettern. Sir Isaac regte sich matt, als ich ihm mit meinem Taschentuch den Schlangenschleim abwischte. Ich redete ihm gut zu und kraulte ihn unter dem Kinn. Er schüttelte sich, und im nächsten Moment sah er schon wieder völlig unbeschadet aus. Ich steckte ihn in sein Glas und sicherte den Deckel. Bloß gut, dass Aggie zum Laden gegangen war, um sich eine Limonade zu kaufen. Wenn sie hier gewesen wäre, sie wäre tot umgefallen. Mausetot.

Ehrlich, mein Leben ist voller Dramen.

Achtzehntes Kapitel

GRASHÜPFER

Kurz vor unserem Eintreffen dort beobachteten wir im Süden eine zottige Wolke von dunkler, rötlich brauner Farbe. Zunächst glaubten wir, es handele sich um Rauch von einem Feuer auf der Ebene, doch bald merkten wir, dass es ein Schwarm Heuschrecken war. … mit Unterstützung einer leichten Brise überholten sie uns mit einer Geschwindigkeit von zehn bis fünfzehn Meilen die Stunde. Das Hauptkorps erfüllte die Luft … »und das Rasseln ihrer Flügel war wie das Rasseln an den Wagen vieler Rosse, die in den Krieg laufen« oder vielmehr, sollte ich sagen, wie eine kräftige Brise, die durch die Takelage eines Schiffes fährt.

Um bei den Dramen zu bleiben: Ich machte mir immer wieder Gedanken darüber, wie sich Travis' extreme Probleme beim Anblick von Blut und Eingeweiden lösen ließen. Eines Tages suchte ich Großpapa in der Bibliothek auf und schilderte ihm Travis' Dilemma.

»Also, wenn ich dich recht verstehe«, sagte er, »möchtest du … na … Travis helfen. Welcher war das noch gleich?«

»Das ist der, der letztes Jahr die Truthähne gefüttert hat und sich so aufgeregt hat, als sie geschlachtet werden sollten. Daran erinnerst du dich sicher noch, Großpapa.«

»Ah ja. Ein ziemliches Affentheater, wenn ich mich recht entsinne.«

»Au Backe. Ich meine, stimmt.«

Travis war außer sich gewesen bei der Vorstellung, dass wir an Erntedank seine Haustiere essen würden, und so hatten Großpapa und ich am Vorabend des schicksalhaften Tages mit einer Schere und Farbe ihr Aussehen verändert, um Travis zu überzeugen, wir hätten unsere Vögel gegen die von Nachbarn eingetauscht. Den Truthähnen hatte ihre Umgestaltung überhaupt nicht gepasst, und ich habe am linken Ellbogen noch eine kleine Narbe als Erinnerung. (Was tut man nicht alles für einen Bruder, den man liebt! Nie im Leben hätte ich dasselbe für Lamar getan.)

»Du willst ihm also helfen, seine, wie soll ich sagen, Überempfindlichkeit abzulegen, sehe ich das richtig?«

»Genau.«

»Dürfte ich fragen, was genau dahintersteckt?«

»Er möchte später Tierarzt werden, da muss er doch in der Lage sein, mit Blut und Innereien und so was umzugehen. Aber er ist da ganz anders als ich, nicht so hart im Nehmen. Ihm ist ganz schlecht geworden, als ich ihm meinen Regenwurm gezeigt habe.«

»Tatsächlich?«

»Wirklich. Mir hat das nichts ausgemacht, ich hab aber auch einen eisernen Magen.«

»Das kann man wohl sagen.«

Ich glühte vor Stolz über dieses große Lob.

Großpapa dachte einen Moment nach. »Eine interessante Frage«, sagte er dann. »Ich schlage vor, wir legen ihm nach und nach explizitere und komplexere Beispiele von Sektionen vor. Auf diese Weise können wir sein Nervensystem langsam an einen zunehmend höheren Grad an Anschaulichkeit gewöhnen, so ist der Schock nicht zu groß. Für dich ist das gleichzeitig eine gute Gelegenheit, mehr über Anatomie zu lernen. Wir werden uns von den wirbellosen zu den Wirbeltieren vorarbeiten und die Reihe vielleicht mit einem kleinen Säugetier abschließen. Du kannst ihn dann weiter unterrichten. Morgen nehmen wir uns den Amerikanischen Grashüpfer vor, auch *Schistocerca americana* genannt.«

Am nächsten Tag fing ich einen großen gelben Grashüpfer mit meinem Netz ein. Ich ging damit zu Großpapa ins Laboratorium, und wir legten das Tier in ein Glas mit einer speziellen Flüssigkeit, um es möglichst schonend zu töten. Großpapa sagte: »Wir sezieren jetzt ein Tier, das innerhalb der Gruppe der wirbellosen Tiere ganz oben auf der Leiter angesiedelt ist. Beobachten. Beschreiben. Notieren. Analysieren.«

Ich kommentierte die beiden großen Komplexaugen, die drei winzigen Einzelaugen (kleine Punkte, die kaum zu erkennen waren) und die zwei Flügel- und drei Beinpaare. Die beiden großen Augen verschaffen dem Grashüpfer ein weites Blickfeld, sodass man sich nur schwer anschleichen kann. Ohne mein Netz mit dem langen Stiel hätte ich dieses Exemplar nie eingefangen.

Nach Großpapas Anweisungen sezierte und montierte ich die verschiedenen Körperteile. Es gab keine Lunge, nur Atemlöcher am Magenrand, die nach Art eines Blasebalgs Luft direkt ins Körperinnere befördern. Außerdem gab es einen offenen Blutkreislauf, bei dem das Blut frei durch offene Hohlräume im Körper fließt, im Unterschied zu einem geschlossenen System, bei dem das Blut in Blutgefäßen bleibt (wie zum Beispiel beim Menschen). Ich fertigte einige Zeichnungen an und notierte sorgfältig, was ich sah.

Als ich fertig war, deckte ich mein Seziertablett mit einem Mulltuch ab und machte mich damit auf die Suche nach Travis. Ich spürte ihn beim Schweinestall auf, wo er Petunia mit einem Stöckchen zwischen den Ohren kraulte.

»Guck mal«, sagte ich, zog das Tuch weg und zeigte Travis die über das schwarze Wachs verteilten, leuchtend gelben Körperteile. »Das ist der Grashüpfer, den wir heute seziert haben.«

»Hm«, machte Travis.

»Du musst schon hingucken, Travis. Großpapa sagt, das hilft dir.«

»Hm.«

Ich gebe zu, dass der Anblick eines in seine Einzelteile zerlegten Grashüpfers für einen Anfänger auf dem Gebiet etwas irritierend sein kann, andererseits musste der Junge wirklich lernen, sich zusammenzureißen. Und wie sollte er das ohne meine Hilfe schaffen?

»Hör jetzt auf, das Schwein zu kratzen, und sieh dir das hier an.«

Widerwillig ließ er das Stöckchen sinken, schaute kurz herüber und schluckte dann schwer.

»Du kannst ruhig alles anfassen«, sagte ich aufmunternd und stieß ein Paar muskulöse Hinterbeine an. »Der beißt nicht, ehrlich.«

Travis atmete tief durch die Nase ein und wurde bleich.

»Diese Beine sind speziell fürs Springen geeignet, siehst du das? Und hier, diese großen Augen, die sind einer der Gründe, wieso die Dinger so schwer zu fangen sind. Komm, halt mal das Tablett.«

»Schon gut, ich sehe gut von hier.«

»Nimm – das – Tablett.«

Er nahm es, wandte aber den Blick ab. Seine Hände zitterten leicht.

»Willst du nun Tierarzt werden oder nicht?«

Travis schluckte. »Doch, ja. Das heißt … ich glaub schon.«

»Dann stellst du dich jetzt hier hin und guckst dir alles an. Das meine ich ernst.«

»Ich glaub, ich schaff das nicht, Callie.«

»Doch, du schaffst das, weil ich nämlich direkt neben dir stehe. Alles klar?« Keine Antwort.

»Ich sagte: ›Alles klar?‹«

»Glaub schon.«

»Schau, das hier sind die Maxillen und die Mandibeln, die Unter- und die Oberkiefer. Damit zerdrückt er die Nahrung.«

»Aha.«

»Das sind die Fühler, und das hier die Gehirnganglien. Die bilden so eine Art primitives Gehirn.«

»Ah ja.«

»Und sieh mal das Muster der Adern hier im Flügel. Jede Grashüpferart hat ihre eigene Anordnung – wusstest du das?«

»Nein.«

Er schaute immer wieder weg, und jedes Mal erinnerte ich ihn daran, den Blick aufs Tablett gerichtet zu lassen. Das Zittern der Hände ließ zwar mit der Zeit nach, doch die Farbe kehrte nicht in sein Gesicht zurück. So standen wir bestimmt fünf Minuten da, bevor ich endlich sagte: »Das reicht für heute.«

»Prima, danke!« Damit drückte er mir das Tablett wieder in die Hand und raste in Richtung Scheune davon, wo er garantiert Bunny auf den Arm nehmen und das Gesicht tief in dem weichen weißen Fell vergraben würde. Das war sein übliches Trostritual.

Ich sah Petunia an und sagte: »Ich bin mir nicht sicher, ob das was wird. Wenn er schon bei einem *Grashüpfer* Probleme hat!« Das Schwein grunzte freundlich, aber ob es einer Meinung war mit mir, konnte ich nicht sagen.

Wo wir gerade bei Travis und seinen Dilemmas sind: Er gestand mir, dass es da noch ein weiteres gab. Wir waren auf dem Rückweg von der Schule, und ich fragte ihn: »Hat der Kojotenhund eigentlich inzwischen das Weite gesucht, oder fütterst du ihn immer noch?«

»Du meinst Struppi?«

Oh, oh. »Travis, wir hatten uns doch darauf geeinigt, dass du ihm keinen Namen geben würdest. Hab ich recht?«

»Na ja, ich hab mir gedacht, es schadet nicht. Einen Namen braucht jeder. Komm mit und sieh ihn dir an. Er sieht richtig gut aus, sogar von Mal zu Mal besser.«

Er ging mir voran die Böschung hinunter und rief leise: »Struppi, komm her, alter Junge. Braves Hündchen, komm her.«

Aus dem Gebüsch erschien nicht das Wrack, an das ich mich erinnerte, sondern etwas, das im Großen und Ganzen aussah wie … doch, ja … wie ein Hund. Die Augen glänzten, die Nase war feucht, die Miene fröhlich. Er hinkte zwar noch, aber nicht mehr so stark. Ich musste zugeben, er sah aus wie ein Exemplar der Gattung *Canis familiaris*, eines der kleinen bis mittelgroßen, bräunlich roten Variante. Mit unterwürfig angelegten Ohren und wedelndem Schwanz kam er auf Travis zu, blieb aber abrupt stehen, als er mich sah.

»Alles in Ordnung, Struppi«, rief Travis. »Wir bringen dir dein Mittagessen.«

Travis legte ein Sandwich auf den Boden, und da Struppi offenbar entschieden hatte, dass ich keine Gefahr für ihn war, kam er näher und verschlang das Brot auf einen Satz. Ich betrachtete ihn genauer. Aus der Nähe sah er tatsächlich einem Kojoten ähnlicher als einem Hund, was vor allem an der langen, schmalen Schnauze und dem typischen buschigen Schwanz der Kojoten lag. Er beendete seine Mahlzeit, leckte sich über die Lefzen und sah uns erwartungsvoll an.

»Das war alles für heute, alter Junge. Morgen gibt's mehr.« Dann wandte Travis sich zu mir um und sagte: »Hey, Callie, pass auf!« Damit drehte er sich wieder zum Kojotenhund um. »Struppi, sitz.«

Struppi setzte sich.

Mir blieb der Mund offen stehen. Als Nächstes tätschelte Travis Struppi das Fell, und zum Dank schleckte das Tier ihm über die Hand.

»Du solltest ihn nicht anfassen«, warnte ich ihn. »Wer weiß, was er für Krankheiten hat?«

»Ach was«, sagte er leichthin, »wenn er irgendwelche Krankheiten hätte, dann hätte ich mich schon längst angesteckt. Er lässt sich von mir streicheln und die Zecken wegmachen, und er liebt es, wenn ich ihm das Fell bürste.«

So viel zu den Warnungen einer besorgten Schwester.

»Möchtest du ihn streicheln? Er tut dir nichts.« Travis strahlte mich an mit der geballten Kraft seines Glücks, der gegenüber so viele machtlos waren.

Ich hielt Struppi eine Hand hin. Er schnüffelte vorsichtig und belohnte mich dann mit einem kleinen Lecken. Ich versuchte, nicht an mögliche Keime zu denken, und tätschelte ihm den Kopf.

»Siehst du?«, sagte Travis. »Zahmer geht's gar nicht.«

Ich schaute meinen kleinen Bruder an und beschloss, dass ich der Stimme der Vernunft Gehör verschaffen musste, egal, wie schmerzlich das für Travis sein mochte. »Sieh mal, Mutter findet, wir haben sowieso schon zu viele Hunde, und Vater will nur reinrassige Jagdhunde. Nach deiner Geschichte mit Armand, Jay und Bandit ist dein Ruf, was Tiere angeht, die du von draußen anschleppst, auf dem absoluten Tiefpunkt.«

»Aber er ist nicht wild. Bloß halb wild.«

»Ich weiß, und es ist *eine* Sache, wenn du ihm auch weiter Fressen bringen willst. Aber du kannst ihn nicht mit nach Hause bringen. Sie würden ihn nie akzeptieren, nicht in tausend Jahren.«

Travis stieß einen Seufzer aus, der bebend aus den Tiefen seines Wesens aufstieg.

»Lass ihn also einfach hier«, sagte ich. »Hier hat er seinen Bau, in dem er wohnen kann, und du kommst regelmäßig, um ihn zu füttern. Du kannst jeden Tag herkommen. Er kann dein Geheimnis sein.«

Travis kraulte Struppi hinter den Ohren. Schließlich sagte er: »Na gut. Wenn du meinst.«

»Aber achte auch darauf, dass du ihm genug zu fressen bringst. Nicht, dass er noch auf Hühnerjagd geht. Das wäre wirklich das

Letzte, was ihr beide brauchen könnt. Und jetzt komm, ich muss nach Hause, Klavier üben.«

Widerwillig verabschiedete er sich von Struppi und drückte ihn an sich. Oben auf der Böschung drehte er sich noch einmal um und winkte ihm zu. Ich machte mir wirklich Sorgen. Um den Jungen und um seinen Kojotenhund.

Neunzehntes Kapitel

INNERE UND ÄUSSERE WELTEN ERKUNDEN

Als wir ein wenig südlich des Plata in einer sehr dunklen Nacht segelten, bot uns das Meer ein wundersames und äußerst schönes Schauspiel. Ein frischer Wind wehte, und jeder Teil der Wasserfläche, den man am Tage als Schaum sieht, glühte nun in einem fahlen Licht. Das Fahrzeug trieb am Bug zwei Wogen flüssigen Phosphors vor sich her, und im Kielwasser folgte ihm ein milchiger Schweif. So weit das Auge reichte, leuchtete die Krone einer jeden Welle hell, und der Himmel überm Horizont war von dem reflektierten Schein dieser lebhaften Flammen nicht ganz so stockdunkel wie überm Himmelsgewölbe.

Schulaufgaben, Naturstudien mit Großpapa, Handschuhe stricken und Klavier üben hielten mich beschäftigt, doch wann immer ich konnte, rannte ich zu Dr. Pritzker hinüber. Manchmal gab er mir für meine Hilfsdienste einen Fünfer oder sogar einen Zehner.

Eines Tages betrat ich seine Praxis mit einem Korb, den Viola mir mitgegeben hatte und in dem sich ein köstlich riechendes gebratenes Hühnchen und ein noch warmer Apfelstreusel befanden. Der Arzt war gerade dabei, mit seiner guten Hand Glasbehälter vom Regal zu nehmen und Zutaten in einen Mörser zu kippen, die Samuel dann mit einem Stößel pulverisierte.

Dr. Pritzker blickte auf und sagte: »Hmm, wie das duftet! Ich hoffe, da ist etwas für mich in deinem Korb.«

»So ist es«, sagte ich. »Von Viola, als Bezahlung für Idabelle. Und, Samuel, hier ist auch ein Päckchen für dich dabei. Viola sagt, du sollst bei ihr vorbeikommen, bevor du nach Hause gehst – du sollst deiner Momma was von ihr ausrichten.«

Samuel, der weder lesen noch schreiben konnte, kippte das fertige Pulver in ein sauberes Glas, während sich Dr. Pritzker an seinem Schreibtisch mit einem Etikett abmühte. Für mich sah es nicht so aus, als hätte seine gekrümmte, verkümmerte Hand inzwischen Fortschritte gemacht. Er schrieb angestrengt mit links und besah sich dann das Ergebnis.

»Sakrament! Das sieht ja furchtbar aus!«

Allerdings. Es sah aus, als hätte J. B. etwas hingekritzelt.

»Ähm – Dr. Pritzker?«, sagte ich. »Ich könnte das für Sie schreiben, wenn es Ihnen recht ist.«

Es dauerte einen Moment, dann sagte er: »Aber natürlich! Das wäre mir eine große Hilfe. Warum bin ich nicht schon früher darauf gekommen!«

Er reichte mir ein frisches Etikett und einen Stift. Ich beschloss, auf Nummer sicher zu gehen und lieber in Druckbuchstaben statt in Schreibschrift zu schreiben. Langsam und sorgfältig notierte ich: ZWEI GESTRICHENE TEELÖFFEL MIT EINEM VIERTELLITER LAUWARMEM WASSER ZU EINEM BREI VERRÜHREN UND DREIMAL TÄGLICH ALS UMSCHLAG AUF DAS EINGERISSENE OHR AUFTRAGEN.

»Viel besser«, kommentierte Dr. Pritzker.

»Möchten Sie, dass ich es zustelle?«

»Da wäre ich dir sehr dankbar. Es muss zur Farm von den McCarthys, und wir müssen genau in die entgegengesetzte Richtung, um nach einer kranken Färse zu schauen.«

Ich schlug also die östliche Richtung ein, während der Doktor und Samuel sich mit dem Einspänner nach Westen aufmachten. Bis zur Farm der McCarthys waren es gut zwanzig Minuten, aber ich ließ mir Zeit, guckte unterwegs nach Leben im Graben und merkte mir, welche Pflanzen und Tiere ich sah.

Mrs. McCarthy, eine dünne, wettergegerbte Hausfrau, öffnete mir die Tür und wies mir den Weg zum Stall, wo ihr Mann gerade bei einer Kuh mit einem schlimmen Ohr war.

Als ich Mr. McCarthy die Medizin reichte, zog er zu meiner Überraschung ein Fünf-Cent-Stück aus der Tiefe seines ausgebeulten Overalls und sagte: »Für dich, Missy.«

»O nein, Mr. McCarthy, das kann ich nicht annehmen.«

»Na, klar kannst du das. Kauf dir 'ne Brause im Laden.«

Ich stammelte meinen Dank und lief schnell weg, meinen unerwarteten Reichtum fest umklammernd. Meine Brüder verdienten sich oft ein wenig Geld mit irgendwelchen kleineren Aufträgen, wohingegen ich nur ein einziges Mal eigenes Geld verdient hatte, nämlich als ich in der Erntewoche die Kinder der farbigen Farmarbeiterinnen hütete. Als ich auf meinem Rückweg von den McCarthys den Laden erreichte, stand mein Entschluss fest: Eine Brause klang zwar verlockend, doch der Gedanke, meinen Zigarrenkistchenschatz von zwei Dollar siebenundsechzig aufzustocken, klang noch besser. Und der Gedanke, meinen Brüdern nichts von meiner neuen Einnahmequelle zu verraten? Noch viel besser.

Nachdem ich mehrere Nachmittage bei Dr. Pritzker ausgeholfen hatte, fiel mir auf, dass vielleicht ein halbes Dutzend seiner Mixturen immer wieder vorkam. Deshalb sagte ich zu ihm: »Dr. Pritzker, wo ich gerade hier bin, sollte ich vielleicht ein paar Etiketten auf Vorrat beschriften? Zum Beispiel für Arnika, Senfsamen und Terpentin? Mir ist aufgefallen, dass Sie die oft verschreiben. Wenn ich gleich mehrere dafür mache, haben Sie immer welche griffbereit.«

Dr. Pritzker grinste erst mich an, dann Samuel. »Donnerwetter, wir haben ein richtiges Schlauköpfchen in unserer Mitte.«

Das ging mir natürlich runter wie Öl. Ich gab mir extraviel Mühe mit meiner Arbeit, und als ich ging, gab Dr. Pritzker mir einen ganzen Vierteldollar.

Auf dem Rückweg dachte ich über Dr. Pritzkers Probleme und auch über meine eigenen nach. Ich dachte an den Berg von Rechnungen und Briefen, der schon vom Schreibtisch des Tierarztes zu rutschen drohte. Ich dachte an meine Schreibschrift, die alles andere als mustergültig war. Und dann hatte ich eine Idee.

Aggie saß bei ihren Flickarbeiten. »Sag mal«, unterbrach ich sie, »du benutzt doch deine Schreibmaschine gar nicht. Könntest du mir da nicht beibringen, wie man darauf schreibt?«

Sie sah überrascht auf. »Wieso sollte ich? Du hast doch gar nichts, was du mit der Maschine schreiben müsstest.«

Ein Kind mit weniger Stehvermögen hätte sich von dieser Antwort gleich entmutigen lassen und den Rückzug angetreten, aber ich war aus härterem Holz geschnitzt. Und ich wusste, was Aggie antrieb. »Ich würde dich auch bezahlen«, sagte ich.

Aggie überlegte. »Du würdest mir was zahlen dafür, dass ich dir das beibringe?«

»Ja.«

»Wieso?«

»Damit ich Geld verdienen kann.«

Ein listiges Lächeln ging auf einmal über ihr Gesicht. »Ah, ich verstehe. Du willst für den dreckigen alten Juden arbeiten, hab ich recht? Immerhin hat er gute Manieren, anders als manche andere, die mir begegnet sind, das muss man ihm lassen.«

»Dr. Pritzker?« Ihre Bemerkung fand ich überraschend und verletzend. »Also, ist doch klar, dass er manchmal dreckig ist, das wärst du auch, wenn du immer in Ställen arbeiten würdest, bei den Kühen und Schweinen, aber anschließend wäscht er sich jedes Mal. Dafür hat er immer ein Stück Seife in der Tasche, das hab ich selbst gesehen. Und *sooo* alt ist er außerdem noch gar nicht.«

Aggies schrilles Lachen ging mir durch Mark und Bein. »Du hast doch von nichts eine Ahnung!«

»Stimmt doch gar nicht! Ich weiß eine ganze Menge.«

»Stimmt. Eine ganze Menge über irgendwelches Zeug, das niemand braucht. Über Molche und Käfer und so was. Wen interessiert das schon?«

Wut und Fassungslosigkeit stiegen in mir auf. »Wie kannst du nur so was sagen? Das ist sogar sehr wichtig, sagt Großpapa.«

»Noch so ein armer Irrer«, sagte Aggie. »Warum du auf den hörst, ist mir schleierhaft.«

In dem Moment hätte ich ihr am liebsten eine gescheuert. Die unweigerliche Bestrafung durch meine Mutter hätte ich gern in Kauf genommen. Aber in dem Fall würde ich nie bei Aggie erreichen, was ich wollte. Und das war mir wichtig. Also zwang ich mich unter größter Selbstbeherrschung zu Gelassenheit.

»Wenn du mir Schreibmaschine schreiben beibringst, könnte ich mehr verdienen.«

»Du willst also Geld ausgeben, um Geld zu verdienen.«

So ausgedrückt, klang das wirklich nicht sehr schlau, das musste ich zugeben.

»Also, was zahlst du mir?«

Über diese Frage hatte ich mir bereits ausführlich Gedanken gemacht. »Einen ganzen Dollar. Bar auf die Hand.«

»Das ist zu wenig. Ich will zwei.«

In rasender Geschwindigkeit vollführte mein Gehirn die Blitzrechnungen, für die ich zu Recht berühmt bin. Womit könnte ich Aggie drohen? Vielleicht mit der Schlange? Das wäre perfekt, aber dann würde Aggie zu Mutter rennen, und die würde Alberto mit einer Falle hochschicken, damit er das Tier einfing und tötete. Es schien mir nicht richtig, eine unschuldige Schlange in eine rein finanzielle Angelegenheit zu verwickeln. Oder ich könnte an Aggies Mitleid appellieren, aber zu so etwas schien sie mir unfähig. Da mir auf Anhieb nichts Schlaues einfiel, musste ich mit der Wahrheit vorlieb nehmen.

Ich schluckte einmal, dann sagte ich: »Ein ganzer Dollar ist viel Geld für mich, Aggie. Für dich vielleicht nicht, aber für mich ist es schrecklich viel.«

Sie schaute mich mit listigem Blick an, und ich sah, dass sie ihrerseits Berechnungen anstellte.

»Einen Dollar fünfzig.«

»Okay«, sagte ich, und wir besiegelten die Abmachung per Handschlag. Es war mehr, als ich eigentlich bezahlen wollte, und weniger, als sie hatte haben wollen. »Wann fangen wir an?«

»Sobald du mir das Geld gibst. Ach ja, und du musst dir natürlich ein eigenes Farbband kaufen. Ich will nicht, dass du meins abnutzt.«

Also nahm ich, auch wenn es mich fast umbrachte, zwei Dollar aus meinem Zigarrenkistchen, gab Aggie eins fünfzig davon und bestellte für fünfzig Cent ein Farbband aus dem Katalog der Firma Sears. Und obwohl Mr. Sears für rasche Lieferung berühmt war, wusste ich doch, dass mir bis zum Eintreffen des Päckchens eine dieser lästigen Lektionen in Sachen Geduld bevorstand.

Da ich nichts Besseres zu tun hatte, stürzte ich mich in meine Schulaufgaben. Wir nahmen gerade die großen Entdecker durch, Christoph Kolumbus, Ferdinand Magellan und James Cook, wagemutige Männer, die von Europa aus in See gestochen waren, um unbekannte Weltgegenden zu erkunden, zu einer Zeit, als Menschen noch glaubten, die Erde sei eine Scheibe, an deren Rändern Drachen darauf lauerten, herunterstürzende Schiffe zu verschlingen. Miss Harbottle erzählte uns, diese Männer hätten »mithilfe der Sterne navigiert«, doch als ich sie bat, uns das näher zu erklären, wich sie aus. Ich hatte das sichere Gefühl, dass sie selbst kaum Ahnung davon hatte.

Natürlich ging ich mit meiner Frage zu Großpapa.

»Ah«, sagte er, nahm den Globus vom Regal und stellte ihn auf seinen Schreibtisch. »Schau dir mal diese Linien an, die parallel zum Äquator verlaufen. Man nennt sie Breitengrade. Die anderen, die von Pol zu Pol führen, sind die Längengrade. Diese gedachten Linien teilen die Erde auf höchst nützliche Weise auf. Indem man beide angibt, kann man jeden Ort auf diesem Planeten exakt bestimmen.«

»Aber wie können die Sterne einem helfen, Breite und Länge festzulegen?«

»Das zeige ich dir heute Abend. Erst musst du dir ein Astrolabium bauen, wie es die Seefahrer benutzten. Dazu brauchst du ein größeres Stück Karton, einen Winkelmesser, ein Stück Bindfaden, eine Kartonröhre und eine dickere Schraubenmutter. Komm damit wieder, wenn es dunkel ist, dann navigieren wir zusammen auf altmodische Weise.«

Ich brauchte gerade mal zehn Minuten, dann hatte ich fast alles zusammen – Karton, Röhre, Bindfaden und Schraubenmutter. Wo fand ich jetzt einen Winkelmesser? Mir wurde klar, dass das einzige Gerät dieser Art, das mir einfiel, Lamar gehörte, dieser Nervensäge. *Hm.* Er hatte es im vergangenen Jahr zu Weihnachten bekommen. Es lag in einem hübschen Lederetui, zusammen mit einem Kompass und einen Lineal aus Stahl. (Ich dagegen hatte ein Buch bekommen, das *Wissenschaftliches Kompendium hausfraulicher Tätigkeiten* hieß. Die Welt war einfach ungerecht.) Ohne Winkelmesser zu Großpapa zurückzugehen war undenkbar. Er hatte schon oft gesagt, ich sei ein erfinderisches Mädchen, und ich wollte auf keinen Fall, dass seine gute Meinung von mir Schaden nahm.

Im Kopf ging ich meine Möglichkeiten durch. Am einfachsten

wäre es, Lamar direkt zu fragen, doch ich hörte schon sein höhnisches Nein. Vielleicht konnte ich mir das Gerät ja »ausleihen«, ohne dass er davon wusste. Was sollte daran schon schlimm sein? (Abgesehen von dem endlosen Ärger, den ich bekommen würde, wenn er mich erwischte.) Ich machte mir Gedanken über die Bündnisse und Gefolgschaften, die meine Brüder in schwindelerregendem Tempo bildeten und wieder aufkündigten. Manchmal war es gar nicht so einfach, mitzubekommen, wer gerade mit wem auf Kriegsfuß stand, doch einen Jungen gab es, der jederzeit zu mir stand.

»Wofür brauchst du das, Callie?«, fragte Travis.

»Großpapa und ich wollen ein Astrolabium bauen, und ohne Winkelmesser geht das nicht.«

»Was ist ein Astrolabium?«

»Ein wissenschaftliches Instrument, später zeig ich's dir. Also, machst du's?«

»Wieso fragst du Lamar nicht einfach?«

»Sei nicht so dumm, Travis. Der würde es mir nie im Leben leihen.« Ehrlich, manchmal ging es mir schon auf den Keks, dass dieser Junge von jedem nur das Beste dachte.

»Oh. Willst du, dass ich ihn für dich frage?«

»Nein. Ich will, dass du es … holst. Aber kein Wort zu Lamar!«

»Du meinst, ich soll es stehlen?«

»Nicht stehlen, bloß ausleihen.«

»Und anschließend geben wir's zurück?«

»Ganz sicher.«

Ich erwartete weitere Einwände, doch Travis sagte nur: »Na gut.«

Nach dem Essen drängte er sich in der Eingangshalle an mich heran und sagte laut flüsternd: »Hier hast du's.« Er reichte mir das metallene Gerät, und ich versteckte es in meiner Schürzentasche, bis ich zu Großpapa in die Bibliothek ging, wo wir vor den neugierigen Blicken gewisser neugieriger Brüder garantiert sicher waren.

Nach Großpapas Anweisungen schnitt ich einen Halbkreis aus dem Karton. Mithilfe des Winkelmessers markierte ich den gebogenen Rand des Halbkreises in Abständen von jeweils fünf Grad. Dann bohrte ich an der geraden Seite ein Loch in den Karton, steckte den Faden hindurch und band die Schraubenmutter am Faden fest. Zum Schluss klebte ich die schmale Kartonröhre an der geraden Seite meines Halbkreises fest. Das fertige Astrolabium sah so aus:

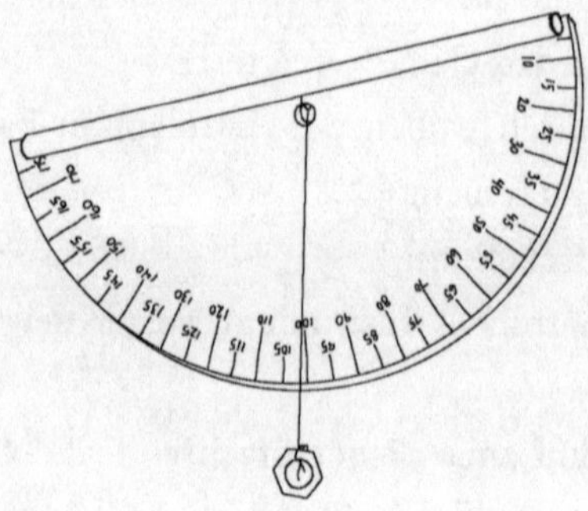

Großpapa inspizierte meine Bastelarbeit und sagte: »Ein schlichtes Instrument, aber funktionsfähig. Sollen wir ins Freie gehen und den Polarstern orten? Wir brauchen ein bisschen Licht, doch nicht so viel, dass es die Sterne verdunkelt.«

Er entzündete eine Lampe, und wir gingen hinaus und stellten uns mitten auf den Rasen vor unserem Haus. Der zirpende Gesang der Grillen verstummte, als wir näher kamen. Eigentlich war es bald Schlafenszeit, doch Mutter hatte eine natürliche Scheu davor, Großpapa anzusprechen, und so gelang es mir oft, eine zusätzliche halbe Stunde herauszuschinden, um mit Großpapa an irgendeinem Projekt zu arbeiten, bevor Mutter mich ins Bett schickte.

Großpapa drehte an der Schraube der Petroleumlampe, bis die Flamme etwa Glühwürmchengröße hatte, und gleich stimmten die

Grillen ihren Chorgesang an. In der Ferne stieß Bluthund Matilda den vertrauten Jodelruf aus. Ansonsten herrschte völlige Stille.

»Jetzt zeig mir mal den Nordstern«, sagte Großpapa.

Die Himmelsrichtungen kannte ich – die kannte schließlich jeder –, und so zeigte ich vage in die nördliche Richtung. »Irgendwo da oben muss er sein.«

Großpapa seufzte, zweifellos wegen meiner schockierenden Unwissenheit. »Fangen wir vorne an. Kannst du den Großen Bären finden? Auch bekannt unter dem Namen *Ursa Major*? Das ist das Sternbild, zu dem der Große Wagen gehört, den manche auch Große Schöpfkelle nennen.«

»O ja, den kenne ich«, sagte ich stolz und zeigte darauf. Man konnte ihn wirklich nicht verfehlen, die Umrisse waren wirklich die einer Schöpfkelle. »Aber wie ein Bär sieht das Sternbild nicht aus.«

»Da gebe ich dir recht. Trotzdem haben die Menschen der Antike es so benannt. Jetzt schau vorn auf den Wagen, nicht auf die Deichsel, und die beiden Sterne an seinem Ende. Hast du sie? Dann folge der Linie dieser beiden Sterne, bis du einen ziemlich hellen Stern findest, den letzten Stern im Kleinen Bären oder *Ursa Minor*.«

»Hab ihn«, sagte ich.

»Das ist Polaris, auch Nordstern oder Phoenice genannt. Die anderen Sterne scheinen wegen der Erdumdrehung am Nachthimmel zu kreisen, doch dieser eine bleibt immer in nahezu unveränderter Position. Wenn du am Nordpol stündest, wäre er quasi in gerader Linie über deinem Kopf. Die Achse, um die sich die Erde dreht, zeigt fast direkt auf diesen Stern, und das erklärt, wieso er sich nicht zu bewegen scheint, obwohl sich unser Planet dreht. Shakespeare schrieb vor dreihundert Jahren in einem seiner Theaterstücke: ›Doch ich bin standhaft wie des Nordens Stern.‹ Sobald du weißt, wo Norden ist, weißt du automatisch auch, wo die übrigen Himmelsrichtungen sind. In der südlichen Hemisphäre können die Seeleute den Polarstern nicht sehen, sie orientieren sich stattdessen am Kreuz des Südens. Wo auch immer du auf der Welt bist, ganz gleich, wie verloren du sein magst, diese Sterne weisen dir immer den Weg nach Hause. Seeleute haben ihnen den Namen ›Glückssterne‹ gegeben, weswegen wir noch heute manchmal sagen, ein glücklicher Stern habe uns geleitet.«

Ich dachte an die Phönizier, die Ägypter, die Wikinger, lauter wagemutige Menschen, die ihre Schiffe alle nach denselben Sternen gesteuert hatten. Es war, als reichten ihre Hände und Herzen und Stimmen in diesem Moment über die Jahrhunderte hinweg bis zu mir, einem Mädchen im texanischen Fentress, das das Meer noch nie gesehen hatte und vermutlich auch nie sehen würde. Ich fühlte mich wie ein Teil der Geschichte, aber, wenn ich ehrlich bin, auch ein bisschen traurig.

»Der Polarstern«, sprach Großpapa weiter, »zeigt dir nicht nur die vier wichtigsten Himmelsrichtungen an. Seeleute haben ihn zweitausend Jahre lang auch benutzt, um ihre Position auf See zu bestimmen. Aber jetzt wollen wir erst einmal unseren Breitengrad messen.«

Das war etwas knifflig, denn die Kartonröhre war schmal und wackelig, und beim Durchschauen konnte man den Stern leicht wieder verlieren. Doch schließlich hatte ich ihn.

»Gut«, sagte Großpapa, »und nun halt so still wie möglich, die Röhre darf sich nicht bewegen, während du den Winkel abliest, den dein Bindfaden markiert.«

Ich befolgte seine Anweisungen und sah, dass der Faden bei der Markierung für einen Winkel von dreißig Grad hing. Das bedeutete, dass Horizont und Polarstern in einem Winkel von dreißig Grad zueinander standen.

»Nun kontrollieren wir unser Ergebnis«, sagte Großpapa, und ich maß den Winkel ein zweites Mal.

»Jep, dreißig Grad.«

Großpapa sah mich an, mit diesem Blick, der bedeutet: Das wolltest du doch wohl nicht sagen.

»Äh, ich meine: *Ja*, dreißig Grad. Aber was haben wir jetzt davon?«

»Das erkläre ich dir, wenn wir wieder im Haus sind.«

Während wir zum Haus gingen, erhob sich eine leichte Brise und setzte meine Fantasie in Gang. Einen Moment lang war ich eine Steuerfrau, Schwester der vielen mutigen Steuermänner vergangener Jahrhunderte, am Bug meines Schiffes, in den endlosen schwarzen Nächten auf dem gewaltigen tiefblauen Ozean, den Blick leewärts gerichtet und frischen Wind im Rücken. So segelte ich über die stampfenden Wogen, mit nichts als stecknadelgroßen Lichtern, die mir den Weg wiesen. Unerschrockene Entdecker allesamt!

Wir kehrten in die Bibliothek zurück, und Großpapa zeigte mir auf seinem Globus, dass wir uns tatsächlich dreißig Grad nördlich vom Äquator befanden. Wenn man auf diesem Breitengrad auf dem Atlantik immer in östlicher Richtung segelte, käme man nach fünftausend Meilen zu den Kanarischen Inseln. Großpapa reichte mir seinen Weltatlas, und ich verbrachte einige glückliche Minuten damit, etwas über das Leben der (was auch sonst?) Kanarienvögel auf den (Überraschung!) Kanarischen Inseln zu lesen.

»Aber was ist mit dem Längengrad, Großpapa?«

»Die Frage nach dem Längengrad ist deutlich schwerer zu beantworten. Dafür braucht man einen akkuraten Zeitmesser. Heutzutage sind Uhren für uns etwas Selbstverständliches, aber vor einigen Jahrhunderten gab es sie nicht. Man schätzte die Zeit mithilfe von Sonnenuhren oder nach dem Stand der Sonne am Himmel. Die großen Seefahrernationen jener Zeit waren die Holländer, die Spanier und die Portugiesen. Doch die britische Regierung lobte eine große Geldsumme aus für jeden Erfinder, der einen Zeitmesser ersinnen würde, der unter den schwierigen Bedingungen stets die korrekte Uhrzeit angab, womit das sogenannte Längenproblem gelöst wäre. Mr. John Harrison brauchte mehr als dreißig Jahre, doch am Ende hatte er Erfolg und verschaffte so den Engländern einen deutlichen Vorsprung auf See. Stell dir vor, die Portugiesen hätten so eine Uhr nur kurze Zeit vorher erfunden, dann sprächen wir heute vielleicht Portugiesisch statt Englisch.«

Ein interessanter Gedanke, doch nun musste ich wirklich schnell ins Bett.

Beim Frühstück am nächsten Morgen fiel mein Blick zufällig auf Lamar, der gerade seinen Haferbrei hinunterschlang, und mir fiel siedend heiß ein, dass ich ja noch seinen Winkelmesser hatte. Was, wenn er ihn an diesem Tag für die Schule brauchte? Er würde einen Riesenaufstand machen, wenn er merkte, dass das Ding nicht an seinem Platz war. Sollte er Travis verdächtigen, dann war alles aus, denn mein jüngerer Bruder würde beim leichtesten Druck wie ein Kartenhaus zusammenfallen. Aber zum Glück nahm Lamar seine Schultasche und stolzierte los; anscheinend musste er an dem Tag keine Geometrieaufgaben lösen.

Nach der Schule trafen sich Lamar und Sam Houston mit einigen Freunden, um auf unserem Rasen unter großem Gebrüll Baseball zu spielen. Alte Futtersäcke, die mit Baumwollkapseln gefüllt waren, markierten die vier Laufmale. Es fehlte ihnen ein Feldspieler, also heuerten sie Travis an, über den sie sich sonst nur lustig gemacht hätten. Sie warfen sich grölend milde Beleidigungen an den Kopf und feuerten den jeweiligen Schlagmann mit schnellen Schlachtrufen an, die einem furchtbar auf den Geist gingen. Solange ich ihr Geschrei hörte, war ich wohl in Sicherheit.

Ich flitzte in mein Zimmer, um den Winkelmesser zu holen. Aggie saß unten im Salon und nähte sich wieder einmal neue Blusen. Ich schlich durch den Flur bis zu dem Zimmer, das Lamar sich mit

Sam Houston teilte. Bevor ich leise eintrat, sah ich mich nach allen Seiten um, ob es auch keine Augenzeugen gab.

Ich vermutete, dass Lamar den Winkelmesser in der Blechkiste unter seinem Bett aufbewahrte, zusammen mit seinem Taschengeld, Bonbons und allen möglichen sonstigen Schätzen. Ich warf rasch einen Blick durchs Fenster nach draußen, wo das Spiel noch in vollem Gange war und Travis gerade von allen Seiten unterschiedliche Anweisungen zugebrüllt wurden, wohin er den Ball werfen sollte, während Sam mit gesenktem Kopf und schwingenden Armen auf das zweite Laufmal zurannte.

Ich zog die Blechkiste unter dem Bett hervor, doch sobald ich sie berührte, fühlte ich mich wie eine Schwerverbrecherin. An die Sachen der jüngeren Brüder zu gehen galt als leichteres Vergehen, aber sich an Lamars Kram zu vergreifen wäre nur mit Tod durch den Strang zu sühnen. Zumindest, wenn es nach Lamar ginge.

Der Radau auf dem Rasen hielt an.

Ich öffnete die Kiste. Bevor ich irgendetwas anrührte, nahm ich mir einen Moment Zeit, um mir genau einzuprägen, wo jedes Ding lag oder, um mit Großpapa zu sprechen: ihre Position *in situ*, sodass ich jeden Gegenstand exakt dorthin zurücklegen konnte. Es gab ein Zigarrenkistchen ähnlich meinem eigenen, zwei Schokoladenriegel und ein Papiertütchen mit roten Zimtbonbons. Außerdem waren da ein Taschenwörterbuch, ein Federhalter mit einer feinen Stahlfeder und ein Fässchen mit blauer Tinte. Eine Adlerfeder, ein kaputter Aufziehclown mit mittlerweile rostigem Innenleben, der noch aus Lamars jüngeren Tagen stammte, und das Lederetui mit Kompass und Lineal. Ich legte den Winkelmesser an seinen Platz zurück und wollte den Deckel schließen, doch dann zögerte ich und betrachtete nachdenklich das Zigarrenkistchen. Also, nachdem ich nun schon einmal hier war …

Ich öffnete die Schachtel. Ein paar vereinzelte Einer und Fünfer.

Mehrere Zehner und Vierteldollarmünzen. Das Zehn-Dollar-Stück, das Vater ihm geschenkt hatte. Und gleich daneben funkelte mich etwas an: eine Fünf-Dollar-Münze.

Ich erstarrte vor Schreck. Die Gedanken rasten in meinem Kopf. War das meine? Es musste meine sein. Aber woran könnte ich das mit Sicherheit erkennen? Ich untersuchte das Geldstück gründlich und verfluchte mich, dass ich nicht daran gedacht hatte, einen Kratzer in das weiche Metall zu machen, um es eindeutig als meins zu kennzeichnen. Ohne so eine Markierung konnte ich mir nicht hundertprozentig sicher sein. Aber kam es darauf wirklich an? Natürlich nicht. *Gestohlen* hatte er mir die Münze! Aber wäre Lamar wirklich zu einem so abscheulichen Verbrechen fähig? *Sei nicht blöd, Calpurnia, hör schon auf, dich mit solchen Spitzfindigkeiten aufzuhalten! Er hat's getan, und du hältst den Beweis in der Hand. Die einzig wichtige Frage ist jetzt: Wie soll er dafür büßen? Stimmt's?*

Plötzlich fiel mir auf, dass es draußen ganz still war. Oh, oh. Unten schlug die Haustür zu, und ich erschrak fast zu Tode. Bloß weg hier! Ohne groß nachzudenken, packte ich beide Münzen, stellte Zigarrenkistchen und Blechkiste an ihre Plätze zurück und rannte durch den Flur in mein Zimmer. Mit jeder meiner verschwitzten Hände umklammerte ich eine schwere Münze.

Zurück in meinem Zimmer sah ich mich hektisch nach einem sicheren Versteck für die Münzen um. In meine Geldschachtel unter dem Bett konnte ich sie nicht legen, dort würde Lamar als Erstes nachsehen, falls er tatsächlich herkäme. Aber wo würde er als Letztes nachsehen? Im Sand unten im Glas von Sir Isaac Newton. Niemand – aber wirklich niemand – käme auf den Gedanken, dort nachzusehen.

Während der folgenden zwei Tage lebte ich wie in einer Wolke aus Furcht und Schuld (mit einem Hauch Schadenfreude, wie ich zugeben muss). Die ganze Zeit fragte ich mich, wann Lamar wohl seine Kiste öffnen würde. Der Gedanke an meinen Diebstahl lastete schwer auf mir und machte mir Angst. Doch dann wiederum sagte ich mir, es sei ja wohl kein Diebstahl, wenn man sich das, was einem selbst gehörte, von einem Dieb zurückholte. *Falls* es einem selbst gehörte. Aber so war es doch. So musste es sein.

Nachts lag ich lange wach und dachte mir alles Mögliche aus, wie ich Lamars Goldstück zurückgeben könne, auch wenn er es wirklich nicht verdient hatte, dieser Schuft. Mal dachte ich daran, das Geld anonym zurückzugeben, dann wieder wollte ich eine Spur hinterlassen, um ihn wissen zu lassen, dass ich es war – und er *würde* es wissen. Doch die Entscheidung wurde mir aus der Hand genommen, als Lamar am Samstag wütend zum Mittagessen erschien, mit geblähten Nüstern wie ein Stier, und sich wild nach dem Schuldigen umsah. Fast sah man Dampf aus seinen Ohren kommen. Einen nach dem anderen starrte er zornig an. Ich nahm meinen ganzen Mut zusammen und gab mir größte Mühe, eine unbeteiligte Miene zu bewahren. Ich weigerte mich, unter Lamars furchteinflößendem Blick zu erzittern, auch als meine Haut zu prickeln begann. *Calpurnia,* sagte ich streng zu mir, *du bekommst jetzt keinen Ausschlag, damit verrätst du dich nur. Jetzt. Kein. Ausschlag.* Und zu meinem Erstaunen beruhigte sich meine Haut.

Mutter sah Lamar an. »Stimmt irgendwas nicht, Liebes?«

Lamar befand sich in einer schrecklichen Zwickmühle; gleichzeitig schnürte ihm die Wut die Kehle zu, sodass er kaum sprechen konnte. Würde er es wagen, die Wahrheit zu sagen? Er spuckte ein freches »Nein!« aus.

Wir übrigen Kinder schnappten alle nach Luft, und Mutter zuckte schockiert zusammen. »Lamar Tate«, sagte Vater mit Donnerstimme,

»in diesem Ton sprichst du nicht mit deiner Mutter. Du verlässt sofort den Tisch. Wir sprechen uns später.«

Lamar stieß seinen Stuhl zurück und stürmte aus dem Esszimmer. Vater sah Mutter fragend an. »Was hat der Junge?«

»Ich habe keine Ahnung«, antwortete Mutter stockend, und einen schrecklichen Moment lang fürchtete ich, sie könne in Tränen ausbrechen. Im Bemühen, die Ordnung wieder herzustellen, wandten wir uns unserem Hühnchen und den Klößen zu, doch alles hinterließ nur den Geschmack von Asche im Mund. Irgendwann bat einer von uns einen anderen, die Brötchen weiterzureichen, und wurde seinerseits um die Soße gebeten, und so kam ganz, ganz langsam ein Tischgespräch über nichts und wieder nichts in Gang. Der Einzige, der sich mit Freude sein Essen schmecken ließ, war Großpapa. Doch während er kaute, sah er, der schärfste Beobachter an unserer Tafel, mich nachdenklich an.

Lamar war in sein Zimmer verbannt und bekam an diesem Tag kein Abendessen und dazu drei harte Schläge von Vater mit einem Lederriemen auf die flache Hand. Travis hatte Mitleid mit Lamar und fragte mich, ob wir ihm nicht etwas zu essen ins Zimmer schmuggeln könnten, aber ich sagte Nein. Travis fand mich sicherlich gemein, aber ich konnte ihm unmöglich verraten, dass ich von der Schokolade in Lamars Kiste wusste.

Danach hielt ich mich wohlweislich von Lamar fern, aus Sorge, mit meiner Unschuldsmiene wäre es aus, falls er mich direkt beschuldigte. Andererseits – was konnte Lamar schon tun? Er steckte in einer Falle, die er selbst gebaut hatte. Wenn er gegenüber den Strafbehörden (in diesem Fall Vater und Mutter) mit dem Finger auf mich zeigte, müsste er gleichzeitig sich selbst als den schlimmeren Dieb von uns zweien bloßstellen.

Ein bisschen tat er mir doch leid, und ich überlegte, wie ich ihm sein Geld zurückgeben konnte, jetzt, nachdem er seine Strafe erhalten hatte, wenn auch nicht für den eigentlichen Diebstahl, sondern für die indirekte Folge davon, nämlich sein eigenes, pampiges Verhalten.

Drei Tage lang grübelte und brütete ich wie Napoleon auf Elba und schmiedete Pläne, und dann hatte ich es.

Ich heuerte Travis als meinen Adjutanten an und schickte ihn los, um Lamar zu mir zu beordern. Ich würde hinter der Scheune auf ihn warten, gleich neben Petunias Stall. (Für den Fall, dass du mir gerade vorwerfen wolltest, den Grundsatz zu verletzen, Tieren, die irgendwann auf dem Teller landen, keinen Namen zu geben: J. B. hatte Petunia irgendwann so getauft, weil er es besonders witzig fand, ein Tier, das sich im Schlamm suhlte, nach einer so schönen Blume zu benennen. Diese Petunia übrigens war wirklich ein ganz freundliches Schwein, das sich gerne von uns mit einem Stöckchen am Kopf kratzen ließ, und ich musste zugeben, ich würde es ein bisschen bedauern, wenn sie eines Tages nicht mehr sein würde. Trotz ihres Namens war sie für den Ofen, den Kochtopf und die Räucherkammer bestimmt und würde im folgenden Jahr durch eine kleinere, jüngere Petunia ersetzt werden.)

Ich lehnte am Zaun und warf ihr Kartoffelschalen hin, die zu ihren liebsten Zwischenmahlzeiten zählten. Sie grunzte dankbar und fing sogar ein paar im Fluge auf, wie ein dressierter Hund. Dann erschien Lamar, gefolgt von Travis, der ängstlich dreinschaute. Ich hatte ihm eingeschärft, er müsse dableiben und das Geschehen als Augenzeuge beobachten.

»Was willst du denn?«, knurrte Lamar, der ewige Sonnenschein unserer Familie.

»Du könntest wirklich etwas freundlicher zu mir sein, Lamar«, sagte ich und warf Petunia noch ein paar Schalen zu. Sie wühlte im Schlamm und grunzte dankbar.

»Wieso sollte ich? Ich seh keinen Grund dafür. Du bist doch bloß ein dummes Mädchen.«

»Oh«, antwortete ich zuckersüß, »ich wüsste genug Gründe.«

»Dann sag mir einen, einen einzigen«, höhnte er.

»Gut, ich geb dir einen«, sagte ich und griff in meine Schürzentasche. »Besser gesagt, zehn.«

Ich hielt die Münze hoch, sodass er sie deutlich sehen und zweifelsfrei erkennen musste. Schlagartig wurde er erst bleich und lief dann rot an, seine mürrische Miene zeigte erst Verwirrung, dann Bestürzung, als er begriff, was er da sah. Schließlich, als ihm dämmerte, wo ich die Münze herhatte, verfärbte sich sein Gesicht tiefrot. Dieser plötzliche Wechsel seines Mienenspiels und seiner Gesichtsfarben zählt zu den Höhepunkten meines Lebens.

»Gib sie mir wieder«, keuchte er, »gib her, sonst sag ich's Vater.«

»Das kannst du nicht«, entgegnete ich, »denn dann müsstest du ihm erklären, dass du erst mein Geld gestohlen hast. Wie viele Schläge gäbe es wohl dafür, was meinst du? Fünf – einen für jeden Dollar, den du mir gestohlen hast? Oder volle zehn? Vielleicht addiert er sie auch zu fünfzehn. Was glaubst du?«

Sein Gesichtsausdruck in diesem Moment war unbezahlbar. Seltsamerweise wurde ich selbst immer ruhiger und gefasster, je verstörter Lamar war. Travis, unser Zeuge, zappelte nervös herum.

Jetzt änderte Lamar seine Taktik und fand sich wohl sehr schlau. »Komm schon, Callie«, bettelte er, »sei doch nicht so. Gibst du sie mir bitte zurück? Bitte!«

»Nun«, sagte ich, »wenn du mich so lieb bittest, in Ordnung. Hier hast du.« Damit warf ich die Münze hoch in die Luft. Magischerweise schien die Zeit auf einmal fast stillzustehen, während wir drei gebannt zusahen, wie die majestätisch in der Sonne funkelnde Münze langsam, ganz langsam über den Zaun segelte. Für diesen einen Moment verwandelte ich mich von einer halben Bürgerin in eine vollwertige, nein, in einen Soldaten, ach was, in eine ganze Armee, die Rache und Gerechtigkeit für alle übrigen Halbbürger dieser Welt erkämpfte.

Mit einem *Plopp* landete die Goldmünze mitten im Schweinepferch. In dem großen Teich aus halb flüssigem Dung.

Das Geräusch von etwas möglicherweise Essbarem ließ Petunia aufhorchen. Schwerfällig drehte sie sich um und schob sich langsam in die Richtung, aus der es gekommen war, fest entschlossen, was immer da war, aufzuspüren und hinunterzuschlingen.

»Schnell, Lamar, hol sie dir!«, rief ich. »Sonst wird's noch viel schlimmer.«

Damit machte ich auf dem Absatz kehrt und rannte zurück zum Haus, pfeilschnell, schneller, als ich je gerannt war, nun keine Armee mehr, sondern der Wind selbst. An diesem Tag sollte mich niemand einholen.

Monate vergingen, bevor Lamar wieder mit mir sprach. Ob's mir was ausgemacht hat? Kein bisschen.

Zwanzigstes Kapitel

SO VIEL GELD!

Einige der Feuerländer zeigten deutlich, dass sie eine passable Vorstellung vom Feilschen hatten. Ich gab einem Mann einen großen Nagel (ein äußerst wertvolles Geschenk), ohne die Geste eines Gegengeschenks zu machen; er jedoch hob sogleich zwei Fische auf und reichte sie mir an der Spitze seines Speers herauf.

Die Feiertage kamen und gingen, das Weihnachtsfest und Silvester verliefen so still wie noch nie, denn wegen der großen Flut waren die Festlichkeiten überall sehr gedämpft. Mutters gute Freundinnen aus der Kindheit waren beide von den Wassermassen mitgerissen worden; ihre Leichen wurden nie gefunden. Trotzdem bemühte sie sich um Haltung und eine nicht allzu traurige Miene, zumindest vor den jüngeren Kindern.

Obwohl ich wusste, dass es zwecklos war, betete ich fleißig um erneuten wunderbaren Schneefall. Doch es fiel kein Schnee, nur Regen. Ich verteilte die von mir gestrickten Handschuhe, und die Beschenkten taten zumindest so – die einen mehr, die anderen weniger –, als gefielen sie ihnen. (Na gut, es waren sicher nicht die tollsten Handschuhe der Welt; hier und da hatte ich eine Masche fallen lassen, oder eine Reihe war schief geworden, aber wem meine Handschuhe nicht gefielen, der konnte sich ja jederzeit neue von Mr. Sears kommen lassen.)

Es war Tradition in unserer Familie, dass am Silvesterabend jeder seine guten Vorsätze fürs neue Jahr verkündete. Im Jahr zuvor hatte ich eine lange Liste zusammengestellt, auf der unter anderem stand, dass ich Schnee sehen wollte und auch das Meer, doch dieses Mal hatte ich nur einen Vorsatz. Ich stand also auf, holte tief Luft und sagte: »Ich will studieren. Nicht nur ein Jahr, bis zum Lehrerinnendiplom, sondern bis zu einem richtigen Abschluss. Dass das mehrere Jahre dauern kann, weiß ich.«

Meine Eltern schwiegen. Endlich sagte Mutter: »Nun, Liebes, vielleicht können wir später darüber reden. Wenn du etwas älter bist.«

»Wieso nicht jetzt?«, fragte ich mit einer Stimme, die beherzter klang, als ich mich fühlte.

»Was heißt das?«, quakte J. B. dazwischen. »Gehst du weg, Callie?«

»Ein ausgezeichneter Plan, findest du nicht auch, Margaret?«, warf Großpapa netterweise ein.

Mutter hätte nie gewagt, Großpapa einen zornigen Blick zuzuwerfen, doch ihre Miene war entschieden frostig. Hilfesuchend sah sie Vater an.

Der räusperte sich und sagte dann: »Ja … also, wir werden sehen. Noch ist es viel zu früh, um an solche Dinge zu denken. Vielleicht unterhalten wir uns noch einmal darüber, wenn du sechzehn bist.«

Bis dahin waren es noch drei volle Jahre! Ich starrte Vater mit offenem Mund an, während ich versuchte, mir irgendein überzeugendes Argument einfallen zu lassen. Doch bevor mir noch etwas einfiel, sagte Vater: »Travis, ich glaube, du bist als Nächster an der Reihe. Erzähl uns, was du dir vorgenommen hast.«

So ging es im Kreis herum weiter, gerade so, als wäre nichts gewesen. J. B. kletterte auf meinen Schoß, gab mir einen klebrigen Kuss und flüsterte: »Wo gehst du denn hin? Du sollst nicht weggehen, sonst bin ich traurig.«

»Du musst nicht traurig sein«, flüsterte ich zurück. »Es sieht so aus, als ginge ich nirgends hin. Vielleicht überhaupt nie.«

»Dann ist gut«, murmelte er, und ich spürte seinen warmen Atem im Gesicht. Aber in Wirklichkeit war gar nichts gut. Ich legte die Arme fester um den kleinen Kerl und wiegte ihn auf meinem Schoß, aber eigentlich wollte ich vor allem mich selbst beruhigen. Ich ließ meinen Blick schweifen – alle anderen in unserem Kreis sahen jetzt erwartungsvoll Travis an, alle außer Großpapa, der mir mit einem leichten Kopfnicken Zustimmung signalisierte.

So brachten wir die weitgehend ereignislosen Feiertage hinter uns. Doch dann, am 10. Januar 1901, passierte etwas in einem Ort im Osten von Texas namens Spindletop: Bei einer Bohrung traf man auf eine Quelle, und schwarzes Öl schoss ununterbrochen in einer 150 Fuß (oder 50 Meter) hohen Fontäne in die Luft, neun Tage lang, bevor man es eindämmen konnte. Dieses Ereignis sollte den Ölboom auslösen, der schließlich zum Siegeszug des Automobils führte, das Ende des Pferdezeitalters einläutete und ganz allgemein zahllose Veränderungen nach sich zog, in unserem eigenen Haus wie im ganzen Land und auf der ganzen Welt.

Damals ist es mir, ehrlich gesagt, kaum aufgefallen, doch die Neuigkeit versetzte Aggie aus irgendeinem Grund in Aufregung, und auf einmal wirkte sie munterer, als ich sie je erlebt hatte.

Im Laufe jener Woche tauchte überraschend ein Thema auf, das uns beide interessierte, und zwar in Form eines Briefes an Aggie, der auf dem Tisch in der Eingangshalle lag. Absender war die First State Bank of Galveston. Hm, das schien mir ungewöhnlich. Soweit ich wusste, hatte meine Mutter in ihrem ganzen Leben noch nie Post von einer Bank bekommen. Finanzielle und ähnliche Angelegenheiten galten als männliches Hoheitsgebiet. (Warum, weiß ich auch nicht; einen anderen Grund als den, dass es schon immer so gewesen war, schien es nicht zu geben.)

Außer mir war niemand in der Halle, also nahm ich den Brief in die Hand. Ich schüttelte ihn leicht und betastete ihn vorsichtig. Weder das Klimpern von Münzen noch das Knistern von Scheinen war zu hören. Als stets hilfsbereiter Mensch trug ich den Umschlag nach oben in unser Zimmer, wo Aggie am Schreibtisch saß und wieder einmal einen Brief schrieb. Sofort bedeckte sie das Blatt mit dem Unterarm, damit ich auch ja nichts lesen konnte.

»Sieh mal, Aggie, hier ist ein Brief für dich, von einer Bank in Galveston. Was können die bloß …«

Sie drehte sich um und riss mir den Brief aus der Hand, bevor ich noch mit meiner Frage fertig war. Man hätte meinen können, der Brief enthalte einen Gnadenerlass des Gouverneurs, mit dem eine drohende Hinrichtung ausgesetzt würde. Einen Moment lang hielt sie den Brief mit zitternden Fingern, dann nahm sie einen Brieföffner und schlitzte den Umschlag mit größter Vorsicht auf, um den Inhalt nicht zu beschädigen. Was konnte so wichtig sein, dass es solches Vorgehen erforderte? In ihrer Aufregung merkte sie gar nicht, dass ich ihr über die Schulter sah, aber alles, was ich sehen konnte, waren mehrere Spalten voller Zahlen, ähnlich wie in den Unterlagen, die ich vom Schreibtisch meines Vaters in der Cotton Gin kannte.

Aggie las begierig, ein Finger glitt über die Zahlenreihen bis zum Ende der Seite. Als sie bei der letzten Zahl angekommen war, murmelte sie: »Gott sei Dank.«

»Gute Nachrichten, Aggie?«

Normalerweise würde sie so eine Frage sofort zurückweisen, doch dieses Mal seufzte sie nur erleichtert und sagte: »Mein Geld ist in Sicherheit. Ein Teil der Unterlagen der Bank ist vom Hochwasser fortgeschwemmt worden, aber meine haben sie gefunden. Mein Geld ist sicher, dem Herrn sei Dank.«

Diese Antwort weckte meine Neugier. »Du hast Geld auf der Bank? Wo hattest du das her?«

»Gespart. Von dem, was ich mir bei Poppa im Geschäft verdient habe.«

»Was hast du denn da gemacht?«

»Büroarbeiten. Briefe tippen und einen Teil der Buchhaltung, dafür hat er mich bezahlt.«

Ich dachte einen Moment nach, dann fragte ich: »Wie viel?«

»Was?«

»Wie viel hat er dir bezahlt? Wie viel hast du auf der Bank?«

Aggie zog die Nase kraus. »Das geht dich gar nichts an, kleines Fräulein Neugier.«

Ich überlegte angestrengt, wie ich sie dazu bringen könnte, es mir zu verraten.

»Jetzt sag schon«, drängte ich. »Sonst leg ich Sir Isaac in dein Bett, während du schläfst.« In Wahrheit hätte ich das weder ihr noch Sir Isaac angetan, der so weich war, dass er sich in dem wohl unvermeidlichen Handgemenge leicht verletzen könnte. Aber die Drohung fand ich nicht schlecht. Drohung mit einem Molch. Doch, wirklich, eine meiner besseren Ideen.

Aggie wurde bleich. »Das würdest du nicht wagen, oder?«

»Kann sein, kann nicht sein.«

Sie kniff die Augen zusammen. »Ich sag's deiner Mutter.«

Ich kniff ebenfalls die Augen zusammen und gab mich unerschrocken. »Mach doch. Ist mir egal.«

Es stand unentschieden zwischen uns Augenkneifern.

»Die Mitglieder der Familie Salamandridae fühlen sich kalt und glitschig an. Sie sondern einen giftigen Schutzfilm ab, der …«

Aggie knickte ein, ganz, wie ich es mir gedacht hatte. Molche sind doch wirklich höchst nützliche Tiere.

»Na ja, schaden kann's ja wohl nicht«, sagte meine Cousine. »Ich hab fast hundert Dollar gespart.«

»Heiliger Strohsack!« Hundert Dollar waren für jeden eine gewaltige Summe, aber für eine unverheiratete Siebzehnjährige erst recht. Auf einmal wurde unsere Unterhaltung richtig interessant. »Das ist ja erstaunlich. Wie lange hast du dafür gebraucht?«

»Ungefähr ein Jahr. Poppa hat mir dreißig Cent die Stunde gezahlt.«

»Und was willst du mit dem Geld machen?«

Sie zögerte. »Das weiß ich noch nicht.«

Ich hatte das Gefühl, dass sie log, aber warum? Andererseits konnte mir das egal sein. Was mich viel mehr interessierte, war, was man für hundert Dollar alles kaufen konnte. Zum Beispiel ein gutes Pferd, eines, das einen, wann immer man wollte, meilenweit weg von zu Hause tragen konnte. Das bedeutete eine gewisse Freiheit. Oder, wenn man ein typisches Mädchen war, konnte man ein Dutzend Ballkleider fürs Debütantinnenjahr kaufen oder den gesamten Vorrat an Tisch- und Bettwäsche für die Aussteuertruhe. Auch das versprach vermutlich eine gewisse Freiheit. Oder, wenn man eine andere Art Mädchen war, konnte man ein richtig gutes Mikroskop erwerben und eine unbegrenzte Menge an Notizbüchern für wissenschaftliche Aufzeichnungen. Das bot eindeutig eine gewisse Freiheit. Oder man kaufte sich – dieser Einfall kam mir blitzartig – etwas, das noch viel großartiger war als all diese Dinge. Man kaufte sich … Bildung. Der Gedanke war so kühn, dass es mir fast den Atem verschlug.

»Alles in Ordnung mit dir?«, fragte Aggie. »Du siehst auf einmal so komisch aus.«

»Hä?«

»Kippst du gleich um?«

»Was?«

»Eigentlich bist du noch zu jung dafür, aber ich habe Riechsalz hier, falls du welches brauchst.«

»Mir geht's gut … glaube ich.«

Die Gedanken jagten nur so durch meinen Kopf, und ich quetschte

Aggie aus, um Einzelheiten zu erfahren. Ich müsse nicht mehr tun, erklärte sie mir, als mit einem kleinen Geldbetrag zur Bank zu gehen und die Leute zu bitten, ein Sparbuch auf meinen Namen zu eröffnen. Doch, bei der Bank sei mein Geld sicher vor diebischen Brüdern, und ja, die Bank würde mir mein Geld zurückgeben, wann immer ich das wolle, und mir sogar Geld dafür bezahlen (»Zinsen« nannte sie das), dass sie auf mein Geld aufpassten.

Gleich am nächsten Tag marschierte ich die Hauptstraße hinunter, mein Zigarrenkistchen in den Händen, bis ich vor der Bank stand, gleich hinter der Cotton Gin. Ich war noch nie darin gewesen, und angesichts der imposanten Messingtüren verließ mich einen Moment lang der Mut. Doch dann stieß ich die Tür auf und betrachtete blinzelnd den hochglanzpolierten Marmorboden, die hohe Decke mit den Stuckornamenten und die glänzenden Spucknäpfe. Schon die gedämpfte Atmosphäre kündete von Wohlstand und ernsthaften Geschäften. Das hier war etwas völlig anderes als der dröhnende Lärm in der Cotton Gin.

Auf einer Seite stand ein großer Stahltresor, dessen Tür mindestens einen Fuß dick war und ein Stück offen stand. Auf der anderen Seite befand sich eine Art Käfig aus Eiche und Messing, in dem zwei junge Männer, beide mit Schnurrbart, Kunden Geld hinzählten. Mädchen oder Frauen waren nirgends zu sehen. Ganz hinten im Raum saß ein korpulenter, sehr geschäftig aussehender Mann im dunklen Anzug an einem sicher teuren Schreibtisch, rauchte Zigarre und unterhielt sich mit einem Kunden, den ich sofort erkannte, auch wenn er mir den Rücken zuwandte: Vater. Der korpulente Mann schaute zu mir herüber, runzelte die Stirn und sagte etwas zu Vater. Der stand sofort auf und kam mit besorgter Miene auf mich zu.

»Calpurnia, was machst du hier? Ist alles in Ordnung zu Hause?«

»Alles wunderbar, Vater.« Ich hielt ihm mein Zigarrenkistchen hin und sagte: »Ich wollte ein Konto eröffnen.« Ich hörte selbst, wie meine Stimme bebte, und das ärgerte mich, doch ich fuhr unbeirrt fort. »Ich glaube, ein Sparbuch nennt man das.«

Vater sah mich amüsiert an. »Wozu um alles in der Welt brauchst du das?«

Ich überlegte schnell. »Du sagst doch immer, wir sollen sparen, und ich hab' mir gedacht, hier sei mein Geld am besten aufgehoben.« Logischerweise müsste er jetzt als Nächstes fragen, wofür genau ich denn sparte. Ich hoffte, die Frage würde nicht kommen. Ich wollte das Thema nicht wieder mit ihm verhandeln. Noch nicht.

Doch zu meiner Erleichterung meinte er nur: »Hm, ja. Als ich das sagte, dachte ich zwar mehr an die Jungen als an dich, aber die Idee ist ausgezeichnet, und du gehst deinen Brüdern mit gutem Beispiel voran. Komm mit, ich stelle dich dem Präsidenten der Bank vor, und dann regeln wir das mit deinem Sparbuch.«

Ich knickste vor Mr. Applebee und schüttelte ihm die Hand. Der aufgedunsene Mann kam mir ziemlich wichtigtuerisch vor; er schien höchst zufrieden mit sich, auch wenn mir kein einleuchtender Grund dafür einfiel. Ich hoffte, ich würde ihn nicht jedes Mal begrüßen müssen, wenn ich herkäme; es fühlte sich so an, als würde man einem großen, feuchten Marshmallow die Hand schütteln. Er gab mir ein Formular, das ich ausfüllen sollte, mit Namen, Adresse und so weiter, dann ging er mit mir zu diesem Messingkäfig, wo ich einem der Angestellten meine Holzschachtel überreichte. Der junge Mann zählte mein Geld zweimal und verkündete dann die Summe von fünf Dollar achtundfünfzig. Diesen Betrag trug er in ein blaues Büchlein ein, das er mir mit der Bemerkung überreichte, ich solle gut darauf aufpassen und es jedes Mal mitbringen, wenn ich eine »Einlage« oder eine »Abhebung« vornehmen wolle; viermal im Jahr würden mir auf mein Guthaben Zinsen gutgeschrieben.

Vater und ich verabschiedeten uns an der Tür. Er ging zurück in sein Unternehmen, ich machte mich auf den Heimweg. Das Kistchen, das nun mein neues Sparbuch enthielt, drückte ich fest an mich, und immer wieder blieb ich stehen, um den Inhalt zu bewundern – den hübschen blauen Umschlag mit der Aufschrift FIRST NATIONAL BANK OF FENTRESS in goldenen Buchstaben, den Eintrag über eine Ersteinlage von $ 5,58 in gestochen schöner Handschrift und die vielen noch leeren Zeilen und Spalten, die darauf warteten, sich zu füllen mit den Beweisen für mein stetig anwachsendes Vermögen. Ich war höchst zufrieden.

Das Verhältnis zwischen Aggie und mir war nicht mehr ganz so frostig. Ich war ihr dankbar für die Information über die Bank und zeigte es ihr in kleinen Dingen. Sie wiederum redete gern mit mir über ihr »Einkommen« und ihre »Investitionen«, auch wenn ich nicht alles verstand, was sie sagte. Wir verglichen die Aufzeichnungen über den Fortschritt unseres Vermögens. Davon abgesehen schien es ihr wohl ratsam, netter zu mir zu sein, schließlich kannte ich nun das Geheimnis ihres Ersparten. Wie sollte ich wissen, dass sie vor uns allen ein weiteres, viel größeres Geheimnis verbarg.

Etwa um diese Zeit verschwand Travis immer häufiger nach dem Abendessen und tauchte erst wieder auf, wenn wir ins Bett mussten. Im Grunde ging das fast jeden Abend so, auch wenn ich anfangs kaum darauf achtete. Bei so vielen Brüdern, die ständig durch die Gegend wuselten, war es gar nicht so einfach, alle im Auge zu behalten. Doch dann eines Morgens, auf dem Weg zur Schule, kam er mir sehr unausgeschlafen vor, und ich entdeckte Kratzer an seinen Händen und blaue Flecken an seinen Beinen.

»Ähm … Travis?«

»Hm?«

Ich zeigte auf seine Verletzungen. »Gibt's irgendwas, was du mir sagen willst?«

»Ach, das. Ich hatte einen schlimmen Abend mit Struppi.«

Ich blieb wie angewurzelt stehen. »Struppi war das?«

»Nein, nein, der würde mir doch nie wehtun! Das waren die Kojoten.«

»Die Kojoten?«

»Also, nicht direkt, ich musste bloß mitten durchs Gebüsch rennen.«

»Willst du mir das jetzt richtig erklären, oder muss ich dir jedes Wort einzeln aus der Nase ziehen?«

»Na ja, das ist eine lange Geschichte, Callie.«

»Fang schon an«, sagte ich ungeduldig. »Ich bin ganz Ohr.«

»Na gut. Weißt du noch, wie du zu mir gesagt hast, dass Hunde sich am wohlsten fühlen, wenn sie im Rudel leben?«

Ich wusste es zwar nicht mehr, behielt das aber lieber für mich.

»Ich hab mir gedacht, dass Struppi die Gesellschaft von anderen Hunden braucht. Also bin ich letzte Woche mit ihm zu dem leeren Grundstück hinter der Baptistenkirche gegangen, wo sich die Hunde aus der Stadt gerne treffen, und hab versucht, ihn mit den anderen bekannt zu machen. Aber aus irgendeinem Grund haben die bloß die Zähne gefletscht und ihn verjagt. Anscheinend haben sie gleich gemerkt, dass er keiner von ihnen ist, wenigstens nicht zu hundert Prozent. Aber das ist doch nicht fair, Callie – es ist doch nicht seine Schuld, dass er halb Hund und halb Kojote ist. Er kann ja nichts dafür. Und auch nicht dafür, dass er sich von Hühnern ernähren muss.«

Struppis ausgeprägter Sinn für Geflügel würde ihm vermutlich eines Tages noch zum Verhängnis werden.

»Am nächsten Abend«, fuhr Travis fort, »habe ich ihn wieder besucht, als es schon dunkel wurde, und in der Ferne hörten wir die Kojoten heulen. Das kennst du doch auch, dieses hohe *Jip-Jip-Jip*, das sie machen, wenn sie sich zum Jagen versammeln. Im selben Moment spitzte Struppi die Ohren und bekam diesen wilden Blick. Da ist mir klar geworden, dass er zu den Kojoten gehört. Wieso war ich da nicht längst draufgekommen? Die sind alle so struppig, er würde perfekt dazupassen. Sie könnten alle zusammen schnüffeln und spielen und jagen. In der Nacht habe ich sogar geträumt, die Kojoten hätten Struppi zu ihrem Anführer gemacht. Also hab ich angefangen, darauf zu achten, wo sie zusammenkommen, und hab rausgefunden, dass sie sich manchmal am anderen Flussufer treffen, gleich unterhalb der Brücke. Ein paarmal habe ich mich spätabends rausgeschlichen und bin mit Struppi dahin, aber wir haben sie nie gesehen.«

Ich war wirklich beeindruckt davon, wie einfallsreich Travis war und wie es ihm anscheinend geglückt war, das Struppi-Problem ganz allein zu lösen.

»Gestern Abend sind wir zum dritten Mal zusammen losgezogen, um nach Kojoten zu suchen. Wir sind am Fluss entlanggegangen, und plötzlich waren sie da, ganz laut und ganz nah. Als Struppi sie hörte, kriegte er gleich wieder diesen wilden Blick, und ich wusste, er gehört zu ihnen. Ich war unheimlich traurig, aber ich hab ihn umarmt und gesagt: ›Tschüss, Struppi, dein Rudel wartet auf dich. Die sind jetzt deine Familie. Da gehörst du hin.‹ Er ist dann auch ganz schnell zu ihnen gelaufen.«

Travis wischte sich über die Augen, und ich legte einen Arm um ihn.

»Ich wollte unbedingt sehen, wie sie sich fröhlich begrüßen, also bin ich im Mondlicht hinter ihm her. Dabei hab ich mir all die Kratzer geholt. Aber es war gut, dass ich ihm gefolgt bin, denn ich hörte sie schon von Weitem laut knurren und kläffen, und als ich näher kam, waren drei Kojoten um ihn herum und fielen abwechselnd über ihn her. Die wollten ihn umbringen, Callie! Die hassten ihn. Sie wollten ihn auffressen. Aber zum Glück haben Kojoten ja Angst vor Menschen. Ich hab einen großen Stock aufgehoben und ein paar dicke Steine und konnte sie gerade noch rechtzeitig verscheuchen.«

Wieder wischte Travis sich über die Augen. »Armer alter Struppi! Er will doch nur zu einem Rudel dazugehören. Aber die Hunde wollen ihn nicht, die Kojoten auch nicht, und die Menschen wollen ihn bloß ertränken oder erschießen. Außerdem ist er eine Waise, sozusagen, und hat alle seine Geschwister verloren.«

»Armer alter Struppi«, sagte ich, und das meinte ich ernst. Nie zuvor war mir irgendein Lebewesen begegnet, dem das Schicksal von Anfang an so übel mitgespielt hatte. »Ist er … ist er weg?«

»Er ist in seinem Bau«, sagte Travis, der wieder munterer wirkte. »Ich vermute, ich kann ihn behalten.«

Ich dachte darüber nach und fand es nur gerecht. Auch wenn das Schicksal Struppi am Anfang hart rangenommen hatte, so hatte es den kleinen Kojotenhund doch mehr als entschädigt, indem es ihm Travis zur Seite gestellt hatte.

»Außer mir will ihn keiner«, fuhr Travis fort. »Ich glaube, *ich* bin sein Rudel.« Dann sah er mich verlegen von der Seite an. »Wenn du willst, kannst du auch dazugehören, zu unserem Rudel.«

Was konnte ich da schon anderes sagen als: »Gut. Aber das muss erst mal ein Geheimnis bleiben, verstehst du?«

Lieber Himmel, die Geheimnisse türmten sich immer höher.

Einundzwanzigstes Kapitel

GEHEIMNISSE UND GEWISSENSBISSE

Die Geologie Patagoniens ist interessant …
Die verbreitetste Muschel ist eine schwere, riesige
Auster, die zuweilen sogar einen Durchmesser
von einem Fuß aufweist.

Während ich vor dem Schlafengehen meine Haare genau einhundert Mal bürstete, fragte ich meine Cousine: »Aggie, wie ist das Meer? Und der Strand, wie ist der? Was ist mit den Muscheln? Stimmt es, dass man einfach am Strand spazieren gehen und sie aufheben darf, ganz umsonst, oder muss man was bezahlen?«

»Bezahlen? Wie dumm du bist – wem willst du denn Geld dafür geben?«

»Ich weiß es nicht. Deswegen frag ich ja.«

»Du kannst dir nehmen, was du willst – nur weiß ich nicht, warum man das tun sollte.«

»Natürlich um eine Muschelsammlung anzulegen.« Auf der Liste meiner Vorsätze vom vorletzten Silvesterabend stand auch, dass ich das Meer sehen wollte – ganz egal, welches –, bevor ich sterbe. Aber da ich große Zweifel hatte, ob mir das je gelingen würde, wäre eine Muschelsammlung ein toller Ersatz.

»Keine Ahnung, was jemand mit einem Haufen dreckiger alter Muscheln anfangen sollte.«

Ich fand die Unterhaltung entmutigend, aber so schnell gab ich nicht auf. »Hast du schon mal Delfine gesehen? Ich habe alles darüber gelesen. Das sind nämlich keine Fische, sondern Säugetiere, Warmblüter.«

»Wieso sollen das keine Fische sein?«, sagte Aggie. »Die leben im Wasser, also sind es ja wohl Fische.«

Ich starrte sie ungläubig an. Für jemanden, der das große Glück hatte, am Meer aufgewachsen zu sein, hatte sie schändlich wenig Ahnung.

Seufzend fragte ich weiter: »Bricht sich nicht der Sonne Strahl in den tanzenden Wellen?«

Sie musterte mich mit einem abschätzigen Blick. »Wo hast du *das* denn her?«

»Ähm – irgendwo gelesen.«

»Ah ja. Also, das könnte man vielleicht sagen, wenigstens bei schönem Wetter.«

»Erzähl mir von den Wellen«, bat ich.

Aggie sah mich perplex an. »Die Wellen spülen alles mögliche Zeug an Land.«

»Was für Zeug?«

»Faulige Fische, tote Möwen, Treibholz, altes Seegras, so was. Müll eben. Puuh, wie das oft stinkt! Obwohl, einmal hab ich eine Glaskugel gefunden, wie Fischer sie als Schwimmer in ihren Netzen haben, und ein anderes Mal eine Rumflasche, die den weiten Weg von Jamaika hinter sich hatte.«

»Sag bloß! War ein Brief drin?«

»Nein.« Aggie gähnte.

»Hast du sie trotzdem aufbewahrt? Ich fände es toll, so was zu haben.«

»Wozu? Ist doch bloß Müll.«

Die Unterhaltung verlief eindeutig nicht so, wie ich gehofft hatte, aber ich ließ nicht locker. »Erzähl von den Gezeiten.«

»Was gibt es da zu erzählen? Das Wasser kommt mit der Flut und geht nach einer Weile mit der Ebbe. Manchmal kann man das Wasser hören.«

»Es macht ein Geräusch? Wie hört sich das an?«

»Na ja, wenn es leise ist, dann macht es *schuuuusch*. Aber manchmal ist es auch ganz laut, dann krachen die Wellen gegen die Felsen und machen einen Höllenlärm. Kommt ganz drauf an.«

»Worauf?«

Aggie sah mich an, als würde ich plötzlich Chinesisch reden. »Woher soll *ich* das wissen?«

Ihre Einstellung zu diesen Dingen schien mir unverständlich. Wie konnte es sein, dass sie all das nicht wusste, nicht herausfinden wollte, nicht interessant fand? Ich fragte mich ernsthaft, ob neben ihrer Anämie und Neurasthenie sonst noch irgendwas mit ihr nicht stimmte. Vielleicht hatte sie beim Hochwasser Schäden erlitten, die von außen nicht sichtbar waren. Vielleicht hatte sie einen Schlag auf den Kopf bekommen, und plötzlich war alle Wissbegier verflogen. Frage fürs Notizbuch: Was verursacht die Wellen? Und was die Gezeiten? Mit Großpapa besprechen.

Am nächsten Tag kam ein Päckchen für Aggie. Ganz zufällig lungerte ich in der Halle herum, wo immer die Post abgelegt wurde, und mir fiel der Absender auf: »L. Lumpkin, 2400 Church Street, Galveston.« Wer oder was war das – L. Lumpkin? Gerade wollte ich das Päckchen hochtragen, da schoss Aggie zur Tür herein, stürzte sich auf das Päckchen wie ein herabstoßender Falke auf seine Beute und presste es mit strahlender Miene an sich. Ohne ein Wort drehte sie sich um und stürmte die Treppe hinauf.

Du liebe Güte. Wie unhöflich. Aber wie interessant auch.

Als ich in unser Zimmer kam, kämpfte Aggie gerade mit der Paketschnur, die das Päckchen zusammenhielt. Völlig außer sich schrie sie: »Eine Schere! Schnell!«

Ich sauste hinunter, um eine aus dem Beutel mit meinem Strickzeug zu holen, doch als ich damit wieder hochkam, hatte sie das Päckchen schon aufgerissen. Darin befand sich eine Schachtel, die sie auf meinen Schreibtisch stellte und andächtig öffnete. Eine zweite, kleinere Schachtel und ein Brief kamen zum Vorschein. Beide Hände an die Brust gedrückt, saß Aggie ganz still und genoss den anscheinend besonderen Augenblick.

Leise fragte ich: »Was ist denn da drin?« Das war ein Fehler.

Sie fuhr um. »Kann man in diesem Haus nicht mal fünf Minuten seine Ruhe haben? Geh raus!«

Gekränkt antwortete ich: »Kein Grund, so zu schreien. Ich weiß selbst, wann ich nicht erwünscht bin.« Tödlich beleidigt ging ich hinaus. Meine Gefühle waren zwar verletzt worden, doch ich ging hoch erhobenen Hauptes. Und ich hatte geglaubt, wir seien inzwischen so etwas wie Freundinnen!

Ich machte den Fehler, unten durch die Eingangshalle zu gehen, und sofort erwischte mich Mutter und verdonnerte mich zum Klavierüben.

Als wir uns abends bettfertig machten, sagt Aggie: »Callie, wo ist die Haarbürste?«

Ich schmiss sie ihr hin. Kurz darauf die nächste Frage: »Callie, hast du den Bimsstein gesehen?«

Den warf ich ihr ebenfalls hin und durfte mir dann fünf Minuten lang anhören, wie sie ihre Fußsohlen damit abschmirgelte.

»Callie! Was hast du mit dem …«

»Nichts! Egal, was es ist, such's selber! Ich bin nicht dein Dienstmädchen.«

Danach herrschte erst einmal frostiges Schweigen. Ich merkte ihr an, dass sie darauf brannte, mir etwas zu erzählen, doch wir ignorierten einander geflissentlich, bis es fast Zeit war, das Licht auszupusten.

Schließlich sagte Aggie: »Na schön. Kannst du ein Geheimnis für dich behalten?«

Gekränkt antwortete ich: »Natürlich kann ich das. Ich bin nämlich kein Kind mehr.«

»Schwörst du, dass du zu niemandem ein Wort darüber sagst? Halt die rechte Hand hoch und schwöre.«

Ich schwor, doch selbst das schien ihr nicht zu genügen. »Warte, wo ist meine Bibel?«

»Also wirklich, Aggie!«

Sie nahm ihre Bibel aus dem Schrank und forderte mich auf, die rechte Hand daraufzulegen. Ui, jetzt wurde es wirklich ernst. Hieß es nicht, man komme in die Hölle, wenn man so einen Eid bricht? Aber wenn man mit glühenden Zangen gefoltert und mit der Neunschwänzigen Katze ausgepeitscht wurde, bis man ein Geheimnis verriet, was war dann? Wurde einem dann die Strafe erlassen? Mir zitterten leicht die Knie und die Stimme ebenfalls.

»Ich schwöre, ich sag's nicht weiter.«

»Und werde es niemals tun, jetzt wie in Zukunft.«

»Und werde es niemals tun, jetzt wie in Zukunft. Amen.«

Aggies Miene entspannte sich, und ein Lächeln ging über ihr Gesicht, wie ich es nie an ihr gesehen hatte. Na, so was, sie sah ja gar nicht so übel aus, nur merkte man das sonst nie wegen ihrer ständigen schlechten Laune und all der Last aus Kummer und Sorgen auf ihren Schultern.

Mutter hatte Aggie eine Reisetasche als Ersatz für den Jutesack, mit dem sie gekommen war, geschenkt, und daraus holte meine Cousine jetzt die kleine Schachtel, die ich nachmittags bei ihr gesehen hatte. Ich sollte mich an den Schreibtisch setzen, und dann reichte sie mir mit großer Vorsicht die Schachtel.

Ich öffnete sie und sah die gerahmte Fotografie eines jungen Mannes von vielleicht zwanzig Jahren, der mir mit seinem engen

Anzug und dem steifen Kragen wie ein zum Braten verschnürter Truthahn vorkam. Die Haare hatte er für den feierlichen Besuch beim Fotografen wohl extra mit Wasser gebändigt, sodass sie wie angeklebt wirkten.

»Das ist er«, flüsterte Aggie, und dabei guckte sie so hingerissen wie Harry, als er seine erste Freundin hatte.

Ich betrachtete das bleiche Mondgesicht, den kümmerlichen Schnauzer, die leicht vorstehenden Zähne, den schütteren Bart.

»Ist er nicht wundervoll?«, hauchte Aggie, und ihre Stimme bebte vor Rührung.

Hm ... nein. Für mich hatte er etwas von einem Fisch. Wenn man freundlich sein wollte, konnte man ihm zugutehalten, dass er für den Fotografen stockstill stehen und die Luft anhalten musste. Trotzdem sah er wie ein Mensch mit wenig Persönlichkeit aus. Großpapa hatte mal gesagt, über Geschmack könne man nicht streiten, und hier hatte ich den lebenden Beweis.

»Wer ist das, Aggie?«

»Na, wer schon, Lafayette Lumpkin natürlich. Mein Verehrer. Aber das weiß sonst niemand, und du darfst es keinem Menschen sagen.« Bei diesen Worten umklammerte sie meine Schulter mit eisernem Griff.

»Au, das tut weh. Ich sag's nicht weiter. Das hab ich doch schon versprochen. Woher kennst du ihn?«

»Er war Buchhalter im Geschäft meines Vaters. Doch dann hat er einmal gefragt, ob er mich nach Hause begleiten darf, und am nächsten Tag hat Poppa ihn unter einem Vorwand gefeuert. Aber er hatte nichts Schlechtes getan; Poppa wollte ihn nur aus dem Weg haben.«

»Wieso?«

»Poppa findet seine Familie nicht gut genug. Kann ja sein, dass sie arm sind, aber mir ist das egal. Lafayette hat sich aus eigener Kraft hochgearbeitet«, sagte sie stolz. »Er hat Buchhaltung in einem Fernkurs gelernt und alles getan, um voranzukommen, aber für meinen Vater war das nicht genug. Er hat vergessen, dass er selbst sich vor vielen Jahren erst hocharbeiten musste. Er will, dass ich einen Mann aus einer der besten Familien von Galveston heirate, der Sealys oder Moodys. Die sind alle reich wie Krösus, aber ich pfeif auf sie.«

Sie griff nach dem Foto und drückte es zärtlich an sich. Ihr Blick wurde weich, und ihre Stimme klang träumerisch. »Mein Herz gehört Lafayette.«

Das war alles sehr romantisch, aber heimlich, ohne Erlaubnis der Eltern, mit einem Mann Briefe zu wechseln, war ein Spiel mit dem Feuer, das nur mit Ärger und Tränen enden konnte. Kein Wunder, dass Aggie sich jeden Tag auf die Post stürzte, bevor andere einen Blick darauf werfen konnten.

»Er bittet mich um ein Foto – ist das nicht süß? Aber das einzige, das ich besaß, hab ich durch das Hochwasser verloren.«

»In Lockhart gibt es einen Fotografen, Mr. Hofacket. Großpapa und ich waren bei ihm und haben uns mit der *Vicia tateii* fotografieren lassen.«

Aggie sah mich skeptisch an. »Ihr habt euch mit dieser Pflanze fotografieren lassen?«

»Natürlich. Es heißt doch immer, man soll besondere Ereignisse im Leben für die Nachwelt festhalten.«

»Damit meint man aber Hochzeiten und Taufen und so was. Keine Pflanzen.«

»Damit du's nur weißt – es ist ein bedeutendes Ereignis im Leben, wenn man eine neue Pflanzenart findet«, sagte ich, zog die Schreibtischschublade auf und zog das Bild hervor, das Großpapa, mich und unsere Entdeckung zeigte. »Schau hier.« Der Stolz in meiner Stimme war hoffentlich nicht zu überhören.

»Das ist sie?«, sagte Aggie nur leise verächtlich und legte das Foto achtlos beiseite, als wäre es nichts. Was ich in letzter Zeit an gutem

Willen meiner Cousine gegenüber aufgebracht hatte, verflüchtigte sich größtenteils, und ich schmollte.

Mein Foto unserer Wicke war mir keinen Deut weniger wichtig als ihr das von Lafayette Lumpkin. Ich gebe ja zu, dass die Pflanze den Kopf hängen ließ und vielleicht etwas mickrig aussah, aber sie hatte schließlich stundenlang die Hitze ertragen müssen. Trotzdem war sie eine brandneue Art und verdiente daher Respekt. Aber manche Leute interessierten sich nicht einmal für die allerwichtigsten Dinge.

»Warte«, sagte Aggie plötzlich, griff nach dem Foto und betrachtete es forschend. Ihr dabei zuzuschauen, wie sie die Bedeutung der Aufnahme doch noch erkannte, war für mich von wissenschaftlichem wie von historischem Interesse. Langsam ging ihr ein Licht auf. Wie mich das freute! Bis zu diesem Moment war ich für sie bestenfalls eine etwas merkwürdige Zimmergenossin gewesen, schlimmstenfalls ein Quälgeist. In Zukunft würde sie mich ernst nehmen, in Zukunft würden wir anregende Diskussionen über andere Themen als Geld führen. In Zukunft könnten wir gemeinsam die Welt erkunden. Aggie tippte mit einer Fingerspitze auf das eingeprägte goldene Firmensiegel unten links in der Bildecke: HOFACKET – FEINSTE FOTOPORTRÄTS.

»In Lockhart ist dieser Laden, sagtest du?«

»Schräg gegenüber vom Gericht. Wieso?«

»Wieso wohl?«, fragte Aggie zurück mit einem Blick, als wäre ich schwer von Begriff. »Ich könnte mich da für Lafayette fotografieren lassen. Wie viel kostet das, und wann fährt jemand in die Stadt?«

Bah! Das war's wohl mit dem gemeinsamen Interesse für Natur und Wissenschaft.

»Es kostet einen Dollar, und ich glaube, am Samstag fährt Alberto wieder mit dem Pferdewagen in die Stadt.«

»Gut, dann fahre ich mit.«

»Ich auch.« Schnell rechnete ich im Traum zusammen, wie viele wir insgesamt wären, und mir wurde klar, dass ich Aggies wegen meinen Platz vorn auf dem Kutschbock verlieren würde und stattdessen hinten auf der Ladefläche sitzen müsste. Trotzdem, ein Besuch in der Großstadt (2.306 Einwohner) lohnte sich wegen der vielen Attraktionen immer: Es gab dort bereits Elektrizität, es gab die Leihbibliothek, das Handelskontor, die Teestube und immer ein geschäftiges Treiben. Ein Besuch in der Bibliothek bedeutete allerdings jedes Mal das Zusammentreffen mit der ältlichen Bibliothekarin, einer Mrs. Whipple. Das war eine grässliche alte Schachtel, die ihre Bücher kaum aus den Augen ließ und nach eigenem Dafürhalten entschied, ob sich ein Buch für Kinder eignete oder nicht. Einmal hatte sie mich zutiefst gedemütigt, als sie mir ein Exemplar von Mr. Darwins *Über die Entstehung der Arten* verweigerte. Zum Glück hatte Großpapa die Situation gerettet, indem er mir seine Ausgabe lieh, doch ich zitterte noch jedes Mal unter Mrs. Whipples Blick.

»Wie willst du das mit dem Foto denn erklären?«, fragte ich Aggie.

»Ich sage natürlich, dass das für Momma und Poppa ist, als Ersatz für das, das sie beim Hochwasser verloren haben.«

Und ich hatte gedacht, ich sei wer weiß wie schlau, wenn die Situation rasches Handeln erforderte, doch Aggie schlug mich um Längen. Das Mädchen konnte wirklich schnell denken.

Es wurde Samstag, für mich immer der schönste Tag der Woche. Ich klopfte an die Tür von Großpapas Bibliothek und hörte die übliche Antwort: »Herein, wenn's sein muss.«

»Großpapa, wir fahren nach Lockhart. Soll ich vielleicht deine Bücher zurückgeben?«

»Das wäre sehr freundlich. Und schau, hier hast du eine Liste mit den Titeln von Büchern, die du bei der Gelegenheit für mich ausleihen könntest.«

Ich nahm die Liste und rannte zum Wagen. Vorn saßen Alberto, Harry und Aggie. Sul Ross und ich saßen hinten auf einer alten Decke. Ich hatte meine Ausgabe von *Die Fahrt der Beagle* mitgebracht und unterhielt Sul Ross, indem ich ihm aufregende Stellen laut vorlas. Besonders gefielen ihm die über Kannibalismus, aber dabei musste ich leiser lesen, damit die Erwachsenen vorne nichts mitbekamen.

Als wir in der Stadt ankamen, gingen die anderen schnurstracks zu Sutherland's Emporium. Das riesige Kaufhaus (»Alles unter einem Dach«) umfasste ganze drei Stockwerke und hatte jede Menge Verlockungen zu bieten, sowohl praktische als auch entbehrliche Dinge. Doch zunächst machte ich mich auf den Weg in die Bibliothek.

Dort war es dämmrig, und ein Geruch von Papier, Tinte, Leder und Staub lag in der Luft. Ein wundervoller Duft! Konnte es etwas Besseres geben? Nun gut, eine Steigerung wäre noch möglich: Wenn Mrs. Whipple nicht hier wäre, der Hausdrache.

Ich legte die Bücher, die ich zurückbrachte, auf den Tresen. Zum Glück war die Bibliothekarin nirgends zu sehen, aber ich hörte das Rascheln ihres fadenscheinigen schwarzen Kleides aus Halbseide, das sie bei jedem Wetter trug, sowie das leise Knarren ihres Korsetts aus Walknochen. Außerdem stieg mir ein leichter Mottenkugelgeruch in die Nase, also musste sie in der Nähe sein. Merkwürdig. Plötzlich tauchte sie wie ein Springteufelchen hinter ihrem Tresen auf, direkt vor meiner Nase. Vor Schreck sprang ich hoch und quiekte dabei wie eine kleine Maus, doch noch im Springen staunte ich, wie eine ältere, korpulente Person so schnell und beweglich sein konnte.

»Aha«, sagte sie mit finsterer Miene, »wen haben wir denn da? Calpurnia Virginia Tate, schleicht sich an, wie immer.«

Das war zutiefst unfair. Ich wusste gut, wie man sich anschlich, aber hier hatte ich das wirklich nicht getan. Wieso hatte sie es nur so auf mich abgesehen, diese schreckliche Bücherwächterin? Wir liebten doch beide Bücher, oder? Da wäre es doch nur logisch, wenn wir Seelenverwandte wären. Stattdessen schafften wir es aus irgendeinem Grunde regelmäßig und anscheinend mühelos, uns gegenseitig in Rage zu bringen. Vielleicht war es an der Zeit, Frieden zu schließen, das Kriegsbeil zu begraben, den Ölzweig hinzuhalten und aufrichtig um Entschuldigung für falsches Verhalten zu bitten, und zwar von beiden Seiten.

Oder vielleicht doch noch nicht.

Ärger stieg in meiner Kehle hoch wie Galle, aber ich schluckte ihn hinunter und sagte so honigsüß wie möglich: »Guten Tag, Mrs. Whipple. Es tut mir leid, wenn Sie denken, ich hätte mich angeschlichen. Ich war nur so erschrocken. Du liebe Güte, Sie sind wirklich flink für so eine dralle … äh …«

Sie lief puterrot an, sodass ich mir schon Sorgen machte, ich sei vielleicht zu weit gegangen und wäre am Ende noch schuld daran, dass sie einen Schlaganfall erlitt und starb.

»Ich glaube«, sagte Mrs. Whipple, »du gehst jetzt besser. Ich habe zu viel zu tun, um mich mit so einem unverschämten Ding wie dir abzugeben.« Damit drehte sie mir den Rücken zu und strebte davon, in Richtung der Abteilung »Texanische Geschichte«.

Ausgestoßen aus der Bibliothek! Ein neuer Tiefpunkt! Wie um Himmels willen sollte ich das Mutter erklären? Auf einmal fiel mir Großpapas Liste ein. In gewissen Kreisen wirkte allein die Nennung seines Namens wie ein goldener Zauberschlüssel, der Türen öffnete, die mir sonst fest verschlossen geblieben wären. Daneben gab es allerdings auch Leute – hauptsächlich unwissende, ungewaschene, unbelesene –, die sich über Großpapa lustig machten, diesen »verrückten Professor«, der ketzerische Ideen vertrat und vermutlich unberechenbar war, möglicherweise sogar gefährlich.

Mrs. Whipple wusste, dass Großpapa ein Gründungsmitglied der National Geographic Society war und mit dem Smithsonian Museum korrespondierte, und ungeachtet ihrer persönlichen Haltung zum Thema Evolution musste sie zugeben, dass er der gelehrteste Mann zwischen Austin und San Antonio war, vermutlich sogar darüber hinaus.

»Bevor ich gehe, Mrs. Whipple – mein Großvater möchte, dass ich diese Bücher ausleihe.« Ich zog den Zettel hervor, legte ihn auf den Tresen und strich ihn sorgfältig glatt. »Die sind für ihn, verstehen Sie. Für seine Forschungen. Seine persönlichen Forschungen.«

Sie drehte sich um, und ich sah ihr an, dass sie wirklich verstanden hatte. Hin- und hergerissen, mit zusammengepressten Lippen, schnappte sie sich die Liste, überflog sie mit zusammengekniffenen Augen. »Zwanzig Minuten«, herrschte sie mich an. Dann rauschte sie, ohne mich eines Blickes zu würdigen, ab und verschwand zwischen den Regalen.

Gut. Das ließ mir genug Zeit, um mich im Kaufhaus umzusehen und vielleicht auch im Fotoatelier zuzuschauen, wie Aggie sich fotografieren ließ. Mit leichtem Herzen und leichtem Schritt lief ich zum Marktplatz. Wir hatten wirklich Glück, dachte ich unterwegs, dass wir eine so großartige Bibliothek hatten; die meisten texanischen Bezirke hatten gar keine. Dr. Eugene Clark, ein Arzt, hatte der Stadt vor seinem frühen Tod zehntausend Dollar für den Bau einer Bibliothek vermacht. Er wünschte sich, dass die junge, an Literatur und Musik interessierte Frau, die seinen Heiratsantrag zurückgewiesen hatte, eine gut ausgestattete Bibliothek mit einem Vortragssaal zur Verfügung hatte. Unsere Bibliothek war also aus Liebe gebaut worden. Und alle Leser in Caldwell County profitierten davon.

Du bist ein Glückskind, Calpurnia, sagte ich mir, selbst wenn du jedes Mal diesem Ungeheuer gegenüberstehst, wenn du Bücher ausleihen willst. Hm, war das jetzt ein ganz klein wenig unfair? Anscheinend mehr als das, denn als ich den Platz erreichte, hatte sich an diesem schönen, sonnigen Tag eine kleine schwarze Wolke aus schlechtem Gewissen über meinem inneren Horizont gebildet.

Ich fragte mich, wieso Mrs. Whipple mich eigentlich nicht leiden konnte. Aber selbst wenn sie vorher keinen triftigen Grund gehabt haben konnte, jetzt hatte sie einen mehr als guten, und ich hatte ihn ihr auf dem Silbertablett serviert. Ich überdachte noch einmal mein eigenes Verhalten und versuchte, mich möglichst unvoreingenommen zu sehen, doch das gelang mir nicht. Bestenfalls war ich unhöflich gewesen, schlimmstenfalls grausam. Ich stellte mir vor, wie es wäre, in ihrer Haut zu stecken – oder in ihrem knarrenden Korsett: Eine ältere Frau, verwitwet, mit magerem Einkommen, die sich zu allem Überfluss auch noch mit vorlauten Kindern wie … na ja, mir herumärgern musste. Sie war die Hüterin der Bücher, und als solche verdiente sie Respekt, auch wenn sie sich so aufführte, als wären die Bücher ihr Eigentum. Sie schien sie nur widerwillig an achtlose Fremde abzugeben, die sie womöglich nicht mit der nötigen Sorgfalt behandelten, die schmutzige Hände hatten oder die Sünde begingen, Sätze zu unterstreichen und Bemerkungen an den Rand zu schreiben, oder gar – unfassbare Schandtat ! – einen der kostbaren Bände verloren.

Ach, Calpurnia, du schlimmes Mädchen! Ich musste es irgendwie wieder gutmachen. Ich würde sie aufrichtig um Verzeihung bitten, um mein Gewissen zu erleichtern. Sollte sie ruhig eine Abneigung gegen mich haben, *ich* würde mich weigern, sie meinerseits nicht zu mögen. Dazu konnte sie mich nicht zwingen.

Im Kaufhaus sah ich mir die Parfüms, Seifen und Puder an, die es dort viel eleganter und in weit größerer Auswahl gab als im Laden bei uns in Fentress. Ein Stück feinster Lavendelseife in einer geschmackvollen Blechdose fiel mir auf, ein geeignetes Geschenk für eine alte Dame, wie mir schien. Ich erlaubte mir auch nur den leisesten Seufzer, bevor ich mich selbst am Riemen riss und einen ganzen

Vierteldollar herausrückte. Damit war nicht mehr genug Geld übrig für ein Eiscremesoda. Nicht so schlimm, inzwischen hatte ich mein eigenes Einkommen, da konnte ich mir wohl in Zukunft öfter eins leisten.

Ich stieg die Stufen zur Teestube im Zwischengeschoss hinauf, wo feine Damen zwischen Palmen auf zierlichen vergoldeten Stühlen saßen, Tee aus Porzellantassen tranken und hauchdünne Sandwiches aßen, von denen man zuvor die Kruste entfernt hatte (warum auch immer). Ich bestaunte die Decke aus Kupferstuck, die sich langsam drehenden, elektrisch betriebenen Ventilatoren mit ihren zwei Flügeln und das zischende Geräusch der Rohrpostanlage über unseren Köpfen, mit der Geld und Rechnungen mit schwindelerregender Geschwindigkeit durch das Kaufhaus geschickt wurden.

Unten traf ich Harry, der gerade Zigarren für Vater kaufte. »Was hast du da, Kätzchen?«, fragte er mich.

»Das ist für Mrs. Whipple, die Bibliothekarin. Meinst du, es wird ihr gefallen?«

»Sehr passend. Aber wieso schenkst du ihr was?«

»Ich war gemein zu ihr.« Ich erzählte ihm, was vorgefallen war, erwähnte aber mit keinem einzigen Wort – ich schwöre! –, dass ich all mein Geld ausgegeben hatte. Mitfühlend sagte er: »Sehr löblich, Kätzchen. Komm, ich spendier dir eine Limonade oder einen Eisbecher. Was du lieber willst.«

»Wirklich?« Gleich sah das Leben viel freundlicher aus.

Wir setzten uns nebeneinander auf Drehstühle an der Eisbar. Harry bestellte eine ganz neue Leckerei aus einer aufgeschnittenen Banane, einer importierten exotischen Frucht, die man bis dahin noch nie bei uns gesehen hatte. Ich musste mir natürlich mein Eiscremesoda bestellen. Voller Bewunderung sah ich zu, wie geschickt der Limonadenmischer mein Getränk zubereitete. Er löffelte Vanilleeis ins Glas und goss es mit der aromatischen Kräuterlimonade auf, wobei er genau darauf achtete, dass der Schaum in dem hohen, tulpenförmigen Glas zwar hochstieg, aber nicht über den Rand lief. Gekrönt wurde das Ganze von einem Klecks glänzender, steif geschlagener Sahne und einer leuchtend roten Kirsche. Dann schob er mir das Glas mit einem Löffel *und* einem Strohhalm auf einer Spitzenserviette aus Papier herüber.

Als Erstes aß ich mit dem Löffel die Sahne, dann drückte ich das Eis nach unten und schlürfte möglichst leise den schaumigen Mix durch den Strohhalm. Harry war so lieb, mich zwei Bissen von seinem Bananensplit kosten zu lassen (es hatte eindeutig Vorteile, sein Kätzchen zu sein). Es schmeckte köstlich, und ich beschloss auf der Stelle, mir beim nächsten Mal selbst eines zu bestellen, auch wenn es dreißig Cent kostete!

Anschließend streifte ich noch eine Weile durch die verschiedenen Abteilungen des Kaufhauses und staunte, was es alles zu kaufen gab. Aus irgendeinem Grund führten sie aber keine Bücher. Vielleicht war der Eigentümer selbst kein großer Leser, oder er war der Meinung, wir hätten ja schon die Bibliothek.

Auf der Straße begannen Harry und Alberto damit, Vorräte aufzuladen. Derweil schlenderte ich hinüber zum Fotoatelier von Mr. Hofacket (»Schöne Porträts für schöne Gelegenheiten«) und wollte gerade eintreten, um nach Aggie zu suchen, als mein Blick an etwas im Fenster hängen blieb. Eingeklemmt zwischen einem nackten Baby auf einem Bärenfell und einem ländlichen Brautpaar in geliehenen Kleidern, überraschte mich ein vertrauter Anblick: Großpapa, ich und die Pflanze, im Schaufenster ausgestellt, vor den Augen der ganzen Welt – oder zumindest von Lockhart. Du liebe Zeit, wir waren berühmt in unserer Gegend. Konnte das der Grund sein, überlegte ich, dass Mrs. Whipple mich so im Visier hatte? Doch nein, sie hatte mich auch vorher schon nicht gemocht, bevor wir die Pflanze entdeckten.

Ich betrat das Atelier, und eine kleine Glocke über der Tür läutete zum Zeichen dafür, dass jemand kam.

»Nehmen Sie Platz!«, rief Mr. Hofacket mit lauter Stimme. »Ich bin mitten in der Arbeit an einem Porträt.«

»Calpurnia, bist du das?«, rief Aggie. »Wenn du's bist, komm herein.«

Ich wühlte mich durch den Vorhang ins Studio, wo Aggie auf einem verzierten Korbstuhl wie auf einem Thron Platz genommen hatte. Auf dem Schoß hatte sie einen großen Strauß künstlicher Rosen mit ein paar grünen Ranken. Sie musterte sie skeptisch und fragte: »Was meinst du? Mit Blumen oder ohne?«

Mr. Hofacket blickte auf. »Na, so was, Miss Calpurnia. Wie schön, dich wiederzusehen.« Der Fotograf war immer noch begeistert von unserer Entdeckung, und wenn man ihn nicht unterbrach, konnte er sich ohne Ende über die Bedeutung der Pflanze und seine eigene entscheidende Rolle für den Nachweis einer neuen Spezies auf diesem Planeten auslassen, vor allem darüber, dass seine Nahaufnahme der *Vicia tateii* nun im Smithsonian Institute aufbewahrt wurde, mit seinem – Mr. Hofackets – eigenen Stempel auf der Rückseite, für jeden sichtbar, für alle Zeit. Und so weiter und so fort.

Er erkundigte sich höflich nach Großpapas und meiner Gesundheit, doch ich wechselte rasch das Thema und fragte ihn, wieso unser Foto im Fenster ausgestellt sei.

»Ja, das ist eine gute Frage, Missy. Eine so gute, dass jeden Tag ein halbes Dutzend Leute hereinkommen, um sie mir zu stellen. Und nicht wenige von ihnen lassen sich dann gleich von mir ablichten. Es soll die Leute neugierig machen, die Unterhaltung in Gang bringen. Eines Tages, erinnere ich mich …«

»Mit Blumen oder ohne?«, fiel ihm Aggie ins Wort. »Tut mir leid, Mr. Hofacket, aber ich hab nicht den ganzen Tag Zeit, wissen Sie.«

»Ach ja, richtig.«

»Also was jetzt – mit oder ohne?« Aggie starrte mich an, und ihr flackernder Blick verriet mehr als nur leichte Ungeduld.

Die Blumen kamen echten Rosen tatsächlich sehr nahe; offensichtlich hatte sie jemand angefertigt, der das Original in der Natur sehr genau studiert hatte. »Mit, würde ich sagen, sie sind wirklich hübsch. Nur schade, dass man die Farbe nicht zeigen kann.«

Bei dem Gedanken, man könne Farben auf Fotoplatten einfangen, brach Mr. Hofacket in dröhnendes Gelächter aus. Aggie arrangierte die Blumen, während der Fotograf mit dem Magnesiumpulver unter einem schwarzen Tuch verschwand. »Jetzt ganz stillhalten«, befahl er. »Drei, zwei, eins.« Das brennende Magnesium erfüllte den Raum mit gleißend hellem Licht, und einen Moment lang waren wir geblendet und wie erstarrt.

»So«, sagte Mr. Hofacket dann, »so müsste es gut sein. Sie wünschen zwei Abzüge, sagten Sie?«

»Genau«, antwortete Aggie. »Macht zwei Dollar, ja?«

»Richtig. Geben Sie mir etwa eine halbe Stunde Zeit, dann müssten die Bilder fertig sein.«

Aggie und ich gingen zum Kaufhaus zurück, doch vorher zeigte ich ihr noch unsere Pflanze im Schaufenster des Ateliers. Zu meiner großen Zufriedenheit sah sie auch wirklich beeindruckt aus, wenn auch nur ein bisschen und ganz gegen ihren Willen.

Während Aggie im Kaufhaus damit beschäftigt war, Stoffe und Spitzen zu betasten, nahm ich meinen ganzen Mut zusammen und ging zurück zur Bibliothek, um meine Entschuldigung vorzubringen, mein Geschenk zu überreichen und Buße zu tun, worin auch immer die bestehen mochte.

Ich atmete tief durch, wappnete mich und trat ein. Verblüfft und erleichtert zugleich stellte ich fest, dass Mrs. Whipple nirgends zu sehen war. Auf ihrem Tresen lag ein kleiner Stapel Bücher, die mit einer Schnur zusammengebunden waren. Auf einem Zettel stand nur ganz knapp: Bücher für Captain Walter Tate, Fentress. Ich klemmte mir die Bücher unter den Arm und legte die kleine Seifendose an exakt dieselbe Stelle. Der mutige Teil von mir hatte große Lust, die Bibliothekarin aufzuspüren und meinen ursprünglichen Plan umzusetzen; der Feigling in mir war zutiefst erleichtert und dachte: »Nächstes Mal.« Dieser Teil gewann auch die Oberhand und flüsterte: »Mach schnell, der Wagen wartet schon.« Das mochte stimmen oder auch nicht, jedenfalls beschloss ich, es zu glauben, nahm Reißaus und gratulierte mir selbst zu meinem Mut und meiner Feigheit.

Übrigens: Zufällig weiß ich sicher, dass Aggie am Montagmorgen auf dem Weg zur Schule zum Postamt ging.

Zweiundzwanzigstes Kapitel

NEUES LERNEN LOHNT SICH

Ein kleiner Frosch der Gattung Hyla sitzt auf einem Grashalm ungefähr einen Zoll über der Wasseroberfläche und lässt ein angenehmes Zirpen erschallen: Wenn mehrere zusammen sind, singen sie mehrstimmig in verschiedenen Tönen. Es bereitete mir Schwierigkeiten, ein Exemplar dieses Frosches zu fangen. Die Gattung Hyla besitzt Zehen, die in kleine Saugnäpfe auslaufen; und ich sah, dass dieses Tier eine Glasscheibe hinaufkriechen konnte, wenn man sie völlig senkrecht stellt.

Für die nächste Unterrichtsstunde bei Großpapa brauchten wir einen Frosch, und zum Glück fanden wir auch einen ordentlich großen in der Bucht. Er war noch nicht lange tot und trieb mit dem bleichen Bauch nach oben auf dem Wasser. Es war ein Südlicher Leopardfrosch – *Rana sphenocephala* –, benannt nach seinen auffallenden dunklen Flecken. Wir untersuchten ihn genauer, doch die Todesursache war nicht auf Anhieb zu erkennen.

»Eignet sich der?«, fragte ich Großpapa. Alles in allem sah der tote Frosch noch ganz passabel aus.

»Der ist gut«, antwortete Großpapa.

»Ich frage mich, woran er gestorben ist.«

»Vielleicht findest du es ja bei der Autopsie heraus.«

In meinem alten Fischkorb nahmen wir den Frosch mit zurück

ins Laboratorium, wo ich das Seziertablett und das Besteck hervorholte. Ich war dabei, einen wichtigen Schritt auf der Evolutionsleiter zu machen, und näherte mich dem Stamm der Chordatatiere, Unterstamm Wirbeltiere, was bedeutete, dass der Frosch eine Wirbelsäule und Rückenmark hatte, im Unterschied zum Regenwurm. Apropos Regenwurm – wo steckte eigentlich Travis? Er hatte sich einverstanden erklärt, beim Sezieren zuzuschauen. Ich überlegte kurz, ob ich ihn holen sollte, entschied dann aber, dass es den Zeitaufwand und die Aufregung nicht wert sei. Es würde noch schwierig genug werden, ihn zu zwingen, die Ergebnisse meiner Arbeit anzusehen. Und dieser Knabe wollte Tierarzt werden? Wie sollte das gehen?

Nach Großpapas Anweisungen drehte ich den Frosch auf den Rücken und befestigte jedes Bein mit Nadeln im Wachs. Ich machte einen H-förmigen Schnitt durch die glatte, aber sehr feste Haut am Bauch und steckte sie ebenfalls fest. Dasselbe wiederholte ich mit der kräftigen Muskelschicht. Nun lagen die inneren Organe vor mir: die überraschend große Leber, die winzige Bauchspeicheldrüse, der wurmähnliche Darm, die sackähnliche Lunge sowie die Nieren.

»Achte auf das Herz«, sagte Großpapa und zeigte mit einer Pinzette darauf. »Anders als Säugetiere und Vögel, die jeweils vier Herzkammern haben, hat der Frosch nur drei. Sauerstoffreiches und sauerstoffarmes Blut wird im Herzen gemischt, bevor es in den Blutkreislauf gepumpt wird. Es ist daher nicht so effizient wie die Herzen von Vögeln und Menschen, die nur sauerstoffreiches Blut pumpen und so den Organismus mit mehr Energie versorgen.«

Als Letztes untersuchten wir die Nieren, die Kloake und die Eierstöcke, an denen wir erkannten, dass es sich um ein Weibchen handelte, auch wenn keine Eier darin waren. Vielleicht hätte ein Herpetologe, also ein Wissenschaftler, der sich mit Lurchen und Kriechtieren beschäftigt, die Todesursache erkannt, mir fiel jedenfalls nichts auf, was als Erklärung dienen könnte.

Ich nahm das Tablett und ging damit zu Travis, der in der Scheune auf einem Hocker saß und die Katzen mit einem Stück Schnur unterhielt. Als er mich kommen sah, sagte er: »O nein! Was hast du jetzt wieder?«

»Erinnerst du dich, dass ich dir gesagt habe, wir steigen auf der Evolutionsleiter immer höher? Also, heute haben wir es zu unserem ersten Wirbeltier gebracht, einem Leopardfrosch. Solche hast du auch schon im Fluss gesehen.«

Ich zeigte ihm das Tablett.

»Oooh«, stöhnte er und steckte den Kopf zwischen die Knie. Aber immerhin übergab er sich nicht und fiel auch nicht in Ohnmacht. Ich ließ das als gewissen Fortschritt gelten.

Unsere nächste Obduktion war die eines tot geborenen Kaninchens aus Bunnys Nachkommenschaft, und dieses Mal bestand ich darauf, dass Travis zusah. Ich band das jämmerliche, winzige Wesen mit dem Bauch nach oben auf ein Brett und machte die Pfötchen mit Schnur fest. Dann nahm ich ein starkes Taschenmesser und schnitt behutsam Brust und Bauch auf. Ich schaute gerade noch rechtzeitig auf, um zu sehen, wie Travis' Augen in den Hinterkopf rollten. Ich ließ das Messer fallen und konnte ihn im letzten Moment auffangen, bevor er ins Stroh sank.

Mein Bruder, der Tiere wahnsinnig liebte, verlor das Bewusstsein, sobald er mit ihrem Inneren konfrontiert war.

Nachdem ich ein halbes Leben lang warten musste, kam endlich mein Farbband für die Schreibmaschine. Um ein Haar hätte ich es übersehen, denn ich dachte, das Päckchen auf dem Tisch in der Eingangshalle sei für Lamar, der sich zweimal im Monat seinen Nachschub an Heftchenromanen schicken ließ.

Ich rannte mit meinem Farbband nach oben, wo Aggie einen ihrer Endlosbriefe an den Lump schrieb (so nannte ich Lafayette

Lumpkin insgeheim). Womit sie diese zahllosen Seiten füllte, obwohl ihr Leben doch völlig ereignislos verlief, war mir ein Rätsel.

»Es ist da, Aggie«, keuchte ich atemlos.

Sie blickte nicht einmal auf. »Was ist da?«

»Mein Farbband. Wir können mit dem Unterricht anfangen.«

»Ach, das meinst du.« Sie reckte sich gähnend. »Na schön. Morgen.«

»Wie wär's jetzt gleich?«, fragte ich und scharrte vor Ungeduld fast mit den Füßen.

»Ich hab zu tun.«

»Du schreibst doch bloß einen Brief.«

»Nur damit du's weißt«, sagte sie verschnupft, »das ist ein sehr wichtiger Brief. Vielleicht der wichtigste meines Lebens.«

»Wirklich? Warum tippst du ihn dann nicht, und ich schau dir zu?«

»Nichts da, der ist privat. Und jetzt geh.«

»Kann ich nicht. Das ist mein Zimmer.« Wenigstens war's das mal.

»Tja, aber jetzt ist es auch meins. Geh und wühl im Schlamm mit deinem Großvater. So was macht ihr doch immer, oder?«

Ihr Ton gefiel mir kein bisschen, auch wenn sie nicht völlig unrecht hatte. Ich riss mich aber zusammen und sagte würdevoll, wenn auch etwas steif: »Wir studieren die Natur in all ihren Erscheinungsformen, vom Teichwasser bis zu den Sternen.«

Aggie schnaubte nur verächtlich. Ich dachte angestrengt nach, dann sagte ich: »Und außerdem bist du auch mit ihm verwandt, falls du es noch nicht begriffen hast. Er ist dein ... er ist dein ...« Schnell zeichnete ich einen Stammbaum im Kopf. »... dein Großonkel.«

Ihr erschrockener Blick zeigte mir, dass ihr der Gedanke noch nie gekommen war. »Nur durch Heirat. Er ist kein Blutsverwandter.«

»Das zählt trotzdem«, sagte ich. »Du könntest also ruhig ein bisschen freundlicher von ihm sprechen.«

»Pah!«

Am nächsten Tag holte sie ihre kostbare Underwood-Schreibmaschine aus dem Schrank und stellte sie auf den Tisch. Sie entfernte ihr Farbband und fädelte meins durch verschiedene Schlitze in eine zweite, leere Spule ein. »Pass gut auf, was ich mache, ich hab keine Lust, mich zu wiederholen.« Dann spannte sie ein weißes Blatt Papier ein und tippte flink einen Satz: »Stanleys größter Expeditionszug quer durch Amerika wurde von jedermann übermäßig bewundert.«

Ich schaute ihr über die Schulter und fragte: »Wieso der größte? Und wieso Amerika – das war doch Afrika!«

»Du bist wirklich dumm, das ist doch nur ein Übungssatz zum Tippenlernen. In diesem Satz kommen alle Buchstaben des Alphabets vor.«

Vor lauter Aufregung war ich nicht einmal beleidigt, und ich wollte sie auch nicht weiter korrigieren und daraufhin hinweisen, dass in ihrem Satz das f fehlte, durch »Afrika« aber hineinkäme. Wir tauschten die Plätze, und ich setzte mich auf den Schreibtischstuhl. Aggie zeigte mir, wie ich die Hände platzieren sollte, in der sogenannten »Grundhaltung«, und schon legte ich begeistert los.

Nur leider war es nicht so. Tippen zu lernen stellte sich als ziemlich mühsam und öde heraus und war alles andere als die magische Erfahrung, die ich mir vorgestellt hatte. Ich hatte mir Sorgen gemacht, Aggie sei vielleicht eher lustlos bei der Sache, doch die waren unbegründet. Sie hielt Wort und ließ mich schrecklich langweilige Übungen machen (ein bisschen wie Tonleitern) und kontrollierte täglich meine Fortschritte. Sogar Noten gab sie mir, wie eine richtige Lehrerin.

Wir begannen mit SDF, was nicht mal ein richtiges Wort war. Dauernd verklemmten sich die Typenhebel, und ich verbrachte mehr Zeit damit, sie wieder voneinander zu lösen, als mit dem eigentlichen

Schreiben. Das Einzige, was wirklich Spaß machte, war das befriedigende kleine *Pling!* am Ende jeder Zeile, wenn ein Glöckchen davor warnte, dass der Papierrand erreicht sei. Dann musste man mit aller Kraft den Zeilenschalthebel nach links drücken, wodurch sich der Papierwagen an den Anfang einer neuen Zeile zurückbewegte.

»Achte darauf, dass deine Finger gewölbt sind, wie beim Klavierspielen«, erinnerte mich Aggie ungefähr eine Million Mal. »Lass sie nicht flach auf den Tasten liegen.«

Ich beklagte mich bitterlich über diese Übungen, aber nur so, dass Aggie es nicht hörte. Schließlich war das ganze Unterfangen meine Idee gewesen und kostete mich auch ein schönes Sümmchen, da konnte ich schlecht meckern, weder bei Aggie noch bei anderen.

Aggie maulte, weil ihr mein ständiges Üben auf den Wecker ging. Ich konnte sie sogar verstehen, also stellte ich einen Stuhl und einen kleinen Tisch in eine Kofferkammer, in der ich von da an tagein, tagaus eine halbe Stunde lang mit den Fingern über den Tasten kreiste und dann hinunterstieß. SDF, SDF, SDF. Von dort ging ich über zu FDSA. Konnte man das etwa Fortschritt nennen? Endlich kamen wir zu richtigen Wörtern, was zwar eine gewisse Verbesserung bedeutete, aber auch nicht so spannend war, wie es sich anhört. Ich tippte Haus und Maus und Laus, bis ich nahe daran war zu schreien. Es war schlimmer als die McGuffey-Fibel für Erstklässler. Ich machte weiter mit Raum und Baum und Saum, bis ich wieder nahe daran war zu schreien. Das Problem war, dass ich mit meinem linken kleinen Finger, also dem mit Abstand schwächsten, ausgerechnet das a anschlagen musste, einen Buchstaben, der so gut wie überall lauerte, ganz gleich, welchen Satz man aufs Geratewohl herauspickte. Eine ganze Zeile ohne a, das gab's nicht. Das a fiel also immer ein bisschen blasser aus als die übrigen Buchstaben, wodurch die Zeilen leicht gesprenkelt aussahen und die Symmetrie gestört war. Trotzdem blieb ich bei der Sache. Und wurde tatsächlich besser.

So vertieft war ich in meine Übungen, dass ich erst gar nicht merkte, wie meine Brüder sich eines Tages im Flur vor dem Kofferzimmer drängelten und mich anstarrten. Erschrocken blickte ich schließlich auf.

»Was?«, fragte ich.

»Nichts. Wir haben uns bloß gefragt, was das für ein Lärm ist.«

»Wenn's euch stört, macht doch die Tür zu.«

Anfangs hörte mein Getippe sich so an:

Klack …

Klack …

Klack …

Nicht sehr lange danach klang es so:

Klack … klack … klack …

Und wiederum nicht sehr lange danach so:

Klick klick klack. Klick klick klack. Pling! Rums!

Eine Woche später ging ich zu Großpapa in die Bibliothek und fragte: »Großpapa, hast du vielleicht einen Brief zu schreiben? Ich übe mich gerade an der Schreibmaschine.«

»Ah«, antwortete er, »wieder ein gewaltiger Schritt ins neue Jahrhundert. Hier ist der Entwurf eines Briefes, den ich gerade mit dem Füllfederhalter zu Papier bringen wollte. Schau mal, wie du zurechtkommst.«

Eilig lief ich zurück in mein »Büro«, nahm ein blütenweißes Papier und spannte es ein. Die Finger schon über den Tasten, hielt ich einen Moment inne, um mich später einmal an meinen ersten wirklichen Schreibauftrag zu erinnern. Dann legte ich los.

Werter Herr Professor Higgins,

wie von Ihnen erbeeten, sende ich Ihnen heute einige Samen der Vicia tateii. Ich danke Ihnen sehr für die Samen der Vicia higginseii, die die Post mir Anfang dieser Woche zustellte. Sie kamen in gutem Zustand hier an. Ich sehe der Keimung schon mit großer Freude entgegen und hoffe auf einen furchtbaren Gedankenaustausch auf dem Gebiet der vergleichenden Annatomie und Physologie.

Ich verbleibe hochachtungsvoll

Walter Tate

Zum Glück las ich alles noch einmal durch, um sicherzugehen, dass ich auch keinen Fehler gemacht hatte, und fand gleich vier. Oje, so ein Mist! Mein erster offizieller Auftrag, und schon hatte ich ihn verbockt. Ich tippte den Brief also sorgsam von Neuem, las ihn zweimal durch und rannte dann in die Bibliothek.

Während Großpapa las, lehnte ich über seiner Schulter. Als er fertig war, unterschrieb er mit seinem Füllfederhalter, bewegte seine Löschwiege mehrmals über seinem Namen hin und her, um noch feuchte Tinte aufzunehmen, und strahlte mich zufrieden an.

»Großartig! Es ist gar nicht so sehr lange her, dass wir, um etwas mitzuteilen, ein spitzes Stöckchen in ein feuchtes Stück Lehm drückten. Kein Zweifel, das Maschinenzeitalter steht vor der Tür. Gut gemacht. Hier« – er griff in seine Westentasche – »hier hast du eine Kleinigkeit für deine Mühe.«

Ich wich zurück. »O nein, Großpapa, das könnte ich nie annehmen.« Der Gedanke, Geld zu nehmen von diesem Menschen, der mir so viel gegeben hatte, schockierte mich. Im Grunde verdankte ich ihm mein Leben. Er hatte mir die Augen geöffnet für das Reich der Bücher, der Gedanken, des Wissens. Er hatte mir die Augen für die Natur geöffnet. Er hatte mir die Augen für die Wissenschaften geöffnet. Von anderen konnte ich eine Münze hier und da annehmen, doch nicht von ihm.

»Ausgeschlossen«, protestierte ich. »Aber ich könnte den Brief jetzt gleich zur Post bringen, wenn es dir recht ist.«

»Das wäre mir sehr recht«, sagte er und holte aus seinem Schreibtisch einen Umschlag und eine Briefmarke hervor. »Und wenn die Tage wieder länger werden, werden wir diese Samen zusammen zum Keimen bringen und sehen, was daraus wird.«

Ich rannte zur Post. Anschließend lief ich gleich weiter zu Dr. Pritzker, um ihm von meiner neuesten Fertigkeit zu berichten. Er war zu einem Einsatz auf eine Farm gerufen worden, und so verbrachte ich eine glückliche Stunde auf einem seiner harten Stühle und las alles über Darmkrämpfe und Blähungen bei Pferden sowie über die unterschiedlichen Behandlungswege.

Dreiundzwanzigstes Kapitel

MEINE ERSTE OPERATION

Abschließend will mir scheinen, dass für einen jungen Naturforscher nichts förderlicher sein kann als eine Reise in ferne Länder. … Doch habe ich meine Reise zu sehr genossen, um nicht jedem Naturforscher zu empfehlen, auch wenn er nicht erwarten darf, mit seinen Begleitern so vom Glück begünstigt zu sein, wie ich es war, sein Glück zu versuchen und auf Reisen zu gehen, wenn möglich über Land, ansonsten lange zu bleiben.

Zunächst war Dr. Pritzker skeptisch, als ich ihm vorschlug, seine Etiketten in Zukunft mit der Maschine zu schreiben, doch als ich einen kleinen Stapel zur Probe anfertigte und ihm zeigte, änderte er seine Meinung.

»Das sieht sehr professionell aus, Calpurnia. Du hast den Job. Ich zahl dir einen Cent pro Stück.«

Das hört sich nicht nach viel Geld an, aber als einziger Tierarzt im Umkreis von etlichen Meilen war Dr. Pritzker viel beschäftigt und verschrieb Tag für Tag mindestens ein Dutzend Wurmkuren, Salben und Puder, und alle benötigten ein Etikett. Noch an Ort und Stelle rechnete ich mir aus, dass ich auf die Weise leicht fünfzig Cent die Woche verdienen konnte.

»Einverstanden!«, sagte ich und streckte die Hand aus. Wir besiegelten unsere Abmachung per Handschlag, was Dr. Pritzker aus irgendeinem Grund zu amüsieren schien.

Ich wurde immer besser im Tippen, machte immer weniger Fehler und verdiente immer mehr Geld. Das einzige Problem war, dass die Maschine bei mir zu Hause stand, ich sie aber eigentlich in Dr. Pritzkers Praxis gebraucht hätte. Bisher hatte ich es so gemacht, dass ich sofort nach Schulschluss zur Praxis rannte, nachfragte, was gebraucht wurde, nach Hause lief, die Etiketten tippte und damit schnell wieder zurückkam. Doch dieses ständige Hin- und Hergerenne wurde mit der Zeit ziemlich lästig. Nur – was sollte ich tun? Mir eine eigene Schreibmaschine zu kaufen war völlig ausgeschlossen, das wäre unerschwinglich. Aber vielleicht könnte ich …

Ich wartete, bis Aggie wieder einen Brief vom Lump bekommen hatte und entsprechend gut gelaunt war. Als ich hochging, saß sie auf dem Bett und stopfte einen Strumpf.

»Sag mal, Aggie, ich hab mir überlegt …«

»Was hast du überlegt?«

»Es geht um deine Maschine.«

Ihr Kopf fuhr hoch. »Sag nicht, du hast sie kaputt gemacht! Oder? Ich dreh dir den Hals um, wenn damit was ist.«

»Nein – ha ha – nichts dergleichen.« Gute Laune war bei Aggie ein sehr relativer Begriff.

»Und du benutzt auch weiter dein eigenes Farbband, ja? Untersteh dich, meins zu nehmen!«

»Tu ich doch gar nicht!«, sagte ich gekränkt. Wie konnte sie glauben, ich würde mich nicht an unsere Abmachung halten!

»Was dann?«

»Also, ich schreibe Etiketten für Dr. Pritzker … und ich dachte … wo du die Maschine ja sowieso nie benutzt … ich hab überlegt, ich könnte sie in sein Büro mitnehmen und dort benutzen.«

Aggie lachte laut auf. »Kommt nicht infrage.«

»Ich würde gut darauf aufpassen, das weißt du doch. Außer mir würde niemand sie anrühren.«

»Vergiss es.« Sie wandte ihre Aufmerksamkeit wieder dem Stopfei zu.

Ich spielte meine letzte Karte aus, die, von der ich wusste, dass Aggie mir wieder zuhören würde. »Ich bezahl dich auch.«

Sie blickte auf. »Wie meinst du das?«

»Ich miete die Schreibmaschine von dir. Damit ich sie in die Praxis mitnehmen kann.«

»Wie viel?«

»Ich geb dir zehn Prozent von dem, was ich mit dem Tippen verdiene.«

»Für fünfzig Prozent bin ich einverstanden. Aber wehe, es kommt ein Kratzer dran!«

»Nein, fünfzig sind zu viel.«

Wir feilschten heftig und einigten uns schließlich auf zwanzig Prozent. Ich sollte ihr jede Woche eine Abrechnung und das Geld überreichen. Wieso sie wegen so lächerlicher Beträge herumzankte, obwohl sie doch ihr eigenes gutes Einkommen hatte, blieb mir ein Rätsel. Vermutlich war es logisch, dass die Gedanken von Menschen, die alles verloren hatten, pausenlos um Geld kreisten. Vorsichtig senkte ich die Abdeckung über die Underwood und brachte sie in J. B.s kleinem Handwagen zur Tierarztpraxis. Dr. Pritzker räumte auf einer Seite seines Schreibtischs einen Platz für sie frei.

Als ich das nächste Mal einen Brief für Großpapa schrieb, hatte ich seine Erlaubnis, den fertigen Brief Dr. Pritzker zu zeigen, bevor ich ihn losschickte. Der war mächtig beeindruckt und bat mich gleich, in Zukunft auch seine Briefe und Rechnungen mit der Maschine zu schreiben, nicht nur die Etiketten. Von da an waren meine Nachmittage mit Briefen angefüllt, in denen es hieß: »In der Anlage übersende ich Ihnen die Rechnung für meine Dienste bzgl. Ihres Wallachs Schneeflocke« oder, wenn jemand nicht pünktlich gezahlt hatte: »Ihre Rechnung für die Behandlung der Färse Butterblume ist überfällig, und ich bitte um Überweisung.«

Um ehrlich zu sein – mit der Zeit wurde das Tippen eine ziemlich monotone Angelegenheit, aber dafür verdiente ich mein eigenes Geld, und manchmal konnte ich auch zuschauen, wenn ein Tier zu Dr. Pritzker gebracht wurde. Beides entschädigte mich reichlich.

Dann bekam der arme Samuel eine Infektion am Fuß, nachdem ein störrischer Bulle daraufgetreten war. Dr. Walker verordnete eine volle Woche Bettruhe, dabei müsse der Fuß ständig oberhalb Herzhöhe gelagert sein. Sofort bot ich an, Dr. Pritzker auf seinen Farmbesuchen zu begleiten.

Er sah mich skeptisch an und fragte: »Was ist mit Travis? Meinst du nicht, er würde gern an deiner Stelle mitkommen?«

»Ähm, der liegt auch im Bett. Mit, ähm, Krupp. Sonst wäre er bestimmt mehr als froh, Ihnen helfen zu können.« Ich brachte es nicht über mich auszuplaudern, dass mein Bruder schon beim Gedanken an Blut ohnmächtig wurde, vom Anblick ganz zu schweigen.

So kam es, dass ich nach der Schule zur Tierarztpraxis flitzte, um Dr. Pritzker beim Aufladen zu helfen. Zwar hatte unser Schmied das Pferdegeschirr und die Zügel so angepasst, dass Dr. Pritzker mit einer Hand lenken konnte, doch um Penny, seine Buckskin-Stute, anzuspannen, brauchte er doch Hilfe. Man sollte meinen, ein Tierarzt hätte das schönste Pferd der Stadt, doch so war's nicht. Mit ihrer schmalen Brust und den Sichelbeinen war Pennys äußere Erscheinung nicht die beste, doch ansonsten war sie gesund und von ruhigem Wesen, und außerdem hatte Dr. Pritzker sie für einen guten Preis bekommen.

»Aussehen ist nicht alles«, sagte der Tierarzt, und ich konnte ihm da aus Mitgefühl für Penny nur zustimmen: »Natürlich nicht.«

In den ersten Tagen schauten die Leute manchmal etwas verwundert, wenn sie mich neben Dr. Pritzker auf dem Wagen sahen, doch die meisten winkten und lächelten freundlich. Ich saß kerzengerade und gab mir alle Mühe, einen echten Tierarztassistenten perfekt zu imitieren. Wenn wir auf den Farmen ankamen, holte ich als Erstes einen Eimer Wasser und reichte Dr. Pritzker Seife und Handtuch, während er mit den Farmern über die Beschwerden ihrer Tiere sprach. Oft kamen von den Leuten so wenig hilfreiche Aussagen wie »Er ist nicht mehr derselbe« oder »Sie frisst einfach nicht«. Ich fragte mich dann immer, wie Dr. Pritzker bei so vagen Angaben überhaupt zu einer Diagnose gelangte. Doch mit geduldiger Befragung und sorgfältiger Untersuchung schaffte er es jedes Mal, Farmern und Tieren die notwendigen Hinweise zu entlocken, während ich ihm die Instrumente reichte und Notizen für die Akte des jeweiligen »Patienten« machte.

Der Höhepunkt meiner Karriere als Arzthelferin kam, als wir einmal zur Ranch der Dawsons gerufen wurden und niemanden vorfanden als eine Kuh, die, auf ihre Brust gestützt, in ihrem Stall lag. An ihrem Schwanz hing ein Zettel, auf dem in krakeliger Schrift mit Bleistift geschrieben stand:

Bauch dick geschwolen Bitte gesunt machen

Mr. Dawson und seine Söhne waren beim Brandmarken, und niemand war da, um Dr. Pritzker zu helfen. Niemand außer mir.

Die arme Kuh sah ganz elend aus. Bei jedem Atemzug stöhnte sie, der Speichel lief ihr aus dem Maul, ihre linke Seite war extrem ausgebeult. Nach unserer üblichen Routine mit Wassereimer und Seife untersuchte Dr. Pritzker das Tier, während ich die Stoffrolle mit den Instrumenten öffnete.

Inzwischen hatte ich ihm angewöhnt, dass er mir alles erklärte, was er gerade machte. »Sieh mal, ein Teil vom Pansen, dem ersten Vormagen, ist eingeklemmt. Ich werde sie betäuben müssen, dann kann ich die Blockade lösen. Wir müssen also warten, bis die Dawsons zurück sind.«

Beherzt erklärte ich: »Ich kann das. Man braucht eine Unze Alkohol, zwei Unzen Chloroform und drei Unzen Ether. Vor Gebrauch gut schütteln.«

Dr. Pritzker sah mich zweifelnd an. »Callie, du bist mir wirklich eine große Hilfe gewesen, aber im Ernst …«

»Man muss ganz genau auf die Atmung achten«, sagte ich und tat mein Bestes, um selbstsicher und sachkundig zu klingen. »Zu wenig, und die Kuh tritt um sich. Zu viel, und sie stirbt. Richtig?«

»Richtig. Aber du könntest verletzt werden. Und was um Himmels willen würden deine Eltern sagen?«

Ich konnte mir lebhaft vorstellen, was sie sagen würden, aber ich wollte das Thema in diesem Moment lieber nicht erörtern. Stattdessen, und bevor ihm noch weitere Gegenargumente einfielen, zog ich schon mal die Korken aus den Flaschen mit den stechend riechenden Chemikalien. Ich mischte sie in einer sauberen Flasche und schüttelte alles kräftig.

Ich griff nach dem Narkosetrichter und sagte mit meiner professionellsten Stimme: »Fertig, Doktor.«

Er wirkte angespannt und murmelte etwas vor sich hin, was sich sehr nach »Großer Gott, lass mich das nicht bereuen!« anhörte.

Ich knotete den Halfterstrick kurz und drückte der Kuh den Narkosetrichter aus Löschpapier übers Maul. Sie war viel zu krank, um zu protestieren. Langsam träufelte ich die chemische Mixtur auf das Papier. Die Kuh atmete sie ein, die Augenlider fielen ihr vollends zu, und endlich ließ sie den Kopf aufs Stroh sinken. Ich schnipste eins ihrer Augenlider hoch, wie ich es bei Dr. Pritzker gesehen hatte, und die Kuh blinzelte nicht. Jetzt kam es darauf an, das Gemisch gleichmäßig aufs Papier zu träufeln, damit die Betäubung anhielt, solange der Arzt zu tun hatte. Es durfte aber auch nicht zu viel sein, sonst konnte es passieren, dass sie gar nicht mehr aufwachte.

»Sehr gut«, sagte Dr. Pritzker und sah schon etwas entspannter aus.

Er griff nach dem Trokar, einem schmalen Röhrchen, das in einer spitzen Nadel endete. »Wir versuchen es erst einmal hiermit. Vielleicht können wir ihr damit Erleichterung verschaffen.«

Falls jemand glauben sollte, die Chirurgie sei etwas für Zartbesaitete, dann wäre der folgende Anblick ein Schock für ihn. Dr. Pritzker stieß das Instrument mit aller Kraft in die Seite der Kuh, direkt in den aufgeblähten Magen, und sofort strömte mit lautem Zischen jede Menge Gas heraus, gefolgt von halbflüssigem Fett. Diese Flüssigkeit trat einige Sekunden lang aus, dann tröpfelte sie nur noch vereinzelt.

»Verflucht!«, schimpfte der Doktor, und verrückterweise machte mich das stolz, weil er nämlich ganz vergessen hatte, sich dafür zu entschuldigen, dass er so ein schlimmes Wort in meiner Gegenwart gebraucht hatte. Ich war nicht mehr einfach nur ein Mädchen – ich war seine Assistentin. »Der Trokar ist verstopft. Wir müssen sie aufschneiden. Skalpell.«

Ich reichte ihm das lange, gebogene Klappmesser. Er machte einen kleinen Schnitt ins Fell hinter der letzten Rippe, dann drückte er fest auf den Griff, wodurch sich die Klinge um ein gutes Stück verlängerte. Damit machte er einen Schnitt zwischen der Haut und dem unteren Teil des Pansens. Anschließend steckte er die ganze Hand in den Magen und holte eine große Handvoll Dreck heraus. Je mehr er davon herausholte, desto mehr ging die Ausbeulung auf der Seite zurück.

»Was hat das alte Mädchen bloß getrieben?«, fragte Dr. Pritzker.

»So viel Dreck hab ich noch in keinem Pansen gesehen.« Als er meinte, es sei genug, nähte er erst den Magen wieder zu und dann das Fell.

»In Ordnung«, sagte er dann. »Holen wir sie zurück.«

Ich hörte auf, das Narkosemittel aufs Papier zu träufeln, ließ den Trichter aber an seinem Platz für den Fall, dass sie um sich treten sollte. Die Kuh kam langsam wieder zu sich, und schließlich hievte sie sich hoch und schaute mit wiedererwachtem Interesse an der Welt um sich. Gerettet!

Ich stank nach Chemikalien, und an meiner Schürze prangte ein bisschen Kuhdung, doch ansonsten hatte ich keinen Schaden genommen.

»Gut gemacht, Calpurnia«, sagte Dr. Pritzker. »Du hast eine wirkliche Begabung für diese Arbeit.« Dann sah er mich fast verschwörerisch an und meinte: »Aber, ähm, deinen Eltern müssen wir nicht unbedingt von dieser Sache erzählen, oder?«

»Nein, wirklich nicht!«

»Ah, dann ist ja gut.«

Dieses Mal wuschen wir uns beide am Wassereimer und teilten Seife und Handtuch. Den Rest des Tages lief ich mit einem Dauergrinsen im Gesicht herum.

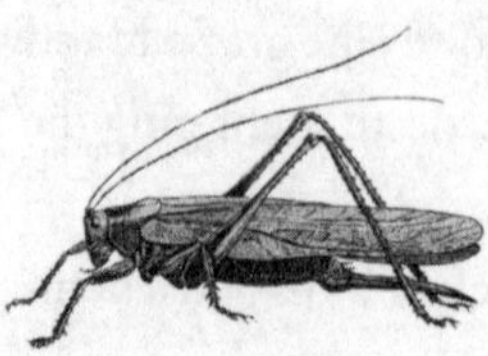

Vierundzwanzigstes Kapitel

GLÜCKSHUNDE UND ANDERE

Diese Wölfe sind nach Byrons Schilderung wegen ihrer Zahmheit und Neugierde, welche die Seeleute, die vor ihnen ins Wasser rannten, mit Wildheit verwechselten, gut bekannt … Man hat beobachtet, wie sie in ein Zelt gelaufen sind und einem schlafenden Seemann ein Stück Fleisch unterm Kopf hervorgezogen haben.

Wenn ich dir sage, dass in unserem Leben schon bald die nächste Hundekatastrophe ihren Lauf nahm, denkst du sicher, dass es um den Kojotenhund im Wald ging, doch so war es nicht. Es ging um Ajax, Vaters preisgekrönten Hühnerhund, und um Homer, einen der draußen lebenden Hunde. Offenbar waren die beiden zufällig im Gebüsch auf ein Klapperschlangennest gestoßen. Ich dachte immer, genau darum hätten die tödlichen Klapperschlangen ihre Klappern – um eben so ein Verhängnis zu verhindern –, aber unsere Hunde beschlossen dummerweise, Nachforschungen anzustellen. Vermutlich haben sie sich noch gegenseitig angestachelt. Jedenfalls schafften sie es nur mit Müh und Not nach Hause, wo sie auf der vorderen Veranda zusammenbrachen. Deutliche Spuren von Einstichen der Fangzähne an Vorderpfoten und Schnauzen erzählten die traurige Geschichte. Vater war bei der Arbeit, als es passierte. Sul Ross rannte gleich los, um ihn nach Hause zu holen, und lief gleich weiter zu Dr. Pritzker. Als die Männer bei uns eintrafen, hatten die Hunde entsetzlich geschwollene Schnauzen, man erkannte sie fast nicht wieder. Ajax schnappte keuchend nach Luft, es klang wie ein schreckliches Krächzen. Homer winselte vor Schmerzen.

Dr. Pritzker beugte sich tief über die Hunde, erst über Ajax, dann über Homer. Ich sah ihm an, dass nichts mehr zu machen war. »Es tut mir leid, Alfred«, sagte er zu meinem Vater, »ich fürchte, ich kann den beiden nicht helfen.«

So aufgewühlt hatte ich Vater noch nie gesehen. Beide Hunde, insbesondere Ajax, waren jahrelang seine treuen Begleiter gewesen, hatten ihm geduldig Gesellschaft geleistet in den kalten Herbststunden vor Sonnenaufgang, wenn sie sich im Unterstand dicht aneinanderdrängten, um sich gegenseitig zu wärmen, bis der Ruf der Gänse ertönte. So war im Laufe der Zeit ein enges Band sowohl zwischen den Hunden als auch zwischen ihnen und Vater, vor allem aber zwischen Vater und Ajax entstanden. Samuel holte Dr. Pritzkers alten Revolver vom Wagen und lud ihn.

Mein Vater fand seine Stimme wieder. »Ich … ich vermute, ich sollte das machen.«

»Nein, Alfred«, antwortete Dr. Pritzker, »ich hoffe, Sie erlauben mir, das zu tun. Nehmen Sie die Kinder, und gehen Sie ins Haus.«

Vater hatte gar nicht mitbekommen, dass inzwischen Harry und Lamar bei Sul Ross und mir auf dem Rasen standen.

»Ins Haus mit euch! Alle vier!« Er nickte Dr. Pritzker zu, dann folgte er uns ins Haus, wo er sofort auf die Anrichte zusteuerte und sich ein Glas Whiskey eingoss. Der erste Schuss hallte laut durch die Luft, und ich zuckte zusammen. Vater kippte den Whiskey auf einen Zug hinunter. Nie zuvor hatte ich ihn am helllichten Tag Alkohol trinken sehen. Nun ertönte der zweite Schuss. Wortlos verließ Vater das Zimmer. Wir hörten, wie er mit schleppendem Schritt die Treppe hinaufging, eine Stufe nach der anderen.

Vom Fenster aus sah ich zu, wie Samuel die beiden schweren, leblosen Körper in einen Jutesack packte und zum Pferdewagen trug. Ich war dankbar, dass Travis nicht da war. Hoffentlich war er unten am Fluss, bei seinem Kojotenhund.

Wer ihm die Neuigkeit berichtet hat, als er abends nach Hause kam, weiß ich nicht mehr. Ich war es auf jeden Fall nicht.

Vater war während der nächsten Tage sehr gedrückter Stimmung. Dann kam eines Abends Dr. Pritzker zum Essen zu uns und erwähnte beiläufig – ganz beiläufig –, dass Ollie Crouchers Retriever Priscilla gerade wieder geworfen habe, sechs schöne und gesunde Welpen. Nicht *ein* Kümmerling darunter. Sie würden gerade entwöhnt und würden in den nächsten Tagen weggegeben. »Ich überlege, ob ich nicht selbst einen nehmen soll«, sagte Dr. Pritzker.

»O ja, Hündchen«, quakte J. B. dazwischen. »Können wir eins haben?«

»Ich wüsste nichts, was dagegen spräche«, sagte Mutter. Sie lächelte erst J. B., dann Vater und schließlich Travis aufmunternd an. »Ich wette, ihr hättet auch Freude daran, oder? Wir könnten am Samstag hingehen und sie uns ansehen. Würde euch das nicht Spaß machen?«

J. B. fand auch, dass es Spaß machen würde, und Vater lächelte matt und sagte: »Eine gute Idee.« Travis war seltsam still und widmete sich eifrig seinem Essen. Ich versuchte, seinen Blick zu erhaschen, aber er wich mir immer aus. Das allein sprach Bände.

Genau wie ich erwartet hatte, machte er mir nach dem Essen Zeichen, ich solle mit ihm auf die vordere Terrasse kommen. Dort flüsterte er mir aufgeregt zu: »Du musst mir helfen, Callie. Du musst mir helfen, Struppi nach Hause zu holen. Jetzt ist genau der richtige Moment für einen neuen Hund. Sogar Mutter sagt das.«

»Ich weiß, aber sie meinte einen reinrassigen Jagdhund.«

»Struppi kann auch jagen. Der geht schon auf Hühnerjagd, seit er ganz klein war.«

»Aber genau das ist ja ein Teil des Problems – du darfst keiner Menschenseele davon was sagen.«

»Hilfst du uns? Legst du ein gutes Wort für ihn ein?« Travis war so voller Angst, dass ich dachte, er platzt gleich. »Sag ihnen, dass er kein verrücktes wildes Tier ist. Sag ihnen, dass er ein gutes Haustier für uns wäre.«

»Das kann ich natürlich für dich und Struppi machen, Travis, aber ist dir noch nie aufgefallen, dass ich bei allem, was in unserer Familie passiert, kaum was zu sagen habe?«

Travis war auf einmal spürbar entspannter. »Danke, Callie. Morgen besuchen wir ihn zusammen, dann überlegen wir uns was.«

Wir gingen ins Haus zurück, um uns bettfertig zu machen. Kann sein, dass Travis in der Nacht gut geschlafen hat, er hatte es immerhin geschafft, einen Teil seiner Sorgen bei mir abzuladen. Ich selbst lag nachts wach und machte Pläne, wie wir unsere Eltern überzeugen könnten, Struppi zu adoptieren.

Am nächsten Tag folgte ich Travis auf einem der Wildpfade, vielleicht auch einem ganz speziellen Kojotenhundpfad, durch das dichte Unterholz flussabwärts von Vaters Fabrik. Struppi kam aus dem Gebüsch und freute sich offensichtlich, uns zu sehen. Er hatte gut zugenommen, und sein Fell glänzte. Travis hatte ihm sogar ein Halsband umgelegt.

»Siehst du?«, fragte mein Bruder. »Sieht er nicht gut aus?«

»Auf jeden Fall sehr viel besser als früher«, musste ich zugeben.

»Er ist so was wie ein Arbeitshund. Neulich hat er eine Ratte gefangen. Könntest du dir mal diese wunden Stellen auf der Seite ansehen? Ich hab sie mit Wasser und Seife gewaschen, aber sie heilen einfach nicht.« Travis packte Struppi am Halsband. »Bist ein guter Junge, Struppi. Alles wird gut.«

Ich sah mir eine der offenen Wunden an und schob die Ränder behutsam mit den Fingern auseinander. Struppi winselte ein bisschen, aber das war auch schon alles. Die Wunde war nicht groß, schien aber chronisch entzündet. Ich wünschte, ich hätte eine von Dr. Pritzkers Sonden, dann hätte ich messen können, wie tief die Wunde war. Ich tätschelte Struppi, und er leckte mir die Hand zum Zeichen dafür, dass er es mir nicht übel nahm, wenn ich ihm etwas wehtun musste. Guter Hund!

»Sieht doch gar nicht so groß aus«, meinte Travis, »wieso heilt die Wunde dann nicht?«

»Sie ist an der Oberfläche nicht sehr groß, aber ich glaube, sie ist tief. Irgendwas muss da drinstecken, deshalb kann die Wunde nicht heilen. Könnte Schrot aus einer Flinte sein.«

Travis guckte besorgt. »Kriegst du das wieder hin?«

»Man muss ihn operieren. Erst muss man den Fremdkörper entfernen, dann muss man das Gewebe ringsum ausschaben oder mit einem heißen Eisen ausbrennen, damit das Fleisch gut heilen kann.«

»Aber kannst du das?«, fragte Travis ängstlich.

»Ich könnte die Narkose übernehmen, aber Dr. Pritzker müsste operieren.«

»Fragst du ihn? Ich wette, er macht es, wenn du ihn bittest. Sag ihm, ich bezahl ihm das auch, von meinem Taschengeld. Mutter wird Struppi viel eher mögen, wenn er keine Wunden hat.«

»Na gut, ich sprech mal mit ihm.« Ich musterte Struppi kritisch. »Und wenn er erst ganz gesund ist, sollten wir ihn baden, am besten mit einer dieser feinen Seifen, die Mutter immer hervorholt, wenn wir Besuch haben. Dann würde er bestimmt gleich einen besseren Eindruck machen.«

»Tolle Idee«, sagte Travis und grinste mich bewundernd an.

»Wir könnten ihm auch das Fell am Hals ein bisschen kürzen, und auch am Schwanz, damit er nicht ganz so buschig ist. Das kann ich selbst machen, mit der Schere. Dann sähe er gleich ordentlicher aus.«

»Okay, prima!« Travis strahlte mich mit seinem allerschönsten Lächeln an, diesem Lächeln, dem niemand widerstehen konnte und das Freunde wie Fremde dazu brachte, seinen Bitten nachzugeben, selbst solchen, die unweigerlich Ärger nach sich zogen.

»Wir könnten ihm auch aus einem meiner Haarbänder eine Schleife machen«, schlug ich vor, »damit er niedlicher aussieht.« Dazu wäre wohl einiges mehr nötig, dachte ich, doch das behielt ich für mich.

»Siehst du«, sagte Travis und kraulte Struppi das Fell. »Aus dem wird noch ein richtig gutes Haustier.«

Travis hockte sich auf den Boden, legte beide Arme um seinen Hund und lehnte den Kopf an das warme Fell. So glücklich sahen sie zusammen aus, der Junge und sein Hund, der zwar nicht der schönste Hund der Welt war, aber doch ein gutes Haustier. Ich hoffte, dass unsere Eltern über den fehlenden Stammbaum und die äußere Erscheinung hinwegsehen könnten, um das zu sehen, was ich sah: dass Travis endlich das richtige Tier für sich gefunden hatte.

»Wann sprichst du mit Dr. Pritzker? Das muss nämlich bald sein. Wir haben nicht viel Zeit. Am Samstag sollen wir uns ja schon die Welpen ansehen. Wenn wir da einen mitnehmen, ist für Struppi vielleicht kein Platz mehr.«

»Gut. Ich frag ihn gleich morgen Nachmittag.«

Doch noch bevor der Nachmittag des nächsten Tages anbrach, traf uns ein Schicksalsschlag, völlig unerwarteterweise ausgelöst durch Viola.

Wir waren fast fertig mit unserem Frühstück, als wir vom Ende unseres Grundstücks einen gedämpften Knall hörten.

»Was war das?«, fragte Mutter.

»Hat sich ganz nach der 20er-Schrotflinte angehört«, sagte Vater. Die Flinte hing immer an einem Haken auf der hinteren Veranda zur Bekämpfung von wilden Tieren, die aufs Grundstück kamen.

Bald darauf betrat Viola das Esszimmer. »Hab einen Fuchs erschossen, Mr. Tate, im Gestrüpp zwischen Maisschuppen und Hühnerhaus. Kann sein, dass er krank war. Der hinkte so.«

Travis und ich starrten einander an, ungläubig und entsetzt, während uns ein furchtbarer Verdacht kam. Mein Bruder sprang auf, stieß seinen Stuhl um und rannte aus dem Zimmer. Ich sprang ebenfalls auf und raste ihm hinterher, ohne mich um die verwirrten Rufe und das allgemeine Stimmengewirr im Esszimmer zu kümmern. Ich stürmte zur hinteren Tür aus dem Haus und brüllte Travis hinterher: »Vielleicht ist er es ja nicht! Vielleicht ist es wirklich ein Fuchs!«

Wir erreichten den Maisschuppen und folgten einer blutigen Spur durch das hohe Gestrüpp. Die ganze Zeit hatte ich nur einen einzigen Gedanken: *Zu viel Blut. Da ist viel zu viel Blut.* Und dann sahen wir ihn, am Boden. Den »Fuchs«. Nur, dass es eben keiner war. Aber er lebte. Keuchend und winselnd, aber er lebte.

»Nein!«, schrie Travis verzweifelt auf. Ein Blick auf das Blut an Struppis Hinterbein, und Travis schwankte bedrohlich.

Bitte Travis, nicht jetzt, flehte ich stumm. *Kipp mir jetzt bloß nicht um.* »Guck nicht das Blut an. Hol lieber die Schubkarre, schnell!«

Er drehte sich um und rannte zum Gartenschuppen. Ich selbst lief schnell zur Scheune und schnappte mir eine Satteldecke.

Als wir beide zurück bei Struppi waren, waren mittlerweile auch Vater, Harry und Lamar eingetroffen und riefen uns verwirrt alle möglichen Fragen und Anweisungen zu. »Wie ein Fuchs sieht er nicht aus.« – »Wieso hat er ein Halsband?« – »Fasst ihn nicht an, der hat sicher die Tollwut.« – »Wo ist das Gewehr? Ich bereite seinem Leiden ein Ende.«

»Nein, tu das nicht«, schrie ich, »das ist Travis' Hund.« Ich breitete die Decke über Struppi, um ihn zu wärmen und um das Blut zu verstecken.

»Travis hat keinen Hund«, sagte Vater.

»Doch!«, brachte Travis unter Tränen hervor. Seit er das Blut nicht mehr sehen musste, wirkte er gleich viel stabiler.

»Doch!«, sagte auch ich. »Helft mir, ihn in die Schubkarre zu schaffen. Wir bringen ihn zu Dr. Pritzker.«

»Dieses Vieh?«, sagte Lamar. »Das ist doch bloß so eine Promenadenmischung. Vater, soll ich das Gewehr holen?«

»Er heißt Struppi!«, erklärte Travis weinend.

Die anderen sahen uns verwirrt an. Struppi winselte unter seiner Decke.

Vater murmelte etwas von einem Mann, der keine Ahnung hat von dem, was in seinem eigenen Haus vor sich geht, von ungehorsamen Söhnen, von zu vielen Tieren und davon, dass nun bald Schluss sei mit Haustieren. Er sah ernsthaft besorgt aus, aber ob das jetzt mit Travis' Schluchzen oder Struppis Winseln zusammenhing, weiß ich nicht. Ganz bestimmt erinnerte ihn der verletzte Hund an Ajax – aber ganz bestimmt auch an die lange Reihe schrecklicher Tiere, die Travis uns schon ins Haus geschleppt hatte.

»Das lohnt sich doch nicht, den am Leben zu halten«, sagte Lamar. »Lohnt sich fast nicht, 'ne Kugel für den herzugeben.« Vater und er wandten sich ab und gingen zurück in Richtung Haus. Wollten sie das Gewehr holen? Oder Hilfe? Ich war mir sicher, was die Antwort war, aber jetzt war keine Zeit, darüber nachzudenken.

»Helft mir mal«, sagte ich zu Travis und Harry, doch Harry hielt nur abwehrend beide Hände hoch und machte einige Schritte rückwärts.

Von dieser Seite war also keine Hilfe zu erwarten. Ich griff ganz vorsichtig nach Struppis Halsband, denn bei Hunden mit Schmerzen kann man nie wissen, wie sie reagieren, selbst bei solchen, die sonst völlig friedlich sind. Aber Struppi schnappte nicht nach meiner Hand, sondern jaulte nur auf, als Travis und ich ihn in die Schubkarre hoben. Eine blutige Hinterpfote ragte seitlich heraus. Travis schwankte und kniff die Augen fest zu, und ich beeilte mich, die Decke zurechtzuziehen, um die Pfote darunter zu verstecken.

»Guter Junge«, sagte ich, und wen ich damit meinte, Travis oder Struppi, wusste ich selber nicht. »Du kannst die Augen wieder aufmachen. Mach schnell, bevor Vater zurückkommt.« Wir packten jeder einen Griff und schoben die Karre in Richtung Einfahrt. Harry hatte kein Wort gesagt und sah uns auch jetzt schweigend zu. Er hatte nicht vor, uns zu helfen, aber aufhalten würde er uns auch nicht. Vielleicht war das noch das Beste, was wir unter den gegebenen Umständen erwarten durften. Trotzdem, der Teil von mir, der sich immer als Harrys Kätzchen gefühlt hatte, wusste, dass ich diesen Moment nicht vergessen würde.

Die Schubkarre durch den Kies in unserer Einfahrt zu schieben war furchtbar mühsam, ständig wühlte sich das Rad tief hinein und bewegte sich nur ganz, ganz langsam. Es war ein einziger Albtraum. Travis hörte auf rumzuheulen und sparte sich seinen Atem lieber für die Anstrengung, die jetzt nötig war. Als wir es endlich bis zur Straße geschafft hatten, fiel er hin, und dabei wäre uns fast die Karre umgekippt. Doch Travis stand auf, und trotz aufgeschlagener Knie und Hände klagte er nicht über den Schmerz, sondern packte nur wieder seinen Griff, und schon ging es weiter. Wir trabten schwerfällig dahin und schoben unsere Last mit aller Kraft. Unter der Decke blieb es ganz still, kein Laut war zu hören. Verbissen schob ich weiter und dachte dabei immer nur: *Was, wenn Dr. Pritzker nicht da ist? Was, wenn er gerade einen Krankenbesuch macht?*

Doch genau in dem Moment, als wir mit unserem Behelfsrettungswagen um die Ecke bogen, schloss der Arzt seine Tür auf. Erleichterung strömte durch mein Herz, wie ich es noch nie erlebt hatte. Erstaunt blickte er zu uns herüber, als wir angerannt kamen.

»Wir brauchen Ihre Hilfe«, keuchte ich. »Unser Hund ist angeschossen worden, aus Versehen. Viola hielt ihn für einen Fuchs.«

»Aber das ist kein Fuchs, das ist unser Struppi«, stieß Travis atemlos hervor.

»Bringt ihn rein, bringt ihn rein«, sagte Dr. Pritzker und hielt uns die Tür auf. Doch die Schubkarre war zu breit für den Eingang, und Travis und ich mussten Struppi ins Haus und zum Untersuchungstisch tragen. Dabei rutschte die Decke hinunter, Blut tropfte auf den Boden, aber Travis hielt stand. Er tat, was in diesem Moment getan werden musste. Zusammen schafften wir es, Struppi auf den Untersuchungstisch zu legen, erst dann sagte Travis: »Ich glaube … ich glaube, ich setz mich kurz.« Damit ließ er sich auf einen Stuhl fallen und ließ den Kopf auf die Knie sinken.

Dr. Pritzker schaute verwundert zu ihm hinüber und fragte mich: »Alles in Ordnung mit ihm?«

»Er … ähm, ja … ich erklär's Ihnen später. Können Sie den Hund retten?«

Der Tierarzt betrachtete mit skeptischer Miene seinen Patienten, der in erschreckendem Tempo hechelte.

»Womit wurde auf ihn geschossen?«, fragte er.

»Mit einer 20er-Schrotflinte«, sagte ich. »Vogelschrot.«

»Gut«, antwortete Dr. Pritzker. »Wenigstens kein Postenschrot.«

Travis tauchte gerade lang genug aus der Versenkung auf, um murmeln zu können: »Sie können ihn doch retten, ja?«

Ich fand es selbst merkwürdig, aber auf einmal war ich ganz ruhig. »Ich hol das Narkosemittel«, sagte ich. Seit wir dort waren, seit ich wusste, dass uns jemand half, seit ich meinen Teil zu dieser Hilfe beitragen konnte, fiel die Angst immer mehr von mir ab.

»Maulkorb zuerst«, sagte Dr. Pritzker. Ich half ihm, dem Patienten einen ledernen Maulkorb anzulegen. Struppi protestierte nicht.

»Er hat noch nie jemanden gebissen«, sagte Travis. Er hielt den Kopf noch immer gesenkt.

»Das ist egal. Alle verletzten Hunde bekommen einen Maulkorb, das ist eine feste Regel in meiner Praxis. Chloroform fertig?«

Ich streifte den Papiertrichter über den Maulkorb und tröpfelte das Narkosemittel darauf. Bald fielen Struppi die Augen zu, und seine Atmung wurde langsamer. Dr. Pritzker untersuchte gründlich das blutverschmierte Fell an der Hinterpfote und grummelte dann leise vor sich hin.

»Was ist los?«, fragte Travis, schaute schnell hoch und genauso schnell wieder weg.

»Mit der Hüfte ist alles in Ordnung. Aber ein Teil des Unterschenkels ist zertrümmert. Mit dem wird er vermutlich nie mehr laufen.«

»Aber Sie können ihn retten, ja?«, fragte Travis.

Dr. Pritzker runzelte die Stirn. »Es kann sein, dass ich ihn am Knie operieren muss – aber das wäre kein Leben für ihn. Er ist schließlich kein Rassehund, das heißt, er ist nichts wert. Und außerdem, wer will schon einen dreibeinigen Hund?«

»Ich«, sagte Travis. »Ich will ihn.«

»Ich auch«, sagte ich. Da waren wir uns ganz einig, mein Bruder und ich. Ich wickelte die Rolle mit den Instrumenten auseinander, legte das Nahtmaterial bereit und wartete auf Dr. Pritzkers Entscheidung.

Er schaute uns beide an.

Dann sagte er seufzend: »Nun gut.«

Er sondierte und reinigte die Wunde, zog Knochensplitter heraus und nähte. »Nicht zu glauben!«, sagte er dann. »Die Kniekehlenarterie ist intakt. Unglaubliches Glück hat der Kerl! Vielleicht kann ich das Bein retten, aber garantieren kann ich für nichts, verstanden?«

»Verstanden«, murmelte Travis.

Dr. Pritzker war gerade mit der Naht fertig, als Vater und Harry zur Tür hereinkamen.

»Ah, Alfred«, sagte Dr. Pritzker, »bin gleich fertig, muss nur noch schnell zumachen. Passt auf, wo ihr hintretet, da ist überall Blut.«

Travis stöhnte auf.

»Ach so«, fügte Dr. Pritzker hinzu, »und vielleicht bringst du deinen Sohn kurz ins Freie. Der sieht mir ein bisschen grün um die Nase aus.«

Vater knurrte missbilligend, doch zusammen mit Harry packte er Travis an beiden Armen und führte ihn zu einer Bank vor dem Haus. Ich hörte, wie Travis ein paarmal tief Luft holte. Vater gab ihm etwas Zeit zur Erholung, dann fragte er: »So, junger Mann, was hat das hier alles zu bedeuten? Raus damit.«

Travis berichtete Struppis ganze Geschichte, erst stockend, doch dann kam er immer mehr in Fahrt. Er erzählte, dass Struppi teils Hund, teils Kojote sei, dass die Hunde ihn nicht wollten und die Kojoten ihn fast zerfleischt hätten, dass Mr. Holloway ihn ertränken wollte und erst Mr. Gates und dann Viola auf ihn geschossen hätten und dass er, Travis, Struppis einziger Freund auf der ganzen Welt sei und ihn jetzt nicht im Stich lassen würde.

»Ein halber Kojote? Kommt nicht infrage, dass so ein Wesen bei uns herumläuft. Viel zu gefährlich. Schau mal, mein Junge: Ich habe mich entschlossen, einen von Priscillas Welpen zu nehmen und zu einem Jagdhund zu erziehen. Sie sind sieben Wochen alt und können langsam entwöhnt werden. Du darfst dir auch einen aussuchen und ihn als deinen eigenen Hund aufziehen. Du dürftest dir sogar als Erster den aus dem Wurf aussuchen, den du am liebsten hättest.«

Travis wurde lauter und heftiger. »Ich brauch keinen Welpen. Ich hab schon einen Hund, und der heißt Struppi. Das ist der einzige Hund, den ich will.«

Immer mehr Argumente brachte er vor, und es tat mir leid, dass ich nicht bei ihm war, um ihn zu unterstützen, doch ich war noch damit beschäftigt, Dr. Pritzker Verbandmaterial anzureichen. Armer alter Struppi. Wie er so dalag in einem See von Blut, sah er weder sehr nach einem Hund aus noch nach einem Kojoten noch nach einem Kojotenhund. Er war nur noch ein blutverschmiertes Häufchen Elend. Aber er atmete.

Während wir am Bein den Verband anlegten, fielen mir Struppis alte Wunden ein.

»Dr. Pritzker, hier hat er noch eine alte Fistel. Ob Sie sich die wohl mal anschauen könnten? Solange die Narkose noch wirkt? Ich bezahle auch.«

»Calpurnia Virginia Tate«, seufzte Dr. Pritzker, »du musst mir nichts bezahlen.«

Ich reichte ihm eine Sonde, und er untersuchte die Wunde ein Weilchen, bis er triumphierend ein deformiertes Teil eines Flintengeschosses hervorholte, etwa halb so groß wie mein kleiner Fingernagel. Gleich darauf kam noch eins zum Vorschein und dann noch eins.

»Schau dir das an«, sagte Dr. Pritzker. »Der ist nicht zum ersten Mal angeschossen worden. Ein zäher kleiner Kämpfer ist er und obendrein ein Glückspilz. Vielleicht solltet ihr ihn Lucky nennen.«

»Nein«, antwortete ich, »er hat schon einen Namen. Er heißt Struppi.«

Vater konnte sich eine ganze Weile nicht mit der Situation anfreunden. Travis durfte seinen Hund behalten, doch der musste auf dem Gelände der Cotton Gin leben, und Travis hatte strikte Anweisungen, ihn auf keinen Fall mit nach Hause zu bringen. Dafür ging er jeden Tag zu ihm, wusch und bürstete ihn und brachte ihm bei, Pfötchen zu geben und zu apportieren.

Nachdem alle Wunden verheilt waren, gingen wir abwechselnd mit Struppi spazieren und trainierten ein bisschen mit ihm, jeden Tag etwas länger. Die Muskeln an der gesunden Hüfte wurden zum

Ausgleich stärker, und Struppi entwickelte einen lustigen, hüpfenden Gang, mit dem er gut zurechtkam. Zumindest über kurze Strecken konnte er nach einer Weile wieder wie verrückt losrasen.

Dann kam der Tag, an dem Struppi an der Cotton Gin eine Ratte fing, die er zum Glück an der Laderampe ablieferte, wo Vater zufällig gerade eine Zigarre rauchte. Struppi legte ihm das tote Tier zu Füßen und sah Vater erwartungsvoll an, der sie ganz überrascht betrachtete. Nachdenklich zog er an seiner Zigarre; vermutlich dachte er darüber nach, welchen Schaden die Ratten seinem Geschäft zufügten. Schließlich bückte er sich, tätschelte Struppi den rötlich braunen Kopf und sagte: »Guter Hund.«

So kam es, dass Struppi sich ganz unauffällig von einem ausgestoßenen Kojotenhund zu einem äußerst wertvollen Arbeitshund entwickelte. Vater selbst war es, der Struppi an jenem Abend mit nach Hause brachte. Der ließ sich gleich auf der vorderen Veranda nieder, so schnell, dass man hätte meinen können, er habe schon immer dort gelebt. Nachdem er es aber einmal auf die Veranda geschafft hatte, begannen Travis und er ihre heimliche Kampagne, um Struppi von einem Draußen-Hund zu einem Haushund und schließlich sogar zu einem Auf-dem-Bett-Hund zu befördern, etwas bis dahin noch nie Dagewesenem in diesem Haus.

So wurde Struppi ein Teil des Tate-Rudels, und Travis hatte endlich doch noch das richtige Haustier für sich gefunden.

Das war das glückliche Ende von Struppis Geschichte, die zum Aufregendsten gehörte, was in jenem Jahr bei uns zu Hause passierte. Dass es noch aufregender kommen sollte, ahnte da noch keiner von uns.

Fünfundzwanzigstes Kapitel

MEIN EIGENER IGELFISCH

Ist der Blick zudem auf einen kleinen Raum beschränkt, besitzen viele Dinge Schönheit.

Eines Abends verkündete Mutter beim Essen lächelnd: »Morgen ist Aggies achtzehnter Geburtstag. Ab morgen gehört sie wirklich zu den Erwachsenen.«

Konnte es sein, dass Aggie ein bisschen errötete? Mir kam es so vor.

»Wir werden uns wohl daran gewöhnen müssen«, fuhr Mutter fort, »dich in Zukunft Agatha zu nennen. Schließlich bist du bald eine richtige junge Dame.«

»O nein, Tante Margaret, solange ich lebe, haben mich alle Aggie genannt, ich bin so an den Namen gewöhnt.«

»Es ist ein Jammer, dass deine Eltern nicht hier sein können, aber wir werden tun, was wir können, dich für ihre Abwesenheit zu entschädigen.«

Später, als ich Mutter einen Gutenachtkuss gab, flüsterte sie mir zu: »Ich möchte, dass du Aggie ein schönes Geburtstagsgeschenk kaufst.«

»Oh«, sagte ich, während ich an mein Guthaben auf der Bank dachte und mich fragte, welche Ausgabe wohl von mir erwartet wurde. Ich hasste die Vorstellung, mein schwer verdientes Geld für irgendwelchen Firlefanz auszugeben. Ich hatte ja sogar aufgehört, mir selbst Bonbons zu kaufen. Wenn das kein Opfer war!

»Hier hast du einen Dollar. Aber kauf ihr etwas wirklich Hübsches.«

»Ganz bestimmt!« Meine Laune verbesserte sich schlagartig. Am nächsten Tag ging ich zum Gemischtwarenladen und kaufte mehrere Veilchenduftkissen sowie eine kleine Blechdose mit duftendem Puder. Beides schien mir ein geeignetes Geschenk für eine frischgebackene junge Dame.

Als Geburtstagsessen bereitete Viola Aggies Lieblingsgericht zu, Boeuf Wellington, und zum Nachtisch gab es Engelskuchen. Vater öffnete eine Flasche Champagner und ließ den Korken laut knallen. Aggie goss er ein halbes Glas ein.

»Ui, das kitzelt«, kicherte sie nach dem ersten Schluck. Ich glaube nicht, dass ich sie bis dahin je hatte kichern hören. Im sanft flackernden Schein der Kerzen im Kronleuchter sah sie erhitzt und – doch, wirklich – fast schön aus. Sie packte ihre Geschenke aus und zeigte sich über jedes hocherfreut. Sie las einen Brief ihrer Eltern vor, dem ein Scheck über eine beträchtliche Summe beigefügt war. Der Brief enthielt die große Neuigkeit, dass die Eltern hofften, Aggie schon in etwa einem Monat wieder nach Hause holen zu können. Anschließend versammelten wir uns ums Klavier und brachten ihr ein Ständchen dar, bevor ich mehr schlecht als recht durch ein ganz neues Stück von Johann Strauss stolperte, das »An der schönen blauen Donau« hieß. Bildete ich es mir nur ein, oder schlug Mutter jedes Mal die Zähne aufeinander, wenn ich eine falsche Note anschlug?

Als ich fertig war, sagte Mutter: »Sehr hübsch, Callie, und ich bin sicher, wenn du es erst richtig gelernt hast, wird es sich noch viel hübscher anhören. Aggie, meine Liebe, möchtest du uns vielleicht auch etwas vorspielen?«

Aggie nahm meinen Platz am Klavier ein und legte eine makellose Wiedergabe desselben Stücks hin. Nicht nur unterlief ihr keine einzige falsche Note – ihre ganze Art zu spielen war, was man so *lyrisch* nennt, und so kam es, dass wir alle uns im Takt zur Musik bewegten. Zum Glück beruhte mein Selbstbewusstsein nicht auf meinen musikalischen Fähigkeiten, weshalb ich ihr das Lob neidlos gönnte. Wir klatschten alle begeistert.

Ich glaube, seit den Nachrichten vom Hochwasser war es bei uns nicht mehr so fröhlich zugegangen.

Ich fragte mich, ob es tatsächlich so war, dass man auf magische Weise Schlag Mitternacht vom Kind zur Erwachsenen wird. Würde Aggie sich beim zwölften Glockenschlag plötzlich anders fühlen? Ob sie sich wie Aschenputtel vorkam, bloß umgekehrt?

Vermutlich wäre ich gar nicht aufgewacht, wenn nicht eine Mücke darauf bestanden hätte, mich ins Augenlid zu stechen. Im Halbschlaf hörte ich ein leises Rascheln. Sicher wieder die Schlange. Ich drehte mich auf die andere Seite und war schon fast wieder eingeschlafen, als ich begriff, dass Aggie sich auf Zehenspitzen durchs Zimmer bewegte. Im matten Mondlicht konnte ich erkennen, dass sie sich zum Kleiderschrank vortastete.

»Aggie«, flüsterte ich, »alles in Ordnung mit dir?«

Sie blieb wie erstarrt stehen.

»Ich seh dich«, flüsterte ich.

»Du musst ganz still sein«, flüsterte sie zurück, und zu meiner Überraschung hörte ich einen flehenden Unterton in ihrer Stimme.

»Was tust du denn? Mach eine Kerze an, sonst siehst du ja nichts.«

»Keine Kerzen!«, murmelte sie barsch. »Sei still und schlaf weiter!«

»Erst wenn du mir sagst, was los ist.«

Sie öffnete den Schrank und zog zu meiner Überraschung ihre Reisetasche hervor. Sie legte sie aufs Bett, ging vorsichtig wieder zum Schrank und holte eins nach dem anderen ihre Kleider hervor.

»Also«, sagte ich, »jetzt musst du's mir wirklich sagen. Sonst wecke ich meine Eltern.«

»Nein, tu das nicht«, bettelte sie.

»Dann erzähl.«

Ihren Gesichtsausdruck konnte ich zwar nicht sehen, aber die lange Pause, die jetzt folgte, zeigte mir, wie sehr sie mit sich rang, was sie als Nächstes sagen sollte. Schließlich sagte sie: »Ich bin mit Lafayette Lumpkin verabredet. Wir brennen miteinander durch, nach Beaumont. Wir heiraten.«

»Oh, Aggie!« Ihr Plan war so verwegen, dass mir die Luft wegblieb. Nette Mädchen aus netten Familien taten so etwas nicht. »Du wirst riesigen Ärger bekommen.«

»Pssst! Nicht so laut! Wenn wir es schaffen zu heiraten, bevor uns jemand auf die Spur kommt, ist alles gut. Ich bin jetzt achtzehn, ich darf heiraten.«

»Aber was ist mit deinen Eltern? Du brichst ihnen das Herz. Und meine Eltern? Die werden furchtbar böse werden.« Was Aggie vorhatte, war so unglaublich dreist und würde Schande ohne Ende über meine Familie bringen.

»Auf der Kommode liegt ein Brief, in dem ich alles erkläre.«

»Was ist mit deinem Geld?«

Sie klopfte auf ihre Tasche und sagte: »Ich war heute auf der Bank und habe alles abgehoben. Mit dem, was ich gespart habe, kann Lafayette ein Geschäft gründen. Er sagt, in Beaumont gibt's jede Menge Öl, und wer da frühzeitig einen Fuß in die Tür bekommt, kann eine Menge Geld machen. Wir werden reich sein.«

Mir kam das ziemlich unwahrscheinlich vor, aber ich sagte nichts. Ich sah ihr nur zu, wie sie ihre Kleider in die Tasche stopfte und dann auf Zehenspitzen zur Tür ging. Die Hand schon am Knauf, drehte sie sich noch einmal um. »Er erwartet mich an der Straße nach Lockhart. Bitte sag niemandem was bis zum Frühstück. Wenn du dich daran hältst, schicke ich dir auch ein Geschenk. *Bitte,* Callie.«

Mir war auf einmal klar, dass ich ihre Zukunft in der Hand hielt.

Ein Aufschrei von mir, ein Wort, mit dem ich meine Eltern alarmierte, und Aggies Pläne wären alle zunichte.

Ich dachte nach: Einerseits konnte man nicht sagen, dass schwesterliche Liebe zwischen uns gewachsen sei. Andererseits hatten wir gelernt, jede die Art der anderen zu ertragen. Außerdem hatte ich durch sie ein paar wertvolle Kenntnisse erworben.

»Was meinst du, welchen Ärger ich bekomme!«, protestierte ich.

»Nein, das wirst du nicht. Tu einfach so, als hättest du mich nicht gehört. Sag ihnen, du hast geschlafen und nichts von alldem mitbekommen.«

Ich rechnete mir schnell aus, wie wasserdicht dieses Argument wäre, und sagte: »Die bringen mich um.«

»Bitte, Callie, du hast geschworen, auf der Bibel.«

»Da ging es nur um das Foto. Das jetzt ist was anderes.«

»*Bitte*, Callie. Du kannst auch meine Schreibmaschine haben.«

Ich wusste, dass ich meine Entscheidung wahrscheinlich in Ewigkeit bereuen würde, und seufzte tief. »Also gut. Ich sag nichts bis zum Frühstück.«

»Versprochen?«

»Versprochen, Aggie.«

»Weißt du was? Eigentlich bist du gar nicht so übel.«

»Du musst mir deine Underwood nicht überlassen. Ich sag auch so nichts.«

»Ich kann sie sowieso nicht tragen, sie ist zu schwer. Ich werde mir eine andere besorgen müssen. Nimm sie ruhig, sie gehört jetzt dir. Auf Wiedersehen, Callie.«

»Tschüss, Aggie, und viel Glück.«

Doch meine Worte schienen mir zu klein für den großen Moment. Jetzt, da sie ging, wollte ich, dass sie blieb oder mir wenigstens versicherte, dass unsere Wege sich nicht für immer trennten.

»Wirst du mir schreiben?«, flüsterte ich.

Doch Aggie antwortete nicht. Sie trat auf den Flur, schloss die Tür mit einem ganz leisen Klick hinter sich und war fort, einfach so. Mit welcher Leichtigkeit sie sich von uns löste, von unserem Haus, unserer Familie, von mir.

Wenn du jetzt denkst, ich hätte die ganze Nacht wach gelegen, an die Decke gestarrt, mich am Augenlid gekratzt und schaudernd an Aggie gedacht – voller Staunen über ihren Plan, aber auch voller Furcht vor den Folgen –, dann hast du völlig recht. Ob am nächsten Morgen nicht die Hölle los war? Allerdings!

Mit einem mulmigen Gefühl im Bauch betrat ich das Esszimmer, obwohl ich mir alle Mühe gab, ganz entspannt dreinzuschauen. Mutter nahm gerade einen Schluck Kaffee aus ihrer liebsten Wedgwood-Tasse und blickte auf, als ich hereinkam. »Kommt Aggie auch zum Frühstück? Oder fühlt sie sich nicht gut?«

»Ich weiß nicht«, antwortete ich und versuchte, das Beben in meiner Stimme zu unterdrücken. »Sie ist nicht da.«

Mutter sah mich überrascht an. »Wie meinst du das – *nicht da*?«

»Ich hab das hier auf der Kommode gefunden«, sagte ich und reichte ihr den Brief. Dann setzte ich mich auf meinen Platz und tat so, als hätte ich wie immer großen Appetit. So schwierig war eine Rolle wohl noch nie zu spielen. Mit zitternder Hand schob ich mein Rührei auf die Gabel.

Mutters Kaffee schwappte über den Rand ihrer Tasse und hinterließ Flecken auf dem Tischtuch aus weißem Damast. »Alfred!«, schrie Mutter auf. »Sie ist fort!«

Damit begann der Tumult. Vater, Harry und Alberto schwangen sich jeder auf ein Pferd und galoppierten in verschiedene Richtungen davon, nach San Marcos, nach Lockhart, nach Luling. Telegramme wurden an die Sheriffs der angrenzenden Bezirke geschickt. Mir drohte man grausame Strafen an, wenn ich nicht mit der ganzen Geschichte herausrückte, doch ich blieb eisern bei meiner Behauptung, ich sei wach geworden und hätte da erst gemerkt, dass Aggie fort war.

Sorge und Zorn hingen tagelang wie eine Gewitterwolke über unserem Haus. Das einzig Gute (abgesehen von der Underwood natürlich) war, dass ich mein Bett zurückbekam. In den ersten Nächten fand ich es viel zu weich, ich vermisste mein klumpiges Lager am Boden, doch das legte sich bald.

Onkel Gus und Tante Sophronia schäumten vor Wut und machten meine Eltern für alles verantwortlich, obwohl Aggie ihnen schrieb, sie um Verzeihung bat und meine Mutter und meinen Vater von jedem Vorwurf freisprach. Später erfuhren wir, dass Aggie und Lafayette es nach Austin geschafft hatten, wo sie heirateten und anschließend den Zug nach Beaumont bestiegen. Dort mieteten sie ein Häuschen, und Lafayette machte sich mit Aggies sorgsam gehortetem Geld als Agent im Ölgeschäft selbstständig. Bald kam die Nachricht, dass sie ihr erstes Kind erwarteten und vergnügt seien wie die Mäuse im Stroh.

Aggie hat mir zwar nie geschrieben, doch einige Monate später brachte die Post ein Holzkistchen mit meinem Namen darauf. Ein Brief lag nicht dabei, doch das Kistchen war voll mit einer fantastischen Sammlung ungewöhnlicher, wunderschöner Muscheln, die behutsam in Holzwolle gesetzt worden waren. Ich verbrachte viele Stunden damit, sie zusammen mit Großpapa zu katalogisieren. Dabei lernte ich vieles über die Engelsflügelmuschel, die Entenmuschel, das Katzenpfötchen oder die Blitzschnecke. Sogar ein *Diodon* fand ich in der Kiste, einen Igelfisch, der allein mir gehörte. Ich band ihm ein langes schmales blaues Seidenband um die Mitte, das ich mit einem Reißnagel an der Zimmerdecke befestigte. Dort schwamm mein Igelfisch im Luftstrom und schwebte sanft in der leichten Brise, die durchs Fenster hereinzog. Ich liebte meinen Igelfisch, ebenso wie ich meine riesige, fleischfressende Meeresschnecke *Triplofusus giganteus* liebte. Die war nicht nur fast einen Fuß lang, man konnte sie sich auch ans Ohr halten und hörte dann das ferne Rauschen des Meeres.

Ich selbst schaffte es also nicht an einen Strand. Aber der Strand kam zu mir.

Zu guter Letzt entließ ich meinen Molch in die Freiheit – er war nicht »mein« Molch, ich hatte ihn nur von Mutter Natur geliehen und hatte alles von ihm gelernt, was ich von ihm lernen konnte. Er hatte es verdient, in seinen Abflussgraben zurückzukehren und sein weiteres Molchleben in Frieden zu leben.

Wie es mit der Schlange weiterging? Nun, die kommt und geht. Irgendwo hier ist sie, aber wir beachten einander nicht. Großpapa erinnert mich manchmal daran, dass sie eines Tages zu breit sein wird, um noch durch die Ritzen in der Ecke zu passen. Dann müssen wir uns etwas einfallen lassen. Mir soll's recht sein.

Die Autorin, JACQUELINE KELLY, in Neuseeland geboren, zog mit ihren Eltern nach Kanada, als sie noch sehr klein war. Ihre Kindheit verbrachte sie in den Regenwäldern Vancouver Islands. Man kann sich vorstellen, wie groß die Umstellung gewesen sein muss, als die Familie einige Jahre später wiederum in die texanische Wüste nach El Paso umzog. Kelly studierte dort Medizin und arbeitete viele Jahre als Ärztin. Danach schloss sie noch ein Jurastudium ab und war einige Jahre als Rechtsanwältin tätig. Nebenbei begann sie zu schreiben, was ihr am meisten Spaß machte. 2009 erschien ihr Debüt *The Evolution of Calpurnia Tate*, das in den USA mit dem Newbery Honor 2010, dem Bank Street/Josette Frank Award und als ALA Best Book for Young Adults ausgezeichnet wurde. Auch die deutsche Fassung, *Calpurnias (r)evolutionäre Entdeckungen*, die 2013 bei Hanser erschien, fand viele begeisterte Leser und wurde u. a. mit dem Schweizer Prix Chronos 2014 prämiert. 2015 erschien die Fortsetzung *The Curious World of Calpurnia Tate* zeitgleich in den USA und unter dem deutschen Titel *Calpurnias faszinierende Forschungen* bei Hanser.

Die Übersetzerin, BIRGITT KOLLMANN, in Duisburg geboren, studierte Englisch, Spanisch und Schwedisch in Heidelberg. Sie arbeitete als Übersetzerin im Bereich der Entwicklungshilfe und lebt heute als freie Übersetzerin aus dem Englischen und Spanischen bei Darmstadt. Für Hanser hat sie u. a. Michael Gerard Bauer, Clay Carmichael, Susan Fletcher, Jenny Han, Daniel Handler, Alison McGhee, Patricia MacLachlan, Sally Nicholls, Joyce Carol Oates, Louis Sacher, Juan Villoro und Sarah Weeks übersetzt. Mit ihren Übersetzungen war sie mehrfach für den Deutschen Jugendliteraturpreis nominiert.

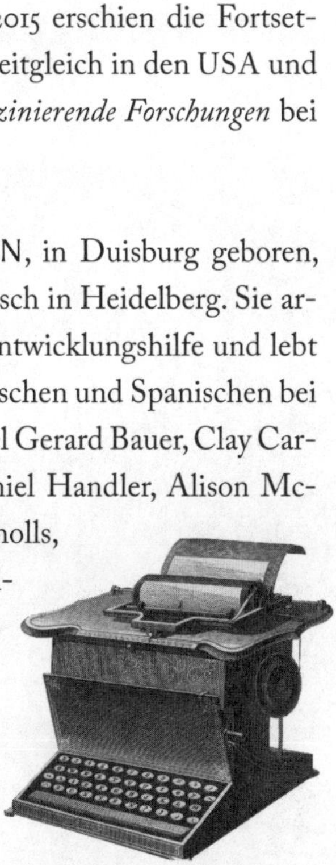

»Ein Mädchenbuch, das das Genre auf den (klugen) Kopf stellt.«

Christine Knödler,
Neue Zürcher Zeitung am Sonntag

Calpurnia ist zwölf, als sie begreift, dass ihr vorgezeichneter Lebensweg nicht ihren Vorstellungen entspricht. Wie die anderen Mädchen soll auch sie Kochen, Stricken und Klavierspielen lernen, damit sie bald heiraten und eine Familie gründen kann. Doch Cal streift viel lieber durch die Natur, beobachtet Pflanzen und Tiere und macht sich Notizen über ihre Entdeckungen. Der Einzige, der sie versteht, ist ihr Großvater, ein eigenwilliger Forscher und Tüftler. Er schenkt ihr Bücher und öffnet ihr die Augen für den technischen Fortschritt und die naturwissenschaftlichen Erkenntnisse des anbrechenden 20. Jahrhunderts. So erobert sich Cal ihren Weg in eine selbstbestimmte Zukunft.

»Die Geschichte wird sehr warmherzig und lustig erzählt. Die Heldin macht jedem Mut, seinen Träumen unbeirrt zu folgen.« *Stefanie Ericke-Keidtel, Dein Spiegel*

Ausgezeichnet mit dem Prix Chronos 2014 von Pro Senectute und Pro Juventute sowie dem Leipziger Lesekompass 2014
Buch des Monats Mai 2013 des Instituts für Jugendliteratur Österreich

Jacqueline Kelly
Calpurnias (r)evolutionäre Entdeckungen
Aus dem Englischen von Birgitt Kollmann
336 Seiten. Gebunden
Auch als E-Book lieferbar